每年十月送它们离去，
　　春天迎它们归来。
这是我们一生的事业，
只有起点，没有终点。

守鹤人

连尚
文学

吴志超 著

海燕出版社

·郑州·

图书在版编目（CIP）数据

守鹤人 / 吴志超著．—郑州：海燕出版社，2023.4（2024.4重印）
ISBN 978－7－5350－8585－6

Ⅰ.①守… Ⅱ.①吴… Ⅲ.①长篇小说－中国－当代 Ⅳ.①I247.5

中国版本图书馆CIP数据核字（2022）第208377号

守鹤人
SHOUHEREN

出 版 人：李　勇	责任印制：邢宏洲
选题策划：朱立东	责任发行：贾伍民
责任编辑：李培勇	装帧设计：高　瓦
美术编辑：刘　瑾	内页插图：粉熊动漫—JAO 焦
责任校对：王　达　康若怡	封面摄影：自然影像中国　谢建国
郝　欣	

出版发行：海燕出版社
　　　　　地址：河南自贸试验区郑州片区（郑东）祥盛街 27 号　邮编：450016
　　　　　网址：www.haiyan.com
　　　　　总编室：0371－63932972　发行部：0371－65734522
经　　销：全国新华书店
印　　刷：郑州市毛庄印刷有限公司
开　　本：700毫米×1000毫米　1/16
印　　张：22
字　　数：350 千字
版　　次：2023 年 4 月第 1 版
印　　次：2024 年 4 月第 3 次印刷
定　　价：49.00 元

如发现印装质量问题，影响阅读，请与我社发行部联系调换。

序

◎ 乔焕江

　　20世纪90年代初，一首名为《一个真实的故事》的歌曲不胫而走，"扎龙女儿"徐秀娟为保护丹顶鹤而不幸献身的故事，在女歌手朱哲琴凄美动人的歌声里传遍大江南北。歌曲把守鹤人的感人事迹演绎成令人荡气回肠的绝美声景，彰显着生命的理想境界，闪耀着人文主义的光辉。与此同时，女主人公生命的陨落，又似乎向人们标举出纯粹和理想相对于世俗现实不可企及的高度。如果我们把那个全面市场化转型的前一刻视为20世纪80年代文化理想主义的尾声，歌曲所传递的激越与凄美的情感转换，则正好呼应着转型期的某种微妙情绪——理想主义在历史中渐行渐远，几近成为一个传说。

　　30多年过去，市声喧嚣之外，对生命质量的追求，对理想境界的渴望，乃至对生态文明的向往，再次成为人们生活乐章中的复调主题。网络文字作家吴志超的小说《守鹤人》，正是呼应大众读者的这一需求，将那处一度远离视线的风景重新拉回人们生活世界的有益尝试。只不过，与歌曲所营造的高度唯美境界相比，吴志超笔下的守鹤人的故事，演绎为包裹着更多普通人经验的市井传奇，充溢着世俗生活的烟火气。小说中，人与鹤相望相守的主题，不再只是某种可望而不可即的极致高度，而是在与周边人现实遭际的连接和亲近中，同时赢得了生活世界的宽度。

对于歌曲来说，截取故事的一两个片段就足以实现表情达意的目标，而小说则必须既构造符合情理逻辑的情节，又提供趣味横生的细节。能否敷陈好的故事，始终是吸引读者持续阅读的关键。小说《守鹤人》从第三代守鹤人大学生许诺说起，既是对那个远去的"真实的故事"的钩沉，更意在人鹤相守这一主题在当下生活中的延展。但很快，青年画家、动物保护志愿者陈冬青成为故事实际上的主角，现实中失意的青年画家与失群的小鹤飞飞意外相遇，牵扯出一波三折的送鹤回家（也是小鹤回家）的故事。因此，小说就此形成了以陈冬青送鹤回家为故事的主线，以大学生许诺立志成为第三代守鹤人及他们两人生发的爱情为副线的双线并进结构。而在送鹤回家的过程中，赌徒黄博、崔老大、盗猎者等人物又不断编织进故事主体甚至形成新的副线。

此外，故事发展中出现网络直播等代入感极强的细节，也为小说营造出强烈的现实感。这样一来，人鹤相守的主题就在充分打开的现实空间中与更多的人及其日常行为关联起来，人与自然的和谐相处不再是一个形而上学的命题，而是转变成与日常生活和日常伦理息息相关的话题。

足够宽阔的生活世界，是诸多崇高理想或纯美境界得以扎根生长的现实土壤；趣味盎然、烟火气十足的故事空间，更容易使读者产生代入感，从而在情节充分展开的过程中获得更多与崇高主题相遇的机会。

吴志超是网络小说名家，《守鹤人》入选中国作协重点作品扶持项目，正是有了这样上下贯通的文学实践，丹顶鹤才能从那些不食人间烟火的神话传说飞到寻常百姓的身边吧！

2022年6月于海口

乔焕江，华东师范大学文学博士，海南大学人文学院教授，博士生导师。

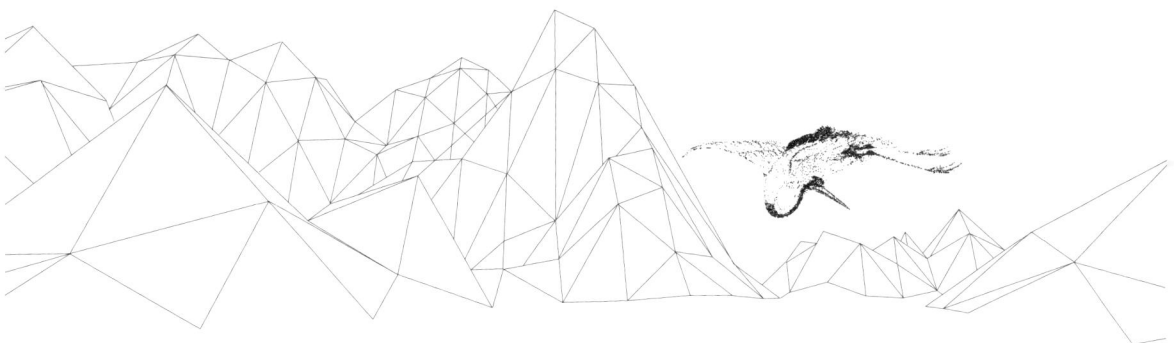

目录

第 1 章
遇见丹顶鹤

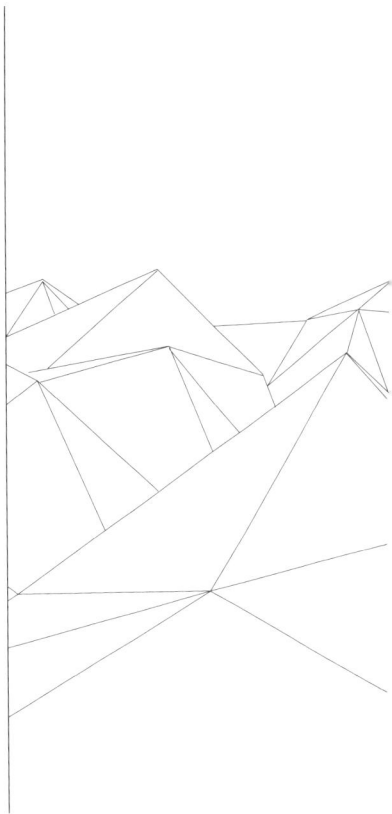

"当那群白色的大鸟从湿地边缘一处高地中结队走出来亮相的时候，一个个长腿长颈、昂首挺胸，洁净而矜持；一身素衣白衫配一顶精巧的小红帽，活像英勇潇洒的斗牛士。"

"忽听旁侧的养鹤师傅发出一声类似鹤唳的长鸣，那几十只大鸟先后拉开距离，踮起脚尖，张开阔大的白色翅膀，呼扇着悠悠起飞；一阵强大的气流，如风如雨，从我头顶掠过。"

"那个时刻，北国的天空中，云朵忽然隐没不见，被盘旋的白鹤覆盖了。那个时刻，北国的夏季，大雪纷纷，如旗如席，迎风漫卷……"

北方鹤城齐齐哈尔，扎龙自然保护区，丹顶鹤的家园。"扎龙"这两个字是蒙古语，意为"大雁飞过的地方"。此时的芦苇丛中，一位面庞俊秀的年轻姑娘，手里捧着一本书，全神贯注地轻声朗读着。

这是一个阴天，四下里阴云密布，一望无际的大湿地与灰蒙蒙的远方相接，清秀温婉的湿地在北方的天空下，竟生出了一种苍凉与壮美。星罗棋布的湖泊被风掀起一层又一层数不清的褶皱堆向苇丛深处，十几只美丽的大鸟贴着水面飞过，在鼓噪着的风中留下一串清亮的鸣音。在扎龙自然保护区，这里栖息繁衍着数百只世界珍禽丹顶鹤，是公认的"世界湿地、中国鹤乡"。丹顶鹤是一种美丽的大鸟，古时又被称为仙鹤，其体态优美、气质高雅、鸣声嘹亮、舞姿悠扬，自古以来在人们的心中就是吉祥、长寿、幸福、忠贞的象征。

北方的雨往往来得热烈又凶猛，还不等芦苇丛中的那个姑娘合上书，就已经有雨点落下，打湿了书页。那姑娘急忙收起了书，放进随身的包里，然后向不远处的另一片芦苇丛中跑去。

"爷爷，爷爷，下雨了，快回吧……"

她边跑边喊，拨开一片芦苇丛，只见在面前的湿地上，趴着一个年逾古稀的老人，他的身上盖着厚厚的草，将自己掩藏起来，一动不动。在老人的面前几米处，一只丹顶鹤正卧在芦苇丛深处，看起来有些萎靡，眼睛半闭着，似乎是生病了。见孙女不断地喊，老人回过头，对她做了个嘘的手势。

"别吵吵，雪鹤最近生病，心情烦躁，不让人接近，两天了也不进食，我再观察一会儿，想想办法。"

老人口中所说的雪鹤，就是那只丹顶鹤，它是一只雌性丹顶鹤，因为羽毛洁白如雪，所以保护区里的人们给它起了个"雪鹤"的名字。几天前，雪鹤突然生了病，不肯进食，而且十分排斥别人接近。

"可是爷爷，天下雨了，地上又湿又凉，您的腿……"姑娘有些焦急起来，忍不住轻轻跺了跺脚。

这位姑娘名叫许诺，她的爷爷叫许立林，原本只是当地一个普普通通的渔民，却多次救助、保护丹顶鹤。后来在20世纪70年代，因为生态环境破坏严重，丹顶鹤濒临灭绝，国家筹备建立了黑龙江扎龙国家级自然保护区。保护区刚刚建立的时候，物资匮乏，人力、物力几乎都没有，当时许立林便把自己家的房屋贡献出来作为集体宿舍，而且夫妻两人也都共同成为了保护丹顶鹤的第一代"守鹤人"。

丹顶鹤赖以生存的主要繁殖地是芦苇沼泽湿地，对生态环境面积要求非常大，每个巢需要占去 1 平方公里到 2 平方公里。但在保护区建立之前，由于人类活动对湿地不断围垦，侵占了动物们原有的栖息地，使得原本连通的水系阻断；出于农业灌溉等原因，又建了多座水库，本应滋润湿地的生态用水被河流上游的人们占用了；加上气候干旱化趋势明显，中国的湿地越来越少，丹顶鹤的生存环境已经岌岌可危。那时，在中国本土仅有100多只丹顶鹤。

丹顶鹤生性敏感、怕人，而且丹顶鹤的孵化条件十分苛刻，尤其是野生的丹顶鹤，正是因为许立林多次救助丹顶鹤，得到了它们的信任，才为后面丹顶鹤的培育做了很好的铺垫，截至目前，全世界范围内的丹顶鹤共有2000只左右，而仅仅在扎龙自然保护区就有近500只。为了更好地培育保护丹顶鹤，许立林从年轻时起就经常不顾刮风下雨，奔波在湿地内，有时候为了丹顶鹤，哪怕零下二三十摄氏度的气温也要在户外工作。因此，许立林早早就落下了气管炎的毛病，一遇冷风就咳喘不止，一身的风湿骨病更是伴随了他多年。

面对孙女焦急的呼喊，许立林并没有动，而是眼前一亮，忙示意许诺先不要说话，然后用手指了指前方。许诺一愣，这才发现，在芦苇深处，一只几个月大的小鹤，忽然在泥水里啄起一条小鱼，然后跑回大鹤的身边，抬起头来，把那条小鱼送到大鹤的嘴边。大鹤轻声低鸣，随即张开嘴，从小鹤的嘴里把鱼轻轻地叼起，吃了下去。丹顶鹤反哺，这是十分罕见的，看到这只懂事的小丹顶鹤的举动，许诺大为感动。

"爷爷，您先回去吧，我在这里观察。雪鹤是我看着长大的，或许它会让我接近。"

许诺不由分说，扶起了爷爷，抬头看了下天空。这时候，雨点已经渐渐开始密集，许立林见大鹤吃了东西，也放心站起身，对许诺摆了摆手。

"雪鹤吃了东西我就放心了，这雨恐怕一时半会儿停不了，你明天就要开学了，可不能在这个时候着凉，要是生了病不能回学校，我怎么跟你……"

许立林说到这里，忽然停顿了下来，有些别扭地转过了头，抬头望天，有些无奈又愤然地说了一句："这该死的雨。"

就在几个月之前，许诺的父亲，身为扎龙自然保护区巡护员的许峰，在一次巡护时，为了救助一只丹顶鹤深入湿地深处，却在返程的时候因为雨天湿滑，加上视线不好，跌入了一片沼泽地中，再也没能出来。许诺的眼中似有泪光闪动，她也抬头望天，喃喃自语。

"最近雨天很多，也不知那只飞丢的小鹤，还能不能回来了。"

"丹顶鹤是很聪明的，虽然那只小鹤出生在盐城，但它的血液里有父母的基因和记忆，说不定再过几天，它就自己飞回来了。毕竟，这里是它的家园。"

许立林凝视着天空，许久才收回目光，又犹豫了下，才开口问道："诺诺，你真的想好了，宁愿放弃保研的机会，也要重修专业吗？"

"您不用再劝我了，我已经下了决心，野生动物保护专业虽然很冷门，但国家对这方面已经越来越重视，以后一定会有很好的前景，而且能做一个野生动物研究者，也是我的理想……爷爷，雨下大了，咱们还是快回家吧。"

许诺转过身，悄悄抹去了脸上的泪水和雨水，扶着爷爷，祖孙两个一起向着芦苇丛远处的一排小房子走去。细密的雨丝终于飘摇而至，湿地的景区里，稀稀落落的游人撑着各色的伞，却仍然不肯离去。翱翔在天空的鹤儿们是通人性的，为了这场风中雨里的约会，它们顶着雨展开翅膀盘旋而飞，青灰色的天幕中白影参差，飘然若仙。古老传说中的仙鹤引吭唳天，声声不绝穿过雨幕，像是拨开了阴郁的云层一般，将一束微光送进观鹤人的心里。

转眼又是一个清晨，薄雾如袅袅轻纱，飘逸曼妙，湿地里芦苇摇荡，天空云鹤飞舞，看起来宛若仙境一般美丽。这美景似乎很遥远，远得一片朦胧，让人看不清方向。又仿佛近在咫尺，让人有一种身在其中，伸手即可将这美景捞在手里的感觉。

今天是许诺返程去学校的日子，一大早，妈妈就给许诺做好了早餐，又忙碌着帮她整理背包。一旁，爷爷坐在门口，吧嗒吧嗒抽着烟，凝视着天空翱翔而过的鹤儿们，神情有些许的落寞，谁也说不清，他的心里到底在想着什么。另一旁，奶奶正在给一只仅有不到一个月大的雏鹤治病。

在人工驯养繁殖丹顶鹤的工作中，育雏时经常会有各类疾病发生，尤其丹顶鹤的腿病又是常见病之一。"K"形腿，就是其中较为严重的一种，这种病一般发生在丹顶鹤出生15到50天之内，主要表现是腿部关节肿大向内侧弯曲，造成行走和站立困难，如果处理不当将导致死亡。针对这种腿病，目前唯一的治疗方法，就是人工矫正。这只雏鹤大概已经出生了17天，昨天下午就出现了这一症状，许诺的奶奶治疗这种病已经很有经验，此时，她正在通过对病鹤两腿脚趾之间用软布带连接固定的办法，对其进行矫正。正常情况下，10多天后，雏鹤就会恢复正常健康状态。

奶奶一边工作，一边唠叨着许诺："你呀，就是不听话，原来学的专业都上了一年课，非要重修，那野生动物专业都没有什么人去学，你说你学了能干吗？辛辛苦苦把你供上大学，还回来养鹤，遭这份罪……"

许诺正快速地往嘴里扒拉饭，听着奶奶的唠叨，她忍不住抬头含混不清地说："奶奶，你们呀，就是老脑筋，养鹤就不能有文化了？再说你们不是一直希望我留在你们身边吗？"

"你这傻孩子，留也不是这个留法啊，现在保护区的各方面条件都好了，巡护员也多了，又不差你这一个，再说人都是要往高处走的，去城里工作多好……"

"您就知道说我，先前爷爷明明有机会从这里调走，去城里工作，你们怎么不同意呀？"

"我们跟你不一样，我跟你爷爷的家就在这儿，这些年我们一直守着这些鹤，有感情了，舍不得走，等我们没了之后，坟也得在这儿，看着那些鹤，我们心里舒坦。"

或许上了年纪的老人都爱唠叨，尽管全家都拗不过许诺，已经同意了她重修专业的事，但真到了去学校的时候，奶奶还是要唠叨一番。

"奶奶您这话就不对了，你们跟鹤有感情，我就没有了？这里是你们的家，也是我的家呀。你们是守着鹤变老的，我是守着鹤长大的，要是反过来说，还是鹤守着我长大的呢。再说，现在巡护员虽然多，但是没有大学生呀！"

"大学生有啥用，我跟你爷爷初中都没毕业，不也守了一辈子鹤？"

"那当然不一样，奶奶，就拿这只小鹤来说，您的手法就不对。"

"臭丫头，我手法哪里不对了，在我手上治过的鹤上百只了，哪个没救活？"

"您看，您操作完之后，就让小鹤站着，这样就是不对的。"

许诺将最后一口饭咽了下去，便走到小鹤身边，让小鹤卧伏在旁边准备好的纸箱里，又用手轻轻将小鹤的腿摆正位置，爱怜地抚摸着小鹤的头顶。

"奶奶您看，给小鹤缠好腿之后，应该让小鹤保持趴着或者跪立的姿势，因为这样的话，就会减轻小鹤体重对腿部关节的压力，让它在标准的姿势下长大。如果让它站着，腿不是还会变形？"

"你知道什么，我这是让它适应适应，一会儿自然就让它趴下了。"

"还有，矫正过程中要一直有人陪在小鹤身边，防止它因为挣扎而再次受伤，影响效果。时间长了，还要把小鹤扶起，让它活动活动，防止一个姿势久了，影响腿的灵活性和血液流通。"

"这孩子，这不都是我教过你的嘛……"奶奶不服气地说，但许诺继续自顾自地说道："奶奶，您是教过我，但这些都是几十年的经验一点点摸索过来的，如果没人教，新来的巡护员就不知道。您想想，最早的时候，小鹤得了这个病，咱们是用细钢丝固定矫正的，但细钢丝容易伤害小鹤的腿。后来用木条固定，但影响关节活动。最后才想到用软布带这个办法。"

说着，许诺拿起了桌子上的一本书，笑眯眯地对奶奶说："但是这些摸索出来的经验，现在都已经写进了教科书，我去学习，就是想把这些方法系统地学回来，再教给保护区的巡护员。奶奶，系统地学习效果可比传统师傅一对一地教更要容易普及哟！"

　　奶奶还是不服气，抱起放着小鹤的纸箱，小心地放在窗下阳光充足的地方，嘴里还在嘟囔着。

　　"什么系统学习，不还是我们这些人总结出来的，要是没有我们这么多年的经验，他们教个啥！"

　　"奶奶，您这么说就不对了，你们养鹤是凭着经验一点点摸索，人家书上教的，那叫科学。"

　　许诺说着话，和妈妈一起把桌子、碗筷收拾好，许诺妈妈也笑着说："妈，您就别管了，她爱学就去学吧，过去咱们养鹤走了不少弯路，就是因为缺乏专业的技术人员，我觉得，诺诺去学的东西，肯定会比咱们更先进，这也是好事。"

　　奶奶嘟囔的声音越来越小，终于渐渐听不清了。许立林把烟掐灭，站起身说："走吧，坐火车赶早不赶晚，爷爷送你去车站，今天有雾，客车不好开，到齐齐哈尔怕是得一个半小时呢！"

　　许诺背起了背包，奶奶和妈妈送到门外，灰蒙蒙的天空里，忽然有两只大鹤飞了过来，落在不远处的草地上。在它们的身边，还有两只几个月大的小鹤，亦步亦趋地跟在大鹤的旁边，往许诺这边走了过来。

　　这两只大鹤是许诺看着长大的，一只叫作梦梦，编号181，雄性，身材高大，气质优雅，颇有君子之风。另一只叫作云云，编号197，雌性，生性温顺，乖巧近人，标准贤妻良母。它们两个拥有一块水草肥美的领地，属于野生繁殖的，对人有一些攻击性，但它们小时候由许诺照顾过一段时间，所以唯独对许诺另眼相看，在扎龙自然保护区，也只有许诺能够跟它们亲近。此时许诺即将离开家乡，没想到它们竟然会来送别。看到这两只大鹤带着小鹤前来，许诺心中有些难过，因为前些天它们从南方飞回来的时候，中途失落了一只小鹤，许诺天天都盼着小鹤能早点找到家，两只大鹤也经常望空啼鸣，整日在天空盘旋，然而等了许多天，仍然还是没能等到小鹤归来。

许诺上前，轻轻抚摸着两只大鹤的脖颈，在它们耳边轻声低语："你们放心，我一定会努力想办法，把你们的孩子找到，送它回到家园。"

那边，许立林发动了摩托车，怕惊到鹤没有过来，远远喊道："诺诺，走了。"

许诺转过头应了一声，又想去摸摸小鹤，但小鹤怕人，远远地躲开了。几月龄的小鹤还没有头冠，身上的羽毛是灰褐色的，两只眼睛像黑宝石一样晶亮剔透，充满了灵性。它们两个和父母一样，都是属于野生繁殖的，而且是在丹顶鹤的越冬地盐城自然保护区出生，因为那边的气候条件不适合丹顶鹤在野外自然繁殖，所以它们是近年来为数不多的几只出生在盐城的小鹤，很是珍贵。

在踏上前往齐齐哈尔的客车时，许诺对着爷爷不断地挥手，喊道："爷爷，小鹤要是飞回来了，一定要把消息告诉我。"

望着孙女的身影渐渐远去，许立林怅然若失，挺拔的身躯仿佛也佝偻了下来。他在路边坐下，看着客车没了踪影，才慢吞吞地从怀里取出一个布包，打开来，里面摆着两张陈旧的黑白照片。照片里，是一个笑靥如花的姑娘和一个相貌憨厚的小伙子。许立林粗糙的大手在照片上抚过，眼中已有泪珠滚落。

"娟子、小峰，你们看到了吗？咱家的小鹤终于长大了……"

就在许诺踏上火车时，距离鹤城一千多公里之外的南方某座小城，一位年轻的画家正被一件从天而降的烦恼事所困扰着。

这是一个阳光明媚的上午，一座独门独户的院子里，一个二十多岁的年轻人正独自坐在院子里认真地削着一个土豆。他虽然只是在削土豆，神情却专注得像是在雕刻一件绝美的工艺品，暖暖的阳光映在他的白衬衫上，焕发着让人窒息的光彩。

他叫陈冬青，二十五岁，职业画家，也是一名动物保护志愿者。但后面的这个头衔，已经是一年前的事了。那时候他还在城里的一家杂志社上班，负责画插图，女朋友是个空姐，美丽大方，还养了一条名叫柯南的短腿小柯基，日子过得很悠闲，幸福仿佛就像是天上的云，只要一抬头，就能看得见。如果不是后来发生了一件让他至今都懊悔的事情，或许这样的日子，还会一直继续下去……

陈冬青是一个民间动物保护组织的负责人，他性格开朗热情，富有爱心，而且经常组织发起各种关于保护动物主题的活动。但在一起轰动网络的虐猫致死案件中，他因为仗义执言，遭到了很多人的攻击，也是那一次，让陈冬青体会到了什么是颠倒黑白，是非不分，人情冷暖。

原本只是一个简单的事件，经过网络多次发酵和有人恶意带节奏之后，当初的是非曲直已经荡然无存，完全变成了人身攻击，很多人都认为陈冬青是打着保护动物的旗号，其实从中获利。还有人说，他这几年光封口费就收了几十万元，而且还接受了很多捐赠，其实都揣进自己兜里了。于是舆论开始一边倒，不明真相的网友们一拥而上，陈冬青哪里招架得住，浑身是嘴也解释不清。最后，他所养的柯基犬在一个深夜竟被人毒死，女朋友也在下班时遭到不明人士泼墨水。一番争吵后，女朋友赌气和他分手了。

这两件事，彻底击碎了陈冬青已经千疮百孔的内心。从那之后，陈冬青便辞去了工作，注销了微博账号，远离都市的喧嚣和繁杂，只身来到一座小城，租了一间民宿，开始了一个人单调又平静的独居生活。他仍然在画画，并靠着这个养活自己，只是他心里始终有一个梦想，也随着他的逃离，基本上已经破灭了。他从小学画画，做梦都想能开一个属于自己的画展，或者是在别人的画展里给他一席之地也好。

然而这一年多的生活，他虽然也算是无忧无虑，收入却是大减，原本身为杂志社的一流画手，现在的生活却是越来越落魄，来找他约稿的人也是越来越少。最近，陈冬青好不容易才接了一个大活儿：给一家自媒体公司做原创配图。

甲方是一个动画公司，要做一个关于仙鹤的系列动画短剧，需要陈冬青来画一套表现仙鹤的原创图，然后对方再根据他的图来制作动画。所以，为了达到甲方老板的要求，他少说也要画上百幅甚至更多的图，才能交差。为此，他在网上看了很多视频素材，不断反复观摩鹤的行为和神态，然而尝试了好几次却总是觉得仙鹤这种生灵太过仙气飘飘了，非亲眼所见，根本画不出仙鹤的神韵。

他动过几次念头，想要跑去自然保护区亲眼看看仙鹤，也就是丹顶鹤到底是什么样的，可每次这么想的时候，他都强迫自己告诉自己：不许再沾半点跟动物有关的事情。这一年多，他始终过着一个人的生活，屋子里什么都没养过，别说猫狗，就连耗子都没进来过。自从离开城市的那天，他就在心里暗暗发誓，再也不会养任何动物。然而昨天下午一个从天而降的意外，打破了他平静的生活。

昨天，也是这样一个阳光明媚的午后，陈冬青正在院子里画一幅鹤唳九天的画，表现的是丹顶鹤在迁徙的时候，在蓝天展翅翱翔的姿态。他画了好几幅，分别是远景、中景，还有近景，其中远景和中景勉强还算可以，但近景却怎么也画不好，总觉得少了点什么。他干脆把近景取消，想要先画一幅鹤舞图，反复修改了几次底稿，最后将要上色的时候，却觉得还是不满意。

陈冬青是一个有强迫症的人，尤其是对于自己的作品，有着近乎狂热的偏执，他觉得无论任何事情，除非不做，做了就要做到完美。然而就在他想要把这幅鹤舞图撕掉，重新再画一个版本的时候，一个意外从天而降。

一只近一米高的长腿大鸟，突兀地降落在院子里，刚好和陈冬青四目相对。那一刻，陈冬青感觉自己浑身都有了一种触电般的感觉，因为研究了好多年野生动物的他，一眼就认出来，这只长腿大鸟是一只鹤，而且不是普通的鹤，正是他所要画的丹顶鹤，也就是传说中的仙鹤！

但这只丹顶鹤明显是幼鸟，因为成年的丹顶鹤通体羽毛是雪白的，只有脖子和翅膀边缘是黑色的，而且头顶有红色的头冠——实际上就是成年后羽毛脱落裸露出来的毛细血管，发情和愉悦亢奋的时候会变大，平时就会小一些……

当年，陈冬青得知丹顶鹤美丽的"丹顶"其实是"秃顶"的时候，一时也有点接受不了，不过后来就释然了，丹顶鹤连秃顶都那么美，完全没道理可讲啊！可是此时此刻，出现在陈冬青面前的丹顶鹤，身上的羽毛是黄褐色的，还有些发灰，头上也没有"丹顶"，腿上套着一只腿环，上面似乎有数字，但看不清。一双充满灵性的小眼睛如同天上的星辰，歪着头好奇地打量着陈冬青和他面前的那幅鹤舞图。

看着这只从天而降的丹顶鹤，陈冬青先让自己冷静了两分钟，确定这不是"神仙显灵"，派一只仙鹤来帮他画画的。因为，这只丹顶鹤的腿环就足以说明，这是一只生活在某个自然保护区的鸟，看它的体形应该只有几月龄，分明是在迁徙过程中因体力不支或者是受伤掉队，才会落在陈冬青家里的。一人一鸟，四目对视，一个充满了讶异和惊喜，一个充满了好奇和呆萌。于是乎，陈冬青有些不知所措了。

天降仙鹤，本来是祥瑞之兆，但他早就发过誓，再也不管任何动物的事。可是面前这只丹顶鹤似乎也没有要走的意思，而且在和陈冬青对视的时候，还往前凑了几步，似乎想要示好。这怎么办？陈冬青挠了挠后脑勺，忽然在这只丹顶鹤的眼神里看出了一丝求助的意味，他恍然大悟，猛地一拍脑门。

"你肯定是饿得飞不动了吧？你等着，我这就给你找吃的去，如果你能听得懂，就在这里乖乖等我；如果在我回来之前，你飞走了，那就是咱俩没有缘分。你明白不？"

丹顶鹤似乎听懂了他的话，半张开翅膀昂起头颅，似乎很是开心，对着陈冬青连连点头。但就在它张开翅膀的时候，身体却有些微微颤抖，于是陈冬青赫然发现，这只丹顶鹤的左翅膀下面隐约有血迹渗了出来。原来它果然是受伤了。"你就在这里，不要走开，等我回来。"陈冬青条件反射一般跃起，向不远处的一家诊所跑去。

10多分钟后，陈冬青返回了家中。他的手里拿着一些纱布、木板，还有药品，以及一些在市场买来的小鱼。那只落单受伤的小丹顶鹤，果然还在他的家里。只是小丹顶鹤似乎已经没了力气，趴在地上，精神状态看起来不大好。陈冬青小心地走过去，小丹顶鹤并没有排斥和抗拒，任凭他检查了一番。

看了小丹顶鹤的伤势后，陈冬青的心略略有些沉重。伤势看起来有点重，应该是飞翔的时候撞到了什么东西导致的，左侧翅膀尺骨和桡骨有两处轻微骨折，所幸骨头没有外露不需要缝合。陈冬青曾经救助过很多动物，唯独丹顶鹤，还是第一次。他先是给小丹顶鹤喝了点水，喂它吃了东西，同时小心地给小丹顶鹤涂了伤药，用木板固定骨折的部位。小丹顶鹤精神不佳，只吃了一点东西，就趴在陈冬青的腿上沉沉睡去了。或许在它受伤的这段时间，此时此刻是它最放松的时候了。陈冬青轻轻抚摸着小丹顶鹤，一时间恍若梦中。

这只小丹顶鹤对人很亲近，又戴着腿环，是人工饲养无疑，但它到底来自什么地方，目前还不得而知。要不要上报相关部门，或者是请新闻媒体过来，一起帮助小丹顶鹤呢？这个念头刚浮现在陈冬青的脑海里，随即就被他打消了。一年前的惨痛经历还历历在目，他实在是再也不想跟那些人打交道了。尤其是如果新闻媒体报道后，他就再也别想过现在的安稳日子了。

"还是等过几天，你的伤好了，自己飞回家乡吧。听说飞鸟的基因里都有家乡的记忆，无论飞多远，飞多高，都能找到家。"陈冬青喃喃自语，望着这只"不速之客"，目光里满是温柔的笑意。

这只不知从何而来的小丹顶鹤酣睡正香，长长的尖喙却流出口水，像极了一个不满周岁的人类幼崽，懵懂又可爱。陈冬青终于看清了它的腿环，上面的数字是：0028。

由于小丹顶鹤熟睡，陈冬青也不敢乱动，他背靠着墙壁，居然也不知不觉地沉沉睡去了。睡梦中，陈冬青梦到自己化身成了一只丹顶鹤，在池塘边快活地吃鱼。那池塘里到处都是活蹦乱跳的大鱼，他吃得欢快得很，嘴角不断流着口水……

"喂，醒醒，醒醒了……"

一个熟悉的声音忽然传来，吵醒了陈冬青的美梦。他睁开眼睛，发现自己在流口水，赶忙伸手擦了擦，再定睛一看，叫醒他的不是别人，正是他在这小城里唯一的一个好朋友，兽医郝建。

至于他们两个为什么成为好朋友，原因很简单，他们俩本来就是高中同学，都热衷于保护动物。只不过后来毕业，郝建跑去学了兽医，陈冬青成了一名画家兼动物保护者，虽然路子不同，但目标却是一致的。刚刚陈冬青去郝建那里取了药品和固定伤处的木板，没说原因就急匆匆跑了，郝建忙完了手头的工作，就想来陈冬青这里看看，结果这家伙居然睡着了。陈冬青擦去了嘴角的口水，随后就发现，那只小丹顶鹤不知什么时候走了。

"我说，你刚才取了那些东西急急忙忙地跑回来，是有什么事吗？你是不是背着我养猫了，或者是狗？"

郝建东张西望，想要寻找陈冬青偷偷摸摸养的小动物。他知道，自打一年前陈冬青遭遇意外后，已经发誓不再养任何动物了，可是今天，陈冬青的举动却很反常。

"别瞎说啊，我要是养猫养狗了能不告诉你吗？再说，我这心都伤透透的了，养什么猫狗，这么跟你说吧，你要能在我家找出一只蟑螂来，我都倒立洗头！"

陈冬青这话一点都不假，郝建纳闷儿地左右看看，问道："那你刚才去我那儿急匆匆地拿那些东西干啥？总不会是你自己骨折了吧？"

陈冬青叹口气，知道隐瞒不住，于是对他说："实话跟你说了吧，刚才我们家来了一只丹顶鹤，大概几个月龄，翅膀受了伤，我给它弄了一下，又给了点吃的，现在已经走了。"

"丹顶鹤？"郝建瞪大了眼睛，难以置信地看着他。

"没错，就是丹顶鹤啊，怎么？"

"你小子运气也太好了吧？丹顶鹤都主动上门，但是你怎么能让它走啊？不打算通知救助站吗？"

"救助站？呵呵，算了吧，我已经不想跟他们打交道了。"

上一次令陈冬青伤心欲绝的事件中，那些动物救助部门压根儿就没帮他说过几句好话，甚至还质疑他救助动物是为了赚钱。可是天地良心，仅有的几次接受捐赠，所有的钱他都用在了动物身上，没往兜里揣过一分钱。陈冬青甩了甩头，强迫自己不再去想那些不愉快的往事。

"好吧……不过，那只丹顶鹤如果伤得很重，又没法飞起来，那它独自在外面有点危险啊……"

郝建摸了摸下巴，抬头望着周围的天空，目光里有一丝担忧。陈冬青也有点担心。不过，他已经做了自己能做的事，至于其他的，就听天由命吧。能不能活下去，就看你自己的造化了。他心里暗暗地想。

"算了算了，不管那么多了，晚上我请客，去我家吃饭如何？"郝建热情地招呼着，邀请陈冬青去他家吃饭。

"吃饭好说，菜呢，你打算请我吃点什么？"

"油煎小黄鱼，不然你自己也吃不完。"

郝建贼兮兮地笑着，指了指一旁水桶里的小鱼儿们。陈冬青握了握拳，说："我就知道，你没那么好心请我吃饭，这些鱼你就甭惦记了，我这个月的生活费不多了，如果你把鱼吃了，明天那只丹顶鹤再来，我可买不起鱼给它吃了。"

"真小气，咱们俩的感情，还顶不上一只丹顶鹤？"郝建一脸揶揄地说着，"哎，对了，你不是发过誓，再也不管什么野生动物了吗？今天这是咋了，一只丹顶鹤就让你破防了，居然不惜违背誓言？"

"誓言你个鬼，我当初只是说以后再也不养动物了，但是那只鹤受了伤，我只是想帮它个忙而已，我又没打算留下来养着。再说，丹顶鹤是国家保护动物，也不让养啊！"

陈冬青没好气地说着，同时心里也有些暗暗担心。那只小丹顶鹤的伤不轻，现在又下落不明，但愿它不要遇到什么危险才好。

阳光明媚，岁月静好。和往常一样，陈冬青一直睡到日上三竿才起来，简单洗漱了一下后，他便和昨天一样照例坐在画布前，继续昨天的工作。

他闭上眼睛，脑海里回忆着昨天那只小丹顶鹤的样子，然后开始落笔。这次他画的是一幅素描，多年的美术功底不是吹的，很快一只活灵活现的小丹顶鹤就出现在画布上。黄褐色的羽毛，略带浅灰，头上并没有红色的头冠，却歪着可爱的小脑袋，一双充满灵性的眼睛，如同天上的星辰。腿上套着一个腿环，上面的数字清晰可见：0028。

看了看自己的这幅作品，陈冬青总是觉得哪里不大对劲，仔细打量了半天，又把那个腿环去掉了。鸟儿是大自然的精灵，那个腿环对于人类来说，是便于辨认和管理饲养，但对于鸟儿来说，是一种永远也无法挣脱的束缚。

"也不知道那只小丹顶鹤怎么样了……"陈冬青忽然有些惦念起昨天的小鹤，他放下画笔，抬头望天。

今天是一个大晴天，万里无云，碧空湛蓝，清爽的空气夹杂着微风，吹拂着他的脸庞，不由得心旷神怡。不得不说，一年前的决定，真的是太明智了。远离都市，远离喧嚣，远离雾霾，远离是非纷扰。或许只有在这样的小城里，他才能过上自己理想中的生活。虽然清贫，但内心安宁。

独自感慨了一会儿，陈冬青便站起身来，活动了一下筋骨，然后回到屋子里想要给自己弄点吃的。鉴于近期捉襟见肘的生活费，陈冬青已经取消了早饭，所以他每天起得都很晚，这样早饭和午饭就可以一起解决了。毕竟，省一顿是一顿。

今天中午的饭和昨天晚上的饭是一样的：鸡蛋青菜面，外加一点酱菜，还有半个馒头。最近一直都没接到什么活儿，上一次拿到酬金的日子，好像是两个月还是三个月之前来着？陈冬青已经记不清了。

可是即便过着这样的日子，他依然不后悔，所有的钱几乎都让他用来买了颜料和画布。他始终坚信，只要自己肯努力，总有一天，小画师也能变成大画家。说不定再过一年、两年，也许三年，他就可以开一场属于自己的画展了。陈冬青一边煮面，一边心里不断念道。就在这时，外面忽然有人敲门。

咚……咚咚……咚……

谁来了？陈冬青第一个想起来的就是郝建，因为在这个小城里，他并没有什么朋友，除了郝建，很少有人能理解一个成天把自己关在家里的宅男。记得有一位名人说过，每一个无所事事的年轻人，多半都会把自己想象成一个艺术家。但实际上，他就是懒得出去找工作。

"来了，来了……"

陈冬青放下手里的挂面，往门口跑去。打开门，他探头往外看去，却不由得愣住了。门外空空荡荡的，一个人影也没有。奇怪了，难道是自己听错了？郝建那家伙最近挺忙的，而且昨天晚上没请他吃油煎小黄鱼，估计都记仇了，今天应该不会过来。他关上门，继续回头煮面。但过了没两分钟，门口的敲门声又出现了。

咚……咚咚……咚……咚咚咚……

这次敲门声更急了，而且那声音很怪异，听起来不大像是人……陈冬青汗毛刷地竖了起来，如果这要不是大白天的，估计他都要往鬼故事那方面想了。站在门口听了听，敲门声忽然又停了。陈冬青憋了一口气，忽然推开门，定睛一看……门外还是没有人。

突然，窗户那里又咚咚地响了起来。陈冬青从门边抄起一根木棍，一个箭步冲出门外。下一刻，他就呆住了。只见出现在窗户那里的，赫然正是那只小丹顶鹤，它正歪着头，瞪着小眼睛，一脸无辜地看着他。当啷一声，陈冬青把木棍扔了，欣喜地跑了过去。

"你这小东西，原来是你敲门啊，我还以为闹鬼了呢……是不是饿肚子了？来来来，昨天的小鱼还给你留着呢。"

陈冬青一溜烟跑回屋里，拿出了他给小丹顶鹤留的"伙食"。小丹顶鹤见了吃的，顿时开心起来，叫了两声之后便低头吞吃起了小鱼。乘此机会，陈冬青赶忙检查了一下它翅膀上的伤。

　　经过一夜，小丹顶鹤的伤处似乎好转了些，活动的时候也不再像昨天一样微微颤抖。陈冬青又给夹板加固了一下，然后小心翼翼地抚摸着小丹顶鹤，如同一个慈爱的老父亲一般看着它吃东西。今天小丹顶鹤的食欲不错，估计也是饿坏了，那些鱼一条没剩，全吃了。吃完之后，它脖子都有点歪了，又喝了点水，看着陈冬青叫了两声，把头往陈冬青身上蹭了蹭。这已经是很亲昵的举动了。

　　陈冬青很是开心，摸了摸小丹顶鹤的头，让它在外面待一会儿，然后就起身回了屋。他的本意，是想给小丹顶鹤做个窝，让它在这里住下，毕竟外面很危险，它又受了伤，还是住在他家比较安全。但当他拿着一个毯子兴冲冲地跑出屋子时，环顾四周，却发现那小丹顶鹤又不见了……四处找了找，都没有，又跑到门口望了望，已经没影了。

　　陈冬青不由气恼，跺了跺脚，心说这小东西敢情是吃饱了就走啊，这也太没良心了！看了看手里的毯子，陈冬青有点无语。不过，既然小丹顶鹤今天来要吃的，那就说明它已经不排斥自己了，说不定明天还会来。想到这里，陈冬青看了看空空如也的水桶，又摸了摸身上瘪瘪的钱包，无语凝噎。

　　这真是"麻绳专挑细处断，噩运只找苦命人"。老天爷啊老天爷，你明知道我最近钱紧，还偏偏给我安排了这么个超级能干饭的"鸟爹"，一顿饭能吃好些鱼，这可都是钱啊……

第 2 章
一个真实的故事

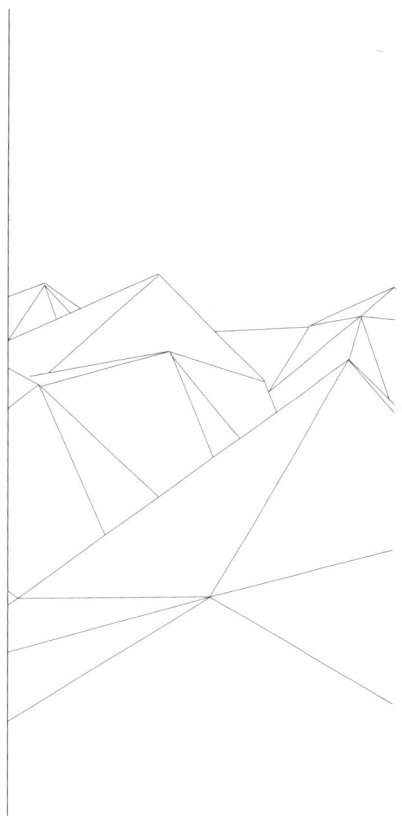

接下来的第三天、第四天，那只小丹顶鹤又连续来了两天。陈冬青也已经习惯了，每天都盼着小丹顶鹤过来，然后在外面梆梆梆地敲窗户。这几天里，一人一鹤越来越熟悉，越来越亲近。不过，这只小丹顶鹤是个十足的吃货，就这么两三天，便足足吃掉了陈冬青未来一个礼拜的生活费。这让陈冬青多少有点心疼，但又乐此不疲。

在这几天之中，陈冬青和小丹顶鹤已经颇为熟稔，他画了很多关于鹤的素描，自觉对掌握鹤的体态结构，比之前有了很大的进步。都说艺术来源于生活，如果不是小丹顶鹤的出现，说不定陈冬青现在还对着画布苦苦发愁。现在，他对自己即将创作的鹤舞图充满了信心。只是小丹顶鹤每天来他这里，都是吃了鱼就走，顶多能跟陈冬青互动片刻，就颠颠地跑开了。陈冬青也曾经跟踪过两回，每次都跟丢了，看来小鹤的警觉性还是很高的，对此陈冬青也挺无奈的。对于这只吃饱了就跑的小鹤，他还给起了一个很贴切的外号：小没良心的。

转眼又是一天过去了。但是这一天，陈冬青等了一天，却不见小丹顶鹤来找他。日头渐渐偏西，陈冬青的心里愈发不安，因为他知道，这座小城里的人们虽然大多都很善良朴实，但那只小丹顶鹤毕竟是形单影只，如果落到了什么心怀不轨的人手里，那就……又在家里坐了一会儿，陈冬青终于坐不住了，他准备出去寻找小丹顶鹤。就在他刚刚关上家门的时候，门外忽然跑来了一个人，气喘吁吁地进了院子。

"冬青冬青，我看到你说的那只丹顶鹤了……"

这人正是郝建，他跑得上气不接下气，陈冬青闻言一喜，忙问道："你是在哪儿看到的？小鹤在哪儿？"

"在花鸟鱼市场那边，很多人都看到了，你快去看看吧……有人要抓它……"

"什么？！"一听有人要抓小鹤，陈冬青顿时大急，撒腿就往外跑。刚跑到院门口，他又回来了，火速打开抽屉，犹豫了一下，然后从里面翻出一样东西揣进了兜里。

郝建说的花鸟鱼市场离这里并不远，两人一前一后来到市场，左右一打量，就见一群人围在一起似乎在看热闹，时不时地发出一阵哄笑声。

两人走过去挤进人群，发现这里是一个卖鱼的摊位，那只小鹤正跟个溜达鸡，哦，不对，跟个溜达鹤一样昂首阔步，闲庭信步，在地上来回溜达。它时而好奇地打量着周围围观的人群，时而走到摊位前，全然不顾摊主是什么表情，直接伸长尖喙叼起一条鱼仰头吞下。好家伙，它这是真不客气啊！看那样子，似乎这里就是它们家的鱼塘，想怎么吃就怎么吃。众人围着小鹤指指点点，时而发出哄笑声，还有些人好心地拿着食物，想要喂给小鹤。

一个三十岁上下的秃头男人正在维持秩序，一边对众人说道："大家都往后靠靠，别惊了它……"

他嘴里这样说着，却带着其他几个人渐渐接近小鹤，陈冬青抬眼便看到了，这几个人手里拿着麻袋和套索，一个个目光不善。而那小鹤，已经不知不觉陷入了他们的包围圈！

"你们干什么？！"陈冬青立即站了出来，挡在了小鹤身前。

那秃头男人上下打量着陈冬青，鼻子眼里哼笑一声，说："干什么跟你有啥关系？这家伙已经连续在我这儿吃三天鱼了，怎么赶也不走，我现在要把它抓起来，有毛病吗？"

"就算它吃了你的鱼，你也不能伤害它，这是丹顶鹤，国家一级保护动物，而且它身上有伤，你没看出来吗？"

"它有没有伤跟我有啥关系？反正它吃了我的鱼，我就要把它抓起来。"秃头男人寸步不让，斜眼看着陈冬青，一副你能奈我何的表情。

郝建走了过来，打圆场道："刚才我已经报警了，丹顶鹤的确是国家一级保护动物，你要想抓走，这么多人都看着呢，回头调查起来，你也跑不了。"

他这几句话还是比较管用，秃头男人眼珠转了转，指着小鹤说："你说得轻松，国家一级保护动物就可以随便吃我的鱼啦？"

"它吃了你多少鱼，我赔给你。"陈冬青从兜里拿出钱包，往里瞥了一眼……有点不妙，出门的时候也没想带钱的事，钱包里就剩下点硬币了。

"吃得倒是不多，问题是我这鱼都是名贵品种，而且不光是我，这附近好几家卖鱼的都让它祸害过，你要想赔，没有两千块钱解决不了！"

我的乖乖，吃了人家两千块钱的鱼……陈冬青一个哆嗦，回头看了小鹤一眼，小鹤浑然不知发生了什么歪着头和陈冬青对视，忽然贴了过来用头在他身上蹭了蹭。陈冬青的心顿时就软了，心说我天天喂你吃鱼还不够吗？你还非得上人家花鸟鱼市场来祸害？

"哥们儿，你看看这样行不行，我现在就把这只丹顶鹤带走，保证以后它再也不会来，但是两千块钱有点多，我给你二百块钱行不行……"陈冬青开始讨价还价，那人一听就恼了，赶鸭子一样轰陈冬青。

"去去去，别在这儿瞎捣乱，你算干什么的啊，我那些鱼都金贵着呢，你就赔我二百块钱？打发要饭的呢？"

"这不是钱不钱的事，主要这是国家一级保护动物。我这么跟你说吧，打个比方要是有一天，一只东北虎跑到你家，把你家羊吃了，你觉得东北虎还能赔你钱吗？而且国家还保护它，你如果把东北虎弄死了，你还得承担责任……同理，现在这只丹顶鹤，它也不可能赔你钱，所以，如果我是你的话，有二百块钱就不少了，要啥自行车啊……"

陈冬青的一番话，直接把那人绕迷糊了，挠了挠头，反唇相讥道："我不管它是什么保护动物，它吃了我的鱼，就得赔我钱，如果没钱，那就拿它抵债，没什么好说的！"

说到这里，陈冬青已经明白了。这家伙摆明是想把丹顶鹤抓住，当作商品来买卖。这里本来就是花鸟鱼市场，丹顶鹤又是稀罕物，准能卖个大价钱。

陈冬青冷笑一声："既然这样的话，那就没什么好说的了，贩卖野生动物是触犯刑法的，只要你不怕，我也无所谓。"

秃头男人也没想到会有人跟他直接硬碰硬，一时双方僵持不下。就在这时，人群外忽然传来警笛声，一辆警车正呼啸而来。

"大伙都闪一闪，小偷在哪儿呢？"

警车上下来了两个年轻的警察，人们纷纷让开一条路，两人进来一看这场面，就把目光聚焦在了那个秃头男人身上。这人长得就猥琐，而且旁边的人齐刷刷地都盯着他，准保不是好人！

"走吧，跟我们走一趟。"两个警察上前就薅着秃头男人往警车那边走，秃头男人连忙挣扎辩解。

"警察同志，警察大哥，你们抓错了，我不是小偷，误会啊……"

"误会？每一个小偷都是这么说的，少废话，先跟我们走一趟再说。"

"我是卖鱼的啊……我是受害者，你们误会了……"

"卖鱼的？"

两个警察这才把手松开，看看他说："你说你是受害者，那小偷是谁？"

秃头男人一指那小丹顶鹤。

"就在那儿呢，连偷我三天鱼了。"

"哟，这是个什么鸟？"

看到一旁躲在陈冬青身后的小丹顶鹤，两个警察这才明白过来，的确是误会了。陈冬青走了过来，说道："警察同志，事情是这样的，这是一只丹顶鹤，国家一级保护动物，因为翅膀受了伤不能飞，这两天在他这儿吃了几条鱼，他就想要抓住丹顶鹤卖掉，赔他的鱼钱。"

"这你就不对了啊……"警察看向秃头男人义正词严地说，"连国家一级保护动物的主意你都敢打，你知不知道这是触犯刑法的？"

秃头男人却还是不肯服软："我也没说要卖啊，我就是想把它抓住赶走，要不然它天天上我这儿来吃鱼，我也受不了啊！我这儿卖的都是名贵鱼……我就想要两千块钱赔偿，他还不给。"他指向了陈冬青，一脸的委屈。

警察回头看了看陈冬青，问道："你是哪个部门的？"

陈冬青说："我是动物保护协会的，这只丹顶鹤除了出来偷吃鱼之外，这两天都在我那里养伤，它翅膀上的夹板就是我给固定的。这是我的证件。"

他从兜里掏出证件递过去，警察打开看了看，又递给了他。

"既然是这样，那这只丹顶鹤现在就归你负责，它偷吃了人家的鱼，你是否有意向赔偿？"

"刚才我已经说了，我只能代表我个人赔偿他二百块钱，如果他不要，那不好意思，我也不管了，他可以去找这只丹顶鹤的监护人要钱。"

监护人……秃头男人心说这一只鸟哪来的监护人，但一看这阵势，知道自己今天是捞不到什么好处了，而且陈冬青亮出证件，确实是动物保护部门的，他也只好捏鼻子拉倒，接了陈冬青的二百块钱，灰溜溜地跑了。但实际上，他并没搞清楚动物保护协会和动物保护部门的区别。陈冬青那个证件，只不过是一个民间协会组织的，并不是官方的，没有任何的特权。

离开了市场后，警察告诉陈冬青，以后要看住了这只丹顶鹤，在丹顶鹤养伤期间，不能再放出来"逛街"了。他还严肃地说，最近在花鸟鱼市场发现了一伙儿倒卖珍禽的贩子，像这样一只丹顶鹤幼鹤，价值能达到上万元，如果在市场再流通一圈，最终到买家手里甚至能达到十几万元。最后，陈冬青跟两个警察来到了派出所，做了笔录和备案，这才让他把丹顶鹤带走。

回到家里，陈冬青看着丹顶鹤暗呼侥幸。如果不是他出门的时候急中生智，把压在抽屉里一年多的动物保护协会证件带上，恐怕今天他根本无法把丹顶鹤带回来。即便这样，人家警察也有交代，等丹顶鹤的伤势好了，必须送回饲养区，或者是有关部门。屋子里，陈冬青和丹顶鹤相视无言。过了好半天，丹顶鹤忽然凑了过来，用头在陈冬青胳膊上蹭了两下，状似十分委屈。

陈冬青哭笑不得，揉了揉它的头，说道："你呀，就算在我这儿吃不饱，也不能出去吃人家的鱼啊，你说说多危险，这要是让那些黑心贩子把你抓住卖了，你可就永远也见不到爸爸妈妈了。"

小丹顶鹤低着头，叫了两声，一副做错了事的样子。

"从今以后，你可别到处走了跟个二流子似的，就在这儿住吧，待会儿我给你搭个窝，至于吃的你也别愁，我卡里还有点钱，养你几天还是没问题的，以后，你就把这里当成你的家。"

陈冬青自言自语，打算动手给小丹顶鹤搭窝。就在这时，外面忽然有人敲门，陈冬青上前开门一看，是郝建来了。

"怎么样，派出所那边没说什么吧？同意你把小鹤领回来了？"

刚才陈冬青去派出所，郝建没有同行，但是一直惦念在心，所以这才火急火燎地赶来了。

陈冬青一笑："没事了，多亏了我这动物保护协会负责人的身份，不过你得帮我个忙，咱俩给它搭个窝，没事的时候可不能让它再四处溜达了，太危险了。"

"你打算养着它？"郝建问。

"嗯，至少养到它伤好吧，现在它不能飞，我也不能不管啊！"陈冬青一脸无奈地说。

郝建围着小鹤转了两圈，摸了摸下巴，说："我说，这丹顶鹤，能吃吗？"

陈冬青瞪大了眼睛："你说啥？你要吃了它？你是疯了吧，这可是国家一级保护动物……"

郝建无语地说："你才疯了，我的意思是说，这丹顶鹤能不能吃……意思就是它饭量如何，你能不能养得起，我什么时候说要吃丹顶鹤了……"

"饭量……别人我不知道，反正它肯定比我能吃，要不能吃人家两千多块钱的鱼？"

"别听那人胡扯，他就是想讹钱而已。不过，你真要养它的话，钱不够跟我说，这算咱俩养的。"郝建说着便蹲下来，笑眯眯地对小丹顶鹤招手。

"过来过来，让我来看看你的伤势如何，你放心，我是医生，一定不会弄疼你……"

他小心翼翼地接近，但小鹤似乎是因为经历了刚才的事情，对陌生人有了戒心，见他靠近，突然引颈长叫。别看这只是一只小鹤，叫声同样洪亮高亢，冷不丁地还把郝建给吓了一大跳。

《诗经》里有一句"鹤鸣丁九皋，声闻于野"，一点都不是夸张。丹顶鹤的气管据说有一米长，是人类气管的五到六倍，其叫声可以传到方圆一公里左右的范围。所以这一嗓子，把郝建吓一激灵。更过分的是，小鹤在叫了一嗓子之后，还冲郝建吐了一口口水……

"哎呀我的妈，你还会吐人，你属羊驼的啊……"郝建狼狈不堪地逃开，擦着脸上的口水。

陈冬青则在一旁哈哈大笑，小鹤不明所以歪着头和陈冬青对视，忽然又叫了起来，听起来就像是和陈冬青在同时大笑一样。或许它也已经明白了，这里，即将成为它的新家。

陈冬青和郝建两人合力，一起就在陈冬青的床边给小丹顶鹤搭了个窝。这回陈冬青终于可以放心了，除非小鹤聪明到可以自己开门，否则它绝对逃不出去。院子里，陈冬青也把院墙做了加高处理，大门上了锁，而且还找来了一些芦苇，在地上铺了厚厚一层。这样一来，小鹤在院里玩耍的时候，随时可以趴在芦苇上面休息了。见陈冬青如此上心，郝建也不由对他竖起大拇指，他仔细检查过了小鹤的伤势，给陈冬青留下了一些药品，并且预测小鹤大概需要半个多月的时间，就可以痊愈了。陈冬青和这只小鹤，便从此一起过上了日子。

白天的时候，陈冬青在院子里画鹤，小鹤便随意玩耍，有了这个难得的机会，陈冬青画鹤的技能飞速提升，很快就抓住了丹顶鹤的神韵。他们两个吃饭一起吃，睡觉一起睡，就连陈冬青上厕所的时候，小鹤都得在旁边蹲着。这只小鹤哪里都好，只是有一点，就是性格有点高傲，成天吃陈冬青的，喝陈冬青的，却只有在吃喝的时候，能对陈冬青亲近一些。平时心情好了，也能跟陈冬青玩一会儿。但大部分的时间，它连理都不理陈冬青，昂首阔步地在院子里散步，那神态像极了一个巡察领地的将军。

这天，陈冬青闲来没事，在院子里给小鹤录了一段视频。他一边录，一边跟郝建开玩笑说："这只小没良心的，等它哪天伤好了离开的时候，多半连头也不回。"

郝建也笑着说："那可不一定，最起码它得喷你一脸口水，给你留个永远的纪念。"

他话音未落，小鹤刚好来到他的身边，似乎听懂了郝建的话，展翅引颈，直接一口口水喷了他一脸。随后，幸灾乐祸般地引吭高叫，扑扇着翅膀远远跑开了。看着郝建狼狈不堪的样子，陈冬青已经笑得直不起腰了。这小鹤好像捉弄郝建上了瘾，短短几天时间里，已经喷了他好几次了。

这一段视频，被陈冬青一时兴起发布到了网上一个短视频平台。当时他也只是觉得好玩，没想太多。然后他就跟郝建一起捉住了小鹤，玩闹了一会儿后，便开始给小鹤换药。小鹤的伤处虽然没露骨头，但伤势也不轻，要想伤口愈合的话，还真得半个月以上。

只是这小鹤太小，有点没深没浅，经常是陈冬青给它包扎好，过一会儿它就忍不住扑扇翅膀，满院子乱跑，然后伤口就重新崩开了。所以这几天下来，它的伤好得很慢。

就在陈冬青为了这只小鹤烦恼的时候，已经来到了东北林业大学入学的许诺，正在紧张的学习中。自从转了专业以来，许诺每天都要付出更多的时间，来追赶学习进度。在她的班级，甚至整个学院，如果要评选一个最努力刻苦学习的模范，那一定非她莫属。

周末的清晨，许诺在食堂打了饭，回到宿舍，旁边两个室友正在看手机叽叽喳喳地笑闹着。许诺戴着耳机，把所有干扰都排除在脑海之外，专心致志地做着题。正在这时，住在她上铺的同学忽然用力敲打着床铺，喊许诺。

"哎，许诺，许诺，许诺……"

她连喊了几声，许诺才拿下耳机，纳闷地问道："怎么啦？"

室友说："我记得你说过，你们家是养了很多丹顶鹤吧？"

许诺点点头："是啊，但不是我家养的，那里是扎龙自然保护区，是丹顶鹤的栖息地，也是它们的家园。我家只是负责巡护工作。丹顶鹤不属于任何人，它们只属于大自然。"

"我知道，我知道，你快来看看，这有只丹顶鹤，还会吐口水呢，可逗了。"

"丹顶鹤吐口水？我怎么没见过。"

许诺的好奇心被勾了起来，放下耳机和手中的书本，来到室友面前。视频里，一只几月龄的小丹顶鹤，连头冠都还没有，披着一身黄褐色的羽毛，正对着一个笑嘻嘻凑过去的人吐了他一脸的口水。然后，小丹顶鹤扑扇着翅膀，鸣叫着跑开了。那人一脸狼狈，视频拍摄者开怀大笑，笑声颇为魔性，那小丹顶鹤也随即回应，张开翅膀和视频拍摄者一起大笑起来。

"我没认错吧，这是不是丹顶鹤？看起来还没长大，你看多好玩啊，跟人似的，还挺聪明的，吐了口水就跑，笑死人了……"

室友笑得前仰后合，两只脚搭在床沿上一晃一晃的。但许诺却没有笑，她仔细看着视频里那只小丹顶鹤，认真地说："这只小鹤的翅膀受了伤，而且还不轻。"

"在哪儿呢？在哪儿呢？我怎么没注意……"

"你看，它翅膀上还有夹板呢，这种情况必须注意休养，不能乱动。"

"啊，你不说我都没看到，还真的有夹板。"

许诺盯着视频看了两三遍，她试图从视频里多看出一些情况，但很可惜，这段视频只有短短十几秒就结束了。但这段视频的播放量却已经达到了几十万次，很多网友都对这只会吐口水的小丹顶鹤表达出了喜爱之情。许诺也很喜爱这只小丹顶鹤，但她更关心小鹤的伤势，于是在评论区里发了一段关于让小鹤注意休养的内容。但是，视频发布者并没有回复她。

看着这段视频，许诺不由想起了那只迁徙途中飞丢的小鹤，她查看了一下视频发布者的信息，并没有找到任何线索。再看看他先前发过的一些视频，也都是一些生活琐事，而且时间段都是这一年之内的。看内容，这人应该是个画家。天底下没有这么巧的事吧？许诺暗暗地想。她回到桌子前，拿出了自己的手机搜索了一下刚才视频发布者的名字：陈冬青的青。

"这人名字真怪。"心里想着，许诺点了一下右上角的关注。然后，她就放下手机，重新戴上耳机专心致志地开始学习。但这一次，她再也无法聚精会神，脑海里总是出现那只会吐口水的小鹤和视频里那爽朗单纯又略带魔性的笑声。

过了一会儿，许诺索性拿下了耳机，给远在家乡的奶奶打了个电话，闲聊了几句后，便问起了"云云"和"梦梦"的情况。奶奶告诉她，自从丢了一只小鹤后，它们就一直情绪低落，最近这两天已经有点不爱吃东西了。

许诺听了，心里有些焦急，她知道，丹顶鹤是一种很聪明又通人性的动物，丢失孩子对它们来说是很大的打击。除非尽快找到丢失的小鹤，否则，母鹤很可能会生病的。她从小就跟着爷爷和爸爸一起养鹤，很了解丹顶鹤的性情和习性。丹顶鹤是禽类中为数不多的一夫一妻制，忠贞重情，一旦结合了就终身厮守，不离不弃。倘若一只生病死亡，另一只很可能为之殉情。一年前，她就曾经目睹了这样的事情发生：一对丹顶鹤中的一只因故死去，另一只鹤三天三夜不吃不喝，一直守着爱侣的尸体。最后，它拔地而起直飞云霄，随着一声撕心裂肺的长鸣，便一头扎下来摔死在了爱侣的身旁……

这样的场景实在太过残忍，也太让人难过伤情。许诺不敢再想，她挂断了电话，心里暗想，如果刚才视频里的小鹤，就是"云云"走失的那只小鹤，该有多好啊！想到这里，她再次打开视频，仔细地观察了一下那只小鹤的腿部，想看看腿环编号。但遗憾的是，视频时长很短，小鹤的腿部也在画面之外，看不到是否有腿环。

此时，许诺的奶奶放下了电话，来到厨房熄了炉灶上的火，往门外望去。现在已经是上午九点，锅里的饭菜热了又热，但许诺的爷爷一早就出去照料雏鹤，到现在也没回来。许诺奶奶的心里有些不踏实，她不由想起了许多年前，自己也是这样每天守在门口，盼着老伴回家。后来，又这样每天守在门口，盼着一双儿女回家。可是她没有想到，等来的却是一个又一个噩耗……想到这里，她愈发有些不安起来，于是便擦了擦手，关上家门，往外面的芦苇荡走去。

不远处就是鹤类繁育场，许诺的奶奶来到繁育场的一间保温室，终于见到了自己的老伴，他正像个孩子一样聚精会神地在保温箱前观察着里面的一只雏鹤，拿着工作本认真地记录着什么。她没有说话，靠在门边，看着老伴，脑海里又闪过了很多年前的一幕场景。

那时候是20世纪70年代，国家刚刚成立扎龙自然保护区，但那时候丹顶鹤的总数只有140只左右，濒临灭绝，丹顶鹤又是一身傲骨，极其敏感难以靠近。有一次，许立林在湿地中发现了两只离群的小蓑羽鹤，这类鹤特别不容易成活，尤其是这么小的雏鹤，一旦离群很容易夭折。于是他便将这两个小家伙带回家，因为怕它们着凉，便将两只小鹤放在自己的肚皮上过夜。还给它们盖上被子，小家伙踢被子，他就反复给它们盖好。就这样，两只小鹤在他的肚皮上养了18天，长到了一斤多重，度过了危险期，他才把小鹤送回了保护区。如今时过境迁，保护区的条件越来越好，处处都是现代化设备，用肚皮给小鹤取暖的事，以后再也不会发生了。

"你这个死老头子，早饭都不吃就跑到这儿来了，害我担心，拿来吧你！"

许诺奶奶的语气里略带责怪，脸上却带着笑意，她来到许立林的身前，从他手里夺下了工作本，合在了一起。

许立林这才发现老伴来了，赶忙去抢工作本，语气也有些不高兴。

"别捣乱，我差一行字就写完了……你不知道，最近新来的实习生经验不足，我就得一点点地把这些东西记下来，把经验传给他们啊！"

"死老头子，每次都这样说，你是不是忘了，你都已经退休十多年了？还管这些闲事干啥？"

"这话说的，好像你少管闲事了似的，基地里哪只鸟生病了你不跟着操心上火？"

"我呀，我这辈子就跟你最操心上火，你说你都七十几岁的人了，身子骨也不好，一大早就跑出来，饭也不吃，这要是诺诺在家，非得好好训你一顿不可。我告诉你，刚才诺诺还打电话，嘱咐你好好吃饭，好好养身体，如果你要是不听，我现在就去告诉诺诺。"

两人话语间似乎在埋怨，却早已是家常便饭，谁也不会往心里去。只是一听老伴提起孙女，许立林立马就赔起了笑脸，所有的不快都烟消云散了。

"好好好，我听你们的，我这就回家吃饭还不行嘛。"

"你呀，身体不好，就别总拿自己当小伙子了，尤其这几天下雨，你这风湿病老寒腿，走路都一瘸　拐的，还不好好休息。再说现在基地里工程师、研究员一大把，国家生态保护的政策也越来越好，你还有啥不放心的？"

"是，是，是……你说得对，我检讨……你可千万别告诉诺诺啊，本来丢了小鹤她就挺上火的了，咱们可得报喜不报忧，不能影响她的学习……"

老两口相互搀扶着出了繁育场，一路说笑着，往家的方向走去。

此时，陈冬青的家中。

咚……咚咚……咚……咚……

清晨，一连串不规则的声音，吵醒了陈冬青的美梦。

他睁开惺忪的睡眼，就见那只小鹤不知什么时候把饭盆推了过来，正用尖喙不断地啄着饭盆，发出声响。同时，一双小眼睛圆睁着，眼巴巴地看着陈冬青。那意思，似乎是在跟陈冬青说，我饿啦！

"你这个小没良心的……一大早就吵着吃饭，再这么下去，我可真快养不起你啦！"

陈冬青爬起来，捞了三条小鱼给它当作早餐。小鹤欢快地叫了两声，叼起小鱼一条接一条，两分钟不到就吃光了。陈冬青看看它，它看看陈冬青，意犹未尽地叫了声，又展开翅膀，似乎不太满足。陈冬青赶紧抱住它，给它收拢了翅膀，埋怨道："小祖宗，你可听点话吧，这几天好不容易刚好点，你再乱动，伤口又不知道什么时候才能好了。"

小鹤不听，又叫了几声，状似抗议。无奈，陈冬青只好又拿起两条鱼喂给它，小鹤低头吃了，这才高兴起来，用尖嘴在陈冬青手上蹭了几下，弄得陈冬青痒痒的。他揉了揉小鹤的头，却见小鹤又用嘴啄了啄腿上的腿环，抬头用无辜的眼神看着陈冬青。

陈冬青瞬间明白了它的意思，问道："是不是这个腿环戴着不舒服？"

小鹤仿佛听懂了他的话，仰头又叫了一声，随后用脚挨了挨陈冬青。这小家伙简直太通人性了。陈冬青检查了一下，发现腿环果然有些过紧，想必小鹤刚戴上腿环没多久，还不适应。想了想，陈冬青动手把腿环拆了下来，结果发现腿环的位置竟然有些轻微的伤痕。

"难怪你不舒服，既然这样，腿环就先别戴了，我替你保管起来，等你的伤彻底好了，再给你戴上不迟。"

陈冬青刚把腿环收好，郝建就风风火火地从外面跑了进来，一边跑，一边嚷着："陈冬青，你火了，火了！"

"我火什么了，哪儿着火了？"

陈冬青瞪大眼睛，一脸无辜地看着他。小鹤也跟他一样，一起瞪大眼睛，盯着闯进屋的郝建。

"看什么看，我的意思是说，你们两个火啦！"郝建掏出手机，指着屏幕上的画面，直接凑到了陈冬青的脸上。

陈冬青往后仰了仰头，这才看清，屏幕上正是小鹤吐口水的那段视频，而且还伴随着自己略带魔性的大笑声。

"这……怎么了？"

陈冬青有点反应迟钝地问，郝建无语，指了指上面的播放量说："你自己看，播放量都几十万了，这条视频火了！"

陈冬青又仔细地看了看，这才明白过来，原来是自己发布的视频火了。

"哦……挺好的。"他不以为意地"哦"了一声，并没把这件事放在心上。对于他而言，一条视频火不火，对他的生活并没有多大改变，所以只是略微开心了一瞬间，就恢复了正常。

郝建睁大了眼睛，像是看外星人一样看着他。

"视频火了，你居然没反应？"

"那我还要有什么反应，翻两个跟头？"

"不是……多少人梦寐以求的啊，火了你就可以当网红了，流量经济，粉丝经济啊，你自己看看，你现在粉丝量都涨了一万多了啊！"

"是吗？"

陈冬青有点后知后觉打开手机看了下，果然如郝建所说，自己的粉丝一下子涨了一万多人。而且评论也已经有了几千条，一眼望去密密麻麻看都看不过来。看到这一幕，陈冬青多少被吓了一跳，因为他这个账号是一年前搬到这里之后才注册的，在这之前粉丝一共才几十人，每条视频的点赞量都没有过百的。现在突然冒出一条爆火的视频，播放量达到了几十万，点赞量也有两万多，这让他很是意外。不过……这也就只是个意外罢了。陈冬青并没打算借机炒作一番，更没想利用这个机会赚钱。

郝建却在一旁循循善诱。

"我跟你说，你一定要利用好这个机会，没事多拍一些小鹤的视频发上去，支持者肯定多，最好是能拍成段子，趣味性强一些的。然后你还可以直播，那打赏肯定乌泱乌泱的……"

"你可拉倒吧，我不会拍段子，也不打算当网红，想让我直播，门都没有。"

陈冬青断然拒绝了郝建的建议，把头摇得像拨浪鼓一样。他天性就是个内敛含蓄的人，如果要让他去做直播，估计尴尬得头皮都得挠掉一地。

"你这人，就是死心眼，直播怎么了，现在全民直播啊！你要不播，我播，我可不能放过这个好机会。"

"你播个屁啊，你一个兽医，我觉得你直播母猪的产后护理还差不多能火一把，你就别祸害我的鹤了。"

"……那行，你跟你的鹤过日子吧，算我没说，回头等你养不起它的时候，别说我没提醒过你啊，机会是你自己不要的。"郝建悻悻而去。

看着郝建远去的身影，又看了看小鹤，陈冬青不由得笑了起来。他摸了摸小鹤的头，拿起手机，和小鹤来了个合影自拍。

"来，看这里，看这里，三、二、一……咔嚓……"

一小段几秒钟的视频后，一人一鹤的合影便出炉了。照片里，蓝天白云，岁月静好，陈冬青和小鹤都笑得十分灿烂开心，小鹤张开了翅膀，昂首长鸣。陈冬青把这一小段视频和照片也发布了出去，同时脑子一热，还配了两句莫名其妙的诗："疏星依乘月，仙鹤驾西天。"

身为一个热爱生活的人，陈冬青原本就喜欢在网络里分享自己的生活，可他没想到，他不经意配的这两句诗，又造成了评论区里的沦陷。短短不到两个小时的时间里，这条视频又有了几万次的播放量和上百条评论。除了对这个充满小清新和小确幸调调视频的喜爱，大家一致对陈冬青的智商表达了担忧。

"亲，驾鹤西游可不大吉利啊，这两句是形容晚年孤独生活的词，意思是自己快死了……你确定要配这句话吗？！"

看着大家的评论，陈冬青恍然大悟，用力拍着脑门，有心想要把视频删掉重发，但是此时的播放量已经达到了快十万次。唉，真是无心插柳柳成荫，我明明不想火的啊！

此时，大学宿舍。

"许诺，出去逛街呀！"

"许诺，我们去唱歌吧！"

"许诺，你看最新的剧了吗？"

"许诺……你很无聊哟！"

"许诺，吃饭啦！"

室友们的叽叽喳喳几乎完全被许诺无视，她戴着耳机，时而匆匆回复室友一两句，然后又把注意力全部放在了学习上。那书本上已经被她圈圈点点，画了很多重点符号。刚才的室友还想要叫她，却被人拉住了。

"省省吧，你根本叫不醒一个整天沉迷学习、无心玩耍的人。"对方对着许诺撇了撇嘴，做了一个不屑的表情。

许诺的宿舍里一共住了五个人，许诺年龄最小，却最用功，成绩也是班级里名列前茅的。在她的书桌上，摆着一张她和雪鹤小时候的合影。那时，她也才只有十三岁。除此之外，她的书桌上便再没有任何装饰，简单无华，却干净整洁。宿舍里，许诺不但是学习最努力的，也是生活最简朴的。她的业余生活单调得很，似乎除了吃饭、听歌，就再也见不到她有什么娱乐活动了。这让宿舍里的其他女生，多少有些微词，甚至有人对她的态度略带敌意。但这对她而言，似乎根本无所谓。而对她的了解，室友们也仅限于知道她家是"养鹤的"。

在室友喊了好多次之后，许诺终于拿下耳机，摘下那副黑框眼镜，揉了揉眼睛。

"不好意思哦，又让你等我了，咱们走吧。"

这时候，其他的三个室友都已经离开了。坚持留下来等她的，是同样来自黑龙江的闫菲菲，在宿舍里，也只有她们两个关系最好了。食堂里，许诺打了一份饭，和闫菲菲坐在一起小声地边吃边聊。

"菲菲，你这两天关注那个受伤的小鹤了吗？"

"啊，你说那个'陈冬青的青'，他还是前天发了一个视频，跟小鹤的合影，还配上一句文案，什么驾鹤西游，笑死我了……我总感觉那个人跟你差不多，傻乎乎的，那么多人给他留言，他也不回复，好像根本不往心里去。"

是啊，那个家伙，确实是没给任何人回复过，包括前几天许诺的留言。吃到一半，许诺拿出手机，打开了"陈冬青的青"的最新视频。

"驾鹤西游"的视频还是两天前的，点赞量也已经破万了，其实这条视频没什么太特别的，但"陈冬青的青"拍摄出的那种人和动物和谐相处的美好画面和视频里的那种惬意温馨感觉，却让许诺都产生了一丝共鸣。只是小鹤的伤还没好，不适合经常做这样展翅的动作啊！许诺皱了皱眉，又特别关注了一下小鹤的腿部。

上一个视频里，小鹤的腿部在画面之外，没有拍到。而这一次，她看到小鹤的腿上并没有腿环。这也就意味着，这只小鹤很可能是野生的，并非人工驯养。许诺有些许的失望，同时也很高兴。这些年，野生的丹顶鹤越来越少见，如果真有一只野生丹顶鹤幼鸟出现，那也说明是件好事情。

许诺在评论区里打了一段话，想了想又删掉了，点开"陈冬青的青"的私信页面，发了一条消息。她发的是关于如何对受伤小鹤进行护理的内容，内容很详细，也很全面专业。发出去之后，许诺便放下手机，继续低头吃饭。

中午的食堂原本熙熙攘攘，嘈杂得很。但许诺看书耽误了时间，错过了饭点，此时已经接近尾声，食堂里的人少得很，也很肃静。许诺一向喜欢安静。

忽然，食堂广播里播放的音乐，出现了一个熟悉的却又让她不安的旋律。这是一首老歌。闫菲菲坐在对面，一边吃饭，一边低声哼唱。

"……走过那条小河，你可曾听说，有一位女孩她曾经来过。走过这片芦苇坡，你可曾听说，有一位女孩她留下一首歌。为何片片白云悄悄落泪，为何阵阵风儿轻声诉说……还有一群丹顶鹤轻轻地，轻轻地……飞过……"

闫菲菲刚刚哼唱了几句，许诺便忽然推开了还没吃完的饭，轻轻起身。

"我吃饱了，先回去了。"

许诺转身离去，脸上的表情略微有些不自然。闫菲菲一愣，随后也跟了出去。

"许诺，你是不舒服吗？"

"没有……"

许诺用力摇了摇头，对着闫菲菲露出了一个笑容，但那笑容却在转身的瞬间，便消失在她的脸上。闫菲菲一头雾水，只好跟她一路回到了宿舍。她并不知道，刚才食堂里播放的那首老歌，是许诺最喜欢却今生都不愿听到的一首歌。那首歌的名字，叫《一个真实的故事》。

回到宿舍，许诺无心学习，她拿起了书桌上的一本书，目光在那张照片上停顿片刻，便坐回床上独自默默看书。闫菲菲在对面看着她，似乎在观察着她的神情变化。这个许诺，今天不对劲啊！但她每天都只知道学习，难道她的心里，也隐藏着什么秘密吗？

闫菲菲追问："许诺，你还没告诉我，刚才你怎么了，突然变得不太对劲，是我说错什么话了吗？"

许诺对她笑笑，没有回答。

"你别光是笑呀，我们是好朋友对不对？有心事可以互相分享和倾诉的啊，你就告诉我嘛，到底怎么啦？"

许诺低下了头，目光注视在书本上，不说话。

"你……好吧好吧，你不想说就算了。"

闲极无聊，闫菲菲又开始哼唱刚才那首歌。

"……走过这片芦苇坡，你可曾听说，有一位女孩她再也没来过……"

"拜托，你换首歌好不好？"

许诺忽然抬起头，打断了闫菲菲的歌声。

"咋啦，我唱得不是挺好听吗？"

闫菲菲一脸不解。短暂的沉默后，许诺放下了手里的书，来到窗前。静立片刻，她伸出手轻轻推开了那两扇紧闭的窗。和煦温暖的微风，拂面而来。许诺轻叹了口气，喃喃自语。

"有一个女孩，她从小就爱养丹顶鹤。"

"在她大学毕业以后，她仍回到她养鹤的地方。"

"可是有一天，她为了救一只受伤的丹顶鹤，滑进了沼泽地里，就再也没有上来。"

许诺念的这段词，是《一个真实的故事》的旁白。这么多年来，她一直将这段话铭记于心。纵然，她从来都不敢去听这首歌。

"我们家，从来不听这首歌。"

许诺终于开口道出了真相。

"为什么啊？"闫菲菲仍然不解。

许诺轻咬了下嘴唇，眼眶微微有些发红。

"因为，这首歌里唱的那个女孩，就是我的亲姑姑。"

"啊……"

闫菲菲吃惊地睁大了眼睛，看着许诺的目光里，肃然有了一丝敬意。

原来如此。

第 **3** 章
你赔我女朋友

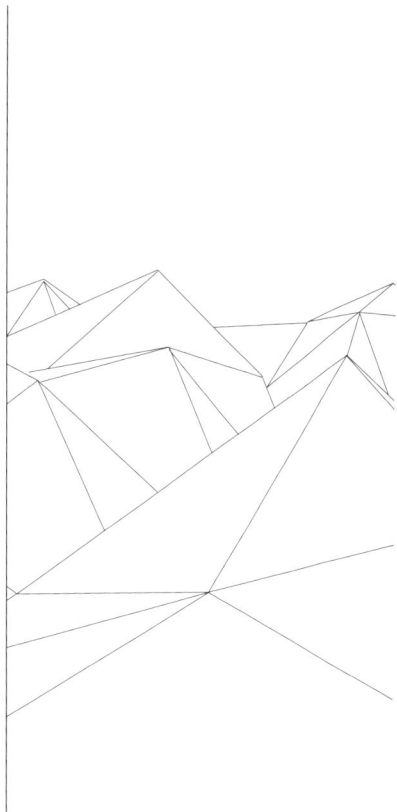

　　许诺的私信，陈冬青是当天夜里才看到的。这几天，陈冬青的第一批画稿已经交上去了，对方很满意，合同已经在路上了，估计稿酬最近几天就能到账。晚上的时候，陈冬青很高兴，特意加了两个菜，还给小鹤买了些虾换换口味改善伙食。毕竟，能这么快出色地完成画稿，小鹤功不可没啊！

　　收拾停当后，陈冬青打开了客厅的电视，然后拿起了手机。电视不是他看的，是给小鹤看的。最近他发现，这只小鹤对电视表现出了极大的兴趣，尤其是动物类的节目，每次他打开电视时，好动的小鹤都会安静地趴下，目不转睛地盯着电视。这也是陈冬青难得的休闲时光，他打开手机点开后台，便一眼看到了许诺给他的私信。

　　"咦，这个好专业啊！"

　　许诺的私信让他第一时间察觉到，这绝对是个专业养鹤的。自己虽然做了这么多年的动物保护工作，但要论养鹤，他根本没有半点经验，完全是瞎摸索。看着私信里的内容，陈冬青好奇地点开了许诺的信息。但许诺的账号主页里面只有一个视频，他有点失望，便随手点开了视频。

视频里的画面看起来像是在北方，白皑皑的雪地，白茫茫的天空，镜头里只有一个女孩，穿着厚厚的衣服，戴着帽子和眼镜，看不清面容。镜头移动，他这才发现，原来在旁边不远处，就有着十几只美丽的丹顶鹤，闲庭信步般走来。画面外，忽然出现了一个类似口琴声的哨音。

"呜……"

这哨声一起，那十几只丹顶鹤同时在开阔的草地上飞奔起来，一阵助跑后，它们张开长长的翅膀腾空而起，贴着草地低低地掠过，没有发出一点声音。但随即，一声声鹤唳，响彻天际。

陈冬青看得有些发呆，这些丹顶鹤的身体都很大，却丝毫不显笨重，动作轻盈优美，两只长长的腿伸得平平的，它们一点点升起，飞向了远处的高空，只一会儿，就在视野里变得越来越小。

视频很短，内容也不多，就只是一个女孩在驯鹤放飞的过程。陈冬青断定，视频里的女孩一定就是给自己发私信的人。看起来，她应该是在北方某个保护区，或者是野生动物园工作。这样想着，陈冬青在私信对话框里回复了几个字："非常感谢！"

然后，他又打开了微信，望着一个让他日夜惦念的名字，犹豫不决。因为，这是他的女朋友颜宁。但准确地说，应该是前女友了。一年前，因为那件意外的事情，女朋友选择了和他分手，并且告诉陈冬青，她和动物之间只能选择一个。从那之后，陈冬青心灰意冷选择独自生活，但每当他想起颜宁时，都怀着一种愧疚和不安的心情，想要对她道歉，却没有勇气。

"你睡了吗？"

陈冬青鼓足勇气，给颜宁发了一句话，然后赶紧把手机捂在手里，心脏略略开始加速。他已经有两个多月没跟颜宁联系过了。记得上一次，还是颜宁的生日，他也是发了四个字：生日快乐。结果颜宁快晚上十二点的时候才回了信息，只有短短两个字：谢谢。

时间一分一秒地过去，大概一个多小时之后，陈冬青都有点困了，手机突然响了。他急忙拿起手机看了一眼，然后心里就是一抖。颜宁回消息了！

"刚洗完澡，正要睡，有事吗？"

看到这句话，陈冬青赶紧回复，但字打了一半又删了，反复几次才发出。

"没什么事，就是这两天风大，出门注意戴口罩。"

颜宁有鼻炎，怕风，怕天气变化，以前每当变天的时候，陈冬青都会想着，将颜宁照顾得很好。过了一会儿，颜宁的信息回了过来，依然只有两个字："谢谢。"

但这次，颜宁很快回了第二条。

"你在那儿怎么样，没养那些猫猫狗狗什么的宠物吧？"

陈冬青看了一眼趴在地上看电视的小鹤，给颜宁回复。

"放心吧，我自从搬到这边，就没养什么猫猫狗狗，屋子里连个虫子都没有。"

"你养不养虫子跟我没关系，我就是随便问问。"

"嗯……你最近工作忙吗？"

"不忙，刚请了长假，想四处走走，然后再说。"

"那你可以来我这儿，这里地方小，风景不错，好吃的也很多。"

"看看吧，假还没批，先睡了，晚安。"

简短的几句对话很快结束，用时总共也没超过五分钟。但陈冬青却高兴得跟什么似的，从地上直接蹦到了床上，又翻了个跟头。一年来，颜宁一直都是保持着十分高冷的姿态，对他的嘘寒问暖几乎从不搭理。但今天，她似乎态度有所缓和。尤其是当陈冬青邀请她来做客的时候，她居然没有直接拒绝。这就是有门啊！

陈冬青在心里盘算起来，要是颜宁同意来自己这里，那就说明她有心想要复合，尤其是她刚才问自己有没有养猫猫狗狗，表面看起来是气话，但实际上是在给自己一个台阶下。只不过……他回头看了一眼小鹤，心说猫猫狗狗我肯定是没养，但是养了只丹顶鹤，这算宠物不？

不行，家里有只丹顶鹤的事，一定不能让颜宁知道。不管是什么动物，那都是动物，都能引起颜宁的反感。唉，其实当初颜宁也是一个很喜欢小动物的人，只是那场变故之后，一切都变了……

陈冬青叹口气，又想，如果颜宁真同意来了，那也好办，直接把小鹤送去郝建家里养几天，避避风头。再说，小鹤本来就是在这儿养伤的，说不定在颜宁来之前，小鹤的伤就可以痊愈，到时候很可能已经飞走了。这样的话，就不用提心吊胆了。陈冬青思来想去，几乎彻夜未眠。一直到了第二天凌晨四点多，他才昏昏沉沉地睡着。

刚一闭上眼睛，他就梦到了颜宁，两个人还住在以前的房子里，生活很充实惬意。还有那条叫作柯南的短腿小柯基，一直陪伴着两人。但梦境画面突变，一切仿佛都变成了灰白色，柯基犬被人毒死，颜宁也被人泼了一身的墨水，对方蒙着面，不断地对着自己叫嚣。

那人说，这次泼的是墨水，下次就可能是硫酸。颜宁不断地哭泣，两人在争吵，房子里不知什么时候起了火，红彤彤的火光如凶兽般扑来，将两人吞没……

陈冬青在噩梦中惊醒，猛地翻身坐起。屋子里静悄悄的，什么也没发生，小鹤趴在一旁的窝里，酣睡正香。他沉默片刻，将头深深埋在了手掌里。

"颜宁，如果你能回来，我一定不会再让你受委屈。我发誓！"

上午时分，陈冬青闲坐在院子里，招呼小鹤过来吃饭。

"小没良心的，过来吃饭了，看看我给你弄的新食谱，合不合口味。"

在他面前的一个食盆里，就是他按照许诺的方法调配的饲料。许诺在私信里告诉他，人工饲养丹顶鹤的饲料主要有窝头、玉米、蔬菜、泥鳅、鲫鱼等，像这种小鹤要定时定量，最好还要加微量元素和维生素，混在一起饲喂。每天还要定时喂水，清理排泄物，做到整洁干净。至于鱼类，尽量喂淡水鱼，一天一次即可。

另外，还可以在小鹤长大些后，增加一些富含蛋白质和矿物质的食物，如牛肉末、熟鸡蛋、鱼粉，以及禽用多种维生素和矿物质添加剂。看着那些专业术语和名词，陈冬青不由一阵头大，心说我就一个临时饲养员，我上哪儿弄那么多饲料添加剂去？我能给它养活了就不错了！

不过许诺的方法也帮助了他，先前每天都喂鱼，成本太大，现在他用玉米混合了蔬菜，里面撒些鱼粉，花不了几个钱，小鹤吃得还很开心。这几天，在他的精心照料下，小鹤的伤势好转得很快，而且他发现小鹤愈发地耐不住寂寞，总是在进食之后用头蹭他，有时候还用嘴叼着他的衣服往外面拖。甚至还会蹦跳着，就像跳舞一样在陈冬青面前转圈。那意思似乎是在告诉陈冬青，它想出去玩。不过，它倒是不会对陈冬青吐口水。被它缠得没办法，于是在吃完饭之后，陈冬青便打开了大门，领着小鹤一起出去遛弯儿。

自从在花鸟鱼市场遇到危险后，这还是小鹤第一次出门。开始的时候，陈冬青还很紧张怕小鹤会乱跑，但没想到小鹤居然很乖巧，全程都跟在他的身旁。他走得快些，小鹤就跟着走快些；他走得慢些，小鹤就跟着走慢些。

这一人一鹤上了街，闲庭信步，溜溜达达，顿时引来了不少好奇的目光。陈冬青今天也很高兴，他用手机拍了好几段视频，简单编辑了一下，便发布到了网上。结果不出预料，这只可爱又通人性的小鹤，再次受到了无数网友的围观，评论区里更是说什么的都有。陈冬青简单翻了几条，简直乐得要死。

"兄弟，你这鹤养得越来越惬意，都开始溜达上了啊！"

"溜达鸡，溜达鹤，溜达大哥真有乐。"

"弱弱地问一句，这么可爱的丹顶鹤上哪儿领养，妈妈我也想要一只。"

"最高端的食材，往往只需要最朴素的烹饪手法，像这样大的一只鹤，再养半年左右，拔毛，水煮，再加一些枸杞和莲子，便是一道极为鲜美的仙鹤羹。"

"焚琴煮鹤，太煞风景，这可是国家一级保护动物，国宝级的，飞禽里的大熊猫，你看它走起路来多么优雅，看起来多么温和，还有那充满灵性的小眼睛，修长的大腿……"

"你可拉倒吧，丹顶鹤优雅那是因为没被惹毛，新闻没看过吗？这玩意儿相当暴躁，它要是怒了，能脚踹老鹰，单挑三虎，听听，三头老虎都没干过它啊，老鹰都被它按在地上摩擦。"

"对啊，那个新闻我也看了，老虎都让它给干自闭了。"

……

陈冬青边看边乐，周围围观的人也越来越多，无数手机咔嚓咔嚓地追着小鹤拍照录像，而小鹤在人群的簇拥中丝毫不怯场，昂首阔步，气场十足，活脱脱就像一个大牌明星出场。陈冬青完全没想到，小鹤能引起这么大的轰动，上次在花鸟鱼市场的时候，好像也没这样呀！

他却忘了，花鸟鱼市场本来就是众多禽鸟聚集之地，在那里碰到什么鸟都不算稀奇，可这里是大街上，普通人可能一辈子都见不到一次丹顶鹤，能不引发轰动才怪了。甚至还有人提议，想要通知媒体，让电视台的记者来采访一下。陈冬青顿时慌了，他深知一旦要是让媒体介入，自己和小鹤的平静日子恐怕就不存在了。于是，他赶忙上前抱起小鹤，一溜烟儿地跑回了家。

一直到锁上大门，把小鹤带进屋子里，又把房门紧闭，他这才松了口气。一年前，要是没有那些不负责任的媒体煽风点火，他也不至于混到今天这个地步。因此，他对"媒体"这两个字向来是敬而远之的，唯恐避之不及。

"看来，再带你出门的话，得想个办法了。"陈冬青手托着下巴，看着小鹤，脑子里忽然想起一个人来。郝建，他有一辆越野车！想到这里，他立即抄起手机，给郝建打了个电话。

"喂，郝建啊，有个事求你帮忙……"

他们两个在电话里叽里呱啦地说了半天，小鹤全程发蒙，歪着头好奇地望着陈冬青。

"搞定!"放下电话,陈冬青开心地拍了拍小鹤的头,原地翻了个跟头。

半个小时后,郝建开着一辆车停在了陈冬青家门外,按了几声喇叭。陈冬青走了出去,郝建跳下车,把车钥匙扔了过来。

"拿去随便开,给我加油就行了。"

这辆车高度刚刚好,活动空间也大,小鹤在车里一点都不会憋闷。尤其这车顶上面还是带天窗的,只要把天窗打开,小鹤应该还可以从车里面探出头去望风。

"够意思。"

陈冬青拍了下郝建的肩膀,随后把小鹤抱上了车,车子发动后,陈冬青按了两下喇叭招呼郝建。

"喂,上来啊,一起去兜兜风。"

"算了吧,你们去就好,待会儿我那儿还有个配狗的,太忙了……"

郝建对着他们招招手,陈冬青再次按了两下喇叭示意,然后便带着小鹤向城郊驶去。城郊有一片很大的芦苇丛,还有水塘,和自然保护区的生态环境很接近,相信小鹤一定会很喜欢那里的。

"唉,这个家伙,天生的孩子性,这么多年都没什么变化。等小鹤伤愈回家的那天,我看你怎么办。"郝建望着车子远去的方向,不由摇头苦笑。

岁月的小河又安静地流淌了好几天。

多亏有了郝建这个兽医,还有许诺这个场外指导,小鹤的伤势一天天好转起来,眼看着已经能够扑扇着翅膀短距离飞行了。不过,小鹤似乎已经习惯了这种溜溜达达的生活,明明翅膀的伤已经快痊愈了,可还是喜欢每天迈开两条长腿跟着陈冬青四处瞎逛。而且小鹤在网络上的人气也开始不断增长,甚至已经有了很多固定的粉丝。每天粉丝们都会盼着陈冬青的视频,可惜这家伙实在是不上心,什么时候发视频完全看心情。

如今距离小鹤刚到他家已经过去了10多天,陈冬青发的视频一共才五六条,而且面对粉丝们让他开直播的呼声,他也视若无睹。评论区里的几千条评论里，他回复过的都不到十条。用网友的话来说，他实在是一个佛系视频制作者。但大家并不知道，以前陈冬青并不是这样的。他只是在用这种方式，保持着和从前生活的距离。他不愿意再在自己的身上贴上"动物保护者"的标签，发视频也只是因为忍不住想要记录这段美好的日子。因为他知道，小鹤的伤势痊愈后，就会离开。他的生活，也会回归正常。

哦，对了，就在昨天晚上，颜宁告诉他，请假已经获得了批准，大概从下周就要开始休假了。长达七天的假期里，她会考虑抽出一天时间，来看望陈冬青。这毫无疑问是重归于好的信号。陈冬青盘算着颜宁可能会来的日子，同时心里也愈发地有些失落。因为颜宁的到来，就意味着小鹤的离开。

这天，陈冬青从颜宁的行程推算，她大概会在两天后到达自己这里。于是，陈冬青便在这天带上了小鹤，去郝建那里做了一个全面检查。检查的结果是小鹤已经基本痊愈，随时都可以离开。陈冬青拿出自己刚刚到账不久的稿费，请郝建和小鹤吃了顿大餐，又跑到郊外疯玩了一天，在夜幕降临之后，才意犹未尽地回了家。他和郝建已经商量好，明天上午就带小鹤去野外，进行放飞。迁徙类的飞禽，基因和血液里往往都流淌着故乡的印记，只要将小鹤放飞，它多半就可以找到回家的路。

不过对于这一点，郝建善意地提醒他："这只鹤恐怕跟别的飞禽不一样，回头它要是赖在你这里不走，我看你怎么办。"

对此，陈冬青斩钉截铁地说："必须要送走。"

夜里九点，陈冬青毫无睡意，他陪小鹤在客厅看着电视，把小鹤抱在怀里，一边抚摸着小鹤，一边想着今天晚上就是最后一夜了，明天小鹤就会离开，心里不由一阵阵地失落。但丹顶鹤毕竟不是小猫小狗，他不可能永远把小鹤留下。

"小没良心的，等你以后回到家里见到你的爸爸妈妈、兄弟姐妹，别忘了告诉它们，你在这里的经历。"

"咱俩在一起的日子虽然不长，但也算是患难与共了，你帮我完成了画作，我给你治好了伤，咱俩谁也不欠谁的，这次走了，你就好好过日子，健健康康、平平安安地长大，明年这时候争取找个女朋友，早点成个家，别跟我学稀里糊涂地混了这么多年，还是单身狗一个。"

"对了，以后你要注意，可不能再把自己弄伤了，下次可未必有这么好运气。这世间很险恶的，有很多盗猎者，还有很多非法倒卖野生动物的坏蛋，如果你见到心存不轨的人，就要赶紧逃跑，飞得越远越好。"

"当然，你也不要因为这样就不信任人类，毕竟还是有很多像我这样的好人，就比如郝建，还有那个、那个……"

陈冬青想起了经常给自己发私信、指导自己养鹤的那个女孩，只是他这时候才想起那个女孩的账号名字叫作"守鹤人"，却不知道她的真实姓名。

"如果你的家乡就是在那个女孩的地方，就好了。"

他喃喃自语着，不过随后又自嘲地笑了。天底下哪有这样巧的事？想到这里，陈冬青打开了视频软件的后台，找到了和那个女孩的私信界面，在对话框里输入了这样一句话："小鹤已经基本痊愈了，明天我打算去放飞。"

想了想，他又把这句话删了。明天放飞之后，估计也不会再跟这个女孩有什么交集了，还是别惹麻烦了吧。毕竟颜宁快来了，前女友的醋劲有多大，陈冬青当然是比谁都清楚的。他心里这样想着，忽然，微信里面来了一条新的消息，是颜宁发来的。

他不由一喜，赶紧退出视频软件界面进入微信，一条让他心惊胆战的消息，赫然入目。

"我已经到了你的城市，在出租车上了，五分钟后见。"

看到这条消息，陈冬青差点心脏病发作。这……这也太突然了吧？先前不是说好了，还要两三天的时间才能过来的吗？！他住的小城不大，从火车站到他住的地方一共也就需要十分钟。那么也就是说，现在颜宁已经从火车站出发几分钟了，再过五分钟，就要发现陈冬青在家里养了一只鹤。

尽管说好的明天就要放飞，但之前陈冬青跟颜宁说的是，别说养那些猫猫狗狗什么的，他家里连个虫子都没有，会喘气的就他一个。现在突然冒出这么大的一只鸟，显然以前说的都是谎话，这让颜宁根本就无法接受啊！

不行，得赶紧把小鹤送走。陈冬青的嘴角抽搐了几下，条件反射一般跳了起来。小鹤冷不丁地也吓了一跳，看着陈冬青，张开翅膀鸣叫了两声，好奇的目光打量着他。但陈冬青已经没时间跟它解释了。

不容半点迟疑，要第一时间消灭小鹤的痕迹，并且把小鹤送去郝建那里暂避。可是现在车子没在这里，要打车去郝建家的话，也得十多分钟，往返就是二十多分钟。这倒是其次的，毕竟只要把小鹤送走，胡乱编个谎话就糊弄过去了。可问题是……

就在陈冬青慌慌张张地穿好衣服，跑进院子里把小鹤的窝藏起来，把食盆、水盆也都藏起来，正准备抱起小鹤往外跑的时候，大门外不远处已经亮起了车灯，直奔他家而来。

糟了，来不及了！眼看那辆车已经快到近前，现在逃跑肯定是来不及了！

对了，干脆让小鹤飞走不就得了？陈冬青灵机一动，赶紧抱起小鹤就往天上扔，想让它顺势飞起来。但这家伙可能是懒习惯了，也可能是太久没飞，忘了它自己还会飞了，总之陈冬青费了半天劲，连哄带劝的，这家伙就是不飞。陈冬青每次把它扔起来，它自己还被吓了一跳，一边飞跑着往陈冬青怀里扑，一边不断地叫着。陈冬青汗都下来了，心说："小祖宗，你可别叫啊，待会儿让颜宁发现，我会死得很惨的啊！"

此时，一辆车已经停在了门前。陈冬青一咬牙，飞快地抱起小鹤，藏进了家里另一间闲置屋子的空衣橱里。然后他把食盆也放了进去，对着小鹤又是作揖又是抱拳，恳求它"老人家"千万别出声。小鹤一脸蒙，被关在了衣橱里。这时候，院子里已经传来了一个让陈冬青又熟悉、又激动、又崩溃的声音。

"有人在家吗？"这声音里带着一丝试探，还有一丝忐忑和羞涩。

陈冬青三两步从屋子里蹿了出去，只见院子里站着一个身材修长、恬静淡雅的女孩子，手里还拖着一个拉杆箱。四目相对的瞬间，陈冬青只觉自己脑袋里嗡的一声，心说幸福来得太突然了，你好歹给我点准备时间啊！

他赶紧快步上前，脸上挤出一丝笑容，声音里也是难以掩饰的激动和紧张："那个……你……你咋突然来了，也不事先告诉我一声。"

"我不是早就告诉你了？看你那么紧张的样子，家里要是有别的女人，我就不打扰你了。"

这个女孩子自然就是陈冬青的前女友——颜宁。她嘴里说着，拖着拉杆箱转身就要往外走。陈冬青忙拉住了她，尴尬笑道："看你说的，我家里怎么可能有女人，别说女人了，连母耗子都没有。"他赶紧抢过颜宁手里的拉杆箱，嘴里招呼着，往屋里走去。

颜宁打量着小小的院落，淡淡道："你还是老样子，走到哪儿都喜欢给自己弄点情调出来，这院子布置得不错，再多点花草就更好了。"

陈冬青心里叫苦不迭，暗想我原来满院子的花草，那不都让小鹤给啄烂了嘛。两人走进屋子里，颜宁继续打量着，陈冬青忙主动把她的包接了过去，一脸柔情地说："这么晚了，你一定还没吃东西吧，饿不饿，我去弄点吃的？"

"随意吧，我还好，不算太饿。"

颜宁在沙发上坐了下来，环顾着周围，故意不去看他。

"那个……你最近工作怎么样？心情好不好？"陈冬青开始没话找话，同时他侧耳听了下，小鹤在那个房间里很安静，没有弄出什么声音。

这小家伙看来还是挺通人性的，老天保佑，一定要让我撑过去啊……

"工作就那样吧，马马虎虎，至于心情，你觉得我要是心情好的话，能过来找你吗？"

颜宁终于瞥了他一眼，目光里带着一种说不出的意味。陈冬青和她对视着，脸上带着笑容，心里却在暗想：今天她心情不好，我可得多加小心。就在这时，隔壁房间里忽然传来了一点轻微的声响。

咚……

听起来，像是小鹤用嘴巴啄了一下门。坏了，陈冬青心里咯噔一下，忙用力咳嗽了一声，遮掩了过去。

"那个……以前是我不对，其实我一直都想找个机会好好跟你道歉，但是……"陈冬青一边说着，一边眼睛不断地往旁边瞄。

颜宁似乎并没有听见那一声异响，见陈冬青提到了以前，便打断了他。

"以前的事都过去了，你又没做错什么，不需要跟我道歉。其实我这次出来，也没什么别的事，就是每天飞来飞去的有点累了。再加上公司里那几个老家伙见我单身了，总是蠢蠢欲动的，前几天晚上我下夜班……"

她刚说到这里，隔壁忽然又传来"咚"的一声。陈冬青魂儿都快吓得飞出来了，赶忙又用力咳嗽了几声，眼神下意识地左顾右盼。颜宁停了下来，纳闷地看着他。

"你到底有没有在听我说话？"

"啊……在听啊，你刚才不是说你每天飞来飞去有点累……"

陈冬青其实完全心不在焉，一句话也只听了一半，心思全都在小鹤的身上了。颜宁有点失望地看着他，然后也往隔壁看了一眼。

"你要是真的不方便，我就不打扰了，真的没关系，不用藏着掖着的。"

"真没事……不信你看。"

陈冬青一咬牙，主动推开了那房间的门，招呼颜宁去看。颜宁也没客气，起身走过去扫了一眼，就见那房间里摆放了一些杂物，而且冷冷清清的，连个床都没有，显然是没人住的空屋子。

"我还以为你金屋藏娇了。"

颜宁的表情放松了下来，陈冬青也才松了口气，苦着脸说："别闹了，我哪有那个实力，这房间是房东用的，里面都是他闲置的东西，平常我都不过来。"

颜宁盯着他，忽然又问了一句："你不会偷偷养了一只狗吧？"

"没有，以我爷爷的名义发誓，绝对没养狗！"陈冬青赶紧举手发誓。

看他紧张的样子，颜宁扑哧笑了起来，随后又板起了脸，说道："我有点饿了，你帮我弄点吃的吧，我先去简单冲个澡。"

一听她要洗澡，陈冬青心跳莫名地开始加速，有点忐忑地试探道："但是我家就一个屋子，一张床，你看……"

"一张床就够了。"颜宁若无其事地接道，然后看了一眼紧张兮兮的陈冬青，莞尔一笑，"我的意思是说，我睡床，你睡沙发。"

"都行都行，你开心就好……"陈冬青现在什么心思都没有了，心说只要能过了这一关，别说睡沙发，你让我睡外面地上都行啊！

看着颜宁走进浴室，陈冬青也装模作样地去了厨房，开始烧水，打算给颜宁煮碗面。他打开煤气灶，把锅里添上水，从冰箱里拿了两个鸡蛋出来，然后，就听见卫生间里传来了哗啦哗啦的水声。以陈冬青对颜宁的了解，她说简单冲个澡，实际上没有半小时都出不来。那么，这段时间完全可以把小鹤偷偷摸摸地转移了。

想到这里，陈冬青悄悄地把煤气灶关了，然后蹑手蹑脚地来到了刚才偷藏小鹤的那个房间。只是当他小心翼翼地打开衣橱时，却被眼前的一幕惊呆了，那只小鹤，竟然已经不见了。

"陈冬青，帮我把箱子里的毛巾拿过来。"浴室里，颜宁忽然喊道。

"来了来了……"

陈冬青心里一跳，赶紧关上衣橱，转身拿了一条毛巾，往浴室跑去。

"谢了。"

并没有陈冬青臆想中的旖旎场景出现，当他把毛巾拿过去时，浴室门只开了一道缝，颜宁从里面伸出手，把毛巾接了过去，然后便关上了门。陈冬青略略有些失望，他回过头，在屋子里找了一圈。

咦，奇怪了，小没良心的去哪儿了？难道是它知道自己为难，偷偷摸摸地先走了？如果这样的话，那可真是天助我也啊。陈冬青到处都没找到小鹤，确定它是自己跑了，这才放下心来，但同时也有点担心，不知道这么晚了，它独自跑出去会不会遇到危险。怀着忐忑的心情，陈冬青重新回到厨房，手忙脚乱地煮了两碗西红柿鸡蛋面，端到了桌子上。

出乎他的意料，颜宁这次还真是只简单冲洗了一下就出来了，和他煮面的时间刚刚好。看着颜宁从浴室走出，裹着浴巾，擦着湿漉漉的头发，闻着她身上散发的阵阵体香，陈冬青觉得自己的眼睛有点发直。

很快，颜宁换了衣服出来，她穿着一件淡黄色的裙子，一双腿在灯光下白得发亮。

"你这么看我干吗？又不是没见过。"

面对陈冬青热辣辣的目光，颜宁倒是自然得很，她来到厨房桌前坐下，和过去一样，先是把自己碗里的鸡蛋夹出来放在了陈冬青的碗里。这个小细节，让陈冬青差点热泪盈眶。因为颜宁的工作性质，总是会在午夜才落地回家，然后陈冬青就会煮上两碗鸡蛋面，但每一次颜宁都会把自己的鸡蛋夹给陈冬青。她说，陈冬青每次自己在家都不好好吃饭，经常饥一顿饱一顿的，营养不良。所以她每次都看着陈冬青，让他把两个鸡蛋全都吃下去。时隔一年，她还没忘了这个小细节，自然而然地就把鸡蛋夹给了陈冬青。

"你吃吧，我还不饿。"

陈冬青试图把鸡蛋夹回去，却被颜宁用眼神给阻止了。啊，多么熟悉的目光……陈冬青低下头，咬了一大口鸡蛋，只觉心里一股东西涌了上来，堵塞住了胸口。他和颜宁在一起相处了三年多的时光，可是现在，两人之间却变得说不清道不明，虽然再次相见，颜宁给他的感觉一点都不陌生，但心底深处，还是有一些酸楚难以言表。

他知道，此时坐在对面的颜宁，已经不是那个因为一点小事就开心地搂着自己的脖子叽叽喳喳的那个没心没肺的女孩子了。她开始有自己的心事，开始学会了不开心，开始为了想念自己，而假装不在意地给了两个人再次见面的理由。

他和她，谁也没有说话，默默地低头吃面。陈冬青恍惚间产生了一些错觉，仿佛时光倒流一切都回到了起点。

"你现在过得好吗？"

颜宁只吃了半碗面就不吃了，她把碗轻轻推到一旁，抬起头望着陈冬青。似乎感觉到了颜宁的目光，陈冬青也抬起头，刚好和她的目光对上，不由尴尬一笑。

"我前几天刚接了一个活儿，初稿已经过了，后面应该还有很多稿子要画，差不多能挣几万块吧。"

"那挺好的，不过你也别太累了，现在一个人生活，该吃饭的时候就吃饭，别舍不得花钱。"

"嗯嗯……"陈冬青连连点头，他端起碗大口大口地扒拉着面，但实际上眼泪已经悄悄从脸上滑落。

很快，他放下碗抹了一把脸，顺带着把嘴也擦了，然后对颜宁笑道："放心吧，饿不着我，你看我都胖了。"

"你不但胖了，你还白了，比我还白。你看我的眼睛，最近休息不好都有眼袋了。"颜宁也笑了起来，指着自己的眼睛说。

两人对视着，陈冬青望着颜宁略显瘦削的脸颊和有些疲惫的面容，忽然心疼起来，他一冲动，下意识地拉住了颜宁的手。

"你都瘦了。"

"你倒是胖了……没心没肺的家伙，把我一个人丢下不管，自己跑到这里潇洒快活。"

颜宁语气里略带嗔怪，但话音未落，眼眶就有些发红了。很显然，这一年的时间里，她也一直是在煎熬中度过的。

"我们……"陈冬青拉紧了她的手，有心想要说些什么，却觉得脑海里一片空白，他望着颜宁，只觉心里一抽一抽地疼。

"我们……要不然……"他再次鼓起勇气，想要说出那几个字。

颜宁却忽然伸出手，轻轻掩住了他的嘴巴。

"你千万不要说出求我复合的话，因为我一定不会轻易答应你的。"

"啊……"本来就嘴笨的陈冬青，这下张了张嘴，有点傻眼了。

对方预判了自己要说的话，并且先一步封了路，这咋办？他使劲挠了挠头，或许是一时情急，居然被他想出了一句很应景的话出来。

"那我不求你复合，我重新追你好不好？就像……我们最开始的时候一样。"陈冬青看着她的眼睛，认真地说。

他们两个最初的时候，就是因为合租才慢慢产生的感情。

颜宁挺了挺胸脯，似乎也有些许的情绪激动，然后咬了咬嘴唇，凝视着陈冬青说："我可以给你一个机会重新追我，但我们的生活里，不能再有任何动物干扰，你能做到吗？"

"我……保证做到。"

"你不要怪我，我不是不想让你养动物，我只是想过一种单纯点的日子，每天睁开眼睛，就只有你和我。我的眼睛里只有你，你的眼睛里也只有我，也不会有任何人来打扰我们。你能明白吗？"

"我明白。"陈冬青有点感动，还有点心虚，但从颜宁的话里能听出来，她这一年应该也是在煎熬中度过的。

"对不起，颜宁，这些话应该我先对你说的……"

"算了吧，我等了你一年，你都没有说。这次是我主动说出来的，但也只有这一次了，如果我说的你做不到，那我不会再对你说第二次，绝对不会。"

"我……明白。"这一刻，陈冬青只想狠狠地将颜宁拥入怀中，他暗骂自己白白浪费了一年的光阴，竟然到现在才明白颜宁对自己的心意。但他刚伸出手，就被颜宁躲了过去。

"不许乱动，你去把碗筷收一下，我给你带了礼物，现在去拿给你。"

颜宁起身去了卧室，陈冬青欣喜若狂赶忙收拾碗筷，同时心里已经在幻想着，不知道颜宁会带给自己什么样的礼物。但就在这时，一声极其恐怖的尖叫，突然从卧室传出来。

听到颜宁的尖叫声，陈冬青第一时间扔下手里的所有东西，三步两步冲到了卧室。出现在他面前的，是几乎让他绝望的一幕：那只小鹤不知什么时候回到了卧室里，此时正趴在床上，一双无辜的眼睛圆睁着，和颜宁对视。真正可怕的不是小鹤，而是它的嘴里，此时还叼着一只小小的老鼠，老鼠正在不断挣扎……

颜宁是最怕老鼠的了，此时她已经吓得花容失色，双腿发软，踉踉跄跄地后退。陈冬青赶紧冲了过去，试图把小鹤抱走，但小鹤这时也受了惊吓，一声鸣叫，张开翅膀就从一旁打开的窗户飞逃了出去。那只老鼠啪嗒掉在地上，也是吓得不轻，蜷缩在墙角几乎不会动了，小小的身体不住地颤抖。

"你快把它扔出去！"颜宁一声尖叫，陈冬青赶忙低头拎起老鼠的尾巴，直接从窗户扔了出去，然后小跑着来到颜宁身前，试图安慰。

"你别过来，离我远点！"颜宁脸色煞白，拼命地摇头拒绝。

见此情景，陈冬青只好停住脚步，试图解释。

"颜宁，你听我说，这老鼠真不是我养的……"

啪！一个耳光扇在了陈冬青的脸上，颜宁气得声音都在发抖。

"陈冬青，老鼠不是你养的，那只鸟呢？鸟呢？还那么大一只，你别告诉我，它也是自己突然闯进来的！"

"事实上，它真的是自己闯进来的……"

陈冬青的声音弱弱的，几乎细如蚊蝇，语无伦次地把前些天小鹤从天而降的事情，对颜宁讲述了一遍。但颜宁显然并没打算听他解释。

"好，自己闯进来的是吧？从天而降的是吧？"

颜宁愤然转身，推开了隔壁房门，伸手就拉开了那个空衣橱。里面自然没有小鹤，但却有一个食盆。

"这是什么？跟它一起从天而降的，是不是还有一个食盆？"

"这个……它不是受伤了嘛，我就养了几天……"

颜宁直接无视了他弱弱的解释，又来到院子里，三两下就翻出了陈冬青藏起来的笼子。

"这又是什么？为了它的伤，你还特意做了一个笼子是吧？这是养几天吗？我看你是打算跟它双宿双飞。"

"这笼子……"陈冬青嗫嚅道："这……这是别人寄存在这儿的……我就借用了下……"

"寄存是吧？呵呵，陈冬青，你还想骗我到什么时候，刚才进院的时候，我就闻到气味不对，本以为你不会骗我，没想到，你到现在还不跟我说实话，你看这地上的鸟粪，闻闻这院子里的味，你想怎么解释，让我跟你一起继续过以前的日子吗？"

陈冬青见瞒不住了，只好坦白交代。

"颜宁，对不起，我不是有意的，但你要相信我，那只是一只受了伤的小丹顶鹤，差点被鸟贩子抓走，我就放在家里养了几天，本打算明天一早就带它去放飞的，没想到你来得这么快。"

"算了吧，你还是别放飞它了，放飞我吧，我走！"

"别啊，我真的明天就打算去放飞的，它在这儿养了十多天的伤，现在刚好。它是国家一级保护动物，我本来就不可能自己一直养着的……"

"呵呵，它是国家一级保护动物，当然它最重要了，你今天能收留一只受伤的鹤，明天就能收留一条流浪的狗，你这人我算看透了，永远也不会收起你那廉价的同情心。"

"你……"陈冬青心头百感交集，深吸了口气，对颜宁说："颜宁，我承认我这个人是心软，但我并不觉得我的同情心是廉价的，至少对这只小鹤而言，我救了它的命。"

"对，你说得对，你的同情心当然不是廉价的，是我廉价行了吧？我就不应该来找你！"颜宁愤怒地咆哮着转身回屋，没过一会儿，她便换好了衣服，推着箱子走了出来。

陈冬青忙上前劝阻："颜宁，我刚才已经答应你了，以后说不养就肯定不养，这只小鹤，我只不过临时照顾它几天而已，我保证明天就送走……"

院子里，小鹤不知什么时候已经回来了，它躲在角落里，呆呆地看着这一幕，低低地叫了一声，那声音里充满了委屈和无辜。

颜宁一声不响地看着陈冬青，两人对视了十几秒钟。陈冬青一脸尴尬，终于缓缓将抓着颜宁的手松开了。

"陈冬青，你要是对我也能这么上心，当初我也不至于离开了。你口口声声说只是照顾它几天，可你想过没有，这一年多，谁照顾过我？"

颜宁的声音有些哽咽，她甩开了陈冬青，抹了抹眼睛，扬长而去。看着颜宁远去的背影消失在黑暗中，陈冬青双手抱头，蹲在地上，久久不语。

全完了……

他心里很清楚，如果不是因为小鹤叼了一只老鼠在床上，估计颜宁还不会有这么大的反应。陈冬青完全可以有机会解释清楚的。但是这一来，就等于直接触及了颜宁的底线，让她彻底崩溃了。

悄悄地，小鹤来到了陈冬青的身边，似乎它也知道自己做错了，用嘴巴在陈冬青身上蹭了蹭，将脑袋挨在了陈冬青的胳膊上。一人一鹤，默然无语。

过了良久，陈冬青才慢慢抬起头，却已经是被泪水模糊了脸颊。就在十多分钟之前，两个人还在一起共进晚餐，颜宁本来都已经答应给他一个重新开始的机会。脑海里的画面依然清晰，颜宁那笑靥如花的样子，也历历在目。可是现在……

"你这个小没良心的，你说你非得赶在这个时候抓哪门子的老鼠，我又不是没给你饭吃。"

但他明白，丹顶鹤本就是杂食性动物，捕捉小鼠和虫类是它们的天性。陈冬青苦笑着摸了摸它的头，然后擦了擦眼睛，长长地叹了口气。算了，都是命。颜宁这一去，估计就再也不会回来了。

"你赔我女朋友！"

陈冬青跌坐在地，望天哀号。

第4章
送你回家

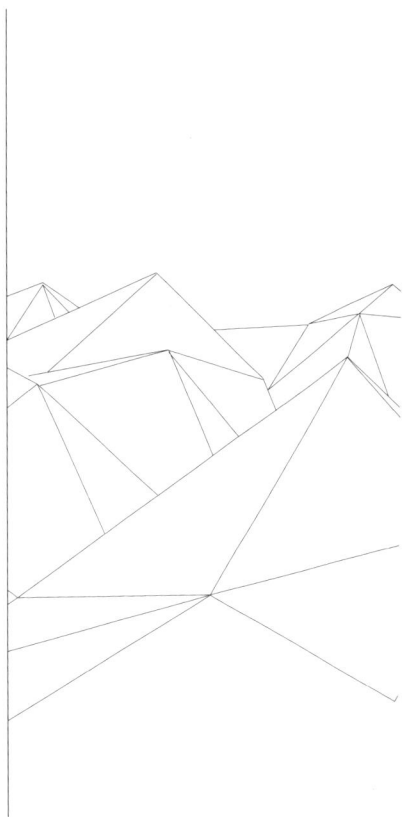

不管怎么说，陈冬青的女朋友这次是真的飞了。但是，女朋友飞了，小鹤却没飞。

第二天上午，陈冬青按照原计划去郊外放飞，但他和郝建努力了半天，那小鹤死活就是不肯飞。或者是兴奋地原地起飞，滑翔了不到几十米就颠颠地跑回来冲着陈冬青叫。那点距离，也就比一只逃命的大公鸡稍微远点。

忙活了一个上午，鹤没飞走，陈冬青和郝建都累了个半死。坐在草地上，陈冬青呼哧呼哧地喘着气，看着在一旁精神抖擞的小鹤，欲哭无泪。心说，这家伙，这是要赖在这儿不走了啊？

郝建也给他出主意："要不然，你别费这个劲了，找林业部门，或者送到派出所去，让他们去操心吧！"

陈冬青想了想，摇头说："不行，小鹤跟我习惯了，跟他们肯定吃不好喝不好的，再说，它现在这样子，好像连飞都不会了，也没法送走啊！"

"难不成，你养它一辈子，给它送终啊？"

"拉倒吧，这玩意儿命可长了，你没听说松鹤常青、长命百岁吗？这玩意儿比我能活，整不好它得给我送终……"

"那你咋办，要不你也别养了，它把你女朋友都弄没了，干脆炖了吧，多放点香菜，我估计挺香。"

郝建撸胳膊挽袖子，一副立刻要烧水拔毛的架势。小鹤一见，仰起脖子直接一口口水吐在了郝建脸上。

"哎，你个呆鹤，你吐我，你看我今天炖不炖你就完了……"

郝建起身张开双手，就要去捉小鹤。小鹤扑扇着翅膀在草地上闪躲，忽然腾空飞起，却不飞高，始终就在两米多的高度，让郝建追也追不上，抓也抓不到。

陈冬青哭笑不得，喊道："你们俩别闹了，你抓不住它的，这家伙比猴还精呢！"

郝建停了下来，愤愤道："我看它也是，它压根儿就不是不会飞，它是不想走，在这儿有吃有喝的多好，每天还有电视看，网上还有粉丝，给个神仙当都不换。"

"但是它在我这儿，终究待不了一辈子，既然它不走……要不然，咱们把它送回去？"陈冬青突发奇想，冒出了这么一个念头。

郝建却是连连摇头："你可拉倒吧，把它送回去？你知道它家在哪儿吗？再说它是野生动物，你又带不上火车，带不上飞机，你咋送，走路？"

陈冬青摸了摸下巴，一眼看到了停在旁边的越野车。

"你那儿不是有一辆车？"

"啥？你要开车给它送回去？你疯了吧？要去你去，我可不去啊！"

"嘿嘿，我就这么一说，看把你紧张的。"

陈冬青喊住了小鹤，这段日子他和小鹤已经达成了某种默契，只见陈冬青噘口吹哨，小鹤立即回转，乖乖地飞到了他的身边。

这哨声其实是陈冬青跟那个"守鹤人"学的，没想到居然还挺管用。

陈冬青抚摸着小鹤的羽毛，他现在只有一个心思，那就是帮小鹤找到家乡，如果可以的话，送它回家也不是不行。因为他比谁都清楚，野生动物是不可能随便私自饲养的，尤其是自己根本不懂养鹤，所以小鹤回家是最好的选择和归宿。但问题是，小鹤的家到底在哪里呢？

回到家之后，经过一番深思熟虑，陈冬青把小鹤的腿环拿了出来，又随手拍了一段小鹤的视频发到了网上，并且把自己的苦恼讲给了网友们。他把小鹤的腿环展示给了大家，并且请大家一起帮小鹤寻家。

这一下，网友们的热情很快就被调动了起来。但是要从一个腿环来区分小鹤的家乡，这难度着实不小。连续两天，这条视频的热度都挺高，但就是没有一个人知道小鹤的家在哪儿。就在陈冬青快要绝望时，那个消失了好几天的"守鹤人"又出现了。

她给陈冬青发来了私信，告诉陈冬青这个腿环是黄河三角洲国家级自然保护区的，地点在山东东营入海口。这个新发现让陈冬青狂喜不已，他和"守鹤人"热络地聊了起来，通过"守鹤人"的介绍，陈冬青才知道，原来这个女孩是"鹤城"齐齐哈尔人，家在扎龙自然保护区，名字叫作许诺。

而许诺的亲姑姑，还有她的父亲，都是为了保护丹顶鹤，而献出了宝贵的生命。因此，许诺放弃了保研的机会，毅然选择了改修野生动物专业，并且将要在学成后返回家乡做第三代守鹤人。一番了解后，陈冬青不由对许诺肃然起敬。难怪她对丹顶鹤如此了解，原来竟然是"环保烈士"的后代。身为一名动物保护志愿者，陈冬青当然知道，许诺的姑姑是我们国家第一位环保战线的"烈士"，至今扎龙自然保护区还有她的纪念馆和塑像。

这一次，陈冬青破天荒地和许诺聊了很久很久，甚至把自己这些年藏在心里的一些话，从未对人讲过的苦处，一股脑对许诺倾诉了出来。听着陈冬青的话，许诺也不由百感交集。她也是第一次知道，居然还有人为了保护动物，把自己弄得狼狈不堪，甚至女朋友也因此跟自己分手。

许诺比陈冬青小很多，这个夜晚，她充当了知心妹妹的角色，给了陈冬青很多的安慰。但，许诺的心里其实也有些许的失望。因为这只小鹤的腿环，并不属于她飞丢的那只小鹤。那只小鹤名叫飞飞，和它的父母是从越冬地盐城自然保护区起飞返乡的，腿环编号147。虽然长得很像，不过从编号上看，两只小鹤并不是同一只。

对于陈冬青想要送小鹤返乡的大胆想法，许诺也表示了关注和支持，她对陈冬青说，只要陈冬青愿意，在送小鹤返乡的路上，她可以和陈冬青一起"云养鹤"，一起帮助小鹤返乡。

得到了许诺的帮忙，陈冬青自然很高兴，但他知道，送小鹤返乡说起来容易，实际上难度却非常大。不说别的，光是驱车上千公里这一点，就不容易实现。而且郝建能同意借车吗？

陈冬青是个喜欢异想天开并且想干就干的人，他立即找到了郝建，说出了自己的想法。谁知，郝建直接就给他泼了一盆冷水。

"送小鹤回家，你说得容易，车上带着一只野生动物，还是活的，你觉得你能过高速收费站吗？不把你当盗猎者抓起来才怪！"

这话说得好有道理啊，不过陈冬青很快有了应对的办法。

"我可以走省道，再不行走县道，不上高速就行了。"

"不上高速，从这到入海口，你得跑好几天。"

"好几天就好几天吧，就当旅游了。"

"你非要去我也不管，但是咱们先说好了，我那车都七八年了，上了路随时可能抛锚，到时候你要是前不着村、后不着店的，别说我没提醒你。"

"没事，我只白天赶路，晚上休息，再说我有颈椎病，连续开车三个小时就头晕，你也不是不知道。"

"就你这体格，还想送小鹤回家？"

"嘿嘿，你要是看不过去，我不介意你跟我一起，咱们两个都去，三天时间就回来了。"

"你可拉倒吧，我那儿还有好几个等着配狗的呢……"

郝建把头摇得像拨浪鼓一样，拒绝了陈冬青。不过，他倒是大方地把车借给了陈冬青，条件只有一个，必须好好地把车开回来。但是千里长途跋涉，小鹤会不会配合还是个问题，陈冬青独自开车，小鹤在后面，谁也保证不了它会干出什么来。一旦出现什么意外，那后果无法预料。

对此，陈冬青和郝建还进行了连续三天的突击训练，每天都带着小鹤去郊外跑几十公里，然后再回来。一来一回，差不多上百公里。小鹤适应能力很强，很快就适应了这种强度的长途跋涉。而且它还显得很兴奋，每次一停车，它都是第一个冲下来迈开长腿到处跑，像一只欢脱的狗子。

除此之外，陈冬青还准备了几天的食物，毕竟带着一只鹤，他也没法去饭店吃饭，只能在车上简单解决。至于小鹤的食物就好办了，他提前弄了很多容易携带的玉米面蔬菜团，用泥鳅拌了，还买了个车载冰箱，以防变质。他还储备了一些鲫鱼，以及淡水。按照他的预估，就算每天开五个小时的车，上午两个小时，下午三个小时，其他时间停下来写生画画，走走停停，差不多有四五天时间也就到了。

至于返程就快得多了，即便只有自己一个人开车，有两天时间也应该足够了。加起来一共一个星期，刚好就当一次旅行了。只是这样的一次旅行，其实在很久以前，陈冬青就已经和颜宁憧憬过。可惜，再也没有机会实现了。

但谁也没想到，人算不如天算，就在陈冬青已经打算好了第二天出发时，小鹤却突然病了。早上一起来，小鹤就病恹恹的很没精神，喂食也不吃，给水也不喝，独自趴在窝里，就像一个生病不想上学的孩子。陈冬青赶忙找来了郝建，经过一番诊断后，郝建说它可能是感冒了。这一点陈冬青倒是知道的，不光人会感冒，鸟类一样会感冒。

但是偏偏在这个节骨眼　陈冬青也没办法，只好和郝建一起给小鹤的窝加了保暖，又弄了药混入饮用水里，让小鹤自己吃药。可没想到，小鹤似乎知道水里掺了药，死活也不喝。

他们又试着将药加在食物里，但小鹤猴精猴精的，自从发现他们试图给自己吃药，就开始不吃不喝，任凭陈冬青怎么劝，就是不理不睬。一句话，想让它吃药，门儿也没有！

实在没了办法，郝建又想通过注射的办法，他和陈冬青两个人一起抱着小鹤，用力按住，但小鹤力气出奇地大，他们两个人居然都按不住。努力了好几次，这针也没能打成。最后实在没辙了，陈冬青只好求助于许诺。

对于这种情况，许诺却是经验十足地告诉他，丹顶鹤就是这个脾气，越是来硬的越不行，它们就像是顽皮淘气又不懂事的孩子，必须哄。在扎龙自然保护区给小型鸟类打针，需要一个工作人员徒手将动物抱住固定，一个工作人员进行注射或喂药操作。如果是大型鸟类，比如丹顶鹤，由于体形和体力较大，通常需要四五个工作人员配合才能完成。而且固定丹顶鹤还要讲究技巧，除了力气大，还要掌握动物特殊的身体构造，对付丹顶鹤这样的大块头，往往需要一个人抱住它的身子控制住翅膀，另一个人握住它的嘴巴，防止被偷袭，同时还要一个人打针，所以说至少得三个人才行。

打针的办法看来是行不通了，许诺又告诉了他们一个简单的法子。两人挂了电话后，按照许诺的办法，郝建先是在饮用水里加了糖，调整味道，然后自己先当着小鹤的面喝了一口，再哄小鹤去喝。小鹤见他们喝了，这才试探着喝了一口。甜滋滋的水，不只人爱喝，鸟也爱喝。见小鹤上套了，两人这才偷偷摸摸地把药粉加在了水里，好歹哄骗小鹤吃了药。

整整三天的时间里，陈冬青日夜陪着小鹤，为了怕它着凉，索性和它一起睡在了卧室里。而且还准备了生理盐水，随时擦拭小鹤的鼻孔，帮助它清除鼻腔的分泌物，防止它呼吸阻塞。好在小鹤的生命力还是很强的，三天后，它几乎就痊愈了。

郝建为了预防小鹤再生病，还找来了好几个人，大家一起按着小鹤，终于给小鹤成功地打了一针预防针。不得不说，这丹顶鹤的幼崽，比人类幼崽还难伺候。陈冬青打趣说，幸好它不用尿不湿，否则天天都得是一场人鹤大战。见识了小鹤的力气后，陈冬青也开始相信网上的新闻是真的了，这家伙真有可能比老鹰还凶，甚至拥有着单挑三只老虎的实力啊！

终于到了可以出发的日子。这一天早上，陈冬青把车子加满了油，所有的东西准备停当，便和郝建一起出了城。送出城之后，郝建就独自下了车，嘱咐陈冬青一定要注意安全，这一路上不能走高速，只能走小路，一定要随时留神，一是别超速，二是别打盹，三是万一车子抛锚了，赶紧打救援电话。

两个人一番告别，郝建又摸了摸小鹤的脑袋，开玩笑地说："这次回家，以后可别到处乱跑了，下次指不定没这么好运气，遇到个坏人直接烧水拔毛，给你炖了，到时候你可别后悔。"

他话音未落，小鹤昂首鸣叫，似乎也知道要跟他告别，居然破天荒地用嘴巴在他手上蹭了蹭。郝建刚刚开心起来，小鹤却突然抬起头，又是一口口水喷在了他的脸上。

陈冬青哈哈大笑，一脚油门，车子便如离弦的箭，疾驰而去。这一人一鹤，在后面郝建的破口大骂声中上了路，开始踏上了小鹤的寻家旅途……

出了城之后，他沿着河岸而行，一边欣赏着沿途的风景，一边和小鹤"聊着天"，不知不觉就开出了一百多公里。

前面是一片野地湖泊，风景秀丽，远处又有山坡，绿意盎然。见此情景，陈冬青找了一处山坡，停下了车，然后拿出食物，和小鹤一人一份，开始了他们的第一次野餐。出发前，陈冬青的准备工作还是做得很充分的，此时他从车里取出一个小型的酒精炉，烧了些水，然后又拿出自热饭，经过简单加工，几分钟后，水开了，饭也可以吃了。

很快，他吃完了饭，然后又用热水冲了一杯速溶咖啡，靠在车上，舒舒服服地欣赏着周围的景色。小鹤也是很高兴的样子，扇着翅膀在草地上撒欢。

"这里的风景真美，不知道你的家乡是什么样子的，是不是也像这样有草地，有湖泊，还有蓝天白云，美得就像一幅画卷。"

陈冬青喃喃自语着，他忽然向往起了小鹤的家乡。想来，那一定是一片写满世间美好的净土，是大自然回馈给众多生灵的乐园。小鹤跑过来缠着陈冬青，一直到陈冬青丢给它两条鱼吃，这才心满意足地扑扇着翅膀，在周围欢脱地跳起舞来。

仙鹤起舞，这是不可多得的场面，虽然这只小鹤还没有成年丹顶鹤的那种神韵，但姿态之间已经像模像样了。陈冬青赶忙支起画架，现场开始写生。似乎是为了配合陈冬青，在这白云碧空之下，小鹤引颈长鸣，舞姿翩然，与周围的风景搭配起来，简直是一幅绝美的画卷。陈冬青放下画笔的间隙，又拿起手机拍了一段视频，发布到了网上。

完全与大自然融为一体的丹顶鹤，没有使用任何滤镜和特效的视频，陈冬青发布之后，很快就在网上火了。广大网友纷纷表示，这是什么神仙地方，简直美炸了，我们一定要去！

但实际上，陈冬青也不知道自己在哪儿。他只是随便把车停了下来，又随便拍了一段视频而已。面对网友们的热情，陈冬青在评论区只回复了一句："心之所向，处处皆是风景。"

几分钟后，这条评论的点赞量飞速上涨，很快就过了万。还有很多网友知道了陈冬青要送小鹤回家的事，纷纷给他出主意，还有指路的；评论区里一片"大拇指"，都是支持的声音。但也有一个不同的声音出现了：

"等你把小鹤送回家，那我们以后岂不是再也看不到它了？"

不得不说，这个评论有点扎心，而且成功地带偏了节奏。网友们又纷纷开始出主意，让陈冬青把小鹤送回家后，最好能给小鹤也开设一个账号，让小鹤的主人时常发布它的消息，这样大家就可以继续一起"云养鹤"了。这个主意倒是可行，不过陈冬青在这个评论下回复了一句：小鹤是属于大自然的，它没有主人，只有守鹤人。这样一句话，又引来无数网友点赞。

陈冬青拿着手机到处回复，忙得不亦乐乎，脸上却始终挂着笑容。小鹤在一旁看得一脸蒙，它也不知道陈冬青在干吗，全程都陪在旁边，就像一个乖巧的孩子。

回头看看小鹤，陈冬青笑道："小没良心的，你别说，大家出的主意还真不错，等把你送回家了，你就可以开个账号，名字就叫'小没良心的'，这样一来，以后你也可以算是一只网红鹤了。"

小鹤伸长脖子叫了两声，不屑的小眼神似乎在告诉陈冬青：我才不稀罕。

午休时间很快结束了，陈冬青收起画架，又习惯性地将所有垃圾装进一个大号垃圾袋里，准备在进城遇到垃圾箱的时候再扔掉。他不但是一个动物保护者，还是一个环保主义者。这么美的自然景色，如果随手扔了一堆垃圾，那可就是大煞风景了。

只是接下来的路有些崎岖难行，陈冬青足足开了两个小时的车，才转上一条路况稍好的道路。这也是没办法，为了避开高速公路，同时也是为了领略沿途风光，给自己的创作增加灵感，他不但要走县道，有些地方干脆就是要从村里穿行。而且这还多亏了没下雨，否则的话，后面的路会更难走。他紧赶慢赶，总算在天黑之前才来到了一个看起来挺繁华的小镇。

不过，他并没有进去小镇找旅馆休息，为了避免麻烦，他把车停在了小镇外一个安全的地方，然后简单吃了点东西，就放倒了车后座，打算在车上对付一夜。这一天的旅途，满打满算才走了三百多公里，距目的地还有一千多公里，算下来差不多才走了五分之一。

陈冬青本来就有颈椎病，这一天的车开下来，他是头昏脑涨，早就困得不行了。小鹤更是头一次长途跋涉，经过一个白天兴奋和在车上的摇晃后，它也有点迷迷糊糊，昏昏欲睡了。

这一人一鹤便锁了车门，熄了火，关了灯，铺了睡袋，在放倒的车后座上呼呼入睡起来。也不知睡了多久，天都已经黑透了，陈冬青在沉睡中忽然被小鹤啄醒了。睁眼一看，小鹤不知什么时候醒了，正圆睁着两只眼睛，嘴里发出低低的鸣叫。同时，他感觉车身有些轻微的晃动。

地震了？本还有些迷迷糊糊的陈冬青立刻醒了过来，又仔细听了听外面的动静。不对，不是地震，是有人在外面弄什么东西，推动车身发出的晃动。而且还有轻微的工具撞击声，听起来像是……

陈冬青轻轻起身，对小鹤做了一个嘘的动作，拿起手电，然后又从车座下面抄起一根铁棍，猛地推开车门跳下了车。黑暗中，一个人影正鬼鬼祟祟地蹲在车前轮那里。

"谁，干什么的？！"

陈冬青一声大喝，那人显然心虚，赶紧起身掉头就跑。

陈冬青在后面追了十多米，结果那人越跑越远，他又怕小鹤有事，于是就停住了脚步。前面那人速度很快，眨眼间就消失在了黑夜中。陈冬青来到车前轮那里，用手电一照，这才明白：敢情刚才那家伙想要偷轮胎！

幸好小鹤及时叫醒了他，不然这一觉睡到明天早上，一睁眼四个轮胎都没了，那还走个啥啊？！

"唉，大意了，居然连偷轮胎的都能碰上。"

又看了下时间，已经是后半夜两点多了。这个时间，进去小镇再找地方也没必要了，干脆还是对付吧。重新回到车上，陈冬青找来工具把松动的轮胎螺丝又紧了紧，然后他也没了睡意，就抱着那根铁棍在车上一直坐到了天亮。

大约五点多的时候，他又迷迷糊糊地睡着了，梦里，他仿佛看到自己也变成了一只丹顶鹤，一个人偷了轮胎在前面玩命地跑，他在后面使劲地追，一边追一边不住地大叫：

"抓贼啊，抓偷轮胎的贼啊……"

一夜很快过去，一阵刺眼的阳光让陈冬青从迷糊中醒了过来。他看了看时间，已经是上午八点多了。

今天的天气不错，碧空湛蓝，万里无云，阳光暖洋洋地照在身上。小鹤早就醒了，正在那儿趴着休息，一双眼睛骨碌碌地乱转，看着陈冬青，却没有叫醒他。估计小鹤也知道他昨夜守夜太困倦了吧。陈冬青伸了个懒腰，用车上的水洗了把脸，又呼吸了一下清晨的新鲜空气，给小鹤丢了两条鱼。

"今天咱们去镇子里补充一下给养，顺便给你买点鱼。"

陈冬青拍了拍小鹤的头，一提到"鱼"字，小鹤就开心了起来，扑扇着翅膀叫了几声，显得很高兴。

这是一个规模还挺大的城镇，陈冬青开车进了镇子后，先是买了些食物和水，然后又打听哪里有卖鱼的。镇子里的人告诉他，从这儿往北一直走，有一个北市场，今天刚好是集市，那里卖什么的都有。"赶集"这个字眼，陈冬青还是第一次接触，他开车来到了北市场的集市，但一进去就傻眼了。

这里简直是人山人海，拥挤不堪。到处是摆摊做买卖的、赶集的、凑热闹的，耳朵里也充斥着各种叫卖声和混乱的声音。车肯定是开不进去了，陈冬青有心想要把小鹤留在车里自己去买鱼，但又怕出意外，毕竟这里人太多，小鹤独自在车上的话，时间久了肯定不行。想了想，陈冬青索性把小鹤抱了下来，从人群里挤了过去，寻找着卖鱼的摊位。开始的时候还没人注意，但很快就有人发现他抱着一只大鸟在人群里挤来挤去，便有人过来主动跟他搭讪：

"兄弟，卖鸟啊？你这是什么鸟，多少钱？"

"看起来好像是一只鹤，还是幼鸟，挺精神的。"

"这不会是什么国家保护动物吧？"

"那个……这玩意儿咋吃啊？"

"炖就行，红烧也可以，去年我捡过一只，没有小鸡香，倒是挺嫩的，就图个新鲜……"

陈冬青哭笑不得，他也懒得搭理这些人，抱着小鹤一直来到卖鱼的地方，称了几斤活鱼，让摊主用袋子装好，里面灌了些水，保证鱼能多活一段时间。然后，他就一手抱着小鹤，一手拎着活鱼，往车子那边走。但集市上的人太多，起初小鹤还在陈冬青怀里老老实实的，昂首挺胸，像个高贵的王子。不过陈冬青一只手抱着它，多少有点费力，加上围观的人越来越多，小鹤也开始有点不安了。见此情景，陈冬青只好连连开口，请大家让路。

"各位各位，帮帮忙，劳驾让一下……什么，你问我这是什么鸟？这是丹顶鹤，我捡的，正打算给它送回自然保护区……"

"不好意思，借下光哈……丹顶鹤不能吃，这玩意儿是国家一级保护动物，跟大熊猫一个级别，你说你能吃大熊猫吗？"

"不卖不卖，给多少钱也不卖，我这不是观赏鸟……"

陈冬青随口应付着热情的人们，谁知前方路口忽然钻出一辆自行车，陈冬青一时没注意，连人带鹤直接撞到车上。这一下，小鹤摔在了地上，顿时受到了惊吓，站起身来扇动翅膀，引颈长鸣，竟飞了起来，从人群的头顶飞过，往远处飞去。陈冬青爬起来，一手拎着鱼，在后面边追边喊：

"鸟，鸟，我的鸟……小没良心的，你等等我。"

但小鹤哪里知道方向，眼看距离车子的位置越来越远，周围的人纷纷抬头起哄，场面更加混乱起来。陈冬青也被堵在了人群里，眼睁睁看着小鹤飞远，无可奈何。

就在这时，一个不起眼的地方，忽然有一个不起眼的人蹿了起来，踩着几个摊床就冲了过去，随后在一片骂声中，身形矫捷异常，钻过人群缝隙，一路往小鹤那里追去。小鹤现在不习惯高飞，只喜欢滑翔，它一口气飞出几百米，出了集市，早已消失在了陈冬青的视野里。陈冬青也是急了，不顾一切地在人群里狂奔起来。片刻后，当他终于跑出集市，只见小鹤已经落在了一辆三轮车上，旁边一个人正抓着小鹤的双腿，牢牢地控制住了它。小鹤不断挣扎，却无济于事。见此情景，陈冬青忙跑了过去，一把抱住小鹤，搂在了自己怀里。

"真是太谢谢你了啊，兄弟，多亏你了，要不然它就飞走了。"

陈冬青看着这个抓住小鹤的人，由衷地感谢着。这人个子不高，骨瘦如柴，面容有点猥琐，一头长发乱蓬蓬的，身上的衣服也是脏兮兮的，看起来好像挺久没洗了，似乎是个流浪汉。不知为什么，陈冬青看着这个人，总觉得有点眼熟，却想不起来在哪儿见过。

"呃……没、没事，这都是小事情，助人为乐嘛。"

这人一开口就是满嘴的山东口音，听着倒是挺憨厚实诚的，而且看着还有点腼腆。他看着陈冬青怀里的小鹤，挤出一副笑脸说："这个鸟，捡的？"

陈冬青点点头："嗯，捡的，确切地说是它自己飞到我家里的，当时受了伤，我给它治好了，现在想要把它送回家乡。"

"那你真是个好人，好人……"

这人对着陈冬青竖起了大拇指，言语间还是有点拘束，看着陈冬青，不自觉地搓了搓手。陈冬青恍然大悟，这人看起来日子过得不咋样，现在帮了自己的忙，应该是想要点好处费，还不好意思开口。

"兄弟，多亏你帮我，我这里有一百块钱，你别嫌少，算是感谢费。"

陈冬青拿出一百块钱，想要递给他，谁知这人却不肯接，连连摆手说："不不不不不，我就是随便帮个忙，不能要钱，不能要钱……"

说完后，他又讷讷地试探着说："你能……能请我吃顿饭吗？我好几天没吃饭了……"

估计这人是真饿了，说这句话的时候多少有点脸红，还结巴了起来。陈冬青不由起了侧隐之心，心想自己反正也没吃饭，就请他吃一顿，算还个人情也好。

"好，我请你吃饭，你想吃什么，随便说。"

"就……有碗面就行。"

这人见陈冬青同意了，抬起头来，脸上挂着朴实又憨厚的笑容。两人一起走出集市，往街口一家面馆走去。

陈冬青随口问了一句："对了，你叫什么名？家在哪儿？听你口音，应该也不是本地人。"

"啊，我叫那个……黄博，红黄蓝的黄，博大精深的博。"

停顿了一下，他又有点腼腆地笑了，说："我这不是从山东老家过来打工，谁知道被人骗了，现在有家回不去，前几天身上的钱也花光了……"

听他这一说，陈冬青顿时心生怜悯，拍了拍他说："没事，兄弟，遇到难处不要紧，大家都是出门人，你的心情我理解。待会儿吃了饭，有什么难处你再详细告诉我，只要我能帮忙的，肯定帮！"

面馆里，这个叫黄博的流浪汉，一个人一口气吃了三大碗牛肉面，外加四个卤蛋。陈冬青看得目瞪口呆，龇牙咧嘴，不忍直视。看来这人是真饿了，绝对不是假装的。陈冬青对于他的信任不由得又多了几分。

两人在吃饭的时候，小鹤就在一旁蹲着，左一条右一条地吃鱼，那饭量不低于黄博，吃得脖子都有点歪了。在黄博断断续续的讲述中，陈冬青得知了他沦落成流浪汉的原因。

原来，黄博是山东人，上个月跟人来这边的煤矿上打工，谁知道遇到了黑中介，想把他们卖给矿主。黄博和同伴逃了出来，分道扬镳往家走，但刚走到这里，他的钱包就被偷了。没了盘缠，他本想在当地找个临时工的活计，但因为自己长得瘦小，连工地都不愿意用他。无奈之下，他就只好在这儿流浪，去集市上乞讨，天天饥一顿饱一顿的，也没地方住，别人家的屋檐下、天桥底下、胡同里的背风处，到处都是他的临时住所。

陈冬青听了他的故事，眼泪都快下来了，心说这人也太惨了，有家难回，又没办法谋生，不得已四处流浪，活生生把自己变成了这般模样。陈冬青看看黄博，又看看小鹤，这两个都是寻家的游子，只不过一个遇到了好心人，天天有吃有喝，顿顿有鱼有肉；另一个却只能在人群中挣扎求生，一日求三餐而不得。

"你刚才说，你是山东人，家住山东哪里？"陈冬青问道。

黄博抬起头，眨了眨眼，反问了一句："你要把这鸟送到哪儿去？"

陈冬青一笑："巧了，我也是去山东，东营你知道吧？那里有个自然保护区。"

黄博忽然一拍大腿，眼睛都亮了起来。

"那可太巧了，我家也是山东东营的啊！"

"啊，居然这么巧？"

"可不是，你说那个自然保护区我知道，就在我们家不远，不到一百公里。"

"这样的话……"

陈冬青摸了摸下巴，他刚才本来是想给黄博拿几百块钱路费，让他坐车回家，但是没想到，黄博的家乡居然跟自己要去的目的地刚好就是同一个地方。

"大哥，你要去那个自然保护区，我可以给你带路，你要顺便把我捎回家就更好了，等我到了家，我肯定让家里人给你拿钱，我不能白坐你的车。"

黄博倒也会顺杆爬，一副哀求的语气对着陈冬青说，而且还信誓旦旦地拍着胸脯，表示决不会"白坐车"。其实给不给钱陈冬青倒是不在意，不过，有个当地人带路，这倒是一件不错的事情。而且一路上两个人也有个照应，不至于再出现类似今天的这种状况了。

见陈冬青犹豫，黄博又赶忙说："以后咱们到了哪里，买东西什么的活儿就都交给我，你就专心看好这只鸟就行，要不然，回头它再飞了，挺贵的……"

陈冬青笑了起来："你说这鸟挺贵的，你知道价格吗？"

黄博试探道："咋也得好几百吧？上千块？"

陈冬青摇了摇头说："你说少了，这只鸟是国家一级保护动物，要是遇到合适的买主，能卖上万呢。"

然后，他又加了一句："不过贩卖野生鸟类是违法的，尤其是国家一级保护动物，那是触犯刑法的，抓起来会判刑。"

"哦，哦，原来是这样。"黄博挠了挠头，看着小鹤，神情古怪。

陈冬青并没有注意太多，他想了想，对黄博说："既然你家就在东营，那咱们刚好顺路，钱不钱的就不用提了，我就顺便把你一起带回去。"

"嗯，嗯，太谢谢你了大哥，你真是个大善人……好人一生平安啊！"黄博连忙起身，不断地鞠躬致谢，满眼都含着泪花。

三言两语之间，陈冬青就决定了把他带上，好歹也是个伴路上能搭把手。对此，小鹤倒是没有什么意见，睁着一双黑亮的小眼睛，好奇地打量着黄博。或许是为了先套个近乎，黄博凑了过来，想要跟小鹤打个招呼，嬉皮笑脸地伸出手想要摸摸它。

"小心……"

陈冬青刚想要提醒他，却已经来不及了。小鹤的尖喙快如闪电一般，朝着黄博的手就啄了过去。幸好黄博缩得快，但也被啄到了，顿时疼得龇牙咧嘴，连连呼痛。但这还没完，小鹤抬起头，又冲着黄博吐出了一口口水。

"哎，这什么鸟，咋还吐口水……"黄博抬起手，抹着脸，神色无比尴尬。

陈冬青哈哈大笑了一阵，看着黄博的窘态，又看看他身上的衣服，还有脏兮兮、乱蓬蓬的头发，于是拿出了二百块钱，让黄博去洗个澡，理个发，收拾一下自己。黄博感激不尽，收了钱就走了，两人约好，两个小时之后，在集市口会合出发。

黄博走后，陈冬青看看时间，已经是上午十点半了，估计出发的时候少说也得下午一点左右。不过，虽然耽误了半天时间，但能遇到一个同伴，也不错。

他起身结账，面馆的老板好心劝道："刚才那个人，你可要小心点啊！"

陈冬青不解："为什么这么说呢？那人我看着挺实在的，不像坏人。"

面馆老板摇摇头："是不是坏人，他又不能把标签贴脑门上，这家伙在我们这儿转悠一个多礼拜了，到处小偷小摸，有时候还吃霸王餐，你这么帮他，留神他害你。"

陈冬青笑了起来："没事的，他偷东西也是为了糊口，没法子而已，再说我也不是什么有钱人，车又破，他就算打主意，应该也不会找上我吧。"

面馆老板还想说些什么，但终于还是闭上了嘴，叹口气走了。看他的样子，似乎这个黄博还真是有点问题。陈冬青想了想，反正不过是三四天的时间就到了，自己小心点就行了，看那个黄博说话都一脸腼腆，他总不至于谋财害命吧？再说，他都那么穷困潦倒了，自己好歹也算他的恩人了。想到这里，陈冬青摇了摇头，他始终认为，人性都是善良的。

离开面馆，陈冬青带着小鹤回到车上，然后在小镇里随便转了转，便来到集市口等待黄博。其实，陈冬青给黄博二百块钱，也是为了试探一下，看看他到底是不是个贪财重利的人。

"朋友们，你们说我到底应不应该带上这个人呢？在线等，挺急的。"

陈冬青在等待的过程中，拍了一段小镇的视频，又拍了下车里和小鹤，并且把昨天夜里和今天发生的事情说了一遍，然后向网友们求助。

这个视频也引来了不少人的关注和回复。有人说不该带他，因为像这种真正有困难的，直接找救助站就可以回家，不至于流浪在外。所以，这人要坐顺风车的原因，多半是另有打算。还有人说不要把别人都想得那么坏，一个农民工又没什么文化，可能都不知道救助站大门在哪儿。再说，一共就三四天的行程，又不是很久，多个人还能多个伴。也有人建议，让陈冬青给他点钱，打发他走就行了，不要节外生枝。

陈冬青走马观花一样看着评论区，觉得大家说得都有道理，不过在他心里，还是觉得不太妥当。看着看着，他忽然收到了一条私信，居然是"守鹤人"许诺发来的。这两天许诺一直没出现，估计是学习太忙。这条信息也同样很简短，只有一句话："天涯陌路相逢，愿君多珍重。"

这句话看不出来是什么含义，也不知道许诺是建议他帮，还是不建议他帮。但从这句话里，倒是能看出来许诺的真心祝愿。望着许诺的头像，虽然隔着屏幕，陈冬青却仿佛看到了一个淳朴大方的女孩在对着自己轻轻微笑。那笑容，宛若夏日清晨的阳光，灿烂却不热烈，令人心生明媚。

大概十二点半多一点的时候，陈冬青看到对面有一个人远远地跑来。

一开始他还没认出来，仔细辨认了一下才发现，原来是黄博。这家伙还挺守时的，说是两个小时不多不少。他按了两下喇叭，黄博颠颠地跑了过来，满脸都写着"高兴"两个字。

陈冬青定睛一看，这黄博洗了澡，理了头发，虽然还是有点黑瘦，但看着还挺干净的，胡子也刮了，整个人都显得年轻了好几岁。但就是他的一身衣服并没有换，还是脏兮兮的。陈冬青正要开口询问，黄博已经主动拿着一沓钱递了过来。

"这是剩下的钱，连洗澡带理发，我一共花了三十，然后我手机不是停机了嘛，又交了二十块钱话费，还剩一百五十块。"

"你居然还有手机？"陈冬青有点不解，心想他有手机的话，完全可以找个地方卖掉换成路费啊！

"嘿嘿，老式手机，不值钱的，三十块钱都没人要。"

黄博拿出一个老式手机，对着陈冬青腼腆一笑。

陈冬青接过钱问："我给你钱，让你收拾一下自己，怎么不买两件衣服，是不够吗？"

黄博连连摆手："不不不，我能洗个澡、理个发就知足了，你好心好意带我回家，我咋能花你的钱买衣服，人不能那么贪得无厌，再说这身衣服我都穿惯了，就是怕把你车弄脏……"

陈冬青暗暗点头，心说这人心眼不错，没有把二百块钱都花了，这说明他并不是一个贪财的人。想了想，陈冬青从背包里取出几件衣服丢了过去。

"给你这个，换上吧。别不好意思，去车后座就行，可能不太合身，你先对付对付。"

"这……太谢谢大哥了，对了，你看我这脑袋，我还忘了问，你贵姓啊？"

"我姓陈，叫陈冬青，你不用管我叫大哥，你这岁数，看着比我妈小不了多少，我今年才二十五岁，应该我管你叫大哥才对。"

"啊，我其实也不大，今年才三十一岁……以后你叫我大哥，我叫你兄弟……"

黄博嘴里套着近乎，爬到车后座把衣服换了。这衣服他穿着是有点大，不过还好，起码能挂得住，就是给人的感觉好像是偷的。

陈冬青发动车子，准备出发了。不过刚开出几十米，他忽然想起一件事，一拍脑门说："对了，差点忘了一件重要的事，我说黄大哥，这附近哪有汽车修理厂？"

"啊，你找汽车修理厂干什么？"

"说起来倒霉，昨天晚上我没进镇子里，在外面对付了一宿，结果后半夜来了个损贼，想要偷我轮胎，幸亏被小鹤发现了，要不然我这车今天就变成瘸狼了。"

黄博眨了眨眼睛，说："居然还有这事？这是谁啊？这么损，大半夜偷人家轮胎，这种人没有好下场……"

陈冬青笑道："哈哈哈哈，黄大哥说话我爱听，这种人的确太损了，昨天本来我想追上去了，没想到那家伙跑得还挺快，死活没撵上。不过还好，轮胎就是螺丝松动了，我自己紧了一下，怕不稳妥，找个修理厂看一看。"

"修理厂我知道，我对这边都熟，我给你带路，你一直往前走第二个路口右转，再左转……"

黄博一路指引，陈冬青来到了一家修理厂，检查了轮胎和车况，一切正常之后，才重新开始上路。这时候，时间已经是下午两点了。

车子开到中途，黄博拿着那个老手机，鼓捣了一下，似乎发了条短信，然后就收了起来。

陈冬青眼尖看到了，随口问道："给家里发信息啊？"

黄博挤出一丝笑容："是啊是啊，给家里报个喜讯。"

陈冬青一笑，并没在意。只是他并不知道，此时距离他们很遥远的某个地方的一家旅馆内，一个体形魁梧的壮汉，刚好收到了一条短信："崔哥，对方已经上钩了，预计天黑前到达老坟沟。"

第5章
心怀鬼胎

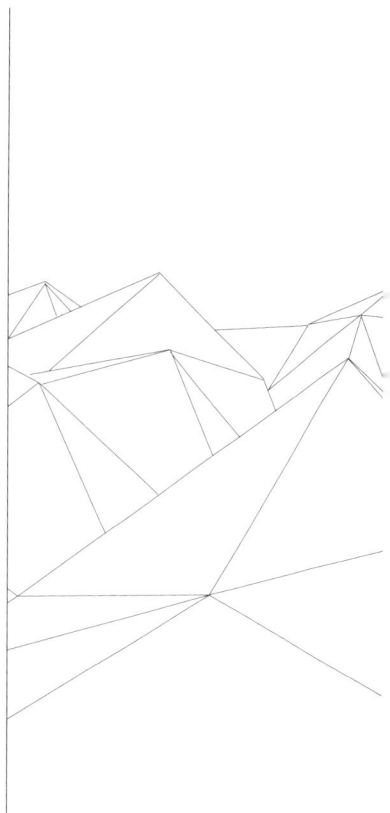

老坟沟是一个地名，基本上属于一个前不着村后不着店的地方，在过去是一片乱坟岗，现在变成了耕地，但还是人烟稀少的一个所在。陈冬青两点多出发，开了三个多小时，才走了一百多公里。今天的时间基本上都耽误在了小镇上，陈冬青多少有点着急，怎奈路途崎岖，中间又经过很多村路，速度始终也快不起来。

天黑之前，他们经过了一个小村子，陈冬青本想原地休息，因为再往前也不知道还有多远才能有住宿的地方。但黄博说，从这里再往前几十公里，还有一个大镇，可以到镇上去休息。而且他们两个人住宿，就可以带着小鹤，互相方便照应。

陈冬青想想也是，几十公里的话，大概一个多小时也就到了，趁着现在天还没黑，应该来得及。而且看导航地图，前面的确是有一个镇子。于是，陈冬青用凉水洗了一把脸，让自己精神了一些，然后继续出发。

走了这么远的路，小鹤早都困倦了，趴在车后座上昏昏欲睡。不过还好，这一路上小鹤都很乖，没给陈冬青添什么麻烦。几十公里的路，很快就过去了，天也很快黑了下来。在导航地图上显示出了一个地名：老坟沟。

陈冬青心里多少有点发毛，这周围很是荒凉，有点荒山野岭的意思，而且前不着村、后不着店的，看地图，那个镇子还得往前二十公里呢。

陈冬青一边开着车，一边对黄博说："我的哥……你说这黑灯瞎火的，这地方不会有劫道的吧？"

"劫道？我的大兄弟，这都什么年代了，哪还有劫道的，你当解放前呢，到处都是土匪……不过说真的，这地方听说过去是一片乱坟岗，要不咋能叫老坟沟呢，有没有劫道的不知道，坟应该是挺多。"

黄博越这么说，陈冬青心里越没底，两只手紧紧握着方向盘，对黄博说："那你说，这么偏僻的地方，不能闹鬼啥的吧？"

黄博哈哈大笑起来："你可别闹了，哪来的鬼，咱们这又不是灵异恐怖小说，快点开吧，过了老坟沟就是归庄，到时候就有吃有喝了。"

"你说什么庄？"

"归庄啊。"

"是归啊，还是鬼啊？"

"哈哈哈哈，当然是归，归庄镇，看把你吓的，我的大兄弟，早知道你胆子这么小，我就不让你赶夜路了。"

陈冬青定了定神，说："我倒不是怕赶夜路，主要我这眼睛有点夜盲症，一到了晚上，在外面就看不清路，总感觉周围影影绰绰的好像有人……"

黄博咧了咧嘴："你可拉倒吧，你再说一会儿，我都害怕了，快点走吧，别说了……"

陈冬青不再说话，紧抿着嘴，加快油门飞速开过了这个有点瘆人的老坟沟。一路上还真是平安无事，差不多天色完全黑下来的时候，已经是晚上七点多，陈冬青他们也终于赶到了归庄镇。见到前面的灯火，陈冬青总算是松了口气。车子在一家看起来挺正规的旅馆门前停了下来，两人下车，陈冬青抱着小鹤，黄博在前面领路开门，一起进了旅馆。

旅馆老板是个大胖子，看起来得有五十岁了，瞅了瞅陈冬青怀里抱着的小鹤，并没有多说什么，慢吞吞地给他们办理了住宿手续，连路都没领，直接挥挥手，往二楼指了指。

"二楼，205，双人间。注意点别让鸟叫唤，影响别人休息。"

陈冬青心说这还不错，估计小地方的人没那么多说道，这要是去城里的宾馆、酒店，肯定不能让带着鸟入住。两人一鹤上了楼，安顿下来之后，黄博的肚子就咕噜咕噜叫了起来。一听他肚子饿了，小鹤也开始抗议，伸长脖子跟陈冬青要吃的。

"兄弟，咱俩带着鸟一起出去不方便，不如把它锁在房间里，咱俩去吃饭，屋里给它留点鱼什么的，各吃各的。"黄博出主意说，但陈冬青摇了摇头，没同意。

"不行，我得时刻让小鹤在我眼皮底下，不然我不放心。"

"咱们把门一锁，它还能飞了呀？"

"飞不飞的是另外一码事，主要它这段时间从来没离开过我，我怕它害怕，万一乱叫起来，也容易惹麻烦。"

黄博恍然大悟，连连点头："对对对，还是你想得周到，那要不你先去吃饭，我等你回来，然后我再去？"

"你？它能跟你？别闹了，它不吐你一脸才怪！"

"没事啊，我这跟它也算混了一下午了，跟我待一会儿，应该没……"

黄博话音未落，小鹤真是半点面子也不给他，直接一口口水就喷了过来，黄博直接闭了嘴，陈冬青哈哈大笑，抱起小鹤就往外走。

"我就说不行吧，别犟了，还是一起去吃饭，刚才我看旅馆旁边就有一家小饭店，随便对付一口就行。"

黄博捏了捏鼻子，无话可说。两个人来到小饭店，要了三个菜，还有几碗米饭，风卷残云般地吃了个精光。小鹤当然不会吃这些东西，它独自在一旁吃鱼，动作十分优雅利落，引来了小饭店里店主一家的好奇。只见它昂首挺胸地站在那儿，眼睛看都不看别人，低头只一啄，便夹住了一条鱼，然后调整了几下角度，一仰头，一条鱼就进肚了。

陈冬青和黄博吃饭的时间不长，小鹤也没停嘴，等他们吃完饭之后，小鹤已经把那几斤鱼全吃光了。看着空空如也的食盆，陈冬青有点无语。这可是今天晚上和明天一上午的定量啊！这家伙也太能吃了吧！最主要的是，小鹤居然还没吃饱，还蹭着陈冬青要吃的。没办法，陈冬青只好问店主，有没有活鱼卖给他一些。店主人倒是不错，把自家鱼缸里养的几条活鱼都卖给了陈冬青，就是价格高点，差不多涨价一半。

都说小地方的人朴实，真是黑啊！但是这么晚了也没办法，根本没地方去买。然后，小鹤又把自己的脖子活生生给吃歪了，这才罢休。之后陈冬青带着黄博和小鹤这一大一小两个吃货，回到了旅馆锁门睡觉。他这一天都没闲着，早就累得不行，刚一躺下就很快睡着了，小鹤也进入了梦乡。

不过，黄博却在陈冬青和小鹤睡着后，忽然睁开了眼睛，先是观察了一下陈冬青，确认他熟睡后，蹑手蹑脚地爬了起来……

黄博悄悄来到旅馆一楼，见那个胖老板在睡觉，不声不响地出了门，来到了门外。夜晚的天气多少有点凉，黄博没穿外衣，缩着脖子东张西望了一会儿，不远处才有一个人影鬼鬼祟祟地走了过来。黄博还在张望，那人已经到了近前，一脚踢在了黄博的屁股上，把黄博吓了一跳，回头一看，立刻满脸堆笑。

"崔哥，你来了，吓了我一跳。"

那人的面容在昏暗的光线中看不大清，只能看出是个魁梧汉子，秃头，三角眼，一脸凶相，张嘴也是一口山东口音。

"少废话，那个鸟在哪儿呢？"

"鸟……睡觉呢。"

"睡觉？你逮出来呀！"

"不行啊，我怕我一逮它就叫。"

"那我逮它就不叫了？"

"不是，我的意思是说，待会儿咱俩一起进去，我假装睡觉，你抱着那鸟就跑，那小子要是醒了，我帮你拖住他……"

黄博话音未落，那大汉抬腿又是一脚。

"就你心眼多，楼上那么多人，我进去偷鸟，你睡觉，回头警察抓我，你当好人？"

"哪能呢……真要是惊动了警察，我得站在你这头，咱俩是一起的，这你都不用担心，我什么时候坑过你？"

黄博刚说完，大汉又一巴掌拍在他脑袋上。

"你还少坑我了？你那两万块钱欠我半年了，还有潘子他们那儿，你也欠了不少吧？关键你欠了钱就跑，这要是让他们抓住，大腿给你卸了。"

"是啊，我知道崔哥够义气，所以这才找你合作，那个鸟听说能值好几万呢，回头卖了咱俩一分，那账不就清了嘛。这种好事，我都没告诉他们。"

"呸，好事你个鬼，还得我自己进去抓鸟，这叫抢劫！告诉你，回头鸟卖了，我七你三。"

"崔哥……这你就不对了吧，要不你六我四？咋也得让我够还债啊！"

"还了债有什么用，就你那德性，还清了回头还得赌，早晚还是别人的，少废话了，一会儿天都亮了，那鸟在哪儿呢？"

两个人在旅馆门口叽里咕噜商量了半天，黄博这才转身进了门，领着那人往二楼蹑手蹑脚地走去。

那个叫作崔哥的大汉，外号崔老大，和黄博是同乡。而黄博也压根儿不是什么被拐骗到黑煤窑的民工，他就是一个不务正业的赌徒，前几个月欠了一屁股的赌债，实在还不上了，家里值钱的东西都让人家给搬走了，他自己则直接逃之夭夭。在外面流浪了几个月，他就靠着四处打零工赚点钱糊口，最近实在是混不下去了，才把自己弄得这么凄惨。

昨天夜里，黄博发现了一辆停在镇外的车，还挺破的，他以为是没人要的，于是就偷偷摸摸去卸轮胎，打算送去修理厂换两个钱吃饭。这段日子，偷轮胎的事他已经干了不少。可是没想到，一只轮胎还没卸下来，就被陈冬青给发现了，最后以失败告终。

第二天上午，在集市上他又见到了一只看起来就挺值钱的大鸟，于是又想去抓住卖钱，没想到又撞见了陈冬青，偏偏他还是大鸟的主人。黄博这人虽然滥赌成性，心眼却是不少，马上给自己编了一个可怜兮兮的故事，哄骗了陈冬青，获得了他的信任，并且答应顺路带他回家。实际上，他家距离山东东营还有好几百里路呢。

他心里的小算盘，就是在半路的时候，趁着陈冬青不注意，把那只丹顶鹤幼鸟抓走，换钱，发笔小财。为了确保计划成功，他找来了自己的同乡崔老大，因为崔老大认识不少"道"上的人，能够找到渠道把鸟卖出去。而且他也知道贩卖国家一级保护动物是触犯刑法的，所以也是为了找崔老大替他出手干这事，一旦惹出麻烦了，还能拿崔老大顶罪。

两人一前一后，很快到了205房间，黄博走的时候没关门，此时房门虚掩着，他趴在门口往里一看，顿时心就凉了半截。刚才走的时候，小鹤还是独自趴在旁边睡的。可是现在，小鹤不知怎么居然跑到陈冬青身边去了，身子蜷缩在陈冬青怀里，脑袋扎在陈冬青腋窝处，状甚亲密。

这干脆没法下手了，一动小鹤陈冬青就得醒，到时候闹起来，谁也别想跑。崔老大是典型的四肢发达，头脑简单，在后面一个劲地催黄博快动手。黄博对他做了个噤声的动作，让他在门外稍等，然后悄悄走进屋子，仔细观察了一下陈冬青和小鹤。还没等他看清，小鹤就突然睁开了眼睛，尖嘴一甩，似乎就要喷口水。

这一天下来，黄博少说也让小鹤喷了三四次，都已经形成条件反射了，赶紧躲避。不过，小鹤并没有喷口水，只是吓唬吓唬他。几秒钟之后，小鹤又闭上眼睛，尖嘴往陈冬青怀里一扎，继续睡觉。黄博吓得心脏扑通扑通乱跳，好一会儿才缓和下来。

门外的崔老大急得不行，不断地冲他比画，让他不用管那么多，直接把小鹤抱走。黄博还是很谨慎的，对着崔老大连连摇头，让他千万别急，等小鹤睡着了再说。这俩人一个门里一个门外，不断打着哑语，忽然间，陈冬青梦呓般地说了一句话：

"抓住他，抓住他，偷轮胎的贼……"

黄博刚缓和下来的心跳立刻又开始提速，直接趴在地上，吓得一动都不敢动了。他还以为陈冬青醒了，没想到陈冬青直接翻了个身，把小鹤搂在了怀里，片刻后又打起了呼噜。

这一来，完全没法下手了，除非把陈冬青一起抬走。门外的崔老大急得跳脚，但也是无计可施。黄博又悄悄退出了门外，拉着崔老大来到了角落里，只听啪的一声，崔老大又是一巴掌拍在了他的脑袋上。

"你小子有病吧，胆子小得跟兔子似的，下手抓啊。"

"抓个屁啊，你没看那人抱得紧紧的，怎么抓啊？"

"要不说你废物，你管那人干什么，一棍子打晕不就行了。"

"打晕……我的哥，打晕就是抢劫了，抢劫比偷罪名更大你不知道吗？再说，那人心眼不坏，你打他干什么。"

"……那你说现在怎么办？"

"你急什么？还有好几天才到地方呢，咱们肯定有下手的机会，今天晚上我盯着他，你就在外面等着，听我消息……"

黄博的目光里充满了必胜的信心，崔老大将信将疑，又挠了挠头，只好点头同意。但随后，他又踢了黄博一脚，恶狠狠地指着他的鼻子说：

"我告诉你，这件事要弄不成，老子就弄死你！"

这一个晚上，黄博几乎一夜没睡，一直都在等待着下手的机会。可惜，上半夜陈冬青和小鹤贴得很近，跟热恋的情侣似的，黏黏糊糊的，陈冬青时而还说梦话，让黄博完全不敢动手；到了下半夜，陈冬青总算是睡熟了，平摊开身体，也不说梦话了，微微地打着呼噜。

黄博蹑手蹑脚地起来，刚走到一半，小鹤忽然又醒了。他停住了脚步，和小鹤大眼瞪小眼，时间仿佛凝固在了此刻……

片刻后，黄博又蹑手蹑脚地回去了。没办法，他还是不敢直接下手抢，毕竟小鹤的凶悍他也见识过，而且一旦吵醒陈冬青，这件事的性质就变了。崔老大蹲在门外，开始还跟着着急，慢慢地也打起了呼噜……

漫长而又尴尬的一夜，终于就这么稀里糊涂地过去了。清晨，黄博爬起来，把在门口酣睡的崔老大给推醒，崔老大抹了一把嘴角的哈喇子，还没反应过来，就被黄博给推出去了。等黄博回来，陈冬青也醒了，在床上伸了个大大的懒腰，然后神清气爽地跳了起来。

"黄哥，起这么早啊！"

陈冬青拍了拍小鹤的头，走进卫生间开始洗漱。小鹤也精神得很，趴在陈冬青的床上，一双大眼睛看看陈冬青，又不住地在黄博身上打转。

如果小鹤会说话，那眼神分明是在告诉陈冬青：这家伙可不是好人哪……

黄博有点尴尬，假装咳嗽了两声，说："是啊，我刚才……出去转了转，透透气。"

陈冬青一边刷牙，一边含混不清地说："我看你脸色不大好，昨晚没睡好吗？"

黄博心里说："我哪是没睡好，我压根儿就没睡！"

"啊……我这人认床，在外面就睡不习惯……"

黄博支支吾吾找了个理由，陈冬青看了他一眼，心里说："你都在外面流浪一个月了，你还认床？"看着黄博隐约的黑眼圈和一副心事重重的样子，陈冬青漱了漱口，安慰道："你也别太担心，出来打工被骗也不能怪你，虽然没赚到钱，但是只要人平安回家就好，我相信你家里人也都盼着你早点回去呢。不管你混成什么样，家人永远都是家人，他们不会嫌弃你的。"

陈冬青毕竟还是善良的，他误以为黄博是因为担心出来打工被骗，回家没法交代而上火，才会睡眠不好。听了这话，黄博眼圈一红，眼泪差点没掉下来。是啊，他在外面混得是挺惨的，不过并不是打工被骗，而是赌博欠了一屁股债……

当然这话没法说，黄博眨了眨眼睛，挤出两滴眼泪，叹气道："是啊，还是我兄弟明事理，我这次出来，本想着多赚点钱带回去，现在……两手空空，实在是不好意思。"

陈冬青洗了脸，走过来拍了拍他，说道："这都不是事儿，待会儿你打个电话，先给家里报个平安，出门在外，挣不挣钱的都不重要，关键是要平安归来。"

黄博摇了摇头："你不知道，在我们那里，男人外出要是赚不到钱，那回不回去也无所谓了，估计我就算是死在外头，家里也没人担心。"

他这说得有点心酸，但确实也是实情，他今年三十一岁了，因为赌博老婆已经跑了，家里父母不待见他，唯一的兄弟也跟他老死不相往来。

见到黄博神情黯淡，陈冬青笑道："你也别太悲观嘛，家人到什么时候都是家人，说不定他们正盼着你回去呢。"

黄博苦笑一声，不置可否。他瞥了小鹤一眼，心里暗想：家里倒是有人盼着我回去，可惜不是家里人，都是债主……

不过，昨天夜里既然失败了，接下来还要努力，一定要把这只小鹤搞到手，不然的话，就真的有家难回了。两人洗漱之后，一起出门吃早餐。

黄博是穷光蛋一个，一切开销都是陈冬青出，这让黄博多少有点不好意思，以至于平时能吃两笼包子的他，现在只吃了一笼半就放下了筷子。陈冬青还在热情地劝他，往他碗里夹，黄博一边推让，一边贼眉鼠眼地往门口的方向瞄。陈冬青并不知道，此时坐在门口瞪着眼珠子吃包子的那个壮汉，正是昨夜在他门口蹲了一宿的崔老大。他和黄博两个人眉来眼去，用目光交流着。

此时此刻，为了避免麻烦，小鹤被锁在了车里，车钥匙则刚好在桌子上，就在陈冬青的手边放着。车里很宽敞，有水有鱼，小鹤也很乖，知道陈冬青把它留在车里是为了它好。在陈冬青的热情下，黄博无奈，又夹了一个包子塞进嘴里，一边咀嚼，一边盯着陈冬青手边的车钥匙，心里飞快地打着主意。该怎么能神不知鬼不觉地把陈冬青支走，拿了钥匙去抓小鹤呢？

"我说……陈兄弟，你上厕所不？你要是去就赶紧去，待会儿咱们就该上路了。"黄博总算找到了一个理由，对陈冬青说道。

"上厕所？我不急，你去吧。"陈冬青拿起一根牙签剔着牙，随口答道。

"我也不急……我还没吃完呢，还是你先去吧。"

"我先去？那也行，反正待会儿就该上路了。"陈冬青嘴里念叨着，然后起身往卫生间走去。

盯着桌子上的车钥匙，黄博眼睛一亮，正要伸出手拿起钥匙丢给崔老大，然后自己再假装什么都不知道的样子……忽然，陈冬青刚走出几米远，便停住脚步，折返了回来。他伸手从桌子上拿起车钥匙，十分自然地揣进了兜里，对着黄博微微一笑。

黄博的手刚好伸出去一半，尴尬无比地也对着陈冬青笑了下，然后随手从桌子上拿了一瓣蒜回来。角落里的崔老大眼珠子都快瞪出来了，对着黄博不断地比画，用手掌用力向下劈砍，然后又用双手做了一个掐脖子的动作。那意思是告诉黄博：别费劲了，直接下手抢吧！

崔老大对着黄博一顿比画，黄博也只好偷偷摸摸跟他比画。两人打哑语一般，胡乱比画了一阵，陈冬青就已经回来了。

"黄哥，你干啥呢？"

"啊……没干什么，刚才有只苍蝇在这飞来飞去，我赶走它……"

黄博随口敷衍了过去，陈冬青也没在意，对他说："你也去一趟卫生间吧，然后咱俩就该走了……老板，结账。"

陈冬青来到一旁结账，黄博只好起身去了卫生间，刚一进去，崔老大就紧随其后，恶狠狠地将他按在了卫生间的隔间里，然后啪的一声，把门关上了。

"崔哥，你听我说……"

"说个屁，昨天晚上我就说直接下手抢，你非不肯，现在他要走了，咋弄？"崔老大凶神恶煞一般揪着黄博的脖领子。

黄博像只小鸡仔一样，战战兢兢地解释道："崔哥，真没法下手，这镇子上到处都是人，一旦出了事，你开车就跑了，我咋办啊？"

崔老大直接在他脖子上来了一巴掌，骂道："你个蠢货，偷那么个鸟，不就跟偷只鸡一样简单？还费那么大劲，那个人跟个傻子似的，一点防备都没有，你就听我的，一棍子打晕，屁事没有。"

"不行不行不行，万一打死了人咋办？那可是人命关天，咱就偷个鸟，不至于的……要不这样，崔哥，你路上跟着点，等到了那荒郊野岭的地方，我就给你发消息，到时候咱们也好下手。"

"荒郊野岭再下手，这可是你说的，待会儿我就跟着你们，你要是再掉链子，老子就废了你！"

"是，是，是……"黄博苦着脸连连应诺。

等他从卫生间出来，陈冬青已经结了账回到车上，黄博小心翼翼地凑了过去，问道："陈兄弟，咱现在走？"

陈冬青没回答，问了一句："你手机号多少？"

黄博报出了自己的手机号。

陈冬青拿着手机摆弄了一下，然后笑道："好了，给你交了一百块钱话费，应该能用了，待会儿记得给家里报个平安。"

"我……谢谢兄弟……"

黄博下意识地伸手摸了摸兜里的手机，心里涌过了一阵暖流。这个"傻小子"，难道对人一点戒心都没有的吗？他的手机其实压根儿就没停机，他只是前些天穷得实在没钱了，就把自己的智能手机卖了，换了这个老年机而已。虽然不能上网什么的，但是打电话、发短信都没问题。

"不用客气，回头记得还我就行。"

陈冬青一笑，对着黄博招了招手。两人上了车，小鹤早已在车里吃饱喝足，伸展开翅膀对着陈冬青长鸣。那意思仿佛是在说："快出发吧，我都准备好啦！"陈冬青打开了车顶天窗，定好了导航，一脚油门，车子便飞驰而出，踏上了新一天的旅途。

清晨的风暖暖的，吹在身上舒服得很。陈冬青今天心情也不错，他一边随意和黄博聊着天，一边欣赏着沿途的风景。黄博则是不断附和着，目光却不时瞥向倒视镜。

在他们身后，不时会有车子驶过。有一辆银灰色的面包车，款式看起来已经很古老，车身破败不堪，一路跟在陈冬青的车子后面，紧跟不舍。陈冬青开的这辆车本就有些年头了，但在那辆面包车面前，还是年轻了许多……

与此同时的大学校园里，难得睡了个懒觉的许诺，却被一阵手机铃声吵醒了。今天是周末，宿舍里的几个人都还没起床，这一下子也都被吵醒了。

是爷爷打来的视频电话，许诺拿起手机，带着歉意地对大家笑笑，便按下了接听键：

"爷爷，怎么了？"

许诺知道，为了不打扰她的学习，爷爷几乎很少给她打电话，有事也只是在微信里面留言。今天却直接打来了视频电话，而且看爷爷在视频里的样子有些焦急，许诺心里有些紧张起来。不等爷爷说话，许诺的奶奶就已经抢过了镜头，对着许诺扯着嗓门喊了起来：

"诺诺，你快看看云云吧，自打你走了之后，她就病了，茶饭不思的，梦梦也急坏了，天天守着老婆孩子寸步不离……"

一听是云云病了，许诺也有点急了，赶紧打断了奶奶，让她把镜头对着趴在一旁的云云。梦梦和云云是一对夫妻，也是许诺看着长大的，自从它们这次从越冬地回来，丢了一只小鹤，云云就一直闷闷不乐，心情抑郁。现在生了病，估计也跟这个有关。

视频里，云云果然憔悴了许多，毛色暗淡，失去了往日的光泽，头也低垂着，眼睛半闭，对摆放在面前的食物毫无兴趣。梦梦则是在旁边走来走去，不时用尖喙去触碰云云，一副小心翼翼的样子。还有那两只小鹤，也一直守在旁边。

"云云，云云……"

许诺对着视频轻声呼唤，听到她的声音，神志萎靡的云云终于抬起头，寻找着声音的方向。记得小时候，每当云云生病，许诺都是把它抱在怀里，常常彻夜不眠。云云看到了视频里的许诺，低鸣回应，对视片刻，然后又垂下了头。

"奶奶，云云这种情况，得赶紧调整饮食，不然真的会抑郁成疾，你们平日里多陪陪它，毕竟它刚刚丢了孩子……"

沉思片刻，许诺又说道："你们现在要给它的食物里加5%的鱼粉、7.5%的燕麦粉、4%的肉骨粉，再加5%的苜蓿草粉、1%的磷酸二氢钙、0.5%的维生素……"

许诺说的都是她在学校学到的知识，但还不等她说完，下铺就传来了一个阴阳怪气的声音：

"大早上的吵什么呀，不知道别人在睡觉吗？这是宿舍，不是你们家炕头……"随着声音，一个穿着睡衣的长发女孩出现在许诺面前，一脸不悦。

"不好意思哈，是我家里打来的电话，我家的丹顶鹤生病了。"

许诺来自鹤乡，宿舍里的人都知道，但许诺家里养丹顶鹤这件事，目前就只有闫菲菲知道。住在许诺下铺的女孩叫张宁，一向对许诺不太友善。听了许诺的话，她却不由得睁大了眼睛。

"你说什么，你家的丹顶鹤？你家养丹顶鹤？"

"是的，但确切地说，不是我家的，是国家的。"

宿舍里的几个女孩子都起来了，神色各异地打量着许诺。许诺一脸歉意地看着大家，把手机转了过去。

"喏，你们看……"

手机屏幕里，丹顶鹤一家四口都在，齐齐整整的，好奇地打量着视频另一端的几个女孩子。

"哇……"

美丽大方、仙气飘飘的丹顶鹤，瞬间吸引了女孩子们的目光，包括闫菲菲也只是听许诺说家里是养丹顶鹤的，却也是第一次见。

女孩子天生对美丽的东西是没有抗拒力的，尤其是这么优美的曾经只存在于传说的仙鹤。刚才还一脸不悦的张宁，瞬间就被征服了，两个眼睛里闪着小星星，兴奋地叫喊着：

"许诺，这真是你家养的呀？你家养了多少只丹顶鹤啊？"

"呃……几百只吧，但不全是我家养的，我家那里是自然保护区，我们全家都是巡护员……"

许诺尽量用简单的语句解释了一番，同时无奈地看着这几个平时都不怎么搭理她的室友，她们此刻化身爱心大使，叽叽喳喳地冲着视频里的丹顶鹤打招呼。

实际上，许诺因为是插班生，在她住的宿舍里，只有她一个人是野生动物专业的。可是看现在这个架势，大家好像都很喜欢野生动物啊……

清晨的一个视频电话，让许诺在宿舍里的地位直线上升。原本大家都有点看不起她，觉得她有点土，又只知道学习都不打扮自己，跟所有人似乎都格格不入。现在知道许诺家是养丹顶鹤的，闫菲菲又把许诺姑姑和父亲的事说了出来，大家就更加惊讶了。

谁会想到，曾经唱响大江南北令无数人感动的一首歌里的主人公，竟然就是许诺的姑姑？挂断了视频电话后，在大家的追问下，许诺只好把家里的故事讲了一些。每个人都听得聚精会神，就像在听一个神奇的精灵童话故事。

她们第一次知道，丹顶鹤红色的头冠并非羽毛，而是一块裸露的皮肤。

她们第一次知道，传说中的毒药"鹤顶红"，跟丹顶鹤没有半点关系。

她们第一次知道，丹顶鹤其实是一种很凶悍的鸟类，领地意识极强，但同时又十分通人性，冰雪聪明，而且寿命很长。

她们第一次知道，当年许诺姑姑为了救护丹顶鹤滑入沼泽遇难，地点其实是在江苏盐城，并不是扎龙自然保护区。

她们第一次知道，许诺姑姑原来和许诺一样，也曾经是东北林业大学野生动物系的学生。

她们第一次知道，盐城筹建自然保护区的时候，是许诺姑姑怀揣着三枚丹顶鹤的蛋南下，并且全部孵化成功，创造了低纬度越冬地孵化的世界奇迹。

她们第一次知道，在许诺姑姑遇难的二十七年后，许诺的爸爸也在巡护丹顶鹤的途中不幸滑入沼泽遇难。

她们第一次知道，原本就读于东北农业大学的许诺，曾有一个成为园艺师的理想，可是现在，为了完成姑姑和父亲未竟的事业，她毅然放弃了保研的机会，选择来到姑姑曾就读的学校，学习野生动物专业，并立志成为家里的第三代守鹤人。

姑娘们听得入了迷，听到感人时，更是眼含泪花，无声而泣。

张宁忽然想起了什么，打开了手机，指着陈冬青的视频，对许诺说："难怪你对什么都不上心，偏偏喜欢看这个人的视频，你看，他带着小鹤出发了，说要送小鹤回乡……"

陈冬青送小鹤回乡的故事，宿舍里每个人都已经知道了，许诺更是一直关注着，怎奈陈冬青太懒，出发两天，一共就发了一条视频。

正在这时，刚点开陈冬青视频的张宁突然发现，画面已经自动切换成了直播画面。映入眼帘的，是一望无际的碧空，镜头不断晃动着，有人影时而闪过，最后是一张尖尖的嘴巴，和一双充满好奇的大眼睛，正是小鹤。

陈冬青这个家伙，居然开直播了？许诺好奇地看着，只见直播画面里，陈冬青不断在调整着镜头角度，时而还出现一个猥琐的汉子，帮着陈冬青一起忙碌。

"各位老铁，咱们今天是第一次直播，我看直播间里人不多，就十几个人，咱们有钱的捧个钱场，没钱的捧个人场，以后多多关照哈……"

说话的是那个猥琐的汉子，满嘴的地方口音，整张脸都快把镜头挡住了。陈冬青过来把他扒拉到一边，又调整了一下镜头，清了清嗓子，才笑着开口说话：

"那个啥……你们能听见我说话吗？"

他的声音有点小心翼翼的，后面那个猥琐汉子又挤了过来，咧开一张大嘴呵呵地笑着，接了一句："能听见的老铁打个1，打个1啊。"

许诺她们并不知道，开直播这个事，并不是陈冬青的主意，完全是黄博撺掇的。

今天一早，两个人上路后，只跑了一个多小时黄博就嚷嚷着上厕所，无奈之下，陈冬青只好把车停在半路一个山坡，让黄博去方便。结果黄博磨蹭了半天才出来，又说这里风景特别好，拉着陈冬青去欣赏。陈冬青本就是抱着旅游的心态出来的，又不急着赶路，于是就和小鹤一起上了山坡，结果一看，风光果然无限美好。

于是陈冬青就拿出了画架，原地开始写生，把这美好的景色收进了自己的画中。其实，黄博纯粹是为了给自己制造机会，尽量拖延陈冬青到达目的地的时间。他早已给崔老大发了信息，让崔老大等在山下。如果待会儿陈冬青困了，在山上睡一觉，他就有机会下手了……

可谁知道，陈冬青昨天晚上睡得很好，专心致志地画了半天也没有半点困倦的意思。反倒是黄博先睡着了，他昨天晚上几乎一夜没睡，这一闭上眼睛就睡得不省人事，最后还是陈冬青画完画，才把他叫醒。黄博擦了擦嘴角的口水，发现自己已经睡了一个小时，陈冬青已经收起画架，准备上路了。

黄博不甘心，于是又撺掇陈冬青给小鹤拍视频，他对陈冬青说，送小鹤回乡这一路上花费不少，又吃饭又住店，还得加油，没个几千块钱根本不够。不如趁着这一路的好风光，多拍点视频，开开直播，把自己花费的钱赚回来一些。

陈冬青原本是懒得弄这些的，但是架不住黄博一直念叨，而且之前的视频评论区里，也的确有不少人起哄，让陈冬青多发点小鹤的视频，或者开直播，让小鹤多跟大家互动一下。鉴于此，陈冬青就开通了直播功能，开始了自己的直播首秀。

"大家好，第一次直播，也不知道说点啥，之前一直有些朋友说想看看小鹤，今天，它来了……"

陈冬青抱起小鹤，直接放在了镜头前。小鹤好奇地看着手机屏幕，瞪大了眼睛，歪着头，一副萌态。

这时候直播间里已经进来了几十个人，无一例外，齐刷刷地被惊到了。许诺宿舍里，几个女孩子连呼吸都快停顿了，盯着张宁的手机，看着屏幕里的小鹤，一个个心花怒放，满眼宠溺。

"许诺，我终于明白你为什么非要回家养丹顶鹤了，我现在忽然也想重修专业了……这大宝贝，谁见了不迷糊啊！"

闫菲菲一双手捧在胸前，眼睛里闪着光，恨不得立刻把直播间里的小鹤抓出来，搂进怀里，结结实实地稀罕一顿。

"哈哈哈哈，你说得没错，我爷爷讲过，当年有人就特别喜欢丹顶鹤，就连蛋壳都是他们的收藏品。还说过只要用两枚鹤卵就能换一辆轿车，为此还特意找到我爷爷交易。但那时候虽然家里条件不好，我爷爷却从来也没动过心。他说，这些丹顶鹤都是我们的国宝，别说一辆车，就是给一座金山也不换！"

许诺一边认真地说着，一边看着直播间里的小鹤，心中默默许愿：小鹤啊小鹤，不管你的家乡在哪儿，希望你早日回家，早点见到你的爸爸妈妈。

第6章
盗猎团伙

　　这一场直播只持续了三十多分钟就结束了，但战果还是可以的：最高在线人数1324人，打赏收入共计421.5元。当然了，钱不是重要的，重要的是小鹤的人气直线上升，大家都纷纷对陈冬青送小鹤回乡的做法点赞，并且表示这些钱就当作陈冬青的路费和给小鹤买食物的经费。

　　仅仅半个小时，收入400多块钱。陈冬青有点不好意思收这个钱了，所以早早关了直播。他觉得，如果不关直播的话，恐怕大家给的钱会更多。黄博却不这么认为，他对陈冬青说，大家给钱是出于善意，一片好心，如果不收，让大家的爱心去哪里表达？送小鹤回乡是做好事，既然是做好事，那么就应该允许更多的人加入进来，只有这样才能让大家有参与感，才能更好地去唤醒每个人心中善良的一面。所以，陈冬青不但应该收，而且还应该多收，回头把这些钱都捐给野生动物保护组织，或者自然保护区，那才更有意义。

　　不得不说，黄博的一番话明明是胡说八道，听起来居然还很有道理，陈冬青想反驳都没什么可说的。如果那样的话，直接号召大家捐款给自然保护区不是更好？但黄博说，如果你号召给自然保护区捐款，我保证你一毛钱也收不到，大家首先是因为喜爱小鹤，才愿意出钱。至于自然保护区什么的，跟普通人的距离实在是太远了。

话虽如此，陈冬青还是拒绝了黄博的建议。想当初他就是因为这种事被坑的，又来？直播收一大笔钱，回头又会有人在网上说他打着小鹤的名义敛财，陈冬青确实是怕了。

于是，他义正词严地告诉黄博，直播可以，绝对不收打赏的一分钱。并且他还拍了一段视频，把自己的态度表明，告诉大家谁也不要打赏，如果有爱心的话，可以把钱捐给红十字会，注明给哪个自然保护区就行了。视频上传后，陈冬青便收拾了东西，重新开车上路。黄博捏了捏鼻子，悄悄给崔老大又发了一条信息：

"继续跟踪。"

此时已是正午，崔老大潜伏在千米之外的路边，又饥又渴，憋了一肚子的火，正在不住口地骂娘。他早上就没吃什么东西，这一夜也是没怎么睡觉，眼珠子都熬红了，结果等了一上午，还是没机会下手。

收到短信，崔老大狠狠地往地上啐了一口，骂骂咧咧地上了车，继续跟踪陈冬青。他始终跟在陈冬青后面一公里左右的地方，这样陈冬青发现不了他，但有了黄博这个"内鬼"，又保证不会跟丢。

"这个蠢货，依着我，一棍子打晕，什么都解决了。这一路跟下去，得跟到猴年马月啊……"

今天的日头有点毒辣，崔老大的秃头被晒得油亮油亮的，他抓起半瓶子矿泉水，咕嘟咕嘟喝下去，然后随手一扔，发动车子，沿着公路追了下去。

虽说崔老大满肚子怨气，但他已经联系好了买主，一只丹顶鹤在黑市的价格的确能达到几万元。当然，这指的是活体价格，作为观赏鸟类出卖，而不是成为餐桌上的野味，那样的话价值就大打折扣，崔老大也就不费这个劲了。而且他联系的贩子那边说，如果他抓到的丹顶鹤能保证健康，而且身上没有任何损伤，价格可能还会高一些。

这让崔老大感觉到了一条发财致富的新路子，抓只丹顶鹤什么的，那肯定是手到擒来啊！所以，他也跟对方拍着胸脯保证，第一笔生意肯定要做得漂亮，那只丹顶鹤他已经观察过了，非常健康，一定会在最短的时间内弄到手，送到对方的手上。

一辆老旧越野车，一辆更老旧的面包车，一前一后行驶在公路上，车里的三个人各怀心思，但所有的目标，都集中在了那只无忧无虑的小鹤身上。跑出了几十公里后，陈冬青看着副驾驶位上昏昏欲睡的黄博，开玩笑说道："黄哥，要不咱们今天晚上早点找个地方休息，看你困得都不行了，跟一夜没睡似的。"

黄博一个激灵，迷迷瞪瞪地睁开眼睛，往四周看看，说："行啊，早点休息好，我真是困得不行了……不瞒你说兄弟，昨天一宿我还真没怎么睡，光看你睡觉了。"

"那你怎么不睡？你看着我干什么？"

"我这不是担心嘛，你睡得那么沉，这鸟也跟你一起打呼噜，我就担心啊，你说这要是咱们都睡着了，外面来个人把鸟偷走了怎么办？这挺贵的鸟，不可惜了吗？"

黄博撒起谎来脸都不红，陈冬青倒是真有点感动了，心说这个半路偶遇的哥们还挺够意思，怕小鹤被偷走，居然守了一夜。他并不知道，实际上黄博就是想偷小鹤的那个人，他一夜没睡根本不是守护小鹤，是惦记了一宿没机会下手。

"黄哥，你有心了。"

"咳咳，我可不有心嘛，我对你还差点，我对这鸟是特别上心啊……你说它长的，多招人稀罕。"

黄博笑着回头，伸手去摸小鹤，小鹤却一歪脖子，躲了过去，然后直接奔着他的手啄了一下。它倒是没用力，黄博也是微微有点痛，赶紧缩了回来，悻悻道："这哑巴畜生，我一夜没睡看着你，你还咬我。"

陈冬青笑着说："丹顶鹤对人的警惕性还是很强的，你别看它跟我熟，那是我喂出来的，你要想跟他熟络起来，随便摸它抱它的话，估计还得几天。"

"还得几天，那就……"黄博看着躲出老远的小鹤，多少有点无语。

陈冬青说："你也别泄气，趁着这工夫跟它多亲近亲近，而且咱们走得慢，这路也不好走，我估摸着怎么还得两天三天的。"

"两天三天太快了吧，前面说不定路就断了，咱们就走不了了，我看起码还得四五天。"

"不至于，一共就一千多公里的路，咱们溜溜达达两三天已经很慢了，还四五天……"

不知道是不是黄博的乌鸦嘴生效了，陈冬青刚这样说着，前面便经过了一片山区，路也开始崎岖起来。又往前勉强走了几里路，便来到了一个小村庄，远远看去，进村的路却已经断了。

陈冬青下了车，和黄博一起查看着断掉的路，两个人面面相觑都挠起了头。前面的路况很明显，是被雨水冲垮了，行人勉强可以通行，但汽车是绝对过不去的。从导航上看，这是一条必经之路。如果想要绕行，就得调头往回开几十公里，再绕到另一条路上。但那样的话，整个路线差不多要多跑两百多公里。而且那条路是河坝，曲折崎岖，更是难行。

除了陈冬青之外，还有一些车来到这里后，见此情景都是立刻调头离开，选择另外的道路。陈冬青看了看时间，已经是下午四点多了。如果绕路，今天必然要赶夜路，而且还不知道另一条路的路况。

他之所以一路上慢慢地走，能不走夜路决不走夜路，一是抱着旅游的心态，二是因为车上带着一只丹顶鹤，就有着太多的不确定性。他必须要保证小鹤的安全，还得照顾小鹤的情绪，避免让小鹤的情绪出现波动，否则一旦小鹤不受控制，他就没法这样优哉游哉地前往小鹤的家乡了。当动物保护者的时候，陈冬青参与过一些救助活动，像这样的长途跋涉，一般都要用特制的笼子把动物关进去，如果是禽鸟类的，甚至还要把禽鸟的翅膀和腿绑上，避免途中出现意外。

几个人正在冲垮的路上比比画画，似乎在商量着修路的事，陈冬青走了过去，笑着打招呼：

"老哥几个，这路怎么断了，什么时候能修好啊？"

这几个人里面有个年长者，看着像是带头的，他看了看陈冬青，脸上没什么变化，随口应付了一句："昨天晚上下了一夜的雨，就这样了。要想修好，得镇上派工程队过来，最快也得两天吧。"

最快也得两天，也就是说等修好了路，那就是后天了。陈冬青有点傻眼，有心想要掉头换路，但看看天色已经不早，而且跑了一个下午的路，小鹤在车里有点烦躁起来了。

这个小祖宗一旦闹起来，那就不好办了。犹豫了几分钟后，陈冬青当即决定，今天晚上就在这儿休息过夜，明天一早再走。这村子看起来还挺大的，而且地处交通要道，估计旅店什么的应该会有。

陈冬青想上前打听哪里有旅店，但那几个人懒得搭理他，一直商量着修路的事，说的又是当地方言，陈冬青听得一知半解，又插不上话，又不好意思直接打断人家。这个时候，黄博笑嘻嘻地走了过来，从身上摸出半包烟，给那几个人分别递了一支。

"老乡，辛苦辛苦，抽烟抽烟。"

香烟开路的办法果然行得通，那几个人停了谈话，接过烟，陈冬青赶忙上前问话。一番询问后，陈冬青放下了心来。这个村子是附近几十里之内最大的村庄了，叫作十里屯，意思是村子占地方圆十里，村里宾馆、饭店、舞厅一应俱全。车子已经是开不进去村了，陈冬青只好和黄博把要用的东西取了随身带着，又抱起小鹤，进村住店休息。

这村里的道路倒还宽阔整齐，就是有些地方坑坑洼洼的，有着不少存水，明显是昨天那场大雨的杰作。几只鸭子在路上颠颠地跑着，快活地在几个水坑里钻来钻去，逍遥自在得很。还有三五只小鸭崽，黄嫩嫩的，也跟在母鸭子后面摇摇摆摆地走，一副无忧无虑的样子。陈冬青怀里的小鹤突然来了精神，眼睛瞅着那几只小鸭崽，闪着异样的光芒。

"不许看人家鸭子，跟你无关。"

陈冬青捂住了小鹤的眼睛，扭过它的头，强制命令它看向另一边。他当然知道，丹顶鹤是杂食性动物，平时除了吃小鱼、小虾，什么小鼠、小鸭、小兔……统统都可能成为它的腹中之食。所以刚才小鹤看向小鸭子的眼神，多多少少有点一个人在饿了一天后，盯着一只香喷喷的烤鸭的感觉。今天下午还没喂食，小鹤一定也早就饿了。但是吃人家小鸭子这种事，陈冬青是绝对不会允许发生的。

十里屯一共有两个宾馆，说是宾馆，其实就是一大排平房，除了住宿还可以存车，毕竟这村子地处交通要道，来来往往的车还是很多的。陈冬青选了一个看起来比较干净的，叫作如归宾馆。

宾至如归，这名字起得还挺有那股子韵味。宾馆里的客人不多，应该是路断了的原因，很多车走到这里就绕路而行了，像陈冬青这样，路断了就直接住下的，几乎没有。

陈冬青抱着小鹤，和黄博两个人走进宾馆，发现这里虽然是乡下，但地上铺着瓷砖，墙上贴着壁纸，正门的前台后面还有着一幅迎客松的画，看起来高端大气上档次。

"你好，要一个双人间。"陈冬青走到前台开口说道。

前台里面趴着一个十七八岁的小姑娘，正在那儿聚精会神地看手机，闻言抬头，先是看了陈冬青一眼，然后又移动目光盯在了小鹤的身上。她的目光微微停滞了一下，然后又看向陈冬青，上下打量了几眼。

"这附近的山上，有这玩意儿吗？"小姑娘好奇地问道。

不等陈冬青回答，黄博就凑了过来，嬉皮笑脸地说："这附近肯定没有，远处弄的，这不路断了嘛，在你这儿住一晚上就走。"

"哦……"

小姑娘没有多说什么，一双仿佛会说话的眼睛又看了看小鹤，这才开始给两个人登记入住。但让陈冬青奇怪的是，小姑娘根本没要他们的身份证，只是要了个姓名和手机号，就把钥匙丢了过来。

"走廊一直往里，最后一间就是。"

陈冬青接过钥匙，顺口问了一句："你们这里，不登记身份证的吗？"

"身份证？"

小姑娘用异样的目光看了看他们，说："身份证就算了吧，咱这地方小，没那么多规矩……"陈冬青"哦"了一声，转身离开。

刚走两步，却听小姑娘在后面小声嘀咕了一句："反正身份证也是假的……"

这又是什么意思？陈冬青有点丈二和尚摸不着头脑，看看黄博，也是一脸蒙。进了房间，两人放下东西，黄博忽然用胳膊碰了碰陈冬青，然后小声对他说道："哎，兄弟，你发现没有，这村子有点不大对劲啊！"

"怎么不对劲？"

"你看，从咱们进村，按理说带着这么个玩意儿，一定很惹人注意是吧？"陈冬青看看小鹤，点了点头。这毕竟是只丹顶鹤，不是老母鸡，自然会惹人注意。

"但是我怎么觉得，村里人好像习以为常了呢？而且……"黄博说着往周围瞥了几眼，才压低声音说，"而且，那些人好像都有点躲着咱们。"

黄博说的这些，陈冬青也注意到了。可是，这到底是为什么呢？

"待会儿咱们就别出去吃饭了，你和小鹤在房间等着，我出去买点吃的，免得麻烦。"

黄博主动承担了买饭的任务，陈冬青点点头，心想自己当初的决定看来是对的，这一路上就是多个人多个照应。如果没有黄博的话，自己一个人带着小鹤，还真不好办了。

"那就辛苦你了，随便买点什么，能填饱肚子就行。"

陈冬青拿出一百块钱递了过去，黄博接在手里，正要出门，却忽然一捧肚子做出一副愁眉苦脸的样子，冲进了厕所。坐在马桶上，他先给崔老大发了条短信。村外道路已经冲毁，崔老大自然也进不来，黄博告诉他等在村外，今天自己一定会寻机偷走小鹤，然后送出村，两个人再一起逃之夭夭。

等黄博从厕所出来的时候，他已经是双腿发软，脸色发白，捧着肚子哼哼唧唧地倒在了床上，把那一百块钱还给了陈冬青。

"兄弟，要不还是你去吧，我这肚子突然疼得厉害，也不知道是吃什么不对劲的东西了……哎哟……"

陈冬青也没多想什么，笑了下说："好，那你就在房间里休息一下，我去买也一样。不过，你留神点，别让小鹤跑了。"

说着，陈冬青便出了门，去买食物了。房间里只剩了黄博和小鹤。陈冬青前脚刚走，黄博立刻就从床上蹑手蹑脚地下来了，他来到门口，侧耳听陈冬青已走远，脸上露出了得意的笑容。再回头看了看小鹤，正一无所知地站在那儿，歪着头看向自己。那眼神里已经没有了开始的敌意，不过，依然有着一丝戒备。

这里是宾馆的走廊尽头，推开窗户就是大街。黄博迅速来到窗前，打量了一下外面的地形，找出了一条快速带小鹤逃走的路线。只要先这样，再那样，然后再那样……就可以顺利逃脱了。不过动作一定要快，不然要是小鹤叫起来，那可就不好跑了。

几分钟后，估摸着陈冬青已经走远，黄博皮笑肉不笑地来到小鹤面前，搓了搓手，开始套近乎。

"嘿嘿……你一定饿了吧？别急，你主人给你买吃的去了，我先给你弄点水喝啊。"

来到卫生间，黄博找了个盆接了些水，放在小鹤面前。小鹤放下戒备，低头喝水。黄博慢慢凑近，瞄着小鹤，一只手慢慢伸了过去。他都打算好了，要抓住小鹤，必须先控制住它的翅膀，然后再卡住它的嘴，让它叫不出来，也挣脱不掉。

小鹤正低头喝水，对这一切浑然不觉。就在这时候，房门外忽然传来了轻轻的敲门声。黄博吓得激灵一下子，赶紧缩回了手，心脏扑通扑通乱跳，心说陈冬青咋这么快就回来了？

他赶忙跑去开门，但门打开后，站在门口的却并不是陈冬青，而是宾馆的那个前台小姑娘。只见她手里拿着一盆小白鱼，往里瞅了瞅说："这是刚才你那个小伙伴买的，让我帮忙送过来喂了。你这鸟……能吃得完这么多吗？"

黄博连忙点头："能吃能吃，你是不知道，这货超级能吃，我们两个大活人加在一起也吃不过它。"

小姑娘端着盆走了进来，放在小鹤面前的地上，好奇地看着小鹤，满眼都是喜爱之情。

她端来的是一小盆一指长的小白鱼，个头不大，一盆差不多刚好有二斤。小鹤一见到鱼，顿时高兴起来，张开翅膀欢叫一声，低头开始大吃。黄博站在一旁，无奈地看着，心说这真是人算不如天算，逃跑路线我都看好了，你在这时候出来喂什么鱼啊！

"你们这鸟，是打算卖？"小姑娘看着小鹤吃鱼，一边轻轻地抚摸着，头也不抬地问道。说也奇怪，小鹤对黄博的态度很恶劣，对这个小姑娘倒是很温柔，一动也没动，十分乖巧。

黄博心里着急，一边打量着窗外，一边心不在焉地回了一句："不卖。"

"不卖？那你们带着它出来干啥，溜达啊？"

"对，你说对了，我们就是溜达。"

小姑娘抬头瞅了黄博一眼，撇撇嘴，淡淡地说道："我劝你们最好还是别瞎溜达，最近这村里不太平。"

"不太平？咋了？"黄博纳闷地问。

"具体的你就不用问了，我看你们是外地的应该不了解这里，今天在这住一夜，明天就赶紧走吧。"

小姑娘的话，让黄博心里有点没底，但人家不说，他也不好多问。很快，小鹤一口气吃了半盆鱼，肚子鼓了起来，这个过程中，小姑娘一直也没走，就在那"撸鹤"。黄博的偷鸟计划自然又搁浅了。

又过了几分钟，陈冬青回来了。他手里拎着几个饭盒，还有矿泉水，进门看见小鹤吃得正香，他不由得笑了起来，感谢了那小姑娘一番之后，放下饭盒，就招呼黄博吃饭。

小姑娘见他回来，也没多说什么，刚好小鹤吃完鱼，她收了空盆，转身走了。陈冬青打开饭盒，里面是两个炒菜，一荤一素，还有米饭，外加一点咸菜。

"快来吃饭了，这地方条件简陋点，凑合一顿吧。"

陈冬青招呼黄博吃饭，但黄博心事重重，心说这回陈冬青一回来，就又没机会偷鸟了。看来，还得等到半夜才能行动。只是这次又要委屈崔老大，得在村外一直守到夜深人静了。

黄博磨磨蹭蹭地走过来吃饭，陈冬青早就饿了，扒了两大口饭，边嚼边说："怎么样，你肚子好了？"

黄博这才想起来，自己刚才假装肚子疼来着。

他赶紧又捂住了肚子，苦着脸说："好多了，刚才也不知是怎么回事，肚子转筋地疼。"

"哈哈哈，人家都说，肚子疼得转筋，准是没好下水，你是不是干什么坏事了，老天爷惩罚你。"

陈冬青顺嘴开了一句玩笑，黄博脸上红一阵白一阵的，尴尬道："看你说的，我要是干坏事的人，我能混得这么惨，在外头流浪吗……呃，这回锅肉不错，真香。"

他夹了一块回锅肉塞进嘴里，就着米饭大口吃了起来。

吃了一半，陈冬青放下饭碗，喝了口水，忽然若有所思地说："黄哥，我刚才出去买饭的时候，有个人问我鸟卖不卖，还一副贼兮兮的样子。我觉得，这村子里好像有点不对劲。"

黄博也赶忙说："是，刚才那个小姑娘也是这么说的，她让咱们今天住一夜，明天赶紧走。还说最近村里不太平。"

"不太平？"

陈冬青纳闷地看了看窗外。这青天白日，朗朗乾坤，这么干净宽敞又亮堂的村子，能有什么不太平的事呢？

两个人吃了饭，天色渐暗，村子里没路灯，星星点点的光亮从家家户户的窗子里透出来。黄博推开窗户，不知从哪儿飘来了一阵饭菜香味，勾引得黄博不住吸着鼻子，感慨万千。

"唉，在哪儿都不如在家，这自己家炒的菜就是香，饭店做的没法比啊。"

他出门在外久了，到底还是想家，一边说着一边叹气，看着在旁边和小鹤玩耍的陈冬青，一脸羡慕。

"这鸟跟你还挺亲的，你说，你把它送回家，会不会舍不得？"

"你也说了，在哪儿都不如在家，不光人这样，动物也如此。小鹤跟我再亲近，我也代替不了它的亲人，它终归还是要回到父母身旁，它的世界不属于这里。"

陈冬青抚摸着小鹤的头，听着陈冬青的这番话，小鹤似乎像是听懂了一样，用头在他手臂上蹭了蹭，顺便把放在桌子上的一条小鱼叼了过来，吞进肚里。

"你这个小没良心的，成天就惦记着吃。"

陈冬青笑骂着，想要去敲小鹤的头，但小鹤已经躲到了一旁，引颈长鸣，似乎在大笑一样。黄博心不在焉地看着他们，揣在兜里的手机忽然发出了振动声，他拿起手机瞄了一眼。

"你他妈的到底什么时候下手，村外到处都是蚊子，老子到现在还没吃饭呢！"

呃……黄博当然知道崔老大还潜伏在村外，可是现在陈冬青跟小鹤寸步不离的，上厕所小鹤都得跟进去，咋下手啊？

"别急，等他睡着了，今天我高低也弄了他！"

黄博暗暗发狠，飞快地回了一条信息。

陈冬青注意到了他的表情，问道："你跟谁发信息呢？怎么表情恶狠狠的？"

黄博激灵一下子，赶紧回了句："啊……没什么，是个骗子，诈骗短信……我跟你说兄弟，现在我最恨这些骗子，你说干点什么不好，非得骗人……"

陈冬青重重点头："没错，这些骗子，你说干点什么不好，哪怕捡破烂，那也是靠着双手吃饭，非得干那个缺德事。"

"是……捡破烂……嗯……不会有啥好下场……"黄博声音越来越低，心说我这不是闲着没事干嘛，自己骂自己……

就在这时，走廊外传来了一阵嘈杂声，似乎有很多人走了过来，进了隔壁的几个房间。然后，隐约地传来了一阵说话的声音，但又听不清，似乎那些人刻意压低了声音。

这宾馆房间隔音其实很差，黄博巴不得出点乱子，方便自己找机会把小鹤偷走，于是对陈冬青说了句："这干什么的？乱七八糟，让不让人休息了，我去看看……"

他嘴里说着，便伸手打开了门，想要出去看热闹。谁知他刚走出门外，就见外面站着个黑壮汉子，见黄博左顾右盼的，顿时一瞪眼，恶狠狠地吼了一嗓子："看什么看？"

黄博吓了一跳，下意识地缩了缩脖子，赔着笑脸说："没事没事，我就溜达溜达……"

对面一个房门没关严，黄博往里瞥了一眼，只见一个刀疤脸坐在那儿，正在对旁边站着的两个人说话。

"……晚上……守好了……车上……别跑了……"

黄博只断断续续地听到了这么几个字，房间里就走过来一个人，砰的一声把门关上了，后面的就一个字都听不见了。

黄博假模假式地来到宾馆门口，探头往外头看了看。宾馆外面不远处的车库门口，停着一辆商务车，车玻璃都是贴了黑色膜的，看不清里面。一个人靠在商务车上，一边抽着烟，一边打量着周围。

黄博也是在外面混惯了的，一看就知道这伙人有问题。他现在没事还想找点事，以便给自己制造机会，于是就往商务车那边走了过去。那人离老远就看到他过去，立刻做出一副警惕的姿态，盯着黄博。

黄博浑然不在意地走了过去，冲那人一笑，随手在兜里摸出一支烟来，叼在了嘴上。

"兄弟，借个火。"

那人一看黄博是来借火的，便放下了警惕，不过并没有说话，直接从兜里拿出打火机递了过去。黄博接过打火机，点燃了烟，吸了一口，把打火机还了回去。

"谢了啊……"

那人把打火机收起来，还是没说话，目光也看向了远处，似乎并不想搭理黄博。黄博也没在意，笑着问："这路断了真是不凑巧，你们是要出村吧？"

车在村子里，自然是要出村。而出村的路就那么一条，现在断了，村里的人出不去，村外的人也进不来。

"嗯。"那人终于是应了一声，但也只是敷衍了一个字。

"明天这路能修上吗？"黄博又问了一句。

"不知道。"

那人硬邦邦地扔出了三个字，然后便把烟头丢在脚下，狠狠踩灭，转身离开。黄博讨了个没趣，正想回房间，却忽然听到商务车里面，隐约传来了一个怪异的声音。听起来，就像是受伤后的那种低鸣。黄博侧耳倾听，但接下来却再没有什么声音了。

那人回过头，冲着黄博喊了句："少管闲事！"

他要是不说这句话，黄博可能还不会多想，但是他既然这么说了，黄博立刻意识到：这辆车里有问题！他赶紧颠颠地跑回房间，关上了门，心脏扑通扑通乱跳。

见他神色有异，陈冬青纳闷问道："怎么了？出去一趟跟见鬼了似的。"

黄博竖起一根手指，示意他先别说话，跑到窗户边，往外看了看，随后关了窗户，又来到门口听了听动静。陈冬青疑惑不解，心说他这是干什么，跟特务接头似的，搞什么鬼？

黄博蹑手蹑脚地来到陈冬青跟前，压低声音，在他耳边说了一句："外面来了一伙人，我怀疑他们是……人贩子。"

"人贩子？！"

陈冬青噌的一声就站了起来，满脸惊讶。

黄博赶紧捂住他的嘴，脸色都变了。

"我的亲哥呀，别嚷，人贩子咱们可惹不起，他们灭绝人性的，说杀人就杀人啊！"

得知外面那伙人很可能是人贩子之后，房间里的气氛顿时紧张了起来。陈冬青看着黄博，黄博看着陈冬青，两个人面面相觑，都是一副紧张兮兮的表情。

"要不，咱们报警吧！"陈冬青拿出手机，按下了110。

黄博赶紧拦住了他："不行，咱们现在都是猜测，又没有证据，万一搞错了咋办？再说，咱们在这儿人生地不熟的，小心吃亏啊！"

"吃亏？报警了还怕啥吃亏，难不成警察还能帮着那伙人贩子？"

"不是这个意思，你想想，刚才你是不是也说了，感觉这村里有点奇怪，那个小姑娘还说，最近村里不太平。我分析啊，不一定准……"

黄博凑近陈冬青的耳边，低声说道："这村子里的人如果都是一伙的，你要报警的话，那咱们肯定是要倒霉。"

"村里的人都是一伙的？那怎么可能？"陈冬青摇头，表示不信。

"你还真别不信，有很多地方的犯罪链都是产业化的，比如说有那个诈骗村，全村大部分都是干诈骗的；还有假货村，一个村子几乎全是造假的。他们既然敢在这宾馆休息，说不定也是产业化运作，从外面拐回来妇女儿童，再在这里跟买家或者下线接头，你敢报警的话，说不定警察还没来，咱俩就让人家给打死扔山里喂狼了啊！"

黄博的话不无道理，陈冬青想了想，便对黄博说："你刚才出去一次了，现在换我出去，看看他们到底有什么猫腻。要是真的人贩子，你在这儿盯住了，我开车去派出所，直接带警察过来，那就万无一失了。"

　　黄博巴不得他赶紧出去，急忙连连点头答应。陈冬青这次也先在门口听了听动静，然后轻轻伸手开门，蹑手蹑脚地走了出去。黄博紧张兮兮地看着他，陈冬青探头出去发现走廊里没人，便对黄博比画了一个安全的手势，然后轻轻关上门。

　　房间里，只剩了黄博和小鹤。黄博刚才还紧张兮兮的表情立刻变成了贼兮兮，他回头看了一眼小鹤，露出了一副得意的笑容。陈冬青已经再次被自己支走了，这次终于有机会下手了。他搓了搓手，往小鹤走了过去。

　　"嘿嘿嘿……这次，你总算归我了……"黄博一阵怪笑，蹲下去小心地摸了摸小鹤，这次小鹤没有反抗，趴在那儿抬头瞥了黄博一眼，似乎没有什么搭理他的反应。

　　黄博来到窗前，打开了窗户往外看了看，没人。黑漆漆的村子，月黑风高，完全适合逃跑。

　　事不宜迟，马上行动！他立即给崔老大发了一条短信过去："去村外等我，到手了。"

　　随后，他转身趁着小鹤不注意，一把抱了起来，伸手捏住小鹤的嘴巴，就往窗户那边跑去。他一条腿刚刚跨上窗户，忽然黑暗中闪过来一个人影，突兀地出现在他面前。黄博吓了一跳，定睛再看，居然是陈冬青。两个人四目相对，都愣住了。

　　到底还是黄博反应快，赶紧做出一副紧张的样子，对陈冬青说："兄弟，咱们赶紧跑吧，我正要去找你呢，刚才好像有人敲门，是不是咱们被盯上了啊……"

　　不得不说，人生如戏，全靠演技。黄博急中生智，还真糊弄过去了。陈冬青也有些紧张地说："我刚才去那辆车旁边看了，有人守着，没能靠近，但大半夜的还有人守着，肯定有问题。"

他说着往旁边指了指，黄博探头一看才发现，原来窗户外面的转角处，就是那辆车。他们住的这个房间的窗户，跟那辆车距离都不到二十米。

这回还咋跑啊……

小鹤突然挣扎起来，一嘴巴啄在了黄博手臂上。黄博一痛，小鹤扑扇着翅膀跑进陈冬青怀里，大声叫了起来，似乎在对陈冬青控诉着什么。陈冬青也是赶紧捂住它的嘴，心说："小祖宗，这时候你可别乱叫，回头把人引来，咱们都得倒霉。"

两个人一只鹤，在原地纹丝没动，大气都不敢喘。过了两三分钟，周围仍然一片寂静，没有任何动静。房间外，也没人敲门。

"好像没事了，你刚才不会是听错了吧，你确定是那伙人敲门吗？"陈冬青问道。

"呃……"黄博眼珠子一转，摇头说，"我只听到有人敲门，我以为是那伙人，但我也不确定到底是不是，要不……咱们还是走吧！"

"走？往哪儿走，这大半夜的，前不着村、后不着店，咱们去哪儿？"

"回车里也比这儿安全啊，再说，咱们还可以绕路，再往东跑几十里就有个镇子，现在时间也不太晚，咱们过去也还来得及。"

"这样的话……不行，既然这件事让我发现了，我就不能坐视不理。就算要逃跑，也得把人救出来。"

"你还要救人？拜托，你咋救啊？"

"我有办法。"

陈冬青胸有成竹地指了指那辆车，对黄博说："待会儿咱俩分头行动，你用小鹤把那人引走，我去车里救人。"

"你没有车钥匙，怎么进去？"

"那人就在车上休息呢，没锁车，我估计他们是要轮班守夜，只要你把他引走，剩下的交给我就行。等我成功后，给你发信号，咱俩一起跑。"

看起来陈冬青是铁了心要救人，黄博一听他要把小鹤交给自己，立马点头同意。

"好，都听你的。兄弟，你多加小心。"

从陈冬青手里接过小鹤，黄博心下窃喜，掉头就往那辆车走去。陈冬青则是悄悄跟在后面，等待着救人的机会。

要说黄博搭讪的本事真不是吹的，一绝。他抱着小鹤来到那辆车前，左右看了看，没人。然后他才壮着胆子走了过去，小心翼翼地敲了敲车窗。

那辆车其实压根儿没锁，驾驶位上坐着一个人，把靠背放倒，正仰躺在那儿闭目养神。见有人敲门，那人摇下车窗，瞥了黄博一眼，黄博赶紧上前搭话："兄弟，我这有只丹顶鹤，打算卖了换点钱，你们收不收？"

躲在暗处的陈冬青一拍大腿，暗暗对黄博竖起了大拇指。心说不愧是在外面混江湖的人，这脑子太快了，亏他想得出来。

黄博说完之后，那车里的司机瞥了一眼他怀里抱着的小鹤，眼睛忽然亮了一下。

"你这真是丹顶鹤？"

"嘿嘿，如假包换，你仔细看看，还没成年的丹顶鹤，毛还没变白呢，红冠子也没出来，特别健康，一顿饭比我吃得还多……咋样，有兴趣不？"

那人犹豫了下，问道："你这在哪儿弄的？想卖多少钱？"

黄博眨了眨眼睛，往周围看看，说："在这儿说话不方便，咱们进去谈？"

那人撇嘴一笑："呵呵，进去谈？你就不怕我们黑了你，钱货两空？"

黄博也笑了下："看你这话说的，我既然敢来，当然不会怕。"他指了指远处，神神秘秘地压低声音，"不瞒你说，我们的人就在村外。"

那人皱了皱眉，又打量了黄博几眼，说："你有介绍人吗？我们的规矩，不可能随便跟人做生意的。"

"介绍人自然有，这样吧，你跟我过来，我们老大就在那边，你亲自问他。"黄博说着往村外又指了指，那人半信半疑，跳下了车，往村外望了望。

黄博又说："这不是刚好路断了，车进不来，我们老大就派我先来的，你跟我过去就知道了。"

路断了，这倒是个很好的理由。那人迷迷糊糊地就跟着黄博往前走，一边走一边打量小鹤。

"你这货倒是不错，不过我也做不了主，待会儿你们得跟我大哥谈。对了，介绍人到底是谁啊，潘子吗？"

"嘿，我也不知道他叫个啥，你还是跟我老大说吧，见了面你就知道了。你放心，我们老大说了，价格好说……"

这两个人渐行渐远，陈冬青才悄悄从暗中走了出来，来到了车子旁边。

那人走得急，没有锁车。陈冬青心中暗喜，轻轻拉住车门，正要打开查看情况……就在这时，那人已经走出二十多米开外了，却忽然想起车门没锁，于是回头按了下车钥匙。车子发出嘀嘀两声，车灯也亮了两下。

陈冬青吓了一跳，赶紧躲在车后。等车灯灭了之后，他再去拉车门，已经纹丝不动了。

他奶奶的！陈冬青心里暗骂，但车门已经锁上了，救人的事等于泡汤。他弯下腰蹲在车后，想要试试能不能打开后车门，但用了几下劲，后车门也是纹丝不动。

白费了半天劲，陈冬青有些泄气，郁闷地收回了手。却在这时，他觉得手上有些黏糊糊的，打开手机灯光一看，顿时倒吸一口凉气。自己的手上，赫然沾上了一些鲜血！

他赶忙在后车门周围检查了一下，发现有血从里面缓缓渗出。好家伙，这回应该是没跑了，这果然是一群不法分子！陈冬青的正义感瞬间爆棚，他壮着胆子，偷偷把手机的手电筒打开，贴在车窗上，想要看看里面到底是什么……

与此同时，黄博带着那个司机已经来到了村口。再往外走一百多米，就是路断掉的地方。那人忽然停了下来，看着前面的黑暗，顿生警惕之心。

"有事就在这儿谈吧，你现在过去，让你们的人讨来。"

他倒也不傻，生怕前面有什么圈套陷阱，于是先让黄博去把人叫过来。

黄博心里早就乐开了花，心说这正合我意啊！本来他就想带着小鹤逃跑，这回机会来了，拦都拦不住。

"好，那你在这儿稍等哈。我去喊人，一会儿就过来。"

黄博全程抱着小鹤，转身就往前方的黑暗中走去。他知道，只要出了村，过了路断的地带，就能看到崔老大的车了。

到时候上了车，两个人掉头就走，一口气跑出几百公里，谁也别想找到他们。然后就找个路子，把小鹤卖掉，再分了钱，接下来就可以回家过好日子……

就在这时，一直很老实温顺的小鹤似乎预感到了什么，拼命挣扎起来，它仰起头似乎立刻就要大喊大叫。黄博赶紧捏住了它的嘴，但小鹤还是发出一声鸣叫，在黑夜里显得格外刺耳。

黄博脑袋里嗡的一声，赶紧抱紧小鹤，撒腿就跑。耳畔的风声呼啸而过，黄博在黑暗中跑得磕磕绊绊。然而他刚跑出几十米，身后就传来了陈冬青的呼喊声："黄哥，盗猎者！他们是盗猎者！"

这呼喊声不光黄博听见了，那个司机也听见了。他顿时有些慌了，回头看了一眼，也顾不得黄博了，转身就往那个宾馆跑了过去。陈冬青一路喊一路跑，到了村口一看，前面一个身影跑得跌跌撞撞，正是黄博。

黄博平时跑得很快，怎奈抱着一个不断挣扎的小鹤，想快也快不起来，陈冬青在后猛追，终于在跑到断路地带的时候追上了黄博。

"黄哥，你等等我……"

陈冬青从后面一把抓住黄博的肩膀，黄博哭的心都有了，一个没留意，被小鹤一嘴巴啄在了脑门上。

"哎哟……"

黄博一声惨叫，捂着脑门在地上乱蹦，一个不留神脚又崴了，顿时疼得龇牙咧嘴。陈冬青抓过小鹤，赶忙安抚了一下，然后往身后看看，发现并没有人追过来。他这才稍稍松了口气，对黄博说："黄哥，这地方待不得了，那伙人是盗猎的，咱们快走。"

"啊……盗猎的？咱们去哪儿……"黄博脑门被啄得生疼，火辣辣的，他一瘸一拐地在后面追。

"去哪儿都行，反正不能在这儿待，刚才那辆车的后面，全是山鸡野鸟，还有好几只穿山甲，有的还是活的，太可怕了，咱们要是被这伙人盯上，小鹤肯定就完蛋了，快走快走。"

陈冬青一溜烟地跑了过去，来到了村外自己的车旁边，打开车跳了上去。

此时黄博的心，已经是瓦凉瓦凉的了。多么完美的计划，多么完美的时机。唉，就差那么一点点就成功了啊……

"没时间解释了，快上车！"

陈冬青发动了车子，对着黄博招手说道。

黄博坐上了车，陈冬青一言不发，紧抿着嘴唇，方向盘原地打死，直接一脚油门。黑暗中，这车如同脱了绳的野狗，嚎叫着冲了出去。黄博哭的心思都有了，他努力忙活了大半天，结果都白忙了。

车子很快跑出了很远，黄博眼睁睁地看见路边停着一辆面包车，崔老大站在车旁边，眼睁睁地看着他。在擦肩而过的瞬间，这两人四目相对，两两相望，像极了一对被迫分开、即将各自奔往异地的恋人。尤其黄博的眼眸里，甚至都涌动着一点泪花……

陈冬青对此毫不知情，一边开车狂奔，一边不住看着倒车镜。

"黄哥，后面没人追上来吧？我怎么看着后面好像有个人？他们是不是没发现咱们跑了？"

他说的那个人其实就是崔老大，黄博带着哭腔说："你放心吧，他们没发现，刚才那小子让你一嗓子就给吓跑了，再说就为了一只鸟，应该不至于追咱们。"

陈冬青听着他声音不对劲，回头看了一眼，说："黄哥，你咋哭了？"

黄博抹了抹眼睛："没事，我就是有点感动……你说你为了这只鸟，不远千里万里，历尽艰险，大半夜还得上演生死逃亡，今年要是评选感动中国十大人物，我保准儿投你一票……"

"你就别跟我贫嘴了，我跟你说，扎龙自然保护区有一户人家，为了救护丹顶鹤，姐弟两个都牺牲了，那才叫感动中国，我跟人家比差远了……黄哥，你再看看，他们真没追上来吗？"

"真没有……"

"那就好。"

陈冬青松了口气，脚下的油门也稍稍松了一些。

"刚才那辆车里，装满了血肉模糊的野生动物。其中大部分都是各种珍贵的禽鸟，还有几只穿山甲。"

陈冬青的语气沉重起来，黄博也愣住了。

"这么说，那伙人并不是什么人贩子，而是一群盗猎者。他们将这些野生动物弄到这里，是打算在这里销赃，还是和下线接头的？"

"没错，应该是这样。"

"难怪宾馆的小姑娘说，村里这两天不太平，应该指的就是他们。"

两人顿时明白了，那个小姑娘应该是想要好心提醒他们，但又不敢说得太明显，所以才用村里不太平来暗示。陈冬青暗暗庆幸，还好发现得及时，第一时间跑了出来。否则，今天晚上说不定就会出事。要知道这样一只活体丹顶鹤雏鸟，是很多盗猎者都希望能够得到的。

陈冬青叹了口气，他开着车，目光望向远处连绵起伏的群山，脑海里再次浮现出了盗猎者的车里那触目惊心的血腥场景，不知又有多少无辜的野生动物失去了家园，失去了生命！

车子在黑暗的原野中疾驰，很快就将那个村子远远甩在了后面。同样被甩在后面的，还有崔老大。

此时此刻，崔老大在后面气得脑门青筋蹦起老高，眼珠子都快冒蓝光了。本来他都准备好了，就等着黄博带着丹顶鹤过来，结果，计划没有变化快，眼看差一步就要成功了，没想到功亏一篑。

看着黄博在那辆车里和他擦肩而过，崔老大在后面跳着脚大骂。但是再骂也没用了，陈冬青的汽车尾灯都已经看不见了，崔老大也只能捏捏鼻子，在心里把黄博的祖宗十八代都揪出来诅咒了一遍。骂完之后，他立马给黄博发短信："你他妈的怎么搞的，我在这儿等了几个小时，饭都没吃，就这？"

黄博这边手机响起，他赶紧回信息："哥，我错了，但是真不怪我，刚才马上就得手了，这小子不按套路出牌啊！"

"我不管你套不套路，今天晚上我就要结果，如果你要是再失败，咱们新账老账一起算！"

"你放心吧哥，今天我们住在哪儿，我再通知你，你赶紧追上来。"

"老子杀了你的心都有，成事不足、败事有余的东西。"

崔老大一条接一条地发，黄博一条接一条地回，陈冬青回头看了看，顺口问道："这大半夜的，一条接一条的信息，谁啊，网友？"

黄博赶忙把手机屏幕关掉，尴尬地笑道："别闹了，我这破手机都不能上网，哪来的网友……是诈骗信息，现在这骗子也挺不容易，都大半夜了也不下班……"

"诈骗信息你还回复？"

"我看见他们就来气，我回复了骂几句。"

"你回复了有什么用，他们都是系统自动发的，你骂他也没人看见。"

"那也解解恨……"

黄博装出一副笑脸，其实心里早就在滴血了。唉，这个陈冬青也不知道到底是真迷糊还是早有防备，为啥每次自己要动手的时候，他总是能准确地拦住呢？

看来还是崔老大说得对，人啊，要干大事就不能手软。今天晚上，直接把陈冬青打晕，动手抢吧。实在不行，趁他睡着了，把他绑起来也行。总之，不能再心慈手软了！

黄博在这里咬牙切齿，暗下决心，陈冬青却浑然不知，忽然回头，看了看小鹤说："小没良心的睡着了吗？"

"啊……你说啥？谁没良心了？"

"我说小鹤睡着了没。你忘啦，它叫小没良心的。"

"哦，哦，我差点忘了，它早就睡着了，上车没多久就睡了。反正它今天也吃饱喝足了，那二斤鱼，都让它给消灭了……"

"嗯，多亏我那时候给它买了点鱼，不然它今天晚上就要饿肚子了。"

"你可拉倒吧，它哪顿也没挨过饿，天天吃得脖子都是歪的，你发现没，这两天它都长个儿了，身上的毛都有点要变白。"

黄博观察得倒还仔细，陈冬青这时候心情好了些，但周围都是荒郊野岭，天上也没个月亮，四下里一片黑暗，连个人家也没有，路径也辨认不清。这让他多少也有点心里没底。

"黄哥，你帮我查一下，附近哪有镇子，咱们过去休息，明天再赶路。"

陈冬青把手机递给了黄博，黄博拿起来打开导航操作了一番，发现距离这里大概三十公里的地方，就有一个镇子。

"这儿，这有一个镇子，叫卧牛镇，离这儿还不远。"

"好，那咱们就去卧牛镇，黄哥，你导航吧。"

"好嘞……不过，你这手机好像要没电了啊！"

陈冬青这才想起来，今天进村的时候手机电量就不足了，折腾了这一晚上，也没腾出空来充电。黄博刚刚开始导航，就见屏幕上忽然出现了一行字："请注意，您的手机将在60秒之后自动关机。"

第**7**章
迷路荒野

"天哪!"

黄博一声惊呼,手指飞快地滑动着屏幕,想要在手机关机之前把路线记下来。

"怎么了?"

陈冬青还不知情,回头问道,还不等黄博回答,就见手机屏幕骤然一暗,关机了。他睁大眼睛,和黄博面面相觑。这前不着村后不着店的,手机还没电了,咋办?

"黄哥,你记得去卧牛镇的路咋走吗?"

"我就记了个大概……不知道靠不靠谱啊!"

黄博有点傻眼,心想这人生地不熟的,没有导航的两人就等于是两个睁眼瞎,上哪儿找那个卧牛镇去?

"好像是从这条路一直往前,大概走几公里的样子,然后往左拐,再往右拐……再一直走……"

"然后就到了？"

"然后就不知道了。"

黄博苦笑，一分钟的时间太短了，实在是没法把整个路程都记下来。陈冬青皱了皱眉，一边开车一边望着前方和周围，四下里都是荒野，起码十里范围内都没有村庄，而且也没有路灯，黑漆漆的，只有两束车灯划破黑暗，照亮了前方并不大的一片范围。按照黄博的记忆，陈冬青一路往前开去，好在这里只有一条路，过了几公里后，果然出现了岔路口。

"对对对，就是这儿，岔路口往左。"

黄博充当起了人肉导航，陈冬青按他说的，往左侧道路继续行驶，再往前走了一公里左右，再次出现两条路，一个继续往前，一个向右转弯。往前是一条较为宽阔的道路，向右则是进入一条乡间小路，这一次，根据黄博的导航，陈冬青向右转弯。但走了一百多米之后，前方出现了一片树林。

树林里黑影幢幢，看起来阴森森的，仿佛有很多人在那里排队站立，凝视着从远处驶来的这辆车，黄博看得心里有点发毛，吞了口唾沫，声音多少有些发颤。

"我说……这地方怎么看着有点奇怪啊！"

"我也觉得有点奇怪，咱们是不是走错路了？这树林子里头，好像全都是坟地啊！"

"坟地？！"

黄博一听顿时精神了，吓得脸色有点发白，定睛往前看去，只见黑暗中，那一排排的树木中间，果然有着一个一个土堆，远远看去，还真像是坟地。

"这地方不会闹鬼吧？"

黄博缩了缩头，左顾右盼，神情有点慌了，陈冬青哈哈一笑，说道："看你怕的，有道是不做亏心事，不怕鬼叫门。就算是坟地，跟咱们也没关系，你怕啥？"

黄博挠了挠后脑勺，一脸尴尬地笑了下。就在这时，车轮轧到了一块石头，猛地颠簸了一下，一直在后座睡大觉的小鹤忽然醒了，看看周围黑漆漆的夜色，不知身在何处。它张开嘴巴，突然鸣叫了一声。

黄博本来就害怕，这冷不丁的一嗓子，让他差点直接尿裤子。

"我的个鸟祖宗啊，你可吓死我了……"

陈冬青把稳了方向盘，低声喊道："闭嘴，你们两个别嚷嚷，这确实是坟地，我估计附近有村子，要不，咱们找找？"

黄博连连摇头："还是别了，时间都这么晚了，周围不见半点灯光，就是有村子估计也没有宾馆，咱们还是去卧牛镇吧！"

其实黄博就是让这树林里的坟地吓坏了，想要赶紧离开这里，陈冬青想想也是，一般的小村子是不会有宾馆的，这深更半夜的，就算去敲老乡家的门，也不可能有人给开门让他们住下。

要是光自己一个人还好，这还跟着一个黄博，长得就不像好人，老乡一见到他，别说留宿了，估计门都不带开的。他加快了速度，很快将这片小树林甩在了后面。再往前几里地，出现了个村子，但是很小，村里连一家亮灯的都没有了。出了村之后，黄博回忆着导航里的路线，往右边又指了指："沿着这条路再一直走吧。"

"你确定？"陈冬青扫了他一眼说。

"嗯嗯，我记得是这个方向，但是再往后我就不记得了，应该也快到了。你就看看哪里有亮光吧，奔着有亮光的地方去，总归错不了。"

黄博其实也已经记不清了，陈冬青无奈，只好开车继续往那个方向驶去。一切听天由命吧！

这仍然是一条狭窄的乡间小路，但却平整了许多，想必应该是通往镇里或者县里的路。路平坦了，陈冬青的心也就舒坦了。他和黄博一边说着话，一边开车，不知不觉半个小时就过去了。前方，出现了一个十字路口，没有路牌，也没有任何标志物。

"这咋办呀？"

陈冬青把车子停到路边，探头探脑地望着周围，四下里仍然黑漆漆一片，除了荒野之外，还能看到几个零星的厂房，但也都是不见半点光亮，这个时间，乡下的人们早都休息了。不远处，隐约可见连绵起伏的山峦。

黄博抓了抓头发，也往周围看了半天，犹豫着指了指左侧的路。

"好像是这里……"

"你确定？"

"不确定。但总要挑一条路，我感觉好像是这边。"

黄博已经完全迷失了方向，他通过倒车镜往后面看了看，不见崔老大的车跟上来。这家伙，不会是跟丢了吧？

其实，黄博之所以非要到卧牛镇去，就是怕崔老大跟丢了。最起码卧牛镇是附近稍微大一些的镇子，比较容易找，要是住在途中哪个小村子，崔老大铁定得跟丢。

"那边好像是往山里去的啊。"陈冬青紧皱着眉，瞥了一眼油箱的指示灯。

现在，油也不多了，估计还有几十公里的续航，再找不到卧牛镇，今天晚上就得露宿野外，然后等到明天一早，再用黄博的老年机打救援电话了。

"对，我想起来了，卧牛镇好像就在山下，没错，就是那边！"

黄博突然想起了什么似的，一拍脑门，用手指着左侧的道路，语气里十分笃定。

"黄哥，你手机还有多少电？"

"百分之八十，咋了？"

"没事……有电就好，出发！"

深夜十点，一片茫茫荒野。远处，是连绵起伏的大山和无边的夜色。

陈冬青已经和黄博在这里转悠了一个多小时，非但没有找到卧牛镇，就连自己在哪儿都不知道了。

"黄哥，接下来怎么走啊……"

陈冬青现在连东西南北都分不出来了，看哪儿都好像曾经走过，仿佛进了一个迷宫。

黄博也早都蒙了，一个劲地埋怨道："你说说你，倒是在车上放个充电器啊，这……这我也不知道是哪儿……"

"充电器不是丢在宾馆了嘛，幸亏钱包在身上，我连睡衣都没拿……"

刚才在那个村子里的时候，陈冬青随身的包扔在了那里，没来得及回去拿，里面有他的睡衣、充电器、水杯，还有一本闲书。黄博的手机充一次电能用好几天，倒是无所谓，但现在陈冬青的手机无法导航，两个人真成了睁眼瞎了。

"要不，咱们打救援电话吧？"黄博小心翼翼地问道。

"救援电话，首先你得知道你自己在哪儿，现在咱们是两眼一抹黑，起码先找到个标志物，才能打救援电话。"

陈冬青已经找了半天标志物，但什么都找不到，这里好像已经在大山的边缘，附近连一个村庄也没有，一户人家也没有。

"标志物？这标志物就是大山，你看这周围，除了山还有啥？"

"再往前看看吧，咱们就沿着一条路走，早晚能碰上村庄。"

"说得容易，你还有多少油？"

"呃……估计还能跑二十公里？"

"那二十公里之后咋办？"

"还能咋办，原地休息呗，反正天也不冷，等到天亮再说。"

"也只好如此了……"

两个人的对话充满了无奈，此时此刻，小鹤睡了半天的觉，现在也精神了，它睁圆眼睛，好奇地打量着窗外的大山，时而咕噜咕噜地叫几声。又往前开了几公里，陈冬青忽然一个急刹车，停在了路中央。

黄博还没发现怎么回事，冷不丁地被吓了一跳，刚想要问陈冬青，却见前方路中央站着一个双眼绿幽幽的动物，正死死盯着他们。

"是狼……"陈冬青紧盯着前方，声音里有些发颤。

黄博倒吸了一口凉气，定睛看去，只见在车灯的照耀下，那动物赫然站立在前方，正是一头通体青黑的大狼！

"不……不会是看错了吧？这是狼还是狗？这地方……咋会有狼啊……"

黄博也吓坏了，一只手伸到下面，抄起了车里的一根铁棍，上次他想要偷轮胎的时候，陈冬青用的也是这根铁棍，只不过直到现在陈冬青也不知道，那天晚上的贼就是黄博。

"是狼，你看它的眼睛，多凶，还有那尾巴，铁定是狼。"

陈冬青吞了口唾沫，双手握紧了方向盘，对黄博说："坐好了，咱们干脆冲过去，反正它也进不来。"

这车四门落锁，别说是狼，就算是老虎也不可能进来。咬了咬牙，陈冬青正要猛踩油门冲过去，黄博赶紧提醒他："天窗，天窗还没关。"

现在毕竟是半夜，因为怕自己困倦，陈冬青刚才一直是开着车子天窗的，他正要关闭天窗，却见那头狼又往他们这边看了看，忽然掉过头，往路的旁边跳了下去，还没等陈冬青反应过来，又接连有好几头狼从黑暗中蹿了出来，跟在那头狼的后面，一连串地往路旁跑去。

哎呀，这是什么情况？陈冬青有些纳闷，赶紧把车开了过去，用车灯向狼群跑开的方向照去。灯光下，看到前面少说有十几头狼在那里奔跑追逐，而在荒原中似乎有个什么动物，在拼命地逃跑。

啊，原来这群狼是在狩猎，既然是这样，那就别多管闲事了，物竞天择，弱肉强食，这是大自然的规律。陈冬青最后往狼群的方向看了一眼，就打算赶紧离开。但就在这时，后座上的小鹤突然叫了一声，然后身子从天窗钻了出去，还没等陈冬青和黄博反应过来，它就已经飞了出去。而且，竟然是冲向了狼群的方向！

"我的个乖乖，小祖宗啊小祖宗，你也不是狼，你去凑啥热闹啊？！"陈冬青吓坏了，嘴里不断呼喊着，也顾不得下面的路是一片荒土地了，方向盘一转，直接就冲下了路基，追了过去。小鹤低空飞行，不住地鸣叫，地上的那些狼也没管它，眼中似乎只有前方的猎物。而陈冬青在后面开着车紧追不舍，坑坑洼洼的土地，把两个人的屁股都快颠碎了。

"回来，我的小祖宗……快回来……"

陈冬青把窗户打开一道缝，不断冲窗外大喊着，一辆车，一只鹤，冲入荒野后，却是顿时打乱了狼群的节奏。那些狼还以为来了敌人，很快就被车子冲散，纷纷发出愤怒的嚎叫声，但面对怪兽一般的越野车，估计这些狼也知道自己无能为力。

小鹤贴地飞行，忽而往东，忽而往西，就像在驱赶狼群一样，陈冬青就只好跟在它的后面，玩了命地追，黄博在车里被颠簸得都快吐了，死死抓着扶手，一动也不敢动。片刻后，狼群被彻底冲散，头狼仰天发出一声嚎叫，那些狼停了下来，不甘地望着越野车。但陈冬青哪里顾得上这些狼，他开着车，追着小鹤，很快就深入到了荒野深处。那些狼眼见猎物早已无影无踪，无可奈何，在头狼的带领下，接二连三地转身跑了。

当陈冬青追上小鹤的时候，他们早已远离了公路，小鹤在一棵枯树旁边停了下来，趾高气扬地站在那儿，回头望着狼群离去的方向，就像一个刚刚得胜的大将军。陈冬青这时候也明白了，刚才应该是狼群的行为激发了小鹤的野性，鹤这种动物其实是很好斗的，它现在应该是以为自己打败了狼群，所以才会一副得意扬扬的样子。

陈冬青跳下了车，冲过去把小鹤拎了过来，对着它的脑袋就拍了两巴掌。

"你飞什么，啊？你飞什么？狼群你都敢招惹，地球是不是装不下你了？你是鹤，明白吗？鸟，飞的，你跟狼群较什么劲，你差点害死我们你知道吗？"

他指着小鹤的脑袋不断数落着，黄博这时候也下了车，晃晃悠悠地来到枯树旁，哇的一声吐了出来。却在这时，那枯树的后面，忽然探头探脑地钻出了一个小小的身影，好奇又傻乎乎地打量着他们几个。

这就是……刚才那狼群的猎物？

陈冬青定睛看去，不由乐了。这分明是一头狍子的幼崽，看起来也就几个月大，萌萌的，蠢蠢的，两个黑亮的大眼睛，可爱得几乎要开花了，但是，这玩意不是号称东北神兽吗？怎么会出现在这里？陈冬青蹲下身去，试探着伸手摸了摸这头小狍子，对方完全不知道躲避，甚至还很开心地看着陈冬青，两个耳朵往后顺了过去，眯起了眼睛。也许，它是把陈冬青当成了救命恩人。

小鹤走了过去，也和小狍子对视着，目光里充满了好奇，还有一丝傲慢，那意思仿佛是在说：还不快谢谢我，不然的话，你就成狼群的夜宵了呀！

小鹤站着的身高跟小狍子差不多，两个你看看我，我看看你，随即用不同的语言开始了对话，听它们叫了一阵子，陈冬青哑然失笑，说道："你们两个看来是能沟通的，可惜我一句也听不懂。"

黄博想了想说："这小狍子看起来像是家养的。"

"家养的？这玩意还有家养的？"

"那咋了，丹顶鹤你都养了，还不许别人养狍子？你看它身上这么干净，而且对人一点都不怕生，明显是从别人家里跑出来的。"

"还真是，这么说，它应该就住在附近吧。"

陈冬青低下头，亲昵地拍了拍小狍子的头，说："你要是住在附近的话，能不能带我们过去呀？我们在山里迷了路，你可以带我们去你的家。"

小狍子似乎听懂了他的话，歪着头想了想，又看了看小鹤，仰头叫了两声，便转身向一侧跑去，它跑得很慢，跑出几步又回头叫了一声，仿佛在叫陈冬青跟上。陈冬青大喜，赶忙上了车，小鹤却没有跟他一起上车，而是跟在小狍子身后，一路飞行。就这样，小狍子在地上跑，小鹤在半空飞，陈冬青开着车在后面追。大约跑出去七八里路，总算出了这片荒地，前方出现了一片村庄。陈冬青欢呼一声，一脚油门，车子冲出坑洼不平的荒地，终于开上了公路。

只是那片村庄里也是黑漆漆的，而且在黑暗中，陈冬青根本看不见跑在前面的小狍子，幸亏有小鹤带路，陈冬青盯着前面的小鹤，一路前行，很快就进了村。这村子并不大，跟前面那个差远了，小狍子在前面东拐西绕，最后进了村子里唯一亮着灯的人家。

很快，那间屋里有人走了出来，陈冬青也刚好来到门前。过了几分钟，大门打开，一个四十多岁的汉子走了出来，探头探脑地往外打量着。陈冬青跳下车，友好地笑着打招呼："老哥，你好啊，是你家养的狍子跑出去了吧，刚才小狍子遇到狼群，被我遇到，就把狼群冲散了。你家这狍子还挺聪明，一路把我们带了过来。"

他尽量用最简洁的语言把事情经过说了一遍，那汉子打量着他和黄博，目光渐渐从疑惑变成恍然，也慢慢地笑了起来。

"原来是你们把小呆货救回来的，快进屋，快进屋，这真是太巧了。哎呀，我还纳闷呢，这小呆货平常也偶尔偷跑出去，但是到了晚上就自己回来了，今天跑出去就一直没回来，原来是遇到了狼群，真是太谢谢你们了啊！"

陈冬青和黄博进了院子，小鹤也落在了陈冬青身旁，两人一鹤，跟着那汉子一起进了屋子。

"快坐，快坐，我这正着急呢，本来打算出去找它，没想到它就回来了……我去给你们倒水，哎呀，真是太谢谢你们了。"

这房子很简陋，汉子也很朴实憨厚，很快去倒了两杯水过来，陈冬青和黄博早就渴了，也没客气，端起水来咕嘟咕嘟一饮而尽。

小鹤见状也叫了起来，陈冬青笑道："老哥，我这鸟应该也渴了，麻烦你……"

汉子笑了起来，忙去外面拿了个盆，也接了半盆水进来，放在了小鹤旁边。小狍子也悄悄地凑了过去，和小鹤一起低头喝水。这场面，还挺和谐美好的。

"兄弟，你们从哪儿来啊？听口音不是本地人。"

汉子跟他们寒暄起来，于是陈冬青也没隐瞒，就把自己和黄博打算把小鹤送回家乡的事说了一遍。汉子听了之后，一个劲地对他们两个竖大拇指，表示由衷的敬佩。

黄博这脸上多少有点臊得慌，他在陈冬青和对方说话的同时，已经偷偷给崔老大发去了信息，崔老大有导航，自然能找到这里，至于后面怎么偷丹顶鹤，那就只能今天夜里再找机会了。

闲聊中，陈冬青得知，这村子叫五家子，因为原本这里只有五户人家，因此而得名，后来慢慢发展繁衍，到现在也不过三十多户。

"老哥，说了半天，你这小狍子是咋回事，人家家里一般都养个狗看家护院，你咋养了这么个小东西？"

一番聊天后，双方也熟络了起来，陈冬青好奇问道，那汉子呵呵笑道："我也没想养这么个玩意，这不是前两个月，别人在外地弄了两个狍子过来，大的杀了吃肉，剩下这么个小的，我看着怪可怜的，就买过来养着了。没想到，这小玩意看着呆，还挺聪明的，天天跟我在一起，还是个伴。"

"老哥，你们这地方，咋还有狼？"黄博忽然插了一句。其实这也是陈冬青不解的地方，按理说这地方并不是什么深山老林，咋可能出现狼群。

汉子叹了口气，说："谁说不是呢！按理说是不可能出现的，但最近这两年，忽然就经常有狼下山，半夜进村，叼走个鸡啊羊啊什么的。至于出现狼群，我还真没听说过，可能是这小狍子跑进深山，被人家一路追出来的吧。"

说到这里，他摸了摸小狍子的头，笑道："没想到你还挺命大，在狼群之中都能逃命，还不快去谢谢你的救命恩人。"

小狍子像是听懂了，对着陈冬青不断点头，至于黄博，它好像没看见。

黄博不干了，指着它说："哎，你个小哑巴牲口，明明是我们两个一起救了你，你光谢他，不谢我啊？"

小狍子瞥了他一眼，直接把头扭过去，居然不理黄博。然后，它对着小鹤叫了两声，甚是亲昵，似乎也在道谢。众人一起哈哈大笑。

汉子笑着说道："既然你们迷路了，那就在我家住一夜，正好我一个人，地方有的是，明天一早我给你们弄点吃的，吃饱了，再继续上路！"

陈冬青在荒野里如同没头的苍蝇，乱撞了一个晚上之后，总算是找到了一个栖身之地，当他和黄博躺下休息的时候，已经是夜里十二点了，陈冬青累得不行，一躺下就呼呼大睡。小鹤则是和小狍子混到了一起，那汉子在房间的地上铺了个垫子，一鸟一兽趴在上面，两个都精神得很，时而打闹，时而嬉戏，没有一点倦意。黄博也很是疲累了，两个眼皮不住打架，正在这时候，崔老大的信息发来了："你他娘的在哪儿？我已经迷路了。"

黄博赶紧回信息："在五家子村，村东头第三家，他睡着了。"

"我知道五家子村，这烂导航给我整丢了，我现在距离你那儿还有十几公里。前面好像还有狼叫，你们这是走的什么路，你他娘的，办什么事都不靠谱！"

"大哥，导航给你整丢了，那也不怪我呀……你不用管狼叫，按照导航走就行。一会儿到了村外，你给我发个信息，我把鸟给你送出去。"

"你说得容易，一会儿等我到了再说吧。"

"你千万别进村，不要打草惊蛇，就在村外等我。"

"我知道，你小子别睡着了，等我。"

"放心吧，我不睡。"

黄博发完了信息，把手机悄悄放在枕头边，听着旁边陈冬青的鼾声，不由得也是倦意来袭，他强忍着坚持了十多分钟，只觉脑子越来越迷糊，慢慢地也进入了梦乡。

这个时候，崔老大也来到了陈冬青他们遇到狼群的地方。

这两天崔老大也被折腾坏了，吃也吃不好，睡也睡不好，而且从昨天晚上到现在，他头都没挨过枕头。这一整天，他就啃了两个面包，喝了一肚子矿泉水，听着耳畔不知从哪儿传来的狼叫声，看着周围漆黑的荒野，崔老大的内心多少也是有点恐惧的。为了那只小丹顶鹤，他大老远地跑过来，结果折腾了两天，连一根丹顶鹤的毛都没碰到，刚才他几乎都想要放弃了，但那几个盗猎者却找到了他。

当时那人听了黄博的话，就回去把自己同伙喊了出来，在村外见到了崔老大。双方简单沟通了一番，三观居然出奇一致，于是崔老大便和他们达成了协议，崔老大抓到小鹤后，他们可以出三万元购买，前提是小鹤不能受伤，必须保证健康完好，一根毛都不能少。所以，崔老大才耽搁了半天，等他追上来的时候，陈冬青早都迷路了，崔老大当然也迷路了。

"这到底是什么鬼地方，还有狼……"

崔老大越走越心慌，汗都下来了。黄博说那个五家子村，穿过一片荒地就到了，但是这导航都是公路，是绕圈走的，也不知道黄博说的到底是哪片荒地。绕了几公里之后，从地图上看，距离五家子村越来越近了。

崔老大这才松了口气，从旁边抓起一瓶水，咕嘟咕嘟灌了几口，然后肚子也咕噜咕噜地叫了起来，那两个面包还是中午吃的，从日头落山到现在，他一共就喝了两瓶水，饿啊……

又过了一会儿，差不多快凌晨一点的时候，前方终于出现了一个村庄，崔老大心中暗喜，脚下猛踩油门，向村庄驶去。但他光顾着高兴，却没留意村外的路况，一个不留神，就在距离村口还有两百多米的地方，忽然车身一歪，栽进了路边一个泥水坑里。这本来就是个大土坑，前一天这里下雨，淤泥积水灌满了土坑，崔老大开到这里，一个后车轱辘瞬间就陷了进去。

他猛地用力加油，但车轱辘陷进去纹丝不动，把他急得脑门青筋都暴了起来。他下车查看了一下，大半个轮子都陷进去了，想要出来，估计得费一番周折。他拿起手机，赶紧给黄博发短信："你赶紧把那鸟给我弄出来，我到村外了，车陷进泥坑里了，你出来搭把手，给我推出去。"

信息发出去三分钟，黄博没回话，他又紧接着发了一条："你个蠢货是不是睡着了？赶紧回话。"

然而，黄博没有半点回应，崔老大无奈，只好在面包车后面拿出一把铁锹，用铁锹吭哧吭哧地挖了起来。挖了半天，状况没有一点改变，车还是出不去，反而陷得更深了。天黑漆漆的，崔老大又不敢打开手电，只能摸黑干活，弄得自己一身泥水，挖一会儿就上去开车尝试，但反复折腾了半个多小时，依然没用。

"他娘的，越挖越深，得找点土垫进去才行。"

他自言自语着，往手心吐了两口唾沫，跑到旁边找了个土堆，开始挖土填坑。就这么说吧，崔老大在这个泥坑旁边忙活了一个多小时，一直干到凌晨两点多，这车总算开了出去。回头再看，那土坑都让他给填平了。整个车身全都是泥，崔老大自己也是一身泥，脏得跟泥猴一样。崔老大眼泪都快下来了，大半夜饿着肚子，跑到这么个鸟不拉屎的地方，给人家填坑来了。

他又给黄博发了条信息："你是死是活，给个信！"

这一次，他终于等到了回信。大约过了四五分钟，黄博忽然一个激灵，从睡梦中惊醒，他赶紧拿起手机，看着崔老大的好几条短信，暗暗扇了自己一个嘴巴。

"老大你别急，我刚才一不留神睡着了，我现在就出去。"

小鹤也早就睡着了，它趴在地上，和小狍子在一起，小狍子的一只前腿还搭在小鹤的身上，黄博蹑手蹑脚地起来，先看了看陈冬青，睡得很沉，什么都不知道了。

天助我也！黄博暗暗地想。他又等了一会儿，确定安全之后，慢吞吞地来到了小鹤身前，先是把小狍子的前腿拿到了一旁，小狍子毕竟是小狍子，虽然比一般的狍子聪明多了，但骨子里流淌的还是先祖的血液基因，傻乎乎的。

黄博把它的前腿挪走，小狍子浑然不觉。然后，黄博狠了狠心，趁着小鹤熟睡，捏住它的嘴，打算把它神不知鬼不觉地抱走，然后逃之夭夭。

黄博的如意算盘打得不错，但就在他的手刚要碰到小鹤的时候，房门忽然吱呀一声开了，一个人突兀地出现在门口，愣头愣脑地看着黄博。

"大兄弟，你这是弄啥嘞？"

黄博的手停在半空，尴尬地和对方对视着。来的人自然就是这家的主人，那位中年汉子。

"呃……那什么……我撒泡尿……"

黄博几乎快要掐住小鹤的嘴的那只手，轻轻在小鹤身上摸了摸，便起身往门口走去。

"老哥，你起这么早？"

黄博反应得很快，那汉子并未起疑，笑道："起来干活。"

"干活？这天还没亮啊！"

"家里养了两头母猪，这两天有一个快生崽了，我得去看着点。"

"哦，哦……"

两个人说着话，便一前一后出了门，往外走去。黄博满肚子心事，假装撒了一泡尿，就来到旁边的猪圈，见那汉子在里面忙碌着，凑过去问："老哥，这一窝能生多少啊？"

"不好说，去年有一窝下了二十多个，但有的时候只有五六个。"

"那这么多猪崽，你一个人照顾得过来吗？"

"没问题呀，我最多的时候同时养四五十头猪呢。"

"那你也没个人帮忙搭把手，挺不容易的啊！"

"还行吧，习惯了。我原来有个老婆，跟人跑了，后来就没再娶。养了一条狗，上个月也老死了。估计我这辈子可能就是要这么孤零零地过了吧。"

"那也不一定，再说，你这不是还养了个狍子。"

"哈哈，说得也是，我跟你讲，这狍子从小跟我家那老狗一起长大的，它骨子里一直把自己当成一条狗的，最近还开始学着看家护院了。"

他一边说话，一边干着活，黄博随口应和了几句话之后，就想要回到屋里，继续实施自己的计划。屋子里，陈冬青还在熟睡，小鹤也睡得正香。他往窗户外看了看，那汉子还在猪圈里忙碌，估计顾不上这边。

豁出去了！咬了咬牙，他轻轻捏住小鹤的嘴，把它抱了起来。

要是在以前，小鹤可能早就醒了，但昨天晚上折腾了这么久，小鹤应该也是很累了，所以任凭黄博把它抱起来，都没有醒。黄博心中暗喜，轻手轻脚地往门外走去。

但刚走出门口，忽然就觉得后面有什么东西拽着自己的裤腿，他回头一看，没人，再低头一看，只见那只小狍子不知什么时候起来了，正用嘴咬着自己的裤腿，不让自己离开。

这小狍子名叫小呆货，但此时它的眼神却是凶巴巴的，龇牙咧嘴，似乎在警告着黄博。那汉子说得没错，它好像还真有点把自己当成狗了。黄博赶紧用力甩腿，想要把它甩开，但小狍子死死咬着他的裤腿，无论如何也不放开，同时嗓子里发出阵阵低吼。就在这时，大门外不远处忽然传来了一声汽车喇叭响，这声音划破寂静的黑夜，黄博不禁吓了一跳，难道是崔老大等得焦急，在用这种方法催促自己？

他微微一愣神的工夫，小鹤也被吵醒了。黄博还没来得及反应，就被小鹤在脸蛋子上啄了一口，疼得他一声惨叫，手一松，小鹤就跳了下去，大叫着跑出了门外。小狍子也紧跟着冲了出去，对着大门外鸣笛的方向叫了起来。它叫的声音很怪异，明明是一只狍子，却想要模仿狗的叫声，但又学得不像，上蹿下跳的，又萌又可爱。

"咋了咋了……"

那汉子从猪圈跑了出来，来到大门口往外看看，只见周围黑漆漆的，并没有什么车路过，当然，也可能是走远了。

"别瞎叫，你是一只狍子，你又不是狗，跟着起什么劲？快进去。"

汉子招呼着小狍子，一边抬头看着黄博，笑道："这两个小东西还挺默契，听到汽车喇叭声一起出来叫，这要是留下来给我看大门，我就放心了……咦，你咋了？你咋哭了？"

黄博疼得眼泪都下来了，一手捂着脸，在地上乱蹦。小鹤啄的这一口可是不轻，汉子上前检查了下，只见黄博的脸拧成了一个紫疙瘩，眼看着已经肿了。

"好家伙，你咋招惹它了，这扁毛畜生，下嘴也太狠了。"

汉子忙去屋子里找了些消肿止痛的药，给黄博涂了上去。大门外的那一声汽车鸣笛，只响了一声，就停了。事实上，那是崔老大在车上等得急，又困倦得不行，就趴在方向盘上眯了一会儿，结果按响了喇叭。

喇叭一响崔老大就醒了，赶紧把车子熄了火，大气都不敢出。谁知道等了十几分钟，黄博还是没出来。

"这个龟孙……"

崔老大恨得牙根发痒，他哪里知道，此时的黄博正捂着脸躺在床上哼哼唧唧，那汉子也不照顾母猪了，改成照顾黄博了。趁着汉子出门的工夫，黄博给崔老大发了一条信息："老大，对不住你，我刚才被那鸟给啄了，现在没机会下手，要不你先在外面睡一觉吧……"

这一次，崔老大只回了他两个字："蠢货！"

其实小鹤刚才那已经是嘴下留情了，要知道鹤这种动物本来就是生性好斗善战的，它们连苍鹰和老虎都不怕，都敢硬碰硬，更别提人了。如果换成别人，就那一下子，非得血流如注不可，饶是如此，黄博依然是疼得冒了一脑袋汗。他一边哼哼着，一边慢慢挨到了天亮。也就是五点钟左右，陈冬青醒了过来，他揉了揉眼睛，起身打了个哈欠，然后大大地伸了个懒腰，再一看，黄博躺在旁边，脸上敷着药，不住地哼哼着。

"咦，黄哥，你咋啦？"

对于后半夜发生的事情，陈冬青是半点也不知道，黄博哼哼着，指了指自己的脸。

"我刚才起来撒尿，就想抱抱那损鸟，谁知道它突然醒了，照着我这脸就是一口，差点把肉给我啄掉一块啊……"

"啊，有这事，我居然不知道，我看看。"

陈冬青赶紧上前查看，发现黄博的脸并没出血，但是肿了一大块，看着黄博的惨样，不知道为什么，他莫名地有点想乐。

"你说说你，你没事招惹它干啥，吃亏了吧？"

"我也不知道它下嘴这么狠啊，一点都不讲情面，亏我一路上给它喂水、喂食。"

"那也没办法，谁让它是个鸟呢，下回你离它远点吧，其实它这已经是嘴下留情了，不然的话，你这脸现在得破相。"

"现在也破相了啊！"

"你就知足吧，我去给你弄个冷毛巾敷一敷。估计两三天就好利索了。"

陈冬青起身去外面弄冷毛巾，就在这时，大门外忽然传来了一个大嗓门的声音。

"哎呀，这是哪位好心人做的好事，居然把这大坑给填上了？好人一生平安啊……"

此时天已经亮了，众人闻声跑了出去，只见前一天下雨的积水坑已被人填平了，而且拍得很瓷实，里面还垫了不少石头，这等于是简易版的修路了。村里人纷纷称奇，因为这个水坑在这里已经很久了，从来无人理会，今天居然不知被哪个好心人给填平了，做好事不留名，这人是学雷锋啊！

陈冬青看了热闹，回到屋子里，用冷毛巾给黄博冷敷。提起此事，黄博却是一阵心惊肉跳，他想起昨天夜里，崔老大给他发来短信，说车陷在泥坑里了，而现在天亮，又不见崔老大的车，难道说，是崔老大把泥坑填平，然后才把车开出来的？他心里这样想着，表面上还得装着什么都不知道，捂着腮帮子哼哼唧唧。

唉，也不知道崔老大跑哪儿去了。现在天都亮了，这一晚上的时间又白费了，估计崔老大现在心里都恨死自己了吧？陈冬青用冷毛巾给他敷了一会儿，疼痛果然减轻了些。那汉子煮了鸡蛋面，端进屋里，笑着招呼两人吃饭。黄博脸疼，勉强吃了一点就不吃了。陈冬青今天胃口不错，一口气吃了三大碗。小鹤倒是不吃面，它和小狍子一起吃的饭团子，外加用小白鱼炖的汤，淋在饭团子上，香得很。

黄博肚子饿，却吃不下，只好眼睁睁地看着陈冬青和小鹤吃饱喝足，自己则灌了一肚子凉白开。吃饱了饭，又养了养精神，陈冬青就打算出发了。但就在这时，村里不知是谁脚步急促地跑进院子里，冲着那汉子喊了一嗓子："柱子叔，柱子叔，大力哥打到狼了，快去看呀！"

第8章
狼断腕

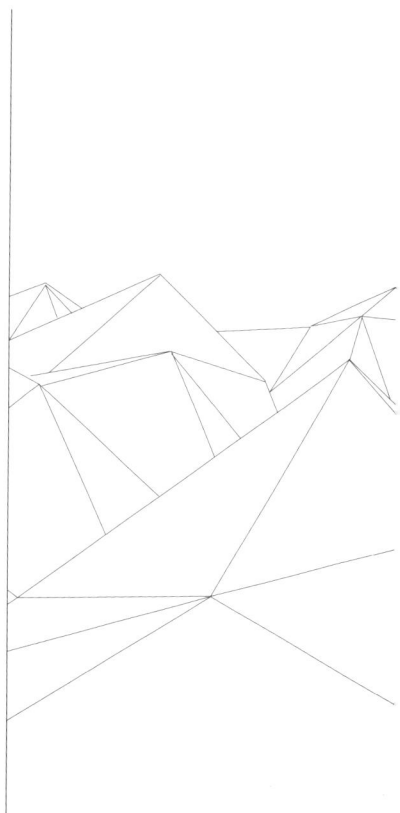

打到狼了？陈冬青不由得大惊。那汉子原来叫刘二柱，村里人都喊他柱子，此时闻言也是大喜，对陈冬青说："这可是好消息啊，最近山里的狼经常偷摸进村，今天抓个鸡明天叼个羊，没想到竟然抓住了一只，你们要不要一起去看看热闹？"

说完，他也不等两人回答，丢下手里的活，一溜烟地就跑了出去。陈冬青和黄博对视一眼，也紧随其后。小鹤和小狍子一个在天上飞，一个在地上跑，也从后面追了上来。很多人都闻声往一户人家跑去，毕竟抓住一头狼，这个消息对小小的村庄来说，完全称得上是轰动性的新闻了。

陈冬青挤进了里三层外三层的人群，终于见到了那头被抓住的狼。这头狼体形颇大，却有点瘦骨嶙峋，青灰色的皮毛，身上脏兮兮的，一条前腿被夹子夹住了，后腰也有些明显地塌陷下去。很显然，这头狼是被夹住后，又遭到了人们的棍棒伺候，打塌了腰，已经失去了行动力。

但它趴在地上，凶狠的目光依旧充满了不甘，龇牙咧嘴地怒视着周围的人群，从喉咙里发出吓人的低吼。一个二十几岁的年轻人站在那头狼的旁边，一脸自豪地迎着众人钦羡的目光，甫问，他应该就是那个"大力哥"了。

村里遭受狼患已经有一年多的时间了，不少人都遭过狼的祸害，还有的人甚至遇到过狼的袭击。人们对狼早已是深恶痛绝，也报过几次警，但都没有什么用，只能自己加强防范。狼这东西虽然凶残成性，却是国家二级保护动物，轻易杀不得。从那之后，村民就自己想办法，在山上和自己房前屋后下夹子，挖陷坑，但是折腾了这么久以来，这还是头一次抓到狼。

众人个个都是一脸喜气洋洋，似乎这头狼的落网，连带着给全村人都出了气。陈冬青犹豫了半天，终究还是没开口多管闲事。他当然知道，狼是国家二级保护动物，任何伤害狼的行为都是违法的。但狼却先伤害了人类，伤害了村里的鸡鸭鹅羊，这笔账又该怎么算呢？

刘二柱看着趴在地上的狼，也是一副不忍的神情，纠结了好一阵子，才开口说道："大力，这狼也抓住了，我看还是交给林业部门，或者报警处理吧，这东西毕竟是国家保护动物，杀狼是违法的啊！"

大力看了看他，不干了。

"啥？违法？合着我杀狼就是违法，狼吃我家的羊就不违法啦？这法到底是保护人的，还是保护狼的？"

刘二柱试图说服他："大力，这不是保护谁的问题，法律就是这么规定的，你要是真把这狼杀了，回头有人追究起来，你咋办？"

"呵呵，狼祸害人，我杀了狼，天经地义，这叫为民除害，谁敢追究我？我倒想问问，如果哪一天狼把人吃了，是不是还要保护狼？"

村民们也都纷纷出声应和，无一例外，统统站在了大力的这边。其实，从村民的角度来说，这自然是无可厚非的。狼伤人，祸害牲口，就该惩罚一下。

还有人高声喊道："就是，法律是给人设立的，不是给狼设立的。要照你那么说，动物园的老虎也是保护动物，可它要是吃了人，不也得被当场击毙？"

这也说得没错。本来嘛，不管保护什么动物，都得建立在首先确定人的安全上。刘二柱被说得哑口无言，张了张嘴，又闭上了。陈冬青本来也不想管这件事，他虽然是个动物保护者，见到什么保护什么，但这狼祸害老百姓，老百姓也是无辜的啊！

不过，他在打量了一阵那头狼之后，却忽然发现了不对劲的地方，就在众人议论纷纷的时候，陈冬青站了出来，大声说道："大家听我说一句话，这头狼，还真杀不得。"

这个时候，村民一致的念头就是把狼杀了解恨，却见一个陌生人又走了出来，顿时炸了锅，七嘴八舌地责难陈冬青。

陈冬青无奈，跑到那头狼身边，指着它的肚子说："你们自己看，这头狼虽然很瘦，但它是一头怀孕的母狼，如果你们杀了它，它肚子里还没出生的孩子怎么办？"

众人先是不信，有人上前检查了一下，结果确定，还真是一头怀孕的狼。但是怀孕的狼，就不能杀了吗？

大力恶狠狠说道："肚子里有小狼崽，更该杀，不然的话，难道等着它把小狼崽生出来，以后继续祸害乡亲们吗？"

刘二柱这回也有词了，对大力说道："上天好歹也有好生之德，就算这头狼吃了你家的羊，它肚子里的崽子是无辜的，咱们打鸟抓鱼，有崽的都还不打，何况这种有灵性的东西。要不，你还是报警吧，咱们不放回山里，给它送到动物园，也算是积德行善了……"

一头怀孕的母狼，引发了村民们新一轮的争论。到底是杀掉，还是送走呢？

面对大家的议论，大力却是振振有词，毫不退让。

"我不管什么好生之德，我就知道杀人偿命、欠债还钱，这头狼害死了我两只羊，如果报警有人会替它赔偿，那我就留它一命；否则的话，谁拦着也不好使！"

指望派出所替一头狼对村民做出赔偿，显然不现实，如果吃了一只羊可以赔偿，那么要是吃了一个人呢？怎么赔？谁赔得起呀！

刘二柱自然也不会替狼赔偿，他无奈地叹口气，摇头道："说来说去，都是咱们自己造孽啊！要不是前些年山里建了几个砖窑，又不断地开采煤矿，这些狼也不会被逼得无处可去。现在山里的动物越来越少，它们没了赖以生存的家园，也没处觅食，不然的话，它们也不会冒着危险下山进村。"

但是他的声音越来越低，很快就被淹没在了人们的吵嚷声中。陈冬青抱起小鹤，拉了拉黄博，两个人和刘二柱一起退出了人群，这是人与动物之间的一场生死恩仇，难分难解。

如果是早些年的陈冬青，或许他会上前辩论一番，但现在，他已经没了那个心气，他比谁都明白，自己管不了这件事，无论是生是死，都是那头狼的命。人与自然之间固然是互相依存的生态关系，但千百年来彼此之间的矛盾也从来没有消失过。

刘二柱说得也不无道理，要不是动物们没了赖以生存的家园，也不会跑到人类的世界，冒险觅食。陈冬青想起了一句话：大肆杀害野生动物，破坏生态环境，其实就是在毁灭人类自己的家园。

两个人回到车上，刘二柱从家里拿了几个馒头，灌了几瓶热水，送给了陈冬青。看得出来，这刘二柱是个很有爱心的人，否则的话，他也就不会收养小狍子了。离别在即，陈冬青开玩笑地对他说："如果那头母狼把小狼生下来了，你会不会也大发善心，把狼崽收养了？"

刘二柱连连摇头："净胡扯，狼到什么时候都是狼，它都是吃人的，我养那东西干什么？你别看我刚才那么说，我又不是东郭先生，我救哪门子的狼啊！"

陈冬青和黄博一起笑了起来，小狍子在旁边上蹿下跳，似乎很不舍陈冬青他们离开。小鹤比它略高了一些，此时用尖嘴轻轻啄着小狍子的头，好像也在和它告别。陈冬青发动了车子，最后往村子里看了一眼，便和刘二柱挥手告别，踏上了旅途。

清晨的阳光洒在车身上，空气里都是青草和露水的清香。陈冬青慢慢悠悠地开着车，出了村，重新开启导航。出村刚刚一百多米，陈冬青忽然发现在路边停着一辆面包车，车身脏兮兮的，驾驶位上坐着一个人，正趴在方向盘上，似乎正在睡觉。

奇怪了，这大清早的，这个人怎么在这地方睡觉？但这念头只一闪，两辆车就已经擦肩而过。陈冬青并没有在意这件事，但黄博却是暗暗苦笑不已，那辆车里面的人，自然就是崔老大。

看到他那个样子，黄博心里多少有点过意不去，暗想这两天可是苦了他了，但是自己也没落到什么好处，脸蛋子还被丹顶鹤给啄肿了。回头把这损鸟搞到手，必须多加一万再出手，否则都对不起路上遭的罪！他恶狠狠地想。

"黄哥，刚才没吃饱吧？"

陈冬青忽然开口询问，黄博忙答道："还行，本来也不咋饿，中午再说吧，我这腮帮子疼，也吃不下什么……"

"哈哈哈哈……"陈冬青多少有点幸灾乐祸地笑了起来，"都跟你说了，鹤这东西脾气暴着呢，你没事总惹它干啥？"

"我这不是心想都两天了，大家都熟了，我就抱抱它，稀罕稀罕……"

"这回稀罕劲大了吧？我跟你说黄哥，就你这脸，估计三两天能恢复都是快的。"

"你刚才不是说，三两天就能好吗？"

"我那不是安慰安慰你嘛，不过也没事，小鹤还是知道轻重的，下次你注意点就行，尽量离它远点吧！"

黄博没有再说什么，嘴唇翕动，一脸无奈。就在这时，村子里忽然传来了一阵震天动地的喊叫声："抓住它，别让它跑了！"

听到这一阵喊叫声，两人都吓了一跳，急忙回头看去，只见村子里呼啦一下子冲出来几十号人，追着汽车的方向跑了过来。刚才那辆面包车也动了，司机踩死了油门，一路尘土飞扬地冲了过来，眨眼间就从陈冬青的车旁边飞驰而过。

咦，奇怪了，村民们追他干什么？黄博的脸都白了，心想：崔老大在村里还干什么了，咋这么多人追他啊？但是再一细看，两人顿时明白了，村里人并不是追那辆车，就在那辆面包车过去后，一头青灰色的大狼，出现在两人的视野里。

分明是刚才被村民抓到的那头狼！此时此刻，不知道它是怎么挣脱跑出来的，一瘸一拐，却跑得飞快，很快就把那些村民甩在了后面。渐渐离得近了，两人再看，不由同时倒吸一口凉气。这头狼的一条前腿竟然不翼而飞了，上面的夹子自然也消失了。于是，这头狼就用三条腿在地上飞奔，跑得很艰难，却是很坚定。

陈冬青立刻明白了，惊讶道："我的天，这狼……是把自己的腿咬断了，就为了逃命。"

黄博打了个冷战："把自己的腿咬断了？乖乖……这也太狠了吧？"

两个人目瞪口呆，看着那头狼慢慢消失在视线里，而后面的村民也有人开着车追了出来。

但是，那头狼跑了一段路后，就一头钻进了路边的荒草地里，蹦跳着逃走了。一路上，洒下了成串的血迹……

等那辆车追到近前的时候，那头狼已经逃得远了。荒草地没法开车，刚才还趾高气扬的大力哥从车上跳了下来，指着那头狼远去的方向跳脚大骂。

狼性凶狠，陈冬青在一些书里曾经看过，当狼被猎人抓住，伤了腿，或者在和其他野兽搏斗腿部受伤，行动受到影响的时候，就会咬断自己受伤的腿，以便逃走。没想到，今天竟然亲眼目睹了。

陈冬青望着这一幕，低低叹了口气。

"唉，人类不断扩大自己的地盘，动物栖身范围减小，今天这头狼咬断自己的腿，恐怕仇恨的种子永远会埋在它的心底。"

陈冬青的语气里略带着一丝无奈的悲凉,黄博也是感慨了一番,但实际上,他心里的念头早就飞到了崔老大的身上。毫无疑问,刚才村民追出来的时候,崔老大肯定误会了,以为村民是在追他,所以才落荒而逃的。但是,你跑到我们前面去了,这鸟还怎么偷啊?!

今天已经是陈冬青出发的第三天了,尽管一路上状况不断,一千多公里的路程,他还是已经走了一大半了。只是这一次出发,他看了看导航上的距离,不由得连呼侥幸。昨天晚上在他的手机导航上显示,他们当时所在的位置距离卧牛镇只有三十多公里,但后来手机没电关机,他们就如同没了头的苍蝇,到处乱撞,结果一头闯进了山里。

此时导航显示,如果他们昨天夜里不是遇到小狍子,把他们带进村里,那么他们沿着当时那条路继续往前,就彻底进入大山深处了。而现在,他们所在的五家子村,距离卧牛镇足足还有八十多公里。也就是说,他们昨天晚上完全跑错了路,根本就是方向相反的两个地方。重新踏上正确的路途,陈冬青心情大好,一路上哼着歌,和黄博有一搭无一搭地说着话,看着导航里程剩下的几百公里,仿佛看到了胜利的曙光,不出意外的话,最迟明天就可以到达黄河三角洲国家级自然保护区了。

只是到时候,他就得跟小鹤分别了,而且黄博也就到了自己的家,一路陪伴的旅途即将结束,等返程的时候,就又剩下他一个人了。

陈冬青的心里忽然有些舍不得,他往后面瞥了一眼,只见小鹤趴在座位上,昂着头,挺着胸,欣赏着沿途的风景。黄博则坐在旁边,一手捂着腮帮子,愁眉苦脸。刚才他已经偷偷给崔老大发了短信,告诉崔老大先一步去卧牛镇等着,顺便也吃点东西,休息休息,再洗洗车。

这两天,崔老大着实被折腾得有些狼狈,他用恶狠狠的语气给黄博回复道:"今天我不管你用什么法子,必须把那小子给我留在卧牛镇,我先找个地方睡一觉,等我醒来之后,如果你们走了,这件事就算泡汤,我明天就去你们家,把你家房子烧了!"

黄博是暗暗叫苦不迭,但又没辙,谁让自己欠了人家的赌债呢?他比谁都清楚，崔老大这人心狠手辣，别说烧房子，就是杀人他都做得出来！但是要把陈冬青今天留在卧牛镇，难度有点大，这都已经出发三天了，才走了几百公里，如果今天再耽误，估计陈冬青也不会同意吧？

黄博捂着腮帮子，心里飞速盘算着，忽然，他想到了一个主意。虽然有点冒险，但也只能豁出去一试了，他凑到陈冬青面前，赔着笑脸说："兄弟，早上你是不是把那头狼断腿逃跑的视频发到网上去了？"

没错，清晨那头狼逃跑的时候，陈冬青及时地拿出手机，录下了那一段视频，而且发到了网上。在视频里，他简单介绍了昨天晚上发生的状况，以及化险为夷的经过。

见黄博问，陈冬青点点头："是啊，我是发到网上去了，咋啦？"

黄博龇牙一笑："你看我闲着也是闲着，你把手机给我玩会儿呗，我看看你发的那个视频有多少播放量了，顺便还能帮你回复一下评论什么的。"

"玩手机？别闹了，这导着航呢啊！"

"嗨，大白天的导什么航，我都看了，前面就这一条道，能跑四十多公里呢，我看两眼就给你，挺无聊的……"

陈冬青这人心眼好，见黄博这么一说，就把手机拿下来递给了他。黄博点开短视频后台，随后就哇的一声叫了起来。

"哇，你快看快看，你的这个视频播放量都快一百万了，火上天了啊！"

"啥啥啥？都一百万了？"

陈冬青也很是意外，不断转头看着屏幕，在网上的短视频里，想要见到狼并不难，随手一搜就有了，但要拍到一头狼把自己的腿咬断拼命逃生的视频，那就不容易了。所以，陈冬青的这个视频特别受关注，留言评论的也不少。

"兄弟，这个评论咋回？"

"这个？算了不用回了，懒得搭理他们，都闲得长毛了，问母狼一胎生几个崽，这我哪儿知道啊，我也不是养狼的。"

"那这个呢，这个问伤害狼是什么罪名，要不要坐牢，为什么法律要保护狼？"

"你告诉他，法律保护的不是狼，而是我们的生态系统，大自然的生态平衡是不能被打破的。狼虽然凶残嗜血，但也是生态系统里的一员，从生命的角度而言，我们人类并没有比狼更高级，我们的智慧等级确实是最高的，但生命的尊严和平等是一样的。如果我们伤害狼的目的是为了生存，是在特殊条件下不得已而为之，那属于自卫，属于生命防御行为。但要是为了获取个人利益，为了赚钱，那就是可耻的盗猎行为，必须坐牢。"

陈冬青好歹也是一个正经的动物保护者，回答这种问题自然是绰绰有余，黄博对他竖起了大拇指，又说道："这还有人问，一头狼咬断了自己的腿，它回归狼群后，会不会被赶出来，会不会有别的狼养着它。"

"这个问题……"

陈冬青思忖了下，才说道："从族群的角度来讲，它是一头怀孕的母狼，所以肯定会有别的狼照顾它，直到它生下狼崽，它对于狼群的意义也就没有了。到时候，也许它会被狼群遗弃吧，毕竟，它只剩下了三条腿……"

"但是，它还有它的孩子们。"

"是啊，它还有孩子，我差点忘了。但我想，当它衰老的时候，当它的孩子们不再需要它照顾的时候，它应该就会独自离开，寻找一个安静的地方静静死去。在自然界，很多动物老去之后，都会选择这么做的。"陈冬青颇为感慨地说着。

"但是……"

黄博还想要找个话题，来吸引陈冬青的注意力，实际上，黄博是想要分散陈冬青的注意力，让他不能专心开车，因为这条路虽然没什么岔路，但却是弯弯绕绕，经常要拐来拐去的，如果稍加不留神，就可能会跌入路两旁的沟渠里面。到时候，陈冬青就是想继续前行，也不可能了。

却在这时，陈冬青忽然发现，在前方一片树林里趴着一个什么动物，浑身是血，一动不动。

"前面有情况，我们先过去看看。"

陈冬青一打方向盘，车子稳稳停在了路旁。他打开车门跳了下去，往不远处的树林跑去。黄博眼睛一亮，下意识地回头，瞥了小鹤一眼。

机会来了？

然而黄博这个念头只是稍纵即逝，这是在公路上，就算他偷了小鹤，也无处可逃，何况小鹤一见陈冬青下了车，随后也跟着跳了下去，扑扇着翅膀一路贴地飞了过去。黄博只好也跟着跑到树林里，一看地上趴着的，竟赫然是一头断了前腿的狼。

没错，正是刚才在村里逃走的那头母狼。此时它倒卧在地上，看得更加清楚，只见母狼的肚子隆起，身上却是瘦骨嶙峋，一副严重营养不良的样子，也不知道已经饿了多久。或许它昨天夜里下山，实在是饿得受不了，才会冒着被抓住的风险，前往村民家里偷羊。可惜它既没吃到羊，又搭上了自己的一条腿。

"黄哥，你去把咱们车上的食物都拿过来。"

黄博犹豫了下，便跑回了车里，把早上刘二柱给他们的馒头，还有一些其他熟食，还有水，都拿了过来，陈冬青先是撕开一袋酱鸭，小心翼翼地递了过去。

"这是给你的，快吃吧，吃饱了你就有力气跑了。"

他把食物放在了距离母狼一米远的地方，然后迅速撤身，这样做主要是为了能降低母狼的警惕，让它能起身吃东西。再一个，现在这头狼虽然倒地不起，但谁也不知道它会不会突然起身伤人，毕竟三条腿的狼咬人应该也挺厉害。

那母狼用无神的眼睛望了望陈冬青，不住起伏的腹部微微抽搐着，然后慢腾腾地半爬了起来，试探着去闻了闻放在前方的食物。

"吃吧，快吃吧，这东西可贵了，好几十块钱一只呢，我都没舍得吃……"

陈冬青劝诱着，母狼估计也是饿狠了，慢慢凑近那只酱鸭，然后猛地一口咬住，狼吞虎咽地吃了起来。见它开始吃东西了，陈冬青才放下心来，然后又拿过几个馒头，一个一个地丢了过去。

一只酱鸭三口五口就被母狼吞了下去，包括馒头也是一样，两口一个。见状，黄博又拿了几瓶水过来，倒在母狼旁边不远处的一个草窝里。母狼吃了东西，又去喝了水，这才恢复了一些力气，依然趴在地上，但看向两人的目光已经柔和了许多。

可怜天下父母心，动物也有灵性，知道活命，知道要保护肚子里的孩子。看着它那只断掉的前腿，陈冬青想了想，又回到车里取了一卷纱布，还有云南白药，原本这些都是他放在车里备用的，现在刚好用得上。为了不让这头狼误会，陈冬青先拿着纱布在自己的手上缠了几圈，示意给它看，让它知道这是安全的，是在包扎伤口。

然后，他才一点点地接近了母狼，慢慢地拿起了它受伤的前腿。母狼忽然挣扎了一下，喉咙里发出低吼，张开嘴巴，露出满嘴的尖牙，盯着陈冬青。不过，它这一嘴的酱鸭味，让它的危险系数明显下降了许多。

陈冬青温柔地安慰着它，然后轻轻地把云南白药喷在了它的断腿处，它轻微地抖动着，却没有再挣扎。似乎它也明白，陈冬青现在是在帮助它，喷了药之后，陈冬青又用纱布把它的前腿包扎了起来，而这一切，都被黄博在一旁拍摄了下来。

对于黄博而言，遇到这种事本来就很新奇了，而陈冬青居然还敢去救助母狼，这简直闻所未闻。一边拍摄，他还一边做讲解：

"大家注意了哈，这就是今天早上我们遇到的那头母狼，为了逃命咬断自己腿的那个，现在居然又碰上了，小陈正在给它包扎伤口。这狼是真饿坏了，刚才吃了我们一只酱鸭、三个馒头，看样子还没吃饱……"

他在那里介绍讲解，这时候，陈冬青已经给母狼做完了包扎，随后，陈冬青便退开了。那头母狼看着自己被包扎好的断腿，抬头望着陈冬青，眼睛里居然有泪花闪动，它费力地站了起来，然后对着陈冬青微微点头，表示谢意。

陈冬青心情也有点沉重，对着它挥了挥手，说道："你快去山里吧，记住了，人间太危险，回到家以后，没事千万别出来了，在山里随便抓个什么东西吃，也比下山偷羊安全啊！"

黄博在旁忍不住接了一句："就是，你偷羊吃，人家能不往死里打你吗？实在不行，你就改吃素得了，那山上树叶啊，草啊，果子啊，那有的是……"

那狼似乎听懂了，不等他说完，对着黄博翻了个白眼，仰头长嚎一声，转身就一瘸一拐地跑了。陈冬青无语地看了黄博一眼，黄博尴尬地一摊手，关掉了视频录制，两人相视无言。那只酱鸭和馒头，是他们的午饭，现在全都喂狼了。

陈冬青看着母狼离去的方向，叹口气说："真是万物有灵，你看到刚才那头狼的动作了吧，它全程都护着自己肚子里的幼崽。"

黄博说："是啊，也不知道它这回去了，自己还能不能捕猎了，四条腿的时候它都忍饥挨饿的，现在三条腿了，恐怕是够呛。"

陈冬青摇了摇头，没有说话，心中也在替这头狼的命运默默祈祷。回到车上，陈冬青把刚才黄博录的视频截取了几段，分条发到了网上。广大网友们上午看了陈冬青拍摄的视频，也都一直关注着那头狼的命运，但是万万没想到，居然还有后续，而且这么快就来了。看着陈冬青对那头狼的救助，网友们在为他捏了把汗的同时，也都是赞不绝口。

毕竟，敢在野外救助一头野生的狼，这不是什么人都敢做的。两个人休息了片刻，便再次出发上路了。又过了一会儿，上午十点多，距离卧牛镇还有不到二十公里了，不出意外的话，十一点之前就能够到达。

黄博又开始如坐针毡了，他偷眼瞧着陈冬青，又看看小鹤，心想：崔老大刚才让他必须把陈冬青留在卧牛镇一天，这该怎么办呢？

想办法让车子掉沟里的馊主意已经被黄博否定了，那实在是有点太傻了，一旦车子翻了，不可控因素太多，万一闹出人命咋办？

他内心纠结了半天，前面远远就有一个镇子出现在视野里，黄博也实在是没法子了，索性豁出去了，暗暗伸手在自己的肚子上狠狠拧了一把。这一下掐得又重又狠，黄博顿时嗷的一声惨叫，捂着肚子就叫唤了起来：

"哎呀妈呀，肚子疼死我啦……"

黄博突然肚子疼，陈冬青倒也没当回事，只当他是吃东西不对劲闹肚子。谁知黄博连哭带喊的，疼得满脑袋都是汗，而且人也不断翻白眼，感觉随时都要死过去，陈冬青见势不妙，赶忙加快油门，只用了十几分钟就开到了前面的小镇。

然后，他迅速找到了一家当地的诊所，把黄博送了进去，这应该属于急诊了，按理要送大医院的。怎奈这镇子里条件有限，只有这么一个诊所，一进去之后，便有医生过来询问情况。

一见黄博直翻白眼的样子，那医生也毛了，赶紧过来听心跳，量血压，最后得出一个结论：急性胃肠炎。至于治疗方法，只能输液，陈冬青见状松了口气，于是立刻缴费，让黄博输液。黄博躺在病床上，一边不住哼哼着，一边偷偷给崔老大发去了信息：

"老大，我们在镇上的诊所，车在门口，鸟在车里，我在里面输液，估计能拖延两三个小时。这傻小子在里面陪我，时不时会出去看一眼，你多留神，抓住机会，务必成功……"

信息发出去不一会儿，崔老大的信息就回了过来：

"知道了，真啰唆。"

黄博气得直翻白眼，旁边的陈冬青不知道怎么了，见他忽然翻白眼，赶紧过来问："黄哥，你感觉怎么样？不行咱们马上去县里的大医院。"

"没事没事……我现在感觉好多了，就是这肚子里像针扎一样，还恶心，总感觉要吐……"

"要吐啊，你等会儿，我去给你找个盆。"

陈冬青颠颠地跑出去，过了一会儿，不知从哪儿拿了个盆过来，放在了地上。

"给你放这儿了，要吐就吐吧，别吐到人家地上就行。对了，我给你买两瓶水去。"

说着，陈冬青又跑了出去，黄博喊都没喊住。唉，这个傻小子，人倒是不错，热心肠又善良。黄博吧唧了几下嘴，心里多少有点不是滋味：这么好的一个人，自己却憋着劲想要坑他，这是不是有点忒不是人了？这个念头刚起来，他脑海里马上又响起了另一个声音，有点像崔老大：

"你管他那么多，这年头有钱才是硬道理，你把那个鸟弄到手，把赌债还清，才能回家过日子。不然的话，你就一直在外面当流浪汉吧！"

唉……黄博暗暗叹口气，于是再次向命运屈服了。很快，陈冬青拿着两瓶水回来了，但黄博却并没吐，可怜巴巴地躺在病床上，眨着眼睛，一脸无辜的样子。

"你没吐啊，没吐就别喝了，急性胃肠炎不能喝水。"

陈冬青这一上午都没喝水，渴坏了，说罢打开一瓶水，咕嘟咕嘟喝了起来。其实黄博也早都渴了，但他现在患有"急性胃肠炎"，只能眼巴巴看着陈冬青喝水，舔了舔嘴唇，连个屁也没敢放。陈冬青一口气灌了半瓶水，这才舒畅地出了口气，把剩下的水放在了桌子上。

"黄哥，你这是吃什么东西不对劲了呢？按理说不应该啊，咱俩这几天吃的东西都一样，怎么我就没事？"

"咳咳……谁说不是呢，我也纳闷，这到底是咋回事，不过兄弟，说来也奇怪，你坐在我旁边，我就感觉好多了；你刚才一走，我就开始肚子疼，干脆你别出去了，你就在这陪着我吧。"

"行啊，我陪着你。不过小没良心的还在外面，我怕它待会儿不干。"

"嗨，你还真把它当回事了，在车里关一会儿它也跑不了，再说它一个扁毛畜生，关一会儿没事的。"

"扁毛畜生是不假，不过这时间久了，也是有感情的啊。对了黄哥，小没良心的中午还没吃东西，我得去喂喂。"

陈冬青说着又要走，黄博赶紧一捂肚子，杀猪似的大叫起来。

"哎哟，你可别走啊，你一走我就肚子疼……你就让它饿一会儿，反正也饿不死……你不说陪着我的吗……"黄博也是实在没辙了，开始耍无赖。

陈冬青无奈，停住脚步，回到病床前，说："行吧行吧，那我陪着你。"

抬头看看吊瓶，他说："这吊瓶打得怎么这么慢，医生，能不能快点打？"

一旁医生往这边瞥了一眼，说："那个药刺激血管，只能慢慢打，打快了人受不了。"

陈冬青又坐了一会儿，屁股上像长了针一样，惦记着外面的小鹤。而此时此刻，崔老大已经蹑手蹑脚地来到了诊所外面。陈冬青的车就停在窗户下，距离黄博的病床，也只有几米远。

崔老大探头往诊所里看了看，一眼就瞅见了陈冬青和黄博，不过还好，陈冬青此时是背对着他的，但黄博却是正好跟他面对面。一见崔老大来了，黄博眼睛顿时一亮，赶紧没话找话，想着法地跟陈冬青聊天。崔老大在窗户外面对着黄博比画了一个手势，那意思是让他坚持住，自己马上就开始下手。然后，崔老大来到车旁，伸手拉了拉车门，纹丝不动，锁着的。

这咋下手？他又隔着窗户往车里看了看，只见那只小丹顶鹤正趴在座位上，倒是挺老实，仔细一看，似乎在打瞌睡。车窗并没有完全关闭，只留了一道缝隙，应该是怕空气不好，小鹤憋闷。而且陈冬青特意把车停在了一个阴凉的地方，否则这天气还挺热的，小鹤肯定受不了。

崔老大扒了扒车窗，又回到诊所窗前，对黄博做了个开锁的手势。黄博会意，瞥了一眼，只见那把车钥匙就在陈冬青的腰上挂着呢。

"那个……我说陈兄弟，你这个钥匙上是个什么东西？还挺好看的。"

陈冬青低头看了一眼，自己这钥匙串上挂了个小玩意，也没在意，说道："好像是个貔貅吧，招财的，我也忘了。"

"你拿给我看看，我跟你说，我对这些东西还挺有研究，我看你这个小东西，不像是貔貅啊。"

陈冬青并不怀疑他，便从腰上解下钥匙串，又把那个挂件单独拿下来，递给黄博。

陈冬青的这一操作让黄博有点迷糊。黄博干瞪着眼，看着陈冬青把车钥匙放在了病床上，距离自己的手只有一尺远，但却没法拿。他只好接过了那个小东西，迎着光看了看，说："你这东西还真不像是貔貅，你看你看，这屁股上有个眼，人家貔貅光吃不拉，没眼……"

"在哪儿呢？我看看。"陈冬青好奇地拿过去，回过身，迎着光打量起来。

机会难得！

黄博见他转身，立刻闪电般出手，按了一下车钥匙上的开锁键。陈冬青全神贯注地看那个小东西，根本没注意。

黄博心中窃喜，却在这时，陈冬青"咦"了一声，突然说道："黄哥，外面有个人趴窗户，还躲起来了，我怎么看着有点眼熟？"

"什么……什么眼熟，哪有人啊？你是眼花了吧？"

黄博赶紧顾左右而言他，想要把陈冬青的注意力吸引开。

陈冬青却是腾地站了起来，"不对劲，我有种不祥的预感，我得出去看看。"说着就往外跑。

黄博一捂脑袋，心说崔哥啊崔哥，你这不是倒霉催的嘛，好好的你非趴窗户干什么，这回让人发现了吧，哎呀……

陈冬青来到诊所门外，绕到窗户的位置，崔老大还在那儿蹲着呢，他根本不知道陈冬青已经发现不对劲，出来查看情况了。等他看到陈冬青的时候，已经来不及躲藏或者逃跑了。不过，他突然急中生智，把身子转了过去，用后脑勺对着陈冬青，然后一狠心，直接把裤子脱了下来，蹲在了地上。

这……

陈冬青走过来一看，就见一个大老爷们儿正蹲在窗户下，脑袋上扣着个草帽，裤子脱到膝盖下面，看那样子，好像是要在这儿出恭。

"喂，这大白天的，你要上厕所往远处去，你拉我车旁边算怎么回事啊……"

陈冬青一声大吼，那光屁股男吓得一个激灵，赶紧提起裤子，头也没敢回，直接抱头鼠窜。他都想冲上去踹一脚了，没追上。这个臭不要脸的，指定是精神有点问题。陈冬青无语地捏了捏鼻子，心想还好自己出去得及时，那家伙还没来得及拉，不然的话，真是要恶心死人了。

然后，他顺便往车窗里看了看，只见小鹤正乖乖地趴在那儿睡觉，这才放下心，又习惯性地伸手拉了下车门……

车门，却开了。

嗯？记得明明锁了车的呀，怎么一拉就开了？嗯，一定是自己忘了锁车。

陈冬青走进屋子里，拿起车钥匙，按下了锁车键，然后才放心地坐下，重新把钥匙挂回了腰间。黄博眼巴巴地看着车钥匙，欲哭无泪。多好的机会啊！就这么错过了。唉，崔老大啊崔老大，这回你可不能怪我了吧？

"黄哥，刚才咱们说到哪儿了……哦，对，你说这不是貔貅，那这是个啥？"

陈冬青追问道，黄博哪里还有心思说这个，有气无力地嘟囔着："你说是啥就是啥吧……不重要了……"

黄博一副心如死灰的样子，陈冬青关切地问："黄哥，是不是又不舒服了，肚子疼？还是哪里感觉不对？"

黄博哼哼唧唧地说："我感觉哪里都不对，遇上你就是我的错啊，要不是遇上你，我……我……"

这个时候，崔老大悄悄地又回来了。"哼，你以为锁上车我就偷不走里面的东西了吗？"崔老大绕到车身另一侧，确保陈冬青看不见他，然后拿着玻璃刀吭哧吭哧开始干活，想要把车窗割开，偷走小鹤。

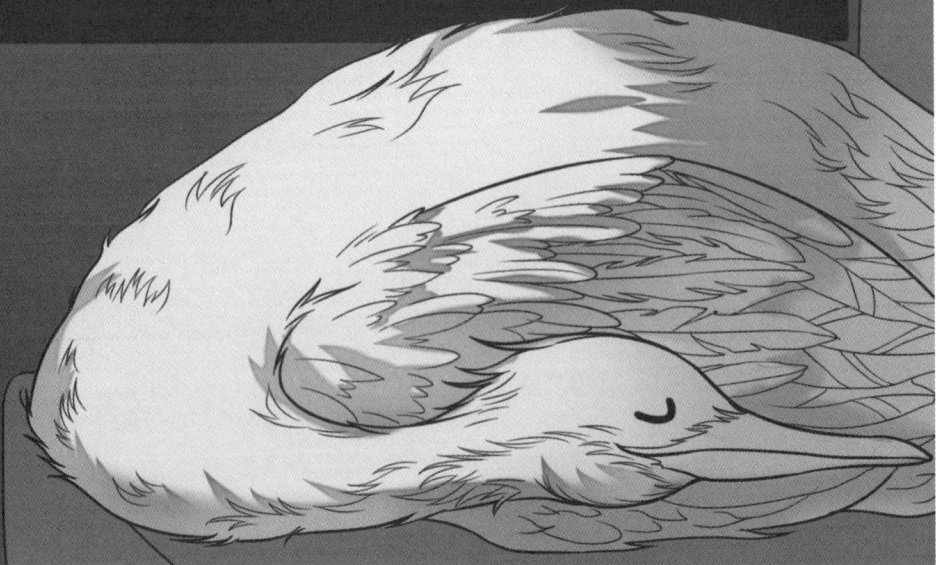

第 **9** 章
倒霉的崔老大

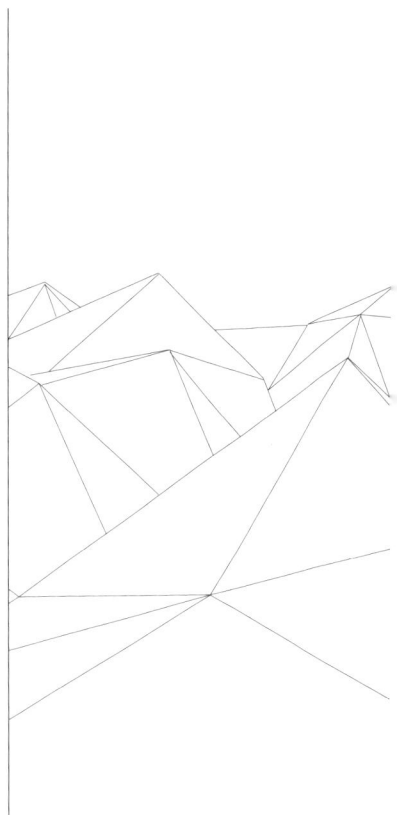

　　小鹤依然在里面睡觉，这车的两边玻璃都开着缝隙，一阵阵小凉风穿过，小鹤睡得还挺香。这玻璃缝隙倒是够伸进去一只手的，但不可能把小鹤抓出来，就是为了透气乘凉的。崔老大盯着里面的小鹤，眼睛里仿佛看到了一沓沓的钞票，不顾汗水从脸颊流淌，继续切割。

　　但这车窗玻璃毕竟不比普通的玻璃，都是钢化的，结实得很。崔老大费了半天劲，也就在上面留了个白印子，不过，他倒坚信，早晚能成功的！

　　他把遮阳的草帽用力往下一压，继续干活，可惜，崔老大的脑袋少根弦，他在车身这边割玻璃，陈冬青的确看不见，但是来来往往路过的人，却看得一清二楚。

　　开始的时候，还没人在意，可后来围观的人越来越多，大家都在纳闷，心想："这人是不是车钥匙忘在车里了？但是不应该啊，那车窗的缝隙都能伸进去一只手，完全可以从里面打开车门啊。"看着看着，有人想过来搭讪，结果被人制止了。

因为已经有好事的人，把这一段拍成了视频，发到网上去了。很快，周围就聚集了二三十人，大家这时候已经心知肚明，知道这准是个小偷，在这偷人东西呢！

不过，你说你偷东西还这么文雅干啥，直接拿个石头把玻璃一砸，里面东西拿走就得了，你拿个玻璃刀在那儿割，人家那是汽车，上面是钢化玻璃，特制夹层的，你就算割到天黑也割不开啊！

崔老大这人也是执着，颇有一股子韧劲，继续在那儿割啊割，浑然不知，自己已经被人发到网上，还给起了个名：天下第一笨贼。

这阵势，很快就引来了一辆巡逻的警车。警车停在旁边后，一个警察见众人围观，纳闷地走了过来。再一看，好家伙，有人在这割车玻璃呢。警察也是好心，不知道是不是这人把车钥匙忘在里面了，于是走过来拍了一下崔老大的肩膀："同志，需要帮忙吗？"

"不用……"

崔老大随口回了一句，然后才反应过来不对劲，转身一看，只见一个警察正和他四目相对。时间仿佛凝固了三秒钟，下一刻，只见崔老大浑身一激灵，倒把那个警察吓了一跳。

紧接着，崔老大把手里的玻璃刀一扔，掉头就跑。周围爆发出一片哄堂大笑声。那警察回过头，有心想要追，但那人已经跑出几十米开外了，还上了一辆面包车，逃之夭夭了，况且他也没造成什么太大的损害，于是只冲那边喊了几嗓子，作势追了十多米，就停了下来。

回过头看着围观的人群，这警察无奈地摇摇头，说了句："你们真是看热闹不嫌事大啊，有人撬玻璃都不报警，还拍视频，心得多大啊？"

人群里再次有人哈哈大笑，回道："刚才那蠢贼心才真的大，我们这么多人看热闹，人家跟没事人一样，哈哈……简直就是承包了我今天的欢乐。"

"什么叫今天的欢乐，这一年我都指着这个笑话活了。"

"妈呀，你们快看，刚才我发出去的视频火了……"

这警察也是暗暗发笑，走进诊所看了一圈，问道："外面那是谁的车？"

陈冬青闻言回过头，起身道："警察同志，那是我的车，咋啦？占道的话，我这就去挪开。"

"不是占道，你的车刚才差点让人把车玻璃撬开，你都不知道吗？"

"啊？我不知道啊，谁这么大胆子，光天化日下撬玻璃？"

"那人已经跑了，你快去看看吧，玻璃应该是没事……"

陈冬青撒腿就跑，来到门外一看，自己的车玻璃果然已经被人划出一道白印子，不过仔细一检查，也没什么大碍。围观的人见到他出来，又是一阵哄堂大笑，这真是偷东西的心大，事主心也大，刚才那蠢贼少说在那儿忙活了半小时，他居然无动于衷，毫不知情。黄博也有点想乐，但却是乐不出来。唉，咋找这么个猪队友……

眼见计划再次失败，黄博气得都快冒烟了，索性也不打针了，直接把针拔了下来，正要出去看热闹，手机忽然响了起来。他拿起手机一看，崔老大发来的："再给你小子一次机会，今天晚上就把他留在镇上，半夜咱俩里应外合一起下手，把那小子打晕，丹顶鹤抢走，如果这次再不成功，老子就弄死你！"

从这语气上看，崔老大显然是已经气急败坏了，黄博也是脑门子青筋直蹦，只觉一股子血往上冲，眼前一阵阵发黑，心跳也开始加速。

他飞快回了几个字："不用等晚上，我一会儿就想办法，再不成功，我是你儿子。"

"滚，我没有你这样的废物儿子！他娘的……"

黄博也是在心里暗暗发狠，直接走出门外，陈冬青一看他出来，忙问道："你怎么出来了，针还没打完呢，快进去躺着。"

"不用了，我感觉不是胃肠炎的事，我现在有点头晕眼花，我……"

黄博话还没说完，扑通一声就躺在了地上，眼前一黑，不省人事。陈冬青一看就呆住了，赶紧手忙脚乱地把他扶起来，诊所的医生也都跑了过来，又是掐人中又是心肺复苏，但是黄博毫无反应。

吃完饭之后，陈冬青躺在床上，忽然收到了来自许诺的私信，这两天许诺一直没有和自己联系，所以冷不丁地收到她的私信，陈冬青还有点莫名的欣喜。

自从陈冬青知道了许诺就是扎龙自然保护区的第三代守鹤人的身份之后，对她的感觉就大不相同了，在充满敬佩之意的同时，还有着一种想要见一见这个女孩的冲动。他一直觉得，一个热爱动物、热爱生命、热爱自然的女孩子，才是自己真正想要寻找的伴侣。

许诺的私信也很简短，只问了他一句话："这两天忙，没顾得上问你，你应该快到地方了吧？"

陈冬青苦笑着回了一句："按理说是应该快到了，但是这一路上状况不断，现在又耽搁在卧牛镇了，估计还要两天才能到。"

"我看到你的视频了，你胆子真大，居然还救助了一头怀孕的野狼，好样的！"

"别提了，我当时都吓哆嗦了，但是又不得不硬着头皮，那只狼为了肚子里的孩子，不惜咬断自己的腿，就冲这种精神，我也得帮它啊！"

"我刚才在地图上找到卧牛镇了，你在那儿好好休息，这次送小鹤还乡，就当是旅游了，慢慢看看沿途风景，对你创作也有好处的。"

陈冬青反正闲着也没事，于是就把今天自己的经历讲给了许诺，尤其是碰到那个割玻璃的变态，陈冬青讲得自己都忍不住笑了，许诺听了也是大呼好笑。

陈冬青说："反正这件事也挺奇怪的，你说黄博的肚子上，怎么无端地出来一个指印？"

许诺说："这不是胡闹嘛，兴许是他自己掐的呢！"

陈冬青说："他自己掐自己，他有病啊？"

许诺说："我早就跟你说了，让你留意点这个人，其实我从一开始就觉得不对劲，直觉告诉我，他多半不是什么好人。"

陈冬青说："也不能这么说吧，这几天我也观察了，他这人还挺好的。如果他有什么不轨的想法，这几天晚上我睡觉的时候，他完全可以干点坏事。但是我检查过，钱包里一分钱都没少过，让他去买东西也是，从来账目都跟我算得很清楚，不占我一分钱便宜。"

陈冬青真是一点也不知道，其实这几天晚上，每天他呼呼大睡的时候，黄博都在挖空了心思跟崔老大里应外合想要把小鹤偷走。

不得不说，他这心是真大啊……

许诺又说道："反正你自己多加小心，晚上睡觉的时候别睡得太死。另外，这两天没看见你给小鹤拍视频，它状态怎么样？"

陈冬青说："这两天乱七八糟的，都没顾得上拍，你放心吧，小鹤能吃能喝的，状态很好。"

"那就行，最近天气热，多给它喝点水，平时注意防暑降温。"

"好，我记住啦！"

和许诺聊了半天，两人互道再见。陈冬青抬头看了一眼躺在旁边呼呼大睡的黄博，心里有点犯嘀咕。许诺说他不像好人，其实要是看长相，还真是有点不像好人，不过这几天的相处，他觉得黄博这人并不坏。不管怎么说，还是多加注意吧！

今天撬玻璃那个人的举动，让他心里始终有些疑惑，要说那人是偷东西的，但大白天的又不像。只可惜，没看清那人的长相。他心里胡思乱想着，不知不觉就到了半夜。

忽然间，陈冬青发现窗户外面好像有个人影晃动，探头探脑地往屋里打量。他心里一沉，心想坏了，不会是刚才那个"鬼"又回来了吧？

想到这里，他也没叫黄博起来，壮着胆子从脚底下抠了半块砖头——由于年代久了有些地方松动，很容易抠下来。然后，陈冬青拿着这半块砖头，来到了窗前，心想不管你是人是鬼，只要你敢冒出来，今天我就让你有来无回。

屋里并没有开灯，陈冬青藏身在暗中，瞄着窗户外面。不一会儿，那人又出现了，而且这次露出了大半个脑袋，一个劲地往屋里打量。黑咕隆咚的，陈冬青也看不清什么，他屏住了呼吸，手里握紧了那半块砖头……

嘎吱，一声轻响，那黑影居然打开了窗户，然后一只脚踏了上来，作势就要跳进屋子。陈冬青毫不犹豫，二话没说，当机立断，直接一砖头就拍了过去。

"哎呀，妈呀……"

那黑影一声惨叫，一个倒栽葱就从窗台上摔了下去。听到这声叫喊，陈冬青才算确定，这应该是一个大活人。既然是人，那么就肯定是小偷了。

"抓小偷啊……"

陈冬青从窗台跳了出去，往外就追，不过他并没有真的追出去，只是虚张声势。但前面那黑影却是吓坏了，在地上连滚带爬，一溜烟地跑了，连头也没敢回。

陈冬青喊了半天，站在原地纹丝不动，倒把黄博给喊起来了。黄博听到他喊抓小偷，激灵一下子也醒了，随后就反应了过来，肯定又是崔老大……哎，这次可真不怪我啊！

这一连串的闹嚷声，终于是把小鹤吵醒了。它睁开惺忪的睡眼，看着这些吵闹的人类，一双无辜的大眼睛里仿佛写满了两个字：咋啦？

被陈冬青一砖头拍在脸上，落荒而逃，崔老大这一个晚上的经历，可谓是惨痛无比。他一口气跑出一公里开外，才发觉后面其实并没有人追他。

"真倒霉啊……"

崔老大有气无力地瘫倒在地上，四仰八叉地躺在那儿，呼哧呼哧地喘息着。忽然，他感觉到脸上湿乎乎的，伸手一摸，鼻子出血了，淌了一脸。他直接用手抹了一把，好家伙，这回满脸都是血了……晦气，倒霉，真是坑人啊！

嘟嘟嚷嚷地念叨咒骂着，崔老大从兜里掏出一张皱巴巴的纸，揪成两块长条，塞在鼻子里止血，然后摇摇晃晃地爬起来，往自己停在不远处的面包车走去。

谁知他刚走了几步，前面走过来一个醉汉，解开裤子正要方便。忽然一眼看见对面走过来一个满脸是血的东西，瞪着两个眼睛，两个长长的白色獠牙从嘴里支出来。

其实那根本不是什么白色獠牙，是崔老大塞鼻子眼的纸条。这醉汉激灵一下子，酒就醒了一大半，嗷的一声怪叫掉过头来，对着崔老大便撒起尿来。

他倒也是聪明，估计不知在哪儿听说尿能辟邪驱鬼，于是也没客气，一股子尿直射崔老大。这泡尿想必也是憋半天了，射速很快，准头又高，崔老大一时躲避不及，被这股尿滋了一身。

崔老大赶忙闪到一旁，气得脸都绿了，哇呀一声暴叫，冲上去揪住那人的脖领子，一顿拳打脚踢。那哥们儿已经吓傻了，心想迷信害死人，之前谁说的用尿驱邪，也不好使啊！

崔老大平时就不是个善茬，今天憋了一肚子火，盛怒之下出手一点也没留情，把那人打得鬼哭狼嚎，抱头鼠窜。足足揍了十多分钟，崔老大这口气才算出了大半，那人抱着脑袋从地上爬起来，一瘸一拐地跑了。

一边跑还一边喊："鬼呀……"

崔老大往他那边吐了口唾沫，狠狠骂道："鬼你奶奶个腿，老子吓死你！"

气也出了，他这心情还是无比郁闷，回到面包车那儿，拿了瓶矿泉水洗了洗手和脸，往面包车后座上一躺，仰望车窗外的星空，摸着身上被打得隐隐作痛的地方，心里一阵阵难过。

"我好惨啊……"

崔老大从小到大霸道惯了，从来也没受过这样的气，今天晚上想起这两天的一路坎坷艰辛，昨天在人家村里填了一晚上的泥坑，今天早上被当成狼撵，刚才又被人当成鬼。

想到这里，崔老大不由悲从心来，一张嘴，哇的一声就哭了出来。这大半夜的，他哭得凄惨无比，哭声在寂静的小镇里久久回荡，宛若鬼泣一般。

远处的陈冬青等人听到这哭声，不由激灵灵打了个寒战。

这一个晚上，陈冬青睡了一个安安稳稳的踏实觉，只不过，他睡觉的时候，那块砖头也一直在枕头边放着，以备不测。

黄博睡得就不怎么踏实了，一个晚上不断地翻身，说梦话，惊醒了好几次，噩梦里都是崔老大满脸是血的狰狞面目。

至于崔老大……这一晚上数他睡得最香，因为他这两天实在是太煎熬了，连续两个晚上没怎么睡觉，所以这一觉他直接睡到了第二天上午。

他是被太阳光晒醒的。当他揉着眼睛爬起来一看，昨夜寂静的小镇现在已经又恢复了活力，大街上人来人往，很是热闹。

崔老大昨天晚上就没怎么吃东西，于是先找了一家包子铺，进去吃早餐。

憋着一口气，崔老大吃完包子结账出门，然后来到了陈冬青停车的地方。但这个时候，陈冬青的那辆车已经不见了。很显然，他们已经离开了小镇。崔老大长长叹了口气，抓了抓后脑勺，忽然手机响了起来："老大，我们出发了，要不今天咱们再试试？"

看着这条信息，崔老大莫名地有点心灰意冷起来。

"算了吧，我跟你小子惹不起这个气，昨天晚上差点没把我打死，这个钱看来咱们是没命赚了，我还是回家打牌去吧。另外，我这几天搭了好几百元油钱，还有饭钱，都算在你的账里了，回头跟你小子一起算！"

"别呀……老大，咱们不能这么轻易放弃啊！你想想，那一只丹顶鹤能卖好几万呢，你搭这几百块钱算啥，再说，现在放弃，你昨天不就白挨揍了？"

崔老大一想倒也是，如果这么放弃了，昨天晚上就白挨揍了。不但白挨揍了，那一泡尿也白被滋了。

"你说得倒是容易，连续三天都失败，现在你说咋办？你要是拿不出一个好办法来，这件事就这么算了，明天我就去烧你们家房子去！"

"别呀……这样吧，你先跟上来，容我好好想想，今天咱们再找个机会下手！"

正午时分，陈冬青开着车终于来到了一座县城。大街上车水马龙，道路两旁商铺林立，人群熙熙攘攘，很是热闹。两个人下车吃饭，车子就停在门口，小鹤留在了车里，一抬头就可以看到。陈冬青这次点了好几个菜，有鱼有肉的。黄博吃得满脸淌汗，开开心心。他一边吃着，一边也不断往外打量。他倒不是看小鹤，而是看崔老大跟上来没有。

今天上午崔老大答应了他，继续行动，但估计崔老大是被打怕了，这次严厉地告诉黄博，从现在开始他不露面，但他会一直悄悄跟在后面，什么时候黄博抓到了小鹤，再联系他。见他一个劲地往外看，陈冬青有点感动，心想这哥们儿跟自己陌路相逢，一路上对自己照应得真不错，而且对小鹤也很上心，这一路多亏他了。想到这里，陈冬青不断地给他夹菜，黄博和他边吃边聊，不知不觉就谈到了自己的前妻身上。说起这个话题，黄博开始有点伤感起来，跟店老板要了一瓶啤酒，陈冬青也不能喝，于是他就自己喝了起来。

两杯酒下肚，黄博便对陈冬青说，其实他四年前就结婚了，老婆是十里八村都有名的漂亮妹子。他当年在家里搞养殖，挣了不少钱，人家妹子也是看上他勤劳能干，才同意嫁给他，要不然，就他这副长相，想娶媳妇都难。结婚后的头两年还好，两口子一起起早贪黑，可随着时间的流逝，黄博兜里的钱越来越多，就开始有些不三不四的人找他出去玩。起初是喝酒唱歌，蹦迪泡吧，再然后就是打牌，本来村里人闲暇时打打牌也是正常的，玩一个晚上输赢都不超过二百块钱。可那些人有意引黄博上套，慢慢地不断加高筹码，牌玩得越来越大，黄博也是慢慢地陷了进去。

赌博这玩意儿，有小就有大，而且还上瘾，不到一年的时间，黄博就把大半家底都输光了，最后和老婆大吵一架后，不惜把养殖场都押了上去，想要一次性翻盘回本。结果可想而知，黄博非但没能翻盘回本，养殖场也输了，老婆心灰意冷，直接收拾行李就跟他拜拜了。虽说没办离婚证，但老婆一走就是一年，至今下落不明，杳无音讯，也不知道现在跟谁过日子了。黄博越说越伤心，一瓶啤酒下肚还没够，又接连喝了两瓶。陈冬青非常理解他的心情，也好言安慰，让他这次回家后，一定要戒掉赌瘾，好好干，争取早日翻身，把老婆找回来。

黄博叹口气说："兄弟，实不相瞒，我这次出来，本来就是有个想法，想要找到我老婆，带她回去，我……"

他说着打了个酒嗝，继续道："我这人没什么大本事，但是以后继续搞养殖还是可以的。我给你讲，兄弟，以前我养的东西可多，天上飞的地上跑的水里游的，啥都有，可惜……都输给别人了。"

陈冬青笑着说："难怪，我说你咋对小鹤这么上心，以前你也养过鸟吧？"

黄博连连点头："养过养过，鸡鸭鹅就不说了，什么鹌鹑啊，鸽子啊，山鸡啊，我都养过。"

陈冬青说："那还真是可惜了，不过你有养殖经验，以后一定会东山再起，但是黄哥，赌博这个东西咱们是说啥也不能再碰了。"

黄博叹口气："我也不想碰了，发自肺腑的，等我把赌债还上，以后再赌的话，我就是王八！"

他一不留神把心里话说了出来，陈冬青纳闷道："咋，你还有赌债？欠了人家多少？"

黄博舌头打了结："呃……也没多少，三万两万的，这次出去打工，我本来就是想赚钱还债的，没想到，两手空空回来了。"

陈冬青拍了拍他的肩膀，说："别急，咱们还年轻，赚钱的机会多的是，两三万元的外债也不多，就算是在家种地，一年也还上了。你不用犯愁，一定都会好起来的。"

"是……是啊，一切都会好起来的。"黄博苦笑着，端起酒杯，把里面剩下的半杯酒一口气灌进了肚子里。

他抹了抹嘴，又往窗外看了一眼，睁着有点蒙眬的醉眼，对陈冬青说："兄弟，你是个好人，连对一只鸟你都这么有情有义，不远千里给人送家去。说实在的，我不如你，我对不起你，我不是人……"

他明显有点喝多了，陈冬青也没在意他说的话，笑道："你可别这么说，其实我也是闲的，顺便还能旅游，而且我这一路上收获也不少，还有你帮我，我也挺开心的。"

黄博摇了摇头，又说道："我问你，兄弟，假如说……我是说假如，我就打个比方哈……假如咱俩换换，你欠了人家几万块钱的赌债，然后突然有个机会，让你一次性都能还清，但是前提是需要做一件违背良心的事，你干不干？"

这个问题有点尖锐，陈冬青歪着头想了想，说："说实话啊，人这一辈子，谁都不可能没做过违心的事，谁也不可能对得起所有人，哪怕是自己最心爱的人。有时候，你自己都还不知道发生了什么，你就已经伤害了人家。不过，要是违法的事，我肯定不干。"

"要说违法……倒也不一定违法。"

陈冬青没有听出他话里的含意，拍拍他说："行了，你也别胡思乱想了，但是你一定要记住，不管再穷，再难，违法的事情不能做。其他的，你就自己把握尺度吧。但既然你问我，我就给你个答案，我觉得人生在世，第一不能违背法律法规，第二不能违背道德良心，这是我做人的底线。行了，咱们该上路了，你有点喝多了，待会儿直接睡一觉吧……"

一夜无话，他们第二天继续赶路。

在路过一处山崖时，陈冬青恍惚看到一只动物，蜷缩着，似乎受了伤。出于爱心，他连忙下车，小心翼翼地靠近，才发现是一只受伤的黄鼠狼。他从工具包里拿出一团纱布，试探着走了过去，想要给黄鼠狼包扎伤口。

黄鼠狼明显并不相信人类，身子一挣，就从石头缝里钻了出去，想要逃掉。陈冬青忙抢上两步，想要救它。却不料，他脚下一绊，整个人摔了出去，顿时从斜坡上滑了下去。陈冬青伸手想要抓住什么，但已经来不及了，整个人翻翻滚滚坠入山涧。

第10章
山中遇险

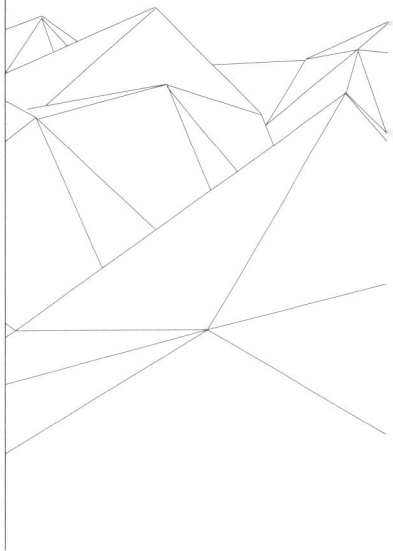

"啊……这……"

望着脚下的山涧，黄博目瞪口呆。这是一个千载难逢的好机会，陈冬青跌落悬崖，估计不死也得丢半条命，即便能爬回来也得费很大力气。所以，他完全可以趁此机会，大摇大摆地回去，把小鹤偷走了。不过，黄博回头看看小鹤的方向，又看看陈冬青，终于还是一跺脚，冲下面喊了一嗓子："兄弟，你坚持住，我来救你！"

黄博往四下看了看，找了一处较为平缓的地带，小心翼翼地爬了下去。这地方遍布石头沙砾，人要是掉下去恐怕是凶多吉少，黄博一颗心扑腾扑腾乱跳，一边冲下面大声喊，一边手脚并用往下爬。

好在这山涧并不深，也就是十几米的样子，差不多有五六层楼那么高。黄博下到了底部，四下一看，却不见陈冬青的影子，叫他也没有任何回应。

"这倒霉孩子，掉到哪儿去了？"黄博往周围看了看，忽然发现，距离自己大概五六米远的地方，一块大石头的后面趴着一个人，在那里一动不动。这不会是滚落下来的时候，撞到石头上死了吧？黄博心里咯噔一下，赶忙往那里跑去。

"兄弟，你咋样了，你应个声啊……"

黄博连连喊了几声，当他走到那块大石头后面的时候，终于看清躺在地上昏迷不醒的人确实是陈冬青。他身上的衣服好几处都被剐破了，脸上和胳膊上也有好几道血口子，浑身都弄得脏兮兮的，显然从山上滚下来的滋味并不好受。而且，他现在整个人躺在那儿不动，面对黄博的呼喊也没有半点儿反应。

黄博的心有点往下沉，心想这才十几米高而已，他不会是摔死了吧？而且再一看，陈冬青的头应该是撞在了那块大石头上，估计，凶多吉少了……

不过，陈冬青的头上并没有流血，所以也可能只是撞晕了过去。黄博正想要设法叫醒陈冬青，把他背回车里，下山去医院治伤。突然，就在这时，前方的密林拐角处，出现了一双闪着寒光的眼睛，一头身形高大的狼正缓缓从密林深处走来。

看到这头狼，黄博吓得魂儿都快飞出来了，狼嗷的一声怪叫，黄博掉头就想往山上跑。但刚跑了两步，他又站住了。陈冬青现在就躺在前面不远的地方，生死不知，如果他走了，那这头狼还不得把陈冬青给吃了啊？！

黄博站在原地，双腿发软，跑也不是，不跑也不是，进退两难，纠结万分。那头狼可不管他那么多心理活动，龇牙咧嘴地走过来，一步步地逼近。

终于，黄博一咬牙，从地上捡起一块石头，又抓起一根粗大的树枝，当作武器，拦在陈冬青的前面，对着那头狼比比画画，连喊带叫，与它对峙起来。为了让自己的气势看起来足一点，他居然还唱起了《好汉歌》：

"大河向东流哇，天上的星星参北斗哇，嘿嘿参北斗哇，生死之交一碗酒哇，说走咱就走哇，你有我有全都有哇……路见不平一声吼哇，该出手时就出手哇，风风火火闯九州哇……我说陈冬青，你到底死了没有，没死你赶紧起来，死了我就不管你了啊……"

他用的是山东青岛那边的方言，夹杂着一些普通话，乱七八糟的。狼当然是听不懂，却被他给吓唬住了，站在了原地，用狐疑的目光打量着黄博。估计狼的心里也在想：这家伙怕不是个傻子吧？如果吃了他，会不会变傻？

一首《好汉歌》唱完，黄博从头又唱了一遍，接连唱了三遍之后，那头狼终于是忍不住了，仰头一声长嚎："嗷呜……"

这一嗓子出来，冷不丁地把黄博吓了一跳，歌声戛然而止，他手里的石头也吓得直接掉在了地上。但就在这时，陈冬青醒了。黄博喊了他半天，他一点反应也没，但那首《好汉歌》却始终在他脑海里萦绕盘旋，即便是他的头撞在石头上晕过去了，也没能逃过黄博的歌声。迷迷糊糊地，他又听到一声狼嚎。

陈冬青总算是睁开了眼睛，一眼看到黄博站在身前，手里拿着一根粗大的树枝，正在那儿连蹦带跳，跟什么东西在那里对峙，一副视死如归的样子。但再仔细一看，黄博的裤子都湿了。这是发生了什么情况？

陈冬青摸了摸有些疼痛的后脑勺，爬了起来，冲黄博喊了一声："黄哥，我还没死呢，你跳什么大神啊……"

陈冬青醒了，黄博高兴万分，赶忙回头喊道："你赶紧给我起来，我跳什么大神，我这是在保护你，要不你就让狼给吃了……咱俩快点跑吧！"

狼？陈冬青赶紧站起来，往对面一看，不由倒吸一口凉气。一头通体灰毛的大狼，正用凶狠的目光盯着自己，那眼神就像在看一大块行走的红烧肉。啊，原来是一头大灰狼啊……

陈冬青也被这一幕吓了一大跳，同时也对黄博保护自己的行为很是感动。他顾不得自己头上和身上阵阵作痛，对黄博说："黄哥，千万别动，这是一头饿狼，十分凶残那种，如果咱们两个逃跑，分分钟它就会追上来。"

黄博带着哭腔说："不跑咋办啊？在这儿等死吗？"

陈冬青比他冷静多了，分析道："狼的习性和狗差不多，而且很狡猾，它不敢轻易攻击，所以它在等我们逃跑，只要我们一跑，就已经输了，它会毫不客气地追上来。但要是咱俩不动，它也不敢轻举妄动。"

"……那要等到什么时候啊？"

"我也不知道，你赶紧继续唱歌，不要停，让它摸不清咱俩的底细。"

"啊？好……"

黄博清了清嗓子，开口继续唱歌。

"你就会这一首啊，能不能换一首？"

"这个不是比较有气势嘛！"

"那也不能一直唱同一个啊，唱多了狼就不怕了，你换首歌。"

"我换个啥？"

"你唱《精忠报国》《霸王别姬》，屠洪刚的都行……哦，对了，《向天再借五百年》也可以……"

"前面那俩不会，后面那个还行……我真的还想再活五百年……"

黄博刚唱了一句，就哭丧着脸说："不对呀，我唱这个歌是不是有点不吉利……"

他话音还没落，就见在他们另一侧的密林里，忽然又出现了一头比刚才那头略小一些的狼，凶巴巴的目光死死地盯着他们两个……

"你看，我就说不吉利吧！"黄博转头看到这一幕，不由得发出一声绝望的哀号。

黄博这首歌唱得的确是不怎么吉利。不过，这第二头狼显然不是黄博唱来的，而是刚才那头狼"呼唤"来的。两人不约而同地往后退了一步，但那两头狼也同时向前走了一步。危险的气息，开始在周围蔓延。但陈冬青忽然发觉有点不对，他定睛一看，顿时乐了。

黄博却是都快哭了，哆哆嗦嗦地说："这都什么时候了，你咋还能乐出来？马上要喂狼了啊！"

"黄哥，你看看，你仔细看看。"

陈冬青指着后来出现的第二头狼，黄博仔细瞅了瞅，也很快发现了问题所在。这居然是一头三条腿的狼，少了一条前腿，伤口处居然还用纱布包着！我的天，这不是陈冬青救的那头怀孕的母狼吗？！

陈冬青已经蹲了下来，试探着对那头母狼伸出一只手，努力做出友好的样子，声音温柔地说："嗨，是我，是我呀，你还记不记得了？是我给你包扎的伤口。在村子里的时候，那些人要伤害你，也是我给你说好话。你回忆一下，看看我的脸，我是好人……"

陈冬青尝试着让母狼认出他来。那母狼果然停下了，目光里流露出一丝异样的神色，看着陈冬青，似乎真的认出了他。动物自然是有记忆的，也是有感情的，虽然面前是一头狼，但任何动物都有报恩的天性，这狼也不例外。母狼看了他一会儿，转过头，对着另一头公狼叫了几声。

狼的语言陈冬青自然不懂，但从它的叫声里，已经听不出敌意了。它似乎在和另一头狼沟通：喂，亲爱的，这个人我认识，是我的救命恩人，要不今天算了，看我面子，别吃他了。

公狼也叫了两声，但语气听起来有点不满：你说不吃就不吃，我倒是没问题，但你肚子里的孩子咋办？它们需要营养啊！孩子们是无辜的啊！

母狼继续叫了两声：没关系，咱们再去找别的食物，毕竟这人救过我，要不是他，别说孩子，你连老婆都见不到了，做狼也得讲良心啊！

公狼：那好吧，但是都这个点儿了，咱们啥食物也没找到，我肚子都咕噜咕噜直叫了，从昨天晚上一直饿到现在，难受啊……

母狼：好像就你饿似的，我就不饿？你好歹就自己，我可是带孩子的啊！

公狼：对了，我傻了，这不是两个人嘛，放了你那个救命恩人，咱俩吃另一个吧，咋样？

母狼：好主意，我咋就没想起来，还是老公主意多……

这两头狼嗷嗷叫唤了半天，然后同时转过头，将目光转移到了黄博的身上。

虽然它们两个的交流，陈冬青和黄博完全是听了个寂寞，但从语气和眼神里也能看得出来，他们两个已经协商一致，大概是放过了陈冬青。看这架势，陈冬青虽被饶了，黄博却没跑！两头狼一起转过身，往黄博那里走过去。

"呃……兄弟，这俩狼啥意思啊，奔着我过来干啥啊？……喂，我们两个是一起的，你们不能这样啊！……"

黄博步步倒退，陈冬青也有点傻眼，心想看这俩狼的意思，是要拿黄博充饥，把他放了？这可不行，刚才他昏迷的时候，人家黄博都没逃跑，不但下来救他，还帮他挡在饿狼的前面，就冲这一点，他也不能……

"那个……我说两句，这个人是我朋友，那天救你也有他的功劳。你们不能这样……如果非得要吃，就吃我好了，放过我朋友。"

说着，陈冬青拦在了黄博的前面，挡住了两头饿狼。这两头饿狼再次对视一眼，冲陈冬青仰头长嚎。那意思似乎是在说：好歹你得管顿饱吧，我们两个来都来了，就让我们这么走？

陈冬青挠了挠头，忽然灵机一动，说："对了，我车里还有不少吃的，你们要不要跟我来，我去拿给你们吃。"

这俩狼一脸蒙，明显听不懂。陈冬青又开始比画："我的意思是说，我的车里面，有吃的，你们跟我来，我拿给你们……"一边说着，陈冬青一边拉着黄博往后退，想要引它们两个去车里取食物。

但那头公狼明显是误会了，它以为这两个人想要逃跑，腰身一弓，突然身子如箭一般离地，直奔着黄博扑了上来。黄博吓得连连后退，脚下一绊，扑腾摔了个仰八叉。眼看那头公狼的两只前爪已经搭在了黄博的肩膀上，陈冬青一个箭步蹿了过来，但似乎也来不及救助了。那头母狼原地没动，眼睛直勾勾地盯在黄博身上，似乎已经看到了一顿丰盛的晚餐。

就在这个紧急时刻，一道黑影忽然从天而降，径直往公狼的身上扑去。随着一声鸟鸣，长长的一个尖喙，闪电般啄向公狼的眼睛。陈冬青抬头看去，才发现这个赶来救援的，竟然是小鹤！

公狼反应也很迅速，显然也是个很有经验的猎手了。它见势不妙立刻侧身躲避，躲过了这雷霆一击。陈冬青赶忙拉住黄博，把他拖了起来，两个人并肩而立。然后，小鹤就和公狼厮打在了一起。陈冬青看得目瞪口呆。他从来没想过，一只几个月大的小丹顶鹤，居然有勇气和一头大狼搏斗，而且还是在自己最危险的时刻，仿佛救兵一样从天而降。他眼眶有点湿润，被感动得不行。

小鹤虽然勇气可嘉，但战斗的经验明显不足，而且它还很小，不可能是那头公狼的对手。只见它不断蹿跳而起，扑扇着翅膀，用长喙利爪进行攻击，但几个回合后体力就渐渐不支，连连后退。

不对啊……陈冬青捡起一根木棍正要上前参战，忽然想起来，刚才自己明明把小鹤关在车里了，它是怎么出来的？

"那个鸟在这儿，不要让它跑了啊！"山坡上，忽然有人高声叫喊。

陈冬青抬头看去，就见三四个人出现在山坡上，对着这里探头探脑。他一眼认出了其中的一个人，正是盗猎团伙的那个司机！

原来是他们追了过来。那么也就是说，自己藏在树林里的那辆车已经被发现了，而且小鹤刚刚是逃出来的！

"是他们，就在下面！"

随着这一声呼喊，山坡上的几个人发现了陈冬青和黄博，立即向下冲来，一个个面带不善，怒气冲冲。很显然，陈冬青和黄博破坏了兽夹的事情已经被他们发现了。而通过小鹤逃出来这件事，也可以判断出陈冬青的车应该也被他们给砸了。

就在这关键时刻，正在和小鹤搏斗的那头公狼，却突然丢下了小鹤，和那三条腿的母狼一起，仰头长嚎，然后扑向了从山坡上冲下来的那几个盗猎者。那几个人并没有发现下面还有两头狼，当他们看到的时候，已经是和狼近在咫尺了。

其中一个人手中拿着自制的枪，慌乱中冲着公狼开了一枪，却打偏了。公狼更加愤怒，直接将这人扑倒在地，大嘴张开，狠狠咬在了他的手上。这人一声惨叫，鲜血如注，其他人见势不妙，纷纷掉头逃跑，哪里还管他的死活！两头狼纵跃而出，驱赶着这些人，一口气跑出老远，一直到消失不见……

这变化兔起鹘落，只是一眨眼的工夫。山坡下，陈冬青和黄博面面相觑，都有点傻眼了。这就……结束了？陈冬青最先反应过来，赶忙去抱起小鹤。此时小鹤像个勇敢的战士一样，昂首挺胸，用头在陈冬青怀里蹭着，不住地大叫，似乎在诉说刚才自己的英勇。只是一番搏斗之后，小鹤身上虽然没流血，但掉了好些羽毛，一条腿走路稍微有点不敢着地，估计还是受了些伤。

"好样的，我真是做梦都没想到，你这个小没良心的还能在关键时刻赶来救我。回头到了卖鱼的地方，我一定给你吃个够。"

陈冬青在这里和小鹤亲热，黄博却跑到了山坡上，看了看那个捧着手腕鬼哭狼嚎的盗猎者，冲陈冬青喊道："喂，你快过来看看，这咋办？"

陈冬青走了过去，检查了一下那人的伤势，发现他手腕软软垂下，伤口处深可及骨，鲜血不住地汩汩流出。那公狼的一口，可真是够狠的！陈冬青的身上刚好带着纱布，于是二话没说，直接开始给他包扎伤口。黄博捏了捏鼻子，倒也没说什么，跑到一旁把掉在地上的那支枪捡了起来，提在手里，对准了那个盗猎者。

"喂，我们给你包扎，你最好给我老实点，枪子儿可不长眼睛啊！"

那人疼得直哼哼，一边翻白眼一边说："老实，我肯定老实，我的手都断了，我能不老实吗？……"

黄博喝问道："我问你，你们是怎么发现我们的，跟上来想干什么？"

那人说道："我们回到村里，就听说来了警察，然后村口放风的说，你们两个开着车进山了，所以我们就跟了过来，想看看你们到底要干什么……警察同志，我们在山里下夹子，就是抓点野鸡兔子啥的，我们可没

176

违法啊！"

原来他是把陈冬青和黄博当成警察了，而且还是两个便衣。黄博再问："你说得简单，你们这明明都带着枪的，刚才气势汹汹的，想把我们杀人灭口吗？"

那人忙解释道："不敢不敢，我们哪有那个胆子，就是带着防身的，而且这也不是什么枪，就是简易的火药枪，打个兔子还行，哪敢打警察啊！"

"呵呵，火药枪它也是枪，给我老实点别动。"

黄博一副狐假虎威的样子，陈冬青刚好包扎完毕，见那人的伤口不再渗血，这才开口问道："你们在山上打猎，这本来就是违法的，何况还是用枪。火药枪也是枪，一样是国家管制的。这样吧，你这枪没收了，上缴。"

"是……是，是……"那人唯唯诺诺，屁也不敢放一个。

"我再问你，你们在山上打过狼吗？"陈冬青再次问道。

那人忙回答道："打过打过，这山上有不少狼，经常下山偷鸡偷羊，这几年差不多得打死了七八头狼吧。"

"好家伙，打死七八头？你们知不知道，狼是国家保护动物，随随便便就打死了，那是犯法的。"

"不……不知道啊，狼是祸害人的东西，国家保护它干啥？"

"说了你也不知道，你也不用给自己找借口，就算狼祸害人，你们抓穿山甲干啥？"

那人听到最后这句话，才明白自己这些人的行径已经被掌握，终于低下头不敢再吭声了。陈冬青心里清楚，狼一般是很少会进村庄的，它们有自己生存的领地。通常来说，狼要是下山进村，一是饿急了，二是为了报仇。也就是说，这些人过去肯定没少打狼，狼群都记仇了，要不然的话，刚才那两头狼怎么见到他们就往死里追？

陈冬青知道现在山里不安全，于是想了想，便带了小鹤，让黄博押着这人，一起回到了车子上。车子果然被砸了，不过好在只是后面的一个车窗玻璃被砸碎了，小鹤正是从那里逃出来的。

陈冬青让那人上了车，坐在后座上。黄博拿着枪在旁边看守，盯着他不要轻举妄动。然后，陈冬青发动车子，缓缓下山。这时候，刚才那几个盗猎者还有那两头狼已经不见了，也不知道追到哪儿去了，但有一点可以肯定，那几个人手里没枪，肯定没他们好果子吃。

陈冬青下了山之后，便把车停在路边，让黄博在车上看着那人。他则下车拨打了报警电话，把这里发生的事情讲了一遍。得知有盗猎者的线索，警方立即告诉陈冬青在原地等待，他们马上就到。

陈冬青这才心中稍定，但在等待警察的时候，他又看到一大一小两个人往山上走去。陈冬青定睛一看，原来是一个女人和一个女孩。奇怪，她们两个进山干吗？

陈冬青有些奇怪，便吩咐黄博在原地等待，他则悄悄跟在那两人后面，往山里走去。走出一百多米，就见她们两个来到一片林子里，开始在地上采起了蘑菇。

陈冬青放下心，正要离开，却觉得事情有些不对劲。那个女人，一直悄悄走在女孩的身后，而且行为有点鬼鬼祟祟的，一双眼睛东瞄西看，几次差点发现盯梢的陈冬青。采个蘑菇而已，她咋跟做贼似的？陈冬青心中狐疑，便没有离开，想要看个究竟。就在这时，女孩和那女人来到了一片山崖处。

"晓晓你快看，那里有一大片蘑菇。"

女人抬手一指，晓晓原本在她面前很是胆怯害怕，但突然看到一大片蘑菇，也高兴得很，忙跑过去采摘。她一路采摘蘑菇，不知不觉就来到了山崖处。那女人脸上露出一丝残忍的冷笑，一步步从后面靠近……

那女人却不知道，这一幕场景，已经尽收陈冬青的眼底。如果是别人的话，可能根本不会注意到这件事，但陈冬青早就发现这女人用心不善，没想到居然真的有问题！

或许是怕晓晓掉入山崖还不死，女人又从地上捡起一块石头，正要接近晓晓，举起石头。就在这千钧一发的时刻，陈冬青突然一声大喝："晓晓，快跑！"

晓晓正在采蘑菇，对身后的事情浑然不觉。听到陈冬青呼喊，愣了一下，猛地回头，只见那女人手里拿着一块大石头，正站在她的身后，高高举起石头，满面狰狞。

"啊……不要打我……"晓晓惊呼一声，便往后退，脚下却是一绊，摔倒在了地上。

那女人被陈冬青喝止，再也不敢作恶，眼珠一转，赶紧把大石头往地上一扔，说道："哎呀，我就是看这块石头挺好的，想搬回去压井盖，我怎么会打你呢！"

她说着就去扶晓晓。晓晓不断后退，连连摇头，吓得脸都白了。陈冬青已经一个箭步冲了上去，把晓晓护在身后。

"我刚才在后面都看见了，不管你刚才到底是想干什么，我警告你，伤人是犯法的。而且你肚子里也有孩子，做事要给自己留点余地，给后代积点德。"

"看你说的，我还能伤她呀？她虽然不是我亲生的，但是我对她也不差呀！自从她亲妈死后，这两个月我给她洗衣做饭，天天伺候她，怎么还伺候出了一个冤家？……"

这女人倒是会演戏，叉着腰就开始胡说八道。晓晓哇的一声哭了出来，撸起衣袖，对陈冬青说："叔叔你不要相信她，你看看我身上的伤，都是这些天她打的……"

一道道伤痕触目惊心，晓晓的皮肤上到处都是瘀青，显然都是殴打造成的。不过这女人很聪明，她只往身上偷偷下手，晓晓的脸上和其他露在外面的部位，却看不出任何伤痕。陈冬青脸色一沉，已经明白，这恐怕不是一次意外事件了。如果是这女人勾结了人贩子，故意把晓晓卖掉，那么等待她的必将是法律的严惩。

"晓晓，跟叔叔走吧，叔叔送你去一个安全的地方。"陈冬青轻声说道。

晓晓却摇摇头，怯怯地说："可是我想爸爸……"

陈冬青叹口气，心想这件事你爸多半也是帮凶，为的都是你后妈肚子里的孩子。就在这时，那女人脸上阴晴不定，忽然尖叫道："晓晓，过来！"

晓晓吓得一个哆嗦，在原地不敢动，脚步却磨磨蹭蹭地往前走，似乎很是惧怕这个女人。

女人面露得意之色，对陈冬青说道："我也警告你，我可不管你是什么警察，这是我的家务事，晓晓是我们家的孩子，他爸跟我结了婚，我就有权利管教她，用不着外人插手。"

陈冬青一把拉住晓晓，沉声道："如果是一个狼心狗肺的人，即便是她的亲妈也没有资格管教她。她虽然还是个孩子，但她有和你一样的人格和人权，如果你敢再碰她一个手指头，我马上把你送进监狱。"

一听送进监狱，女人似乎有点怕了，却变本加厉地尖叫着哭喊起来，甚至上前来抓晓晓，一副面目狰狞的样子。陈冬青见势不妙，抱起晓晓就往山下跑。

那女人在后面大喊了起来："快来人啊！偷小孩啊！抓住这个偷小孩的人贩子啊！……"

她居然贼喊抓贼，陈冬青哭笑不得，但眼下保护孩子要紧，也顾不得许多，抱着晓晓一口气跑到了山下。女人一番大喊，村子口不知什么时候也已经聚集了不少人，见状立即上前，把陈冬青团团围住。黄博见状急了，拎着枪就下了车，这回村里人更是没好声地大喊起来："可要了命啊！持枪抢劫啊！光天化日之下，还有没有王法啊？！"

随后，村里人也害怕黄博开枪，自动分开了一条道路。黄博冲进去就想要把陈冬青救出来，但村里人再次包围上来，包括那个手腕受伤的，也从车上跑了下来，恶狠狠地喊："打死他们两个！"

场面愈发混乱起来。小鹤突然也从车里冲出，扑扇着翅膀想要帮忙，却很快就被人抓住。

那个手腕受伤的盗猎者一看，哈哈大笑起来："这回发财了啊！大家伙别伤了这个丹顶鹤，这玩意儿活的才值钱，快把它绑起来，回头能卖好几万块钱哪！"

这群人一听，立刻拿了绳子，就要把小鹤绑起来。陈冬青急了，扑上去想要拼命，却被人死死按住。有人还在叫嚣着："还说你们两个是警察，呸，狗屁！要是警察的话，你枪呢？你倒是掏枪啊？乡亲们，这就是两个骗子，冒充警察来探咱们的底，咱把他们绑起来，押回去好好问问！"

"还问什么呀，先揍一顿再说，不死算他们命大！"

乱哄哄的场面几乎失控。就在这紧急时刻，一辆面包车忽然由远及近，嚎叫着奔着人群冲了过来。这群人慌忙四散躲避，那车却是唰的一下停在了两人身边，冲黄博喊了一声："把鸟带上，快上车！"

这突然出现的人，居然是崔老大！黄博喜出望外，趁着混乱的劲，上前夺过小鹤，拉着陈冬青就往车上钻。崔老大一瞪眼，心想我让你带鸟上车，你带他干什么玩意儿？！但是村里人又冲了过来，撕扯着不让他们逃走。陈冬青一边撕扯，一边焦急地在人群里张望着，想要找到晓晓，把她带走。远远地，他看到那女人扯着晓晓的胳膊，正往村里走去。

"晓晓，快跑啊！"

陈冬青喊了一嗓子，不顾一切地就要往上冲，却不知被什么人用石头砸在了头上，顿时鲜血如注，头晕目眩，倒在了地上。昏昏沉沉中，周围的声音渐渐变得缥缈起来，他的眼前也开始模糊。

"不能倒下，一定不能倒下……"他在心里不断地给自己打气，咬着牙，摇摇晃晃地站直了身躯。

"打他！"

周围的拳头如雨点般落下……

"我去你娘的！"黄博一见也急了，从面包车上跑下来，就要跟这群人拼命。就在这时，不远处忽然传来了急促的警笛声，响彻天空！

危急时刻，三辆警车从远处急速驶来，警笛声大作，唬得众人目瞪口呆，纷纷退后。说时迟那时快，这三辆警车很快到了近前，车上跳下来十几个警察，中间还有荷枪实弹的武警。这些村里人哪里见过这架势，都被吓坏了，齐刷刷地让开了一条道路。

一个带头的警官走了过来，一脸严肃地看着这些人，开口问道："刚才是谁报的警？"

陈冬青走了出来，说："警察同志，你们来得太及时了！刚才是我报的警，这里有人盗猎，而且还有人勾结人贩子，拐卖儿童，甚至想要杀人害命。"

那位警官看着他一头血，回头吩咐了下，马上有人上前给他包扎。同时，警官下令，让那些武警将这里封锁，任何人不得乱动。三辆警车，完全可以封锁一个村子了。

然后，那位警官才对陈冬青说："你不要怕，把事情经过说出来。实话对你说了吧，这附近一直都有盗猎者出没，但他们很狡猾，隐藏很深，我们也一直在找线索调查。这次，如果你有确切的线索，我们一定会将嫌犯绳之以法。"

这番话说得振奋人心，陈冬青当即也没客气，把藏在人群里的那个盗猎者，还有意图伤害晓晓的女人揪了出来。面对一群警察，盗猎者蔫儿得站都站不住了，两条腿发颤，说话也是哆哆嗦嗦。那警官见此情况，也没跟他啰唆，直接给他戴上手铐，往车里一塞，准备回去慢慢审问。

但那女人却是百般抵赖，说什么也不承认。晓晓她爸也从人群里跑了出来，不住地求情，甚至还把晓晓拉了过来，让她帮忙说好话。晓晓吓坏了，紧抿着嘴唇不吭声，陈冬青则是把事情的经过原原本本讲了一遍。那警官冷静听完，然后一挥手，打断了还想试图辩解的女人。

"你什么都不用说了，其实我们今天过来，一是接到报警，抓捕盗猎者；二是来抓你的。"

"抓……抓我？天哪，警察同志，我可没犯法啊！那两个人说的话，你千万别信！对了，他们冒充警察，你应该把他们抓起来……"

女人尖叫着倒打一耙，陈冬青呵呵笑道："麻烦你自己回忆回忆，从始至终我也没说我们是警察，我跟你说过，我们只是路遇晓晓，见她可怜，才帮她抓住了人贩子，又送她回家。可惜你心里有鬼，我说的话你连听都没听。"

那警官点头道："没错，那两个人贩子已经把一切都招供了。你勾结人贩子，拐卖儿童。就因为晓晓不是你亲生女儿，你看她不顺眼，就想把她从家里赶走，甚至把她卖给人贩子。你这样的人，堪称是后妈里的极品，丧尽天良！"

陈冬青及时加了一句："不但这样，她还假意带晓晓进山采蘑菇，实际上想要杀人害命。如果不是我及时赶到，现在晓晓已经被她用石头砸死，或者推进山崖摔死了。"

众目睽睽之下，那女人眼见自己的丑事暴露，那两个人贩子又已经招供，再也无话可说，垂着头委顿在地上，晕了过去。不过，所有人都能看得出来，她纯粹是装晕。警察自然也看得出来，也没客气，仍旧把她铐起来押到了车上。

陈冬青好心提醒了一句："警官同志，她怀孕了，肚子里有孩子，希望你们……"

那警官微笑道："你这人心眼倒是不错，放心吧！我们会酌情依法处理的。不过，这个女孩的父亲，也请你跟我们走一趟吧！"

晓晓的父亲一直在旁边躲着，他眼睁睁看着女人被抓走，连屁都没敢放一个。黄博见状，讽刺道："你这个爹当得真是够可以，闺女被拐卖了不敢吭气，现在女人被抓走也不敢吭气，你还算不算个爷们儿？"

晓晓父亲缩着头，唯唯诺诺地说："我……我跟她没领证，警察同志，我们就是处对象……"

"处个对象，就让她把自己闺女卖了？你这人问题也不小，来人，带走！"

这一男一女都被带走了，晓晓哇的一声就哭了出来。她本就没了亲妈，这回连亲爹也被抓走，彻底无依无靠了。不过人家警察也有办法，在人群里问了一圈，找到一个晓晓的堂叔，于是就把晓晓交给他照顾。并且告诉他，一定要把孩子照顾好，如果出了任何差错，是要负责的。

晓晓的堂叔吓坏了，连连应声，满口应承，说一定会把晓晓当成自己家孩子一样照顾。陈冬青想了想，又对警官说："警官同志，先前我听说这个村子里闹传染病，您看，是不是调查一下？"

晓晓的堂叔苦笑着接道："什么传染病，那都是吓唬人的，我们这个村里，有那么十多个不着调的，天天上山打猎，怕被人发现，就对外说村里有传染病，实际上是为了让人不敢进村。"

"哦？既然这样，那村里的鸡鸭鹅狗都是怎么死的？"

"那还不都是让那些家伙给偷去炖了。他们这几个丧天良的，连自己村里都祸害啊！"

"那晓晓的母亲又是怎么去世的？"

"说起来，晓晓她爸这人倒是不坏，挺老实的，就是面前这个女人恶毒，看她爸这些年攒了点钱，就总是勾搭他，把家里的钱都偷偷倒腾出去了。这一来二去的，晓晓她妈知道了这件事，气得得了一场急病，没熬过去……"

原来如此。陈冬青不由感慨万分，摸了摸晓晓的头，轻声道："晓晓，刚才大人的话你都听见了，害你家的是那个恶毒女人，但是等你爸回来了，你还是要孝敬他，好好上学，好好过日子，明白吗？"晓晓满眼泪花，重重地点了点头。

事情到了这里，晓晓的事情算是解决了，不过黄博忽然凑了过来，说道："我说警察同志，这村里还有不少盗猎者，你可不能放过他们，那些家伙都坏透了，见什么祸害什么，要不是我们今天命大，都得让他们给弄死。"

那警官正要答话，就在这时，从不远处的一处山坳里，突然有好几个人喊叫着跑了出来，一个个累得人仰马翻，跌跌跄跄，身上的衣服也被刮破了，脸上都是血道子，看起来像是好不容易才从山里逃出来。而在他们身后，两头狼穷追不舍，一口气把他们赶到了警察这里。

陈冬青一看乐了，这不是刚才那几个盗猎者吗？！这真是天网恢恢，疏而不漏，多行不义必自毙，今天看你们往哪儿跑！

那两头狼一口气追到村外，前面的几个人似乎是因为见到了人，见到了希望，再也跑不动了，不住口地大声呼救。几个警察立即冲了过去，他们来的时候就是荷枪实弹，现在刚好对付野狼。只是那两头狼聪明得很，一见到黑洞洞的枪口，顿时就停了下来，离得远远的，昂首长嚎。

被它们两个追了几公里山路，那几个盗猎者虽然也是山里人，走惯了山路，但这么狼狈逃窜还是第一次，一个个累得气喘吁吁，瘫倒在地上几乎动弹不得。警察完全没费吹灰之力，就把他们几个给抓住了。再一搜身上，这几个人有的带着刀，有的带着绳子，还有的带着钩子，再加上刚才那支枪，妥妥的一支盗猎队伍，全都到齐了。

面对一身威武正气的警察，他们几个也是垂头丧气，都没怎么追问，就一个个全都招供了。这一次属于大获全胜，带队的警官也很高兴，拉着陈冬青和黄博的手一个劲道谢，夸赞他们是见义勇为的好公民。

崔老大蹲在旁边，一个劲地挠后脑勺，他是跑也不是，不跑也不是，尴尬地一直在抠地。最后，那位警官也走过来感谢了他，因为在村民的指认下，刚才崔老大为了救黄博他们两个，也是奋不顾身勇斗盗猎者。

最后，崔老大实在是躁得慌，自己先上车跑了。随后警察押着那些盗猎者，还有晓晓的亲爸和后妈，也走了。而这一切，陈冬青都用手机视频记录了下来。当天晚上，他和黄博原路返回，回到了遇见晓晓的那个县城。

黄博跑出去买了红花油，还有云南白药、纱布，回来给陈冬青包扎了由石头磕碰的、草叶划破的、树枝剐破的伤口。陈冬青很是感激他，不住地道谢。今天黄博确实帮了大忙，如果不是他的话，陈冬青在山涧下昏迷的时候，说不定就让那两头狼给叼走了。

对此，陈冬青拍着黄博的肩膀说："从今以后咱俩就是好兄弟，有福同享有难同当！你是我陈冬青的救命恩人，我一辈子也不会忘！"黄博听得也是热血澎湃，差点就要拉着陈冬青拜把子了，结果让小鹤一翅膀扇在头上，顿时就清醒了。

"拜个鬼把子，我是来偷鹤的啊……"

第**11**章
"网红"丹顶鹤

  鉴于今天心情比较好，陈冬青破天荒地开了直播，开始和网友们互动起来。他惊喜地发现，今天抓盗猎者的视频点击量超高，留言点赞的也非常多，大家都对他的旅程表现出了极大的兴趣。

  而且还有人说，如果陈冬青肯把送小鹤回家的全过程都直播出来，他肯定会更火，还能赚不少钱。赚钱的问题陈冬青倒是没考虑过，不过在众多留言中，他无意中看到了许诺的一条留言：

  "直播送小鹤还乡，的确是一件很有意义的事，可以号召更多的人来重视环保，关注生态。一个人的力量是有限的，大家一起来爱护动物，我们这个世界就会更美好。"

  类似的话，别人说了那么多，陈冬青都没怎么往心里去。但是许诺的这一句话，他听进去了……许诺说得对呀，用直播的方式来让大家一起重视环保，关注生态，一起保护动物，这么有意义的事，他之前怎么就没想起来呢？

今天直播间里的气氛十分热烈。陈冬青和黄博两个人一起把今天的全部经历讲了出来，从遇到晓晓，智擒人贩子，送晓晓回家，进山遇狼，一直讲到勇斗盗猎者，包括把晓晓那个狠毒的后妈送进派出所。这多亏了黄博，陈冬青这人本来就不擅长言语，这也是他一直不愿意直播的原因，但是黄博跟他截然相反，讲起故事来绘声绘色，加上他带着方言的口音，把直播间里的网友们逗得哈哈大笑，意犹未尽。

在提到保护野生动物的时候，陈冬青灵机一动，隆重向网友们介绍了扎龙自然保护区的第三代守鹤人——许诺。并且他给网友们讲述了许诺全家守鹤护鹤的故事，把大家感动得不行。

许诺自然也在直播间里，在大家一致的要求下，许诺无奈答应了和陈冬青连麦。在直播间上千人的瞩目下，许诺终于露出了庐山真面目。

说实在的，一直以来陈冬青都没看清过许诺的模样，对许诺的了解，只限于许诺账号里的那个放鹤视频。此时此刻，当穿着一袭白裙、戴着一副黑框眼镜、娴静端庄的许诺出现在直播间里的时候，那些看惯了网红脸的网友们，顿时直呼自己仿佛恋爱了。

许诺长得并不十分漂亮，也没有网上那些美女曼妙的身材，但她圆圆的脸蛋，挺翘的鼻子，微抿的嘴唇，匀称的五官比例，看起来让人很是舒服。若是用一句话来形容，那她就是一块纯天然的璞玉，没有任何人工雕琢的痕迹，自然大方，有纯粹的天然美。

见到许诺的样子，陈冬青的一颗心不自觉地怦怦乱跳起来。是她，是她，就是她！陈冬青有些激动起来，一直都没有见过面的许诺，竟然符合陈冬青心目中最完美的初恋情人模样。

就在陈冬青如坠云里雾中的时候，许诺那边忽然同时出现了好几个女生，对着镜头叽叽喳喳起来。她们说的什么，陈冬青一个字也没听清。黄博一看要冷场，赶紧凑了过来，冲着对面打招呼：

"嗨，美女们，你们好啊，我叫黄博，黄海的'黄'，博士后的'博'……"

他几乎都快把陈冬青从镜头里挤出去了。陈冬青这才反应过来，笑骂着把他推开，这才和许诺开始聊了起来。一开始的时候，两个人都有点拘谨，但好在他们有着共同的爱好和话题，那就是保护野生动物。所以，聊着聊着话题就愈发多了起来。

尤其是在说起丹顶鹤的时候，许诺的眼睛都是发光的。陈冬青看得出，那是许诺发自心底的热爱。在网友们的请求下，许诺也在直播间里给大家详细地讲了自己一家如何传承三代守鹤的故事。

20世纪70年代中期，当时还是渔民的许立林，也就是许诺的爷爷，在野外发现了一只受伤的小丹顶鹤，于是就把它带回家，精心饲养。小鹤一天天长大，结果会飞时，和人类建立了深厚的感情竟不愿离去。许立林便这样和丹顶鹤结下了不解之缘。后来，他救助的丹顶鹤越来越多，索性便带领几个村民养起了鹤。

那个时候，养鹤是自发的、没有任何利益的，完全是出于对野生动物的热爱。后来到了1979年，国家在扎龙建立了自然保护区，许立林被招到了保护区工作。当时保护区条件很艰苦，连办公的地方都没有，他就将自家的一间土房腾出来，作为保护区的办公室。为了保护丹顶鹤的物种基因，扩大丹顶鹤的种群，我国在扎龙自然保护区对丹顶鹤采取人工孵化、半野化驯养的方式进行保护，许立林也从此成为我国第一代守鹤人、养鹤人。

许诺讲到这里的时候，微微停顿了一下，眼角似有泪花泛起。

她平复了一下心情，才对大家继续讲道："我的姑姑许娟，从小就受到了我爷爷的影响，对丹顶鹤有着很深的感情，她刚养鹤的时候，有一只鹤叫赖毛子，特别凶，经常啄人，除了对我爷爷友善之外，对谁都不行。我姑姑每天就坐在笼子门口，给它喂鱼喂水，精心照料，任它啄来啄去……后来这只鹤与她形影不离，无论这只鹤飞了多高多远，只要听见我姑姑的哨子声，准会飞回来。那个时候，经过我姑姑人工孵育的幼鹤，成活率是百分之百，她创造了一个奇迹。但我姑姑知道，幼鹤成活只是一个开始，丹顶鹤太娇贵了，湿地里到处都潜伏着危险。为了更好地守护它们，我姑姑决定自费到东北林业大学进修……她对爷爷奶奶说，守护丹顶鹤，守护大自然，就是守护我们自己的家园。"

直播间里难得地安静了下来，每个人仿佛都已经沉浸在许诺的讲述之中，不知是谁，在直播间公屏上面打出了这样一行字：

"守护丹顶鹤，守护大自然，就是守护我们的家园。"

这很快就引起了连锁反应，大家纷纷随之刷屏，一时间这句话不断飘起，充满了整个屏幕。

许诺有些哽咽，她轻咬着嘴唇，在陈冬青的鼓励下，让自己平复了下来，继续缓缓讲述：

"姑姑在上大学的时候，身边的姑娘们都开始忙着谈恋爱，也曾有人向她求爱，但都被她拒绝了。心无杂念的她，只用了一年半的时间，就提前完成了学业。这时，刚刚成立的盐城自然保护区找到了她，邀请她去做科研，帮忙建立鹤类繁育基地。

"那时候，扎龙的丹顶鹤每年都会迁徙去盐城过冬，来年三月再飞回扎龙。姑姑就想：如果在盐城也能建立一个丹顶鹤种群繁育基地，说不定鹤儿们就不用奔波迁徙了。于是她答应了盐城自然保护区的邀请，迢迢五千里路程，她只带着三枚鹤蛋踏上了南下盐城的火车。临走时，她对家里人说，要去盐城为鹤儿们开创一片新天地。

"出发的时候，一个医用出诊箱、一个人造革包、一个暖水袋、半斤消毒棉、一个体温计，这就是姑姑用来照料鹤蛋的全部家当。她在出诊箱里铺上消毒棉花，热水袋灌上热水敷在蛋卵上。热水凉了倒掉，再换上热水，用来保证蛋卵所需温度。火车晃动得厉害，她就把出诊箱搂在怀里。火车每到桥头，为了减轻震动，她就把出诊箱举在空中，以免打破鹤蛋。这趟行程差不多两天两夜，下了火车又转乘汽车，她基本上一直都是这样搂着，几乎没有合眼。当终于辗转到达盐城的那个夜晚，第一只丹顶鹤破壳而出；第二天下午，第二只也出生了……

"这也是世界上第一例丹顶鹤在低纬度越冬地人工孵化成功，创造了一个世界纪录。而且在姑姑的精心呵护之下，三只小鹤非常强壮，不到三个月的时间就已经会飞了。就连国外的专家前来考察，都惊叹表示：这简直是一个奇迹。

"那时候保护区条件十分艰苦，万顷荒滩，没有人烟，没有房舍，没有鹤场，没有电，没有淡水，有的只是时而出没的蛇和老鼠，还有密密麻麻的大蚊子。但这一切没有吓退姑姑，她不顾条件的艰苦，和大家一起用双手建起了鹤场，一心扑在养鹤事业上。当时鹤场周围都是芦苇和野草，姑姑和同事们拿镰刀割掉荒草，又担心草根影响幼鹤行走，就徒手一根根地拔掉草根，铺上黄沙，围上篱笆。为了照顾好雏鹤，她用剪刀把鲜鱼剪成3厘米长，一点一点填到它们的小嘴里，每一小时一次，一天24小时如此反复。雏鹤对温度的要求较严，她就把雏鹤抱在怀里，放在腿上；雏鹤爱清洁，她经常为它们理羽毛、洗澡，有时自己同鹤一起下河洗澡；夜晚气温下降，她就把雏鹤抱上床铺……"

许诺深情地讲述着，她的声音也愈发哽咽……

"后来，保护区来了两只珍贵的白天鹅。姑姑特意为两只白天鹅洗澡，没想到白天鹅挣开绳子先后飞走了。保护区的同事闻讯赶来，分头寻找飞散的白天鹅。姑姑和大家一起走进茫茫的草滩，高声呼唤，四处寻找。一直找到第二天下午，姑姑听到了沼泽地的对岸传来白天鹅的叫声，她立即跳下河向对岸游去。然而连续的劳累，让她渐渐失去了力气，再也没能出来……"

许诺讲到这里，便再也讲不下去了。直播间里一片叹息，为了许诺一家三代守鹤的坚持，更为许诺姑姑的牺牲，每个人都流下了眼泪。

本来还有网友让许诺讲一讲她的父亲，但被陈冬青婉拒了。他知道，许诺能够在人前说出这些事，已经是鼓起了很大的勇气，就不要再去揭她更多的伤疤了。后面的直播中，许诺依然只讲家里的事，讲爷爷和姑姑，却一个字也不提自己，最后还是陈冬青说出了许诺为了回乡继承家人的事业，甘愿放弃了保研的机会，选择回乡做一个普普通通的守鹤人。

许诺的故事打动了很多人，一开始直播间里还只有一千多人，结果因为话题的特别，直播间里的人越来越多，最后直接冲上了热门排行榜。直播的最后，陈冬青也向大家承诺，从明天开始，将会把送小鹤回乡的过程，全程直播！黄博也跟着兴奋了一会儿，但崔老大的一条短信让他回到了现实之中。

　　"接下来，你还有什么计划？"

　　"计划？人家明天都要全程现场直播了，还计划个屁啊！"黄博看着小鹤，仿佛看到了一只煮熟的鸭子，马上就要飞了……

　　"今天没有计划，随缘。"

　　黄博发出了这样一条信息，然后就把手机一扔，往床上一躺，只觉得腰酸背痛，浑身上下都像散了架一样。

　　陈冬青关了直播之后，觉得还是有点意犹未尽，他忽然想起一件事，问黄博道："哎，黄哥，你那个老乡要是没走就好了，咱们三个一起喝点。今天这么开心的事情，不喝点，有些遗憾啊！"

　　崔老大跑了之后，陈冬青在路上问起此事，黄博就随便找了个借口，说崔老大是自己的同乡，本来关系也不熟，没想到今天居然偶遇，当时也是太紧急了，什么都没顾得聊，他就已经走了。

　　黄博的这个借口很是拙劣，就算是偶遇，也不能一句话不说就偷偷溜了吧？何况崔老大出现的时间、地点都非常巧合，简直就像是特意等在那里的，这根本就无法用常理来解释。

　　不过，陈冬青今天心情好，他并没在意黄博的谎言有很明显的漏洞，两个人又聊了一会儿天，陈冬青就渐渐进入了梦乡。黄博躺在床上，虽然也很困，但脑子却很清醒，一时间无法入睡。这一天的经历，简直比他过去几年的经历加在一起都多。他做梦也不敢相信，自己居然有一天能和人贩子还有盗猎者斗智斗勇，而且还成为了见义勇为的好公民——虽然只是口头表扬。要知道，过去他见到警察都低头绕着走。因为赌博，他这两年没少进局子。现在冷不丁受到表扬，这滋味，还挺舒坦的。

这天晚上，黄博踏踏实实地睡了个好觉。

"小鹤什么的，一切都随缘吧。如果命里不该发这个财，那就……如果放走了小鹤，那么自己就得想办法还崔老大的赌债。另外，这几天崔老大的所有花费，都得由自己承担！"黄博原本还迷迷糊糊的，一想到这里，顿时就精神了，所有倦意一扫而光。崔老大那个人他还是了解的，心狠手辣啊！

想到这里，黄博从床上坐了起来，悄悄地往旁边看去。陈冬青今天也累坏了，此时已经沉沉睡去。因为天热，小鹤并没睡在他旁边，陈冬青在地上铺了条毯子，小鹤单独趴在了那里。

这里是旅馆的二楼，窗户是开着的，没有栏杆，罩着一层窗纱，遮挡蚊虫。只不过，这旅馆有点老旧了，窗纱也破个洞，说是遮挡蚊虫，实际上那些蚊虫完全可以肆无忌惮地在房间出入。

床头柜上点着一盘劣质蚊香，有些刺鼻的气味熏得黄博有点难受。他蹑手蹑脚地下了床，在窗户那里观察了一下。这旅馆是老式房子，楼层不高，二楼外面就是一个雨棚，上面堆了些杂物，还有电线什么的。就算是小孩，也完全可以很轻松地爬上来。这样的话，好像是天赐良机啊！

怪不得这家旅馆就叫天赐旅馆，看来，这是老天爷给自己的惊喜啊！黄博摸了摸下巴，看着熟睡的陈冬青，还有小鹤，抓起手机给崔老大发了一条信息：

"好机会，他们都睡着了，我在天赐旅馆207房间，这窗户外面有个雨棚，窗纱是漏的，你爬上来，我把那鸟递给你。"

这条信息发出去之后，等了不到两分钟，崔老大的信息就回过来了：

"收到，为了等你信息，我觉都不敢睡。"

"我这不是也没睡，赶紧过来吧，趁着他们都睡着了，你爬上来的时候小心点，我怕那雨棚不结实。"

"知道了，少啰唆。"

放下手机，黄博就站在窗户边上一动不动地等着。

要说人真是奇怪的生物，刚才黄博起身的时候，并不担心吵醒陈冬青；但现在心里一旦有了鬼，就不敢轻举妄动了，就连呼吸都尽量放轻，生怕陈冬青醒了。他就这样站在窗户边，等了足足半个多小时，也不见崔老大出现。

更惨的是，窗户上的窗纱是漏的，蚊子等各种飞虫不断出出进进，黄博就成了第一攻击目标。半个多小时的时间里，黄博身上就被咬出了十几个大包，痒得他浑身难受，不住地抓挠，但还不敢出声，那憋得是相当难受。

"这人到底干什么呢？……"

黄博焦急地看了一下时间，心里暗暗地咒骂崔老大。就在这时，外面不知哪里忽然传来了一声尖叫，随后是一片嘈杂声。听起来，好像是有人趴窗户偷看人家小两口睡觉，被抓住了。黄博往外瞥了一眼，鄙视地撇了撇嘴。呸，偷看人家睡觉，活该挨揍！

他在心里骂了两句，又伸手抓了抓痒，看了一眼手机，崔老大还是没动静。最后他又累又困，索性坐在地上，背靠着墙壁，心想：崔老大应该快到了，我不能睡，我不能睡，我不能睡……

他不起这个念头还好，这么念叨着没多大一会儿，就像是给自己做了一个催眠，还没超过三分钟的时间，就昏昏沉沉地睡着了。手机也啪嗒掉在了地上，他却浑然不觉。就在他刚刚睡着的同时，手机忽然收到了一条短信，是崔老大发来的：

"你快来救我，我被人当成小偷抓起来了，现在在派出所……"

崔老大的语气很急切，可惜黄博完全不知情。又过了两分钟，崔老大就打来了电话。但黄博因为怕吵醒陈冬青，早就把手机调成了静音状态。

于是在黑夜里，黄博的手机屏幕不断地闪烁着，他却浑然不觉，背靠着墙壁，睡得又香又甜……

屋子里静悄悄的，两个人的鼾声此起彼伏，和谐得很。忽然，小鹤从熟睡中醒来，抬头看了看陈冬青，又看了看坐在地上的黄博，眼神里流露出一种异样。它似乎在说："这个人怎么坐在地上睡着了？怕不是个傻子吧？"歪着头纳闷了一会儿，小鹤一声没吭，又趴在那里睡着了。

与此同时，派出所里面，崔老大一只手被手铐铐在暖气管子上，垂头丧气地坐在地上，跟黄博的姿势几乎一模一样。原来，刚才他爬窗户的时候，因为不知道哪个是207房间，搞错了目标，爬到了别的房间窗户外头。恰好那屋里住着一对小夫妻……

不得不说，生活中的惊喜和意外，就是这样猝不及防。因为解释不清自己为什么要爬窗户，崔老大在局子里蹲了一宿。开始的时候，他说什么也不承认自己是去爬窗户偷东西的，但总要有个理由吧，他又不能直接说他是去偷鸟的。于是支支吾吾了半天，最后没办法，只好承认了偷看人家小两口睡觉这个罪名。

崔老大毕竟也是老江湖了，进局子跟串门差不多。他当然知道，跟偷东西相比，偷看人家两口子睡觉的罪名是最轻的。偷东西是触犯刑法的，偷看顶多就是道德上的问题，警察也不能把他怎么样。所以崔老大在暖气片上被铐了一个晚上之后，第二天一早就被释放了出来。

不放不行，否则还得管饭。崔老大一出门，就气急败坏地给黄博打了个电话。这个时候已经是早上七点，黄博还在睡梦中，手机静音，完全听不见。小鹤却是刚刚醒来，睁眼看到黄博在墙根底下坐着，睡得嘴角流口水，旁边的手机掉在地上，屏幕一直在闪。小鹤一声鸣叫，黄博没醒，陈冬青醒了。

他揉了揉惺忪的睡眼，先是看了一眼小鹤，然后才看到黄博，顿时吓了一跳。这哥们儿，咋还跑到窗户底下去睡觉了？而且还坐在地上，背靠着墙壁，这多凉啊！

陈冬青赶紧过来，把黄博推醒，指着地上的手机说："黄哥，快醒醒，你咋跑这儿睡来了？有人给你打电话。"

黄博迷迷糊糊地醒了过来，下意识地抹了抹嘴角的口水，然后抬头看见陈冬青和小鹤，顿时吓了一跳。这怎么一睁眼天都亮了？

昨天晚上……他反应了几秒钟才想起来昨天晚上发生的事，心想：崔老大哪儿去了，他怎么没来？再一看手机，上面的电话号码分明是崔老大的。

黄博赶紧给挂断了，遮掩道："没事没事，陌生号码不用管……"

陈冬青看着他，纳闷地问："黄哥，你坐在这儿干啥？喂蚊子啊？"

黄博身上起了不少的红包，一看就是蚊子的杰作。

"啊……没什么，这不是昨天晚上蚊子太多了，我就想着过来赶一赶，没想到在这儿睡着了。"

黄博结结巴巴地给自己找借口，陈冬青却是已经被感动了。在他看来，黄博分明就是好心在窗户底下替自己挡蚊子，甚至在地上坐着睡了一夜。这样的好人，上哪儿找去啊？

"黄哥，快起来，咱们回床上睡。"

陈冬青赶紧把黄博扶了起来，黄博一捂肚子："不行了，我肚子疼，我先去个厕所……"他一溜烟冲进厕所，砰地把门锁上了。

陈冬青挠了挠头，自言自语："他这几天怎么总闹肚子？……"

黄博来到厕所，才发现一大堆未接来电和短信，于是赶紧回信息：

"老大，不好意思，昨天晚上我睡着了。你什么情况？"

"睡个屁啊！也不告诉我在哪个窗户，我让人家当成流氓抓到派出所蹲了一宿，给你打电话也不接，你知道这一宿我是怎么过来的吗？！"

"啊……老大，对不起你啊！我实在是太困了，一觉睡到现在。你在哪儿呢？还在派出所吗？你别急，我这就想办法去救你。"

"救个屁！我已经出来了，不然我能给你回信息？"

"那就好，那就好，既然已经这样了，你先找个地方吃点东西，我们今天再想办法……"

"去你奶奶个腿吧！我算是看出来了，你小子压根儿就是在耍我！我现在就去烧你家房子，你给老子等着！"

"别啊！老大，大哥，我错了……我真不是故意的啊！再给我一次机会。"

"机会你个鬼！你已经没机会了。"

"大哥，要不这样吧，看来咱们真是不好下手，你直接联系买方，前面找个地方截住，然后半路让他们下手，直接抢！"

"你要是早听我的早都得手了，现在还抢个屁呀！我联系的那伙人都被抓起来了。"

"你联系的那不是盗猎的嘛，现在你直接联系买主啊！待会儿上路，我就计划一下在哪儿休息，然后提前告诉你，你去前面等着。"

"你以为买主那么好联系啊？"

"别人我不知道，你崔老大想要联系，那肯定没问题……他敲门了，我先不跟你说了，一会儿路上联系。"

黄博收起手机，出了厕所。陈冬青关切地问："黄哥，你咋样了？看你脸色不大好。"

"没事……我这就是老毛病了，从小就肠胃不好，拉完了就没事了。"

黄博心事重重地走出来，陈冬青一边收拾东西，一边说："对了黄哥，昨天晚上你听没听见什么声音，我好像听见有人喊抓小偷，还是抓流氓。"

"啊……好像，好像是有……"

黄博这时候也想起来，昨天自己听到的声音了，不由一拍大腿，心想，要早知道昨天晚上那个倒霉蛋是崔老大，就出去帮他了，也不至于让他在局子里蹲了一宿。

"黄哥，你拍大腿干啥？"

"啊，没事，有……有个大蚊子。"

黄博伸手抓了抓自己的后脖子，欲哭无泪。这一晚上挺遭罪的，什么也没干成，崔老大在局子里蹲一宿，自己在地上坐一宿，还让蚊子咬一身包。唉，这点坏事干的，都是报应啊！……

陈冬青收拾了东西之后，忽然想起什么，拿出手机开启了直播。昨天晚上，他亲口对粉丝们说过，从今天起要把送小鹤回家的过程，全部在线直播。只是这大清早的，直播间里也只有十几个人，陈冬青拿着手机，跟大家聊了几句，便开始喂小鹤。

小鹤的伙食每天都是按时按量，从来不克扣。早上两条鱼外加玉米团子，里面掺和一些维生素等，都是按照许诺所教授的配方弄的。有了许诺这个老师，小鹤现在被养得膘肥体壮，精神抖擞，之前的伤早已经完全好了，除了睡觉之外，每天都活蹦乱跳的。

喂了小鹤后，两人便出门吃早饭。大约早上八点多，陈冬青便上了车，开始了一天的旅程。只是和过去不一样了，他今天买了个手机支架，准备对接下来的旅程进行全程直播。

"大家好，新的一天开始了。现在距离小鹤的家乡只有三百多公里，不出意外的话，今天晚上就能到达；如果我们慢点走，沿途再转一转，最晚明天下午也能到。"陈冬青一边开车，一边对着直播间里的粉丝们说着。但他实在是不知道跟大家聊点什么，而且开车的时候又不能盯着手机，所以只能由黄博来看着直播间，再由他转达粉丝们的话。所以聊了一会儿，他就把摄像头对准小鹤，索性让大家看鸟得了。

小鹤精神得很，睁着两个黑亮的眼睛，好奇地看着手机屏幕里面滚动的留言。估计它要是会说话，这时候早就跟粉丝们聊得热火朝天了。尽管是如此无趣的直播，还是聚集了一百多人。大家对着小鹤品头论足，陈冬青偶尔搭几句腔，偶尔还有几个人打赏，但金额都很少。看到这个情形，黄博忍不住了。直播这个事，他一开始是极力撺掇的，因为他早就觉得这里面有商机，那么多人关注、关心小鹤，这还不借机捞一笔？

他把摄像头扭了过来，挤出一脸笑容，说道："俗话说得好，直播不开车，开车不直播。道路千万条，安全第一条。直播间的各位老铁，我叫黄博，是那个陈冬青的助手，有的老朋友已经认识了啊。现在冬青在开车，为了安全起见，现在由我给大家讲一讲这个鸟的故事。"

"相信大家都知道了陈冬青先前的经历，但是你们肯定不知道，这几天晚上我是提心吊胆，觉都睡不好，就怕小鹤出点意外。昨天晚上，我睡觉都是在窗户根底下坐着睡的，你们猜猜是为啥？"

"你们肯定猜不到吧，我看有人说窗户根底下凉快，这是纯粹的胡扯。这大热天的，那个窗户连窗纱都是坏的，蚊子啊什么的进进出出，咬了我一身的包，这能是为了凉快吗？"

"实话告诉你们，我那就是为了小鹤的安全。你们想，这丹顶鹤是珍稀动物，我们这一路走来，很多人看在眼里，难保没有坏人打小鹤的主意。你说要是我们都睡着了，那个坏人从窗户里钻进来，把小鹤偷走，我们不是白忙活了？"

"所以，我也是豁出去了，蚊子咬就咬，小鹤没事就行。你问为啥要这么做？人要懂得感恩啊！我之前在外面流浪，没吃没喝，冬青是个好心人，不但给我钱，管我吃喝，还千里迢迢给我送家去，这种恩情，我黄博这辈子都忘不了。像他这样的好人，更是值得用生命去托付和信任。"

"不瞒你们说，那天在大山里遇到狼，还有盗猎者，那些人都拿着枪，杀人不眨眼啊，我当时都想好了，就是拼了我这条命，也得护好他们两个。我黄博喝酒赌博，不是什么好人，烂命一条不值钱，但是冬青这样的好人，绝不能让狼给吃了，不能让坏人给杀了，做人得有良心！"

黄博拍着胸脯子，对着直播间侃侃而谈，说到动情处，唾沫星子横飞，听得陈冬青眼眶都湿润了。直播间里的粉丝们也被他的情绪感染，纷纷点赞，对他表示支持和鼓励。而且，他还赢来了一波打赏。黄博一看见钱，顿时就更精神了，抱起小鹤，对着摄像头好一通感谢。经过几天的相处，小鹤现在对他也不怎么排斥了，虽然把头扭向一旁，明显有点嫌弃，但好歹没有啄他。

黄博笑着，又继续说："感谢各位老铁送来的礼物，其实冬青走这一趟，费用真是不少，住宿、吃饭、加油，还得喂鸟。这小东西还特别能吃，你们别看它才几个月大，一顿吃得比我还多，名副其实的干饭鸟，半斤一条的鱼，它一顿要吃好几条，还不算零食。"

"我前两天就跟冬青说，你送小鹤回乡，这是做公益，做好事，要不你开个直播，呼吁大家一起来做？他说什么也不肯，就是不想要大家打赏，他这人脸皮薄，爱面子，但你们肯定不知道，实际上他也是一个无业者，工作都丢了一年多，靠着卖画度日，经常吃了上顿没下顿，女朋友都跑了。老铁们，这是个厚道人啊！我觉得大家应该帮助帮助他。还有，你们别觉得他还有一辆车，这车其实是他借的，他连房子都没有，等这次送了小鹤回家，他还得为了房租发愁。"

"但就是这样，他也没放弃保护野生动物的信念。实际上他之前有个女朋友，北京户口，二环内有两套房，人家都说了，只要他放弃理想，去北京好好过日子，以后只要拆迁了，那两套房都是他的，他立刻就身价千万了啊！老铁们，我跟你们说，要是有这样的好事，别说让我当上门女婿，让我上门当孙子都行啊！可是他说啥也不同意，白瞎了那么好的女朋友，人家还是空姐呢……"

黄博真假参半，满嘴跑火车，说得陈冬青都不好意思了，一个劲地给他使眼色，让他别胡说八道。但黄博说得起劲，又是煽情又是卖惨，直播间的粉丝们本来就很喜欢陈冬青，黄博说的这些，陈冬青却连提都没提过。一时间，大家深受感动，都为陈冬青的精神感染，纷纷慷慨解囊，打赏不断，"跑车""火箭"满屏飞。

这场直播，几乎全部都是黄博在担任主持人，陈冬青一直在旁边不住辟谣，急得脑门子都冒汗了。

"我没有……"

"不是我……"

"你别瞎说啊……"

但他越是这么说，粉丝们越觉得他这个人真实又善良，还很可爱，打赏的激情更加高涨。结果一场直播下来，光是打赏收入就赚了三四千元，小鹤彻底成了网红。

很快，他们来到一个小镇，已经快到中午了。陈冬青停了车，总算关闭了持续三个小时的直播。这三个小时，路没走出多远，钱倒是赚了不少。黄博乐得后槽牙都露出来了，对陈冬青一顿邀功。这倒是实话，如果不是黄博这张嘴，就陈冬青那个木讷的性格，累死他也赚不到这么多钱。或者换句话说，陈冬青毕竟还是要脸的，靠着小鹤赚钱的行为，他一直都是拒绝的。

吃午饭的时候，黄博又苦口婆心劝了一番，他说你靠着小鹤赚钱，如果你觉得心里过意不去，你可以花在小鹤身上啊，给小鹤买吃的。这一路上的费用，它帮你承担一些，这也是应该的。再说反正还有一天就到终点了，你赚也赚不了多少啦！

陈冬青一想也是，他看看赚了钱之后一脸高兴的黄博，忽然冒出了一个主意：

"黄哥，要不这样吧，咱们从现在开始直播赚的钱，咱俩一人一半，你也跟着我忙了一路，没有你的话，估计我都到不了这里就让狼给吃了，这就当是我感谢你的。再说，直播间主要靠你，我这张笨嘴基本是废了，除了吃饭没啥别的作用。"

陈冬青的话正中黄博的下怀，其实他就是这么想的，靠着小鹤赚一笔钱，两个人二一添作五，也能发笔小财。于是，他假意推辞了一番，直到陈冬青再三劝让，他才勉强同意。

陈冬青对他说，这次直播赚的钱，应该可以让他回家做个本钱，就算做不了什么生意，买种子、化肥也够了，以后就在家好好种地，踏踏实实过日子。黄博很是感动。正在这时，一条短信忽然亮起：

"兔崽子，你不是说让我在前面等你，你跑哪儿去了？人呢？"

这短信自然是崔老大发来的，黄博赶紧回信息：

"老大，你别急，找到买主了吗？我这一上午也没找到啥机会，现在在一个镇子里吃饭，我晚点给你消息。"

"买主倒是联系上了，但是人家不过来，说是在松花镇等你们，那是必经之路，也是最后一站，你一定得把他留在那儿过夜，否则，咱们就真的没机会了。"

"你放心，我一定将他留在松花镇过夜。对了，买主出多少钱？"

"那你就别问了，反正你还债是够了。"

这个没人性的崔老大，黄博悻悻地在心里骂了一句，心想：这家伙指不定卖了多少钱，还不告诉自己实话。呸！但不管怎么说，只要能还清赌债，那也挺好的。他在这里跟崔老大神神秘秘地发短信，陈冬青的微信里也来了一条信息，是许诺发来的：

"小青，今天你们直播，大家打赏了很多，这是好事。你不用不好意思，都是为了做公益，这也是很正常的，毕竟你也付出了很多。"

陈冬青苦笑一声，给许诺回信息：

"嗯，我知道了，我就是怕被人背后说风凉话，之前做公益就已经遇到一次了，人家说我打着保护野生动物的大旗敛财。唉，我都怕了。"

"你管别人怎么说干吗呢？当他们是空气就好。网上的键盘侠多了，在乎他们你啥都干不成。再说，他们有本事说，怎么没本事做？你告诉他们，你行你上，不行别瞎喷。"

许诺不愧是北方妹子，说话透着豪爽义气。陈冬青一想这倒也是，自己做自己的公益，管别人说什么干吗？但接下来，许诺的话让他心里一紧。

"小青，不是我多嘴，但是你最好注意点黄博，我总感觉他心怀鬼胎，满脑子都是钱。"

陈冬青抬起头，深深地凝视黄博，流露出一丝"我早就知道"的神情。

"你放心吧，黄博这个人倒是不坏，否则在山里的时候，他当时就会把我扔下逃跑的。"

陈冬青打出了这样一行字，然后再次看了黄博一眼。

"他倒是不坏，但防人之心不可无，尤其是赌徒。别忘了，他沦落到流浪街头的地步，就是因为赌博。对于一个赌徒来说，没有什么做不出来的事。"

"嗯，我知道了，我会多加小心的。"

"估计明天就能到地方了，你还是多加小心！等送回了小鹤，你就可以早点回家了。"

"是啊，这几天收获还挺多的，回家我都可以写一本小说了。"

"哈哈，你一个画家，想改行当作家呀？"

"唉，我是一个画手而已，都没参加过画展，可不敢自称画家。再说，我也没家。"

陈冬青这句话一语双关，颇有些自嘲的意味。许诺犹豫了下，然后回了一句：

"你是个好人，生活不会亏待你的，说不定等你回去，你女朋友已经在等着你了。"

"别，你可千万别说我是好人。我放不下动物，她能放下我。"

"那你呢，你能放下她吗？"

"放不下又能怎么样？不是有一句话说过，人生就像一列火车，不断有人到站下车，那些都是旅途中的过客。一直能陪你到最后的寥寥无几。"

陈冬青有些伤感，默默叹了口气。过了一会儿，许诺才回复信息：

"我也是，每次我回老家，路上不断有人下车，最后往往就剩下我一个人了。"

陈冬青一笑："是啊，你家太远了，远到我在地图上都要找半天，而且太偏僻，除了真心爱鹤的人，估计也不会有人大老远跑过去吧。"

"这倒是，我家是很远、很偏僻，不过这两年生态环境越来越好，鹤也多了，如果你想写生的话，最适合不过了。"

看到这句话，陈冬青眼前一亮，忽然冒出一个好主意来：画丹顶鹤！

陈冬青很开心，和许诺双双约定好，下个月一定见面。最后，陈冬青抱着小鹤拍了一张自拍照，还伸出两根手指，做了个"V"的手势。

第12章

小鹤生病

　　午休时间已过，许诺放下手机，重新回到书桌前，拿起一本写满密密麻麻字的笔记本，认真地看了起来。在宿舍里，许诺的一切物品都摆放得井井有条，她是个对自己有严格要求的人，尤其是她的学习笔记，不仅书写整齐而且还有各种配图，非常严谨认真。她要在最短的时间内完成学业，争取早点回到家乡，这样爷爷奶奶就不用太辛苦。她自信凭着自己的努力，完全可以接过第三代守鹤人的重任。

　　下午，由于解剖课上许诺抢了秦伟的风头，甚至差点让秦伟在同学们面前出丑，所以秦伟显得颇为不忿儿。许诺拿了笔记，独自走出教室，刚来到门外，就被秦伟从后面叫住了。她转过身，就见秦伟和几个同学走了过来，将她围在了中间。

　　"你们……有事吗？"许诺看着他们问道，目光坦然，没有一丝惧怕。

　　秦伟歪头看了看她，说道："许诺，你这么用功，是为了拿奖学金吗？"

"奖学金？"许诺一笑，摇头道，"不好意思，我从来没想过那么多，如果要拿奖学金的话，我就不用转学来读这个专业了。"

"我知道，你是从林大转过来的，原来是学园艺的对吧？你家是扎龙自然保护区的，你学这个专业，就是为了回家养鹤。"

许诺点了点头："对，完全正确，然后呢？"

秦伟盯着她："没有然后，其实我是想说，跟野生动物打交道，女生其实是并不占优势的。刚才的解剖课，你不要觉得自己占了上风，别忘了我们学的是野生动物，不是兽医。"

许诺莞尔一笑："你说得对，咱们学的也不是兽医，但判断动物的疾病状态是基础课程，刚才只是老师课堂提问，你不用太在意什么。"

"我会在意？嗨，开玩笑！我只是想跟你说，过几天咱们可能会有一个野生动物综合实习科目，自愿报名，实习期一个月，回来后考试小结。到时候，咱们拿成绩说话。"

综合实习？许诺还真没听说这件事，闻言不由一喜。她从小就对动物格外地喜爱，在学校用功学习，也是为了心中的理想——毕业回乡早日帮助爷爷奶奶。但是现在距离毕业还有很久，她其实早就有些迫不及待了。现在居然有了一个提前实习的机会，这当然是好事。

"好，咱们拿考试小结的成绩说话。"

"这可是你同意的，到时候你的成绩要是比我高，我就服你。"

秦伟倒也坦荡，一脸挑衅地对着许诺伸出手。许诺毫不示弱，抬手击掌。

"好，一言为定。"

说完，许诺转身就走，任凭身后传来一阵起哄般的大笑。

和秦伟比试成绩高低，许诺根本就不当回事，但这次得知了综合实习的事情，却是一大收获。于是，许诺马上就找到严老师，申请实习。但一开始，她就碰了钉子。

因为她入学时间太短，又是破例进入学校的插班生，严格来说并不符合这次实习的条件。但许诺十分想要检验一下自己这段时间的学习成果，她虽然入学不满一个学期，却已学完了下学期的课程，正好借此机会检验一下。她缠着严老师足足一个下午，最后，严老师才勉强同意了。

实习期从五天后开始，实习分别在几个不同的地点进行，由实习生抽签决定。而抽签将会在三天后开始，因此，每名实习生只有两天的准备时间，两天后就要出发前往实习地。

晚饭后，许诺把这个消息在微信上告诉了陈冬青。她本想和陈冬青分享一下喜悦，可等了半天陈冬青也不回话。于是，她就去直播间找陈冬青。结果陈冬青还真的正在直播，而且，这家伙居然正在一条河边吃烧烤，只见他手里拿着一把肉串，撸得正爽。

对面是黄博，守着烧烤炉子，拿着一把扇子正在烤串，视频里烟熏火燎的。小鹤独自在河边散步，优哉游哉，十分惬意。黄博一边烤，一边吃，对着镜头直喷唾沫星子。

"各位老铁，今天这个羊肉串烤得还算成功哈，就是炭有点不给力，光点火就用了二十多分钟。不过总算没白折腾，你们看，这羊肉多好，刺刺冒油啊。"

这两个人一个烤串，一个撸串，忙得不亦乐乎。许诺有点发愣，心想这俩人什么情况，这咋还开启了烧烤模式？不是说好的，要在今天晚上赶到目的地吗？她正在纳闷，黄博已经对着摄像头主动解释了原因。

"本来今天晚上我们就想要赶到目的地的，但是我一想，这几天我们两个都太辛苦了，而且送回小鹤之后，大家就要分手告别，心里挺不是滋味的。所以，我们就决定今天在这儿浪一晚。你们看，这周围好多烧烤的，今天天气也不错，不冷不热，等我们在这里好好休整完了，明天就出发，预计明天晚上到达最后一站。"

许诺没有打扰陈冬青他们直播，一直等到了晚上十一点多，陈冬青收拾了东西回去休息的时候，她才终于等来了陈冬青的回信：

"抱歉抱歉，刚才一直在直播，才看到你的信息。"

信息后面，陈冬青还发了一个萌萌的道歉表情包。许诺此时早已经躺下了，宿舍里也关了灯。她躲在被窝里，悄悄地给陈冬青回信息：

"没事没事，知道你忙。其实，如果你要是每天直播的话，建议你用两部手机，这样更方便些。"

"两部手机就不必了，我就是凑个热闹，反正明天送了小鹤回去，我的任务也就完成了，估计以后也不会再直播了。"

"嗯，那随你了。这两天直播赚了不少钱吧？"

"我也没仔细算，应该万把块是有了。哎，难怪现在很多人都跑去直播了，这玩意儿是真赚钱啊！"

"那你以后也可以做这行呀！每天直播画画，也很多人看的。"

"这个主意不错，可以尝试一下。但我就是不会说话，你看黄博，那嘴皮子跟开挂了一样。"

"不需要你说什么啊，画画就好，也可以给大家讲讲你的故事，比如，你那个空姐女朋友。"

"……前女友，已经是前女友了。"

"你干吗不去找她？等小鹤回家之后，你完全可以把这件事解释清楚，我想，她应该会回心转意的。"

"唉，算了吧，我们命里没有那个缘分，不强求了。"

"真的放弃了？不再努力一下？"

"我已经努力过了，现在不想了，都过去了。"

"哦……"

许诺咬了下嘴唇，仿佛看到了陈冬青一脸无奈苦笑的样子。不知为什么，当她看到陈冬青说出"都过去了"的时候，心中有一种莫名的释然，就好像陈冬青放下前女友这件事，也让她在隐约间放下了什么。好奇怪的感觉，这到底是为什么呢？

"我有点困了，明天再跟你聊啊。"陈冬青发来了最后一条信息。

许诺正要对他道声晚安，忽然想起了什么，手指飞快地在屏幕上打出了一行字：

"对了，我下个星期会有一次实习机会，还不知道去哪儿。如果有缘的话，我们或许可以见上一面。"

打出这句话后，她想了想，又把最后那句删掉，然后发了出去。但信息发出后，陈冬青没有回话。许诺等了差不多二十分钟，知道自己今天晚上是等不到回复了。她心里暗想：这个陈冬青，刚说完困了就睡着了，真是个不靠谱的家伙！

她点开了陈冬青的头像，用手指戳了十几下，算是报了仇，然后才放下手机，盖好被子，慢慢地进入了梦乡。但实际上，陈冬青并没有睡着，而是小鹤突然吐了。就在他刚说完困了的时候，小鹤就开始拉肚子，然后上吐下泻。陈冬青吓坏了，赶忙给小鹤喂水，然后黄博主动跑出去找兽医。但这个时间，根本没有什么兽医站会开门，他又人生地不熟的，忙活了半天也没找来救兵。

陈冬青想起了郝建，于是马上给郝建打了电话。电话响了半天，郝建才迷迷糊糊地接听。听陈冬青讲了小鹤的病情后，他很快做出了判断：很可能是毛滴虫病。鸟类感染毛滴虫是很常见的一种病，而且致死率很高。他给陈冬青开了几种药，让他明天一早赶紧去兽医站买了喂给小鹤，否则的话，耽搁得越久就越危险。

这一晚上，陈冬青几乎都没怎么睡，全程都在看着小鹤，生怕它出事。黄博也吓坏了，比陈冬青还上心，一晚上都没合眼，一直在安抚着小鹤，跟哄孩子一样。这让陈冬青很受感动。

清晨，七点刚过，陈冬青就起身出门，抱着小鹤去找兽医站买药。结果到了兽医站，人家一看，说这个鸟可能并不是毛滴虫病，很有可能是吃的东西不对劲导致的。

陈冬青心里疑惑不定，又不敢大意，于是又想起了许诺。他马上给许诺拨打了视频通话。认识这么久以来，除了上次直播间连线，这还是他第一次和许诺在微信里通过视频交流。

许诺也刚睡醒，听了陈冬青的话，赶忙让他把小鹤抱过来，仔细观察了一番。鸟类毛滴虫病是由于毛滴虫寄生在鸟类的消化道上引起的，会导致鸟类精神萎靡、食欲不振、呕吐、便稀，致死率是很高的。

　　但是许诺观察后告诉陈冬青，小鹤应该不是毛滴虫病，是吃了不对劲的东西了，才导致的拉肚子和呕吐。她和兽医说的几乎一模一样。但是，小鹤这两天吃的食物都是新鲜的，没什么问题呀！

　　这时候，旁边的黄博才终于支支吾吾地说出了真相。他说，昨天晚上野外烧烤的时候，他偷偷喂了小鹤几串烤羊肉串。陈冬青顿时无语了，抬腿就给了黄博一脚。许诺也一个劲地以手扶额。整了半天，原来是黄博惹的祸。无奈，许诺只好给他们现场科普。

　　"我跟你们讲，不是说不能给鸟吃烤串，而是小鹤现在才几个月大，还是幼鸟阶段，消化系统还很弱，就像是你给一个两岁大的孩子吃烤羊肉串一样，你觉得靠谱吗？如果那个肉不新鲜，大人吃了可能没什么事，小孩子肯定顶不住的啊！"

　　听了许诺的话，陈冬青和黄博两个人面面相觑。

　　"你什么时候给小鹤吃的烤串，你吃饱了撑的啊？"陈冬青埋怨道。

　　"我……我也没多想，昨天咱们烤串，小鹤在旁边馋得很，一直在蹭我，我就顺手给了它两串。"

　　"你给它吃烤串，咋没告诉我？"

　　"我没当回事啊，之前看网上的新闻，有人就给自己家养的鹦鹉吃烤串，还吃猪蹄子、猪头肉，喝疙瘩汤呢……"

　　"我看你就是猪蹄子、猪头肉！"

　　"别急眼啊……快问问这姑娘，现在咋办？"

　　许诺哭笑不得地看着他们两个吵架，解释道："既然是吃东西不对劲导致的，那就好办了，可以给小鹤喝点干净的凉水，喂点诺氟沙星、庆大霉素，或者土霉素都行，混合在水里喂，一般两天就好了。"

　　陈冬青连连点头，于是马上找兽医开了这几样药，混合在水里，喂给小鹤了。整个一上午，他们都留在旅馆里，观察着小鹤的情况。原本计划今天晚上到目的地，现在看来，又要耽搁了。

所幸，到了中午，小鹤的精神头就好了很多，还吃了点东西，之后还缠着陈冬青要鱼吃。其实出来这几天，走走停停，一路坎坷，陈冬青也希望早点把小鹤送到家乡，那样就免得小鹤跟着他们受苦，什么时候小鹤到了家，他的心才算是放下。

此时看小鹤精神状态已经好了些，陈冬青心里就想着尽快上路，争取在今天天黑之前，把小鹤送到地方。他和黄博商量了一下，黄博也同意他的意见，而且还出主意说，天黑的时候送到地方不合适，毕竟人家自然保护区的工作人员也都下班了，大晚上的也不方便。

在自然保护区不远的地方，有一个镇子，名叫松花镇，距离自然保护区大概也就几十公里的路程，开车只要一个小时左右。所以，不如今天晚上先开到松花镇，舒舒服服地睡一觉，明天一早起身，再把小鹤送过去，时间刚刚好。

这个想法很合陈冬青的意，于是两人一拍即合，立刻带了小鹤上路，前往松花镇。这里距离松花镇其实也并不远了，只有二百公里左右。陈冬青一路上心情不错，和昨天一样，他们一路开着直播。陈冬青开车，主要任务是当嘉宾，黄博则充当主持人，小鹤是吉祥物，沿途洒下了一路欢笑。

路过一个村庄，两人下车上厕所。在休息的间隙，黄博有些感慨地对陈冬青说："咱们俩真是太傻了，出来好几天才想起来直播，先前都是有一搭无一搭的，好机会都浪费了。如果要是早点全程直播，这几天咱们的收入还得翻好几倍。"

陈冬青笑道："你就知足吧，这两天咱们也赚了差不多上万元，已经很可以了，二一添作五，每人也有五千元钱，足够你打工一个月了吧？"

"那倒是，不过这样的机会太难得了，要是一人分上几万元，那就发财了。"

"你呀，满脑子都是钱！"

"没办法啊，我外面欠了债，家里又穷，我总得赚钱翻身，做出个样来给家里。再说，我还想把我老婆找回来呢。"

"倒也是，你跟我不一样，我单身一人，无牵无挂，你还有老婆……虽然已经跑了。"

陈冬青一脸同情地拍了拍黄博，叹口气说："要不，咱们就再多绕几天，等你赚够了钱，再把小鹤送回去？"

黄博一摊手，无奈道："怎么绕啊？咱们在直播间里都说了，最晚明天上午就能送到地方，你再多绕几天，别人肯定说你打着送小鹤的名义敛财，回头再给你扣个屎盆子，我倒是无所谓，拍拍屁股走了，这骂名得你背着，我不能那么干！"

其实陈冬青就是试探试探他，闻言一笑，说："你说得对，咱们不能打着小鹤的名义敛财，再说赚钱的路子多了，只要咱们踏实肯干，赚钱不是问题，未必非得靠着这个法子。"

黄博点头如捣蒜，一副正气凛然的样子。实际上，他心里正在暗暗盘算，按照他和崔老大的约定，今天晚上到了松花镇，崔老大找的那伙人就会行动，把小鹤弄走。过去是他和崔老大两个人，不好下手，但今天会有好些人一起动手，估计陈冬青和小鹤是难逃此劫了。

不过说心里话，黄博想到这里，心里还挺不是滋味的，毕竟两人一鸟相处了好几天，陈冬青更是心心念念地送小鹤回家，这眼看着要到地方了，结果在前一天晚上出了事，陈冬青非得气个半死，搞不好要大病一场。但是为了还赌债……也顾不得那么多啦！

休息了一会儿，两人再次上路。不知为什么，或许是小鹤也知道它快要回到家乡，即将和陈冬青分别，这一路上都蔫蔫的，耷拉着脑袋，不太开心的样子。陈冬青以为它病了不舒服，就让黄博试探着喂它点水喝。小鹤扭过头去不喝，黄博又拿出一条鱼，这次小鹤张嘴叼住，一口就吞了下去，这哪里是有病的样子……

陈冬青哭笑不得。他整个一下午的时间，除了开车之外，注意力都在小鹤身上。

吃完饭之后，陈冬青拿着手机在和网友们互动。黄博则是在旁边默默算了一笔账。抛开之前的直播收入不算，光是今天晚上的打赏，就已经超过了六七千元钱！而且看这个势头，还在不断地上涨啊！这要是直播到后半夜，还不得赚翻啦？

两人在旅馆里，直播到了夜里十点多，直播间的人只增不少，很快就达到了八千多人。其实黄博有点不理解，搬过小鹤的头瞅了瞅，心想：就这么个鸟东西，咋会有这么多人关注，这有啥好看的呢？

黄博很快就收到了崔老大的信息："我安排的人已经到位了，待会儿你把那小子引出来，马上就动手！"

黄博看了看正在热火朝天直播的陈冬青，挠了挠头，给崔老大回了一条信息："老大，现在不行，正直播呢，快上万人在线了，你再等等……"

"等个屁啊，我约的人都来了，你跟我说你直播呢？！"

"真不行啊，现在是人气最旺的时候，你是没看见刷的那'大火箭'，一个接着一个……你等我忙完了，给你回信啊！"

"你奶奶的……"

两个人一直直播到了后半夜，依然还有两三千人在线。黄博倒是精神，陈冬青却坚持不住了，于是两人便关了直播，打算睡觉。

等陈冬青差不多睡着了，黄博偷偷给崔老大发去了一条信息："老大老大，那小子快睡着了，好机会！"

第13章
你有没有拼过命

过了几分钟，崔老大的信息回了过来：

"去你娘的吧，现在老子也要睡觉。"

"别呀，你睡觉了，那些人咋办？"

"你还有脸说，今天晚上放了人家鸽子，那几个兄弟都已经睡了，你给我等着，姓黄的，咱俩走着瞧！"

"老大，这不怪我啊，那小子不睡觉，我也没辙啊！老大……你要不，把他们喊回来？那小子已经睡着了，现在下手正是好时机。"

黄博急了，心想：错过了今天晚上，明天上午就到目的地了，到时候偷小鹤换钱的计划将彻底泡汤。虽然直播赚了点钱，但是也不够还赌债的啊！再说，崔老大这好几天的工夫算是白搭了，跟着一路惊心动魄的，结果连个鸟毛都没捞到，非得气个半死不可！

但不管黄博怎么说，崔老大那边都不再回信息了，估计是睡着了。等了半天没有消息，黄博的心也凉了，看着陈冬青在床上已经开始打呼噜了，他独自坐在床头，看着趴在陈冬青旁边的小鹤，心里不断地冒出一个念头：

"就是现在，冲过去，把那个鸟抱走，只要成功出手，赌债就清了！"

但是他纠结了半天，终于还是放弃了。小鹤在陈冬青的怀里熟睡，一人一鹤相依相偎，他实在没法下手。再说，一旦把陈冬青弄醒了，知道他要偷小鹤，那他的脸往哪儿搁？

就在这时，窗外忽然有动静，就像是有人在轻轻地拨弄窗户，想要把窗户打开。今天他们住的是一楼，入夜的时候，为了让崔老大晚上方便下手，黄博特意把窗户开了一道缝。

这家旅馆的窗纱倒是完整的，不过要是崔老大来了，窗纱是根本挡不住的。是谁在窗户下面？黄博心里一动，悄悄走了过去。窗户底下很快钻出一颗大脑袋来，黄博吓了一跳，定睛一看，居然是崔老大！他顿时喜出望外，崔老大赶紧对他做了个噤声的手势，然后对他比画了一下，让他赶紧行动。

好个崔老大，刚才还说不要不要的，现在就自己跑过来了。这家伙的这张嘴，真是不能信！

见黄博有点蒙，崔老大压低声音说道："刚才那几个人跟我在一起，不方便说太多，现在那几个人都睡着了，我就偷偷溜出来了。咱们赶紧行动，免得还得跟那几个人分钱。"

黄博恍然大悟，也压低声音说："那你干吗还要找他们过来，这不是脱裤子放屁吗？"

崔老大一瞪眼："你以为我愿意？还不是前面你小子不靠谱。不过我看今天晚上机会难得，死活就拼这一把了，你赶紧的！"

原来崔老大是找了人过来之后，又反悔了，不想跟对方分钱。黄博赶忙回到房间里，看了看小鹤，心里扑腾扑腾地直打鼓。他运了半天的气，慢慢地一点点伸出手，看着小鹤和陈冬青都没有什么反应，一咬牙一狠心，便悄悄将小鹤抱了起来。

另一边，崔老大已经用刀把窗纱划开，对着黄博不断招手。小鹤被抱了起来，没醒。陈冬青倒是翻了个身，把黄博吓了一跳，但是也没醒。"天助我也！"黄博暗暗高兴，蹑手蹑脚地来到窗户前，把小鹤递了出去。崔老大手里拿着一个麻袋，小心翼翼地把小鹤接了过去，然后将麻袋口一扎，暗自高兴。费了好几天的周折，没想到居然这么容易就到手啦！

"我先走了，回头出手之后联系你。"

崔老大转头就走，想想又转过身，对着黄博说："你也别傻愣着了，快跑吧！"

说完，崔老大猫着腰，背着麻袋，消失在了夜色之中。这就……成功了？黄博还是站在原地傻了半天，一时无法接受这个事实。就在几个小时前，他还在和陈冬青，还有小鹤一起直播，他们乐得像三个傻子。这么一会儿的工夫，小鹤就进了麻袋，被崔老大给背走了？虽然说偷鸟才是黄博唯一的真实目的，可现在计划成功，却让他有点不敢相信。

几秒钟之后，他激灵一下反应过来，回头看了看陈冬青，心想：我现在不能跑，否则的话，那些直播打赏的钱，就泡汤了。但是不跑的话，自己难免会背上偷鸟的嫌疑。再说鸟都没了，陈冬青能给自己分钱吗？他就这么一犹豫的工夫，窗户外头忽然传来了一声惨叫。听声音，是崔老大！

紧接着，一连串凌乱的脚步快速向远处跑去，同时伴随着的，还有小鹤的高亢啼鸣，直冲夜空。黑夜里，只听崔老大撕心裂肺地喊：

"救命啊，有人抢东西啊！"

有人抢东西？黄博眼珠一转，瞬间就明白是怎么回事了。肯定是崔老大找来的那伙人，发现了崔老大想要独吞，便抢走了小鹤！他顿时就急了，一脚踹开窗户，冲着陈冬青喊了一嗓子：

"陈兄弟，快抄家伙，有人偷鸟啊！"

黄博直接就跳了出去，奔着外面黑夜中的人影，追了下去。陈冬青本来睡得正香，忽然被黄博吵醒，睁眼一看，小鹤不见了，黄博也跑了，窗户大开，窗纱被人用刀割开了。他顿时反应了过来，一骨碌翻身爬起，也从窗户跳了出去。

"黄哥，你等等我……"

陈冬青反应还是挺快的，没有傻乎乎地跑出去追，而是开着车也往黄博追的方向驶去。刚开出去没多远，就见一个人影躺在地上，抱着脑袋，似乎已经晕了过去。但陈冬青没空救人，估计这哥们儿一时半会儿也死不了，还是先追小鹤要紧。于是，他一溜烟地追了出去，很快就追上了黄博。

"黄哥，快上车！"他摇下车窗，冲黄博喊道。

黄博这时候已经跑得上气不接下气了，赶紧上了车，往前一指，说："我看得清清楚楚，对方三个人，把小鹤塞麻袋里了，前方左转，要快点，别让他们跑了！"

陈冬青咬着后槽牙，车子猛地冲了出去，在前方一个急刹车，然后向左漂移而去。依稀间，已经可以看到前面的光亮里，有三个人影背着个麻袋，匆匆忙忙地上了一辆车，眼看就要逃跑。陈冬青急了，立刻又是一脚油门，车子像疯了一样，嚎叫着冲出去，直接拦在了那辆车的前面。摇下车窗，陈冬青冲对面大喊了起来："住手，把小鹤给我放下！"

黄博也没看热闹，他鬼主意多，本来想喊一句"警察来了，你们被包围了"，结果喊出口就变成了："警察来了，缴枪不杀！"

不过这混乱紧张的时刻，也没人在意他说的是什么。而且两人这一喊，对方似乎完全没当回事，不但没搭理他们，直接发动了车子，蹿了出来。对方开的是一辆大型的越野车，七座的那种，吨位本来就重，这下可好，直接不偏不倚撞在了陈冬青的车头上，把他的车身撞得向一侧歪斜了过去，对方趁机夺路而逃。

陈冬青也没想到对方这么彪悍，顾不得车子受损，马上随后追赶。他同时对黄博说道："黄哥，快报警，就说有盗猎者，或者你说有偷小孩的也行！"

小鹤现在才几个月大，要是说偷小孩的，好像也没毛病。但黄博哪里敢报警，他比谁都清楚，今天这事自己是参与者，而且小鹤就是他亲自偷出来的，一旦报警，说来说去非暴露不可。但是陈冬青让他报警，没办法，黄博只好拿起手机，拨了个110，然后没有按拨号键，直接放在耳朵边说话：

"喂，110吗？我在松花镇，这儿现在有偷小孩的。对，你们快来吧！小孩才几个月大，对方是三个人，开着一辆看不清牌照和型号的黑色越野车，快要出镇子了，请求支援啊！"

实际上，他完全就是对着空气在说话，自言自语。陈冬青却不知道实情，他还以为黄博已经报了警，一颗心稍稍安定，脚下却不敢放松，继续穷追不舍。这松花镇并不大，对方的车很快就出了镇子，一路狂奔。陈冬青也是狂追，但对方更加玩了命地跑，两辆车在黑暗中展开了一场追逐赛。渐渐地，两个人开着车越跑越远，很快就出了镇子几公里之外。

黄博心里有点没底了，他暗想：这种情况下，就算追上也没用，对方可是盗猎者，手里肯定是有家伙的。如果陈冬青追上去，人家下车，光是论人数，自己这边就占了劣势，何况人家还有武器，又是亡命之徒，怎么跟他们斗？但小鹤被抢走，他又是非常不甘心。唉，说起来这都得怪崔老大，非得起什么贪念，找了人家合作，却又想要独吞，结果被人发现，现在连死活都不清楚。

"黄哥，你再给警察打个电话，报告一下位置，请他们火速支援。"陈冬青完全不知道黄博的心理活动，开口吩咐道。

"哦，知道了，这就打，这就打……"

黄博心里暗暗叫苦，只能装模作样地继续"打电话"，跟警察报告了自己的位置。

"喂喂，警察同志，那伙偷孩子的十分狡猾，穷凶极恶，出了镇子几公里了还在跑。我们一直在追，没有放弃，希望你们尽快出警，广大人民群众在盼着你们胜利的消息……"

黄博又是自言自语胡说八道了一番，然后装模作样地"挂断"了电话。可是车子又追了一段路，后面还是不见警察的踪影。

陈冬青有点急了，眼看前面到了一处狭窄的桥梁，下边是一条小河，他心生一计，对黄博说："黄哥，待会儿我开车冲过去，把桥堵上。咱们说啥也不能让这些人跑掉，然后你继续打电话催，让警察快点来！"

说完，陈冬青全力把油门踩到底，车子发出野兽一般的嚎叫，在公路上如同离弦的箭，猛地蹿了出去。此时车子距离前方的车只有一百多米远了，由于道路狭窄崎岖，对方的车也不得不减速，避免翻车。但陈冬青跟疯了似的，一脚油门就冲了过去，和对方的车并肩而行。

车身猛地一个倾斜，差点翻车。好在陈冬青快速超过了对方，抢先一步把车子停在了桥上。这座桥很狭窄，只能容一辆车过去。没办法，对方只好也停了下来。随后，两个人手里拎着铁棍，气势汹汹地下了车。

陈冬青一咬牙，也从后座上抄起铁棍——这玩意儿为了防身一直放在车里，今天总算派上了用场。黄博没什么可拿的，眼珠子一转，左手拎了一桶备用汽油，右手则是拿了个打火机从车里出来。

双方二对二，在桥面上狭路相逢。陈冬青凝视着对方，握紧了手中的铁棍，一股热血渐渐从胸膛涌起。

"黄哥，你长这么大，有没有为谁拼过命？"

"拼命？呵呵，谁怕谁！"

黄博也是豁出去了，他砰地打开了汽油桶，一手举起打火机，高声喊道："你们两个龟孙，马上把小鹤给我送过来；否则的话，咱们一起玩儿完！"

黑夜中，陈冬青和黄博一个拿着铁棍，一个拎着汽油桶，和对面两个盗猎者狭路相逢，寸步不让。那俩人也没想到，陈冬青和黄博这两个人，一个貌似文弱书生模样，一个瘦小枯干跟猴似的，居然有如此强大的勇气，看那架势，已经是豁出去了要拼命。

都说狭路相逢勇者胜，那俩人其实只是狐假虎威，没想到对面连汽油桶都拎下来了。这要是一个不慎，大家真的就得一起玩儿完。

见对方神态似乎有些怕了，陈冬青踏上一步，拎着铁棍喝道："把小鹤交出来！我告诉你们，我已经报警了，警察马上就到，不信你们听，警车已经来了！"

其实哪儿来的警车，只不过是陈冬青感觉警察应该快到了，吓唬吓唬这俩小子。这俩人也是做贼心虚，侧耳一听，好像还真听到不远处隐约有警车的声音传过来。

就在这时，车上又下来一个人，空着双手，阴沉着脸，站在了双方中间。见这人来了，那俩小子同时上前半步，叫嚣道："你们两个，不想活了是吧？"

只见来人一脸横肉，身高马大，脖子上挂着一串粗大的金项链，身穿着一件宽袖大汗衫，上面绣着两个硕大的骷髅头。甭问，这应该就是他们的老大了。

陈冬青一路走来，也不是第一次见盗猎者了，他闻言呵呵一笑，淡淡说道："你少跟我要横，比你硬气的我都见过，猎枪顶在脑门子上我都没怕过。话我已经撂下了，把小鹤交出来，我放你们走。"

哎呀，对方顿时面露惊讶，上下打量陈冬青一番，心想：这小子可以啊！这么刚，在己方力量明显处在弱势的情况下，居然还吹牛说可以放我们走。

黄博也紧跟着来了一句："后山村那伙盗猎的听说过吧？前两天栽了，就是我们哥俩干的！当时那场面，对方十几个人都不是我俩的对手，就凭你们几个，还嫩了点。"

这俩人一吹一捧，对方那三个人还真被唬住了。在这个地方，已经接近自然保护区，所以盗猎猖獗，很多村庄都有偷猎现象。一听后山村的人居然就栽在这俩人手里，那个老大也不由犹豫了一下，打量了陈冬青和黄博一番，忽然伸手在后腰上拽出来一把寒光闪闪的斧子。

"你们俩少他娘的在我这儿吹牛皮！还是那句话，不想死的就闪开，什么后山村，老子没听说过！"

说着，他照着旁边一个人的脑袋拍了一巴掌，喝道："发什么呆？给我上，弄死他俩！"

那人一愣，但老大发话不敢不听，立马拎着铁棍就冲了上来。陈冬青心中一紧，正要上前拼命，却见黄博已经抢先一步动手了。他手里拎着的汽油桶，哗啦一下子，泼了一股汽油出去，那小子根本没处躲，直接就被淋了一头一身。

随后，黄博嚓的一声打着了打火机，大喝道："再敢过来，后果自负！"

那人立刻就蔫儿了，汽油加打火机，谁不怕啊？

带头的那人也傻眼了，他没想到黄博真的敢泼汽油，此时骑虎难下，反而不知怎么办了。

旁边另一个人出主意："大哥，要不咱绕道吧？犯不上跟他们玩命，我看这俩小子好像有点缺心眼。"

黄博一翻白眼："去你娘的，你才缺心眼，你全家祖宗八代都缺心眼！"

带头那人微一思忖，点头道："好，咱们撤！"

这三个人同时行动，转身就往车上跑。

"别跑！"

陈冬青急了，一个箭步蹿过去，抡起手里的铁棍就砸了下去。后面一个人跑得稍微慢了点，直接被这一下子砸在了肩膀上，只听那人哎哟一声惨叫，胳膊就耷拉了下来。

陈冬青再次抡起铁棍，那人已经忍着痛连滚带爬地上了车，这一下没打着，却打在了倒车镜上，直接把倒车镜给打掉了。对方刚才就没熄火，此时上车一脚油门往后倒车。黄博见状不好，直接半桶汽油就泼在了车头上，然后打着了打火机。

轰！火光顿时冲天而起，对方的车头直接就烧了起来。但那几个人一时也顾不得许多，带着火往后倒车，然后一个甩头，掉头就跑。

"上车，追！"

陈冬青一招手，带着黄博回到车上，一脚油门下去，车子嚎叫着冲了出去，沿着大路直接追了下去。对方忙着逃跑，但车头已经起火，视线不清，陈冬青又在后面紧追不舍，那车就开得歪歪斜斜，在路上是东一头西一头，到处乱撞。

正在这时，一阵刺耳的警笛声，响彻夜空，警察来了！陈冬青顿时大喜，油门加速，同时不断地按喇叭，打灯光，给警车指引方向。黄博却是蒙了，心想刚才我也没打出去电话啊，压根儿就没拨号，这警察咋来了？

前面车里的几个人更加惊慌了，眼看着车头火势越来越大，前方警笛声愈来愈近，开车的心里一慌，方向盘顿时跑偏，一头栽进了路边的沟里。车直接就翻了，但车还在燃烧，几个人哭叫着从车窗往外爬。

陈冬青这时已经追了上去，直接把车停下，和黄博一起往外救人。此时此刻，陈冬青心急如焚，刚才他也没想到黄博真敢点火，现在车翻了，车子要是烧到油箱，瞬间就会爆炸。而现在，小鹤还在车里啊！恰巧在此时，警车赶到了。

几个警察跳下车，和两人一起灭火救人。把车里的三个人都拉出来之后，陈冬青才看到后备厢里面扔着一个麻袋，里面不断传出小鹤的叫声。他赶紧把麻袋拎了出来，一口气跑到安全地带，然后解开麻袋，放出小鹤。就在同一时间，那辆车轰隆一声，爆炸了。

陈冬青惊魂未定，再看小鹤，也明显是吓坏了。见到陈冬青后，小鹤一声欢快的鸣叫，把脑袋凑了过来，在陈冬青怀里不断地蹭来蹭去。

一旁，警察已经把那几个人都控制住了。三个人全部双手抱头蹲在地上，一动都不敢动。陈冬青笑着迎向走过来的一位警官，伸手做了个成功的手势。

"警察同志，这是第二波啦！"

的确是第二波，距离上次抓到盗猎者没几天，陈冬青就又给警察送了一份大礼，再次抓住了三个盗猎者。

回到派出所，黄博才弄明白到底是谁报的警。警察说，他们晚上在街面巡逻的时候，遇到一个遭遇袭击晕倒在地的人。他们救醒了那人后，对方就报警说，刚才有三个人开着一辆什么什么样的车，抢了东西逃走了。

所以，警察才会一路追赶。却没想到，被抢的原来是一只丹顶鹤。陈冬青并不知道那人是谁，他也没深究，只是一个劲地感谢警察。黄博心里却是一清二楚，那个报警的人，肯定就是崔老大。

录笔供，做证词，折腾了一圈后，他们才再次回到旅馆。拖着疲惫的身躯，两人瘫倒在床上。小鹤悄悄地走了过来，一会儿在陈冬青身上蹭蹭，一会在黄博身上蹭蹭。

黄博苦笑着说："你这扁毛畜生，现在也知道跟我亲近啦？"

陈冬青笑道："你刚才那么玩命地救它，它心里明白着呢！别看它不会说话，比人还聪明。"

黄博摸了摸小鹤的头，叹气道："可惜，明天上午就要把你送回家了。从今以后，恐怕就再也没机会了……"

他说的没机会，是指的没机会偷鸟了。陈冬青哪里知道，笑道："那也未必，以后要是想它了，咱们可以一起来看它。就是不知道等它长大之后，还会不会认识咱们了。"

"那肯定是会认识的啊！鸟是很聪明的，就算过去十年、二十年，说不定它也能记得咱们。就是不知道，它能不能活那么久。"

"你放心吧，正常情况下，它活得比你还长呢……"

"哈哈，这倒也是，都说松鹤延年，长命百岁，咱们要是不好好活着，整不好它能给咱们送走。"

旅馆里传出了一阵开怀大笑声，两人虽然折腾了一晚上，身上、脸上都弄得脏兮兮的，但心里却是无比开心。只有黄博，开心的同时，还有一丝丝的心酸。唉，终究是错过了，这几天的时间，都白折腾了。他看着渐渐发白的窗外，心里暗暗苦笑，给崔老大发了一条信息："老大，你在哪儿呢？"

很快信息就回了过来："我在医院，脑袋让人打破了。你有事？"

"要不，咱们再试一次？"

"试个屁，去死吧你！"

"这次可不能怪我呀！我都把鸟交给你了，是你自己弄丢的。"

"我现在脑袋疼，我不想跟你说话，再见。"

"那咱们就这样算了？"

这一次，崔老大没有再回信息，估计也是心灰意冷，彻底放弃了。

陈冬青忽然走过来，拍了拍他的肩膀。

"兄弟，这么晚了，给谁发信息呢？"

"啊没有，我这不是……玩贪吃蛇呢。"

黄博赶紧按进了游戏里，冲陈冬青勉强一笑。

"贪吃蛇？呵呵，这游戏好复古，我都十多年没玩过了。"陈冬青一笑，也没在意，随后走到窗前，把窗户关上，并且从里面锁上了。

"趁着还有时间，睡觉吧，这回再也不会有人从窗户溜进来，把小鹤偷走了。"

说着，陈冬青冲着黄博微微一笑。黄博没有说话，低头退出了游戏，把和崔老大的全部信息删掉了。陈冬青见他情绪有点低，也没多问什么，于是关了灯，黄博默默地裹上被子，翻身睡觉。唉，偷鸟这个事，就这样算了吧，终究不是命里的财运啊……

到了第二天，黄博一直睡到早上八点多才醒，睁开眼睛一看，陈冬青和小鹤都不见了，房间里只有自己一个人。他心里一惊，赶忙爬了起来，一看陈冬青的东西也都不见了。

难道这小子自己走了，把我给甩下了？黄博第一个念头就是这几天直播的打赏钱说好了一人一半的，这小子居然跑了！

黄博跑到走廊里，外面空空荡荡的，不见半个人影。他又来到前台，问了一下服务员才知道，陈冬青今天早上不到七点就带着小鹤开着车走了，但是并没有退房。他失魂落魄地回到房间，坐在床上，越想越气。

这一路上，自己绞尽脑汁，费了好几天的劲，也没能把小鹤弄到手。结果到了最后一步，陈冬青反而先跑了，说好的直播分成自然也就泡汤了。也就是说，他跟着陈冬青混了好几天，本来还想偷人家的鸟，没想到，最后让人家给耍了。黄博翻了翻身上，发现自己兜里就只有几块钱零钱，连待会儿退房结账的钱都没有。这可咋办啊……

想想自己这段日子的遭遇，黄博悲从中来，忍不住一拍大腿，咧开大嘴，就要号啕大哭一通。但他刚要开始哭，这情绪都已经酝酿好了，房门却忽然被人打开了。

陈冬青抱着小鹤，溜达了进来。一见黄博这副嘴脸，陈冬青很是意外，纳闷地问："黄哥，你咋啦？"

黄博还没注意到陈冬青回来了，冷不丁被吓了一跳，抬头一看是陈冬青，顿时这口气就憋回去了："……咳咳咳……咳咳咳咳咳……"

他差点被呛了个半死，陈冬青赶忙上前拍了拍他的背，他好半天才缓过来。

"黄哥，你没事吧？我看你刚才好像是要哭？"

"啊……没有没有……我就是……就是想到今天要跟你们分开了，我这心里……不是滋味……"

黄博给自己找了个借口，遮掩了过去，然后擦了擦眼睛，对陈冬青说："兄弟啊，你刚才干吗去了？"

陈冬青一笑，说道："你肯定是以为我跑了吧？"

黄博赶忙否认："那不可能……我兄弟不是那样的人……这一路走来，咱俩好歹也是共患难过的，那根本就不可能的嘛……"

陈冬青再次笑了下，然后从包里拿出了一沓子钱。

"我刚才是去银行了。把这几天直播赚的钱都取了现金，扣掉乱七八糟的费用，一共是一万八千元，咱俩一人九千元。鉴于直播的时候你是主力，多给你分点，你一万元，我八千元。"

说着，陈冬青就把一万元钱现金递给了黄博。看到这一万元钱，黄博立马呆住了，似乎不敢相信自己的眼睛。

"好兄弟……我就说我不会看错人……"

黄博激动得说话都有点哆嗦了，忙站起来将手在衣服上擦了擦，才颤抖着接过了那一万块钱。想了想，他又从里面拿出一千元，递给陈冬青。

"说好一人一半，我不能多要。"

"不，你拿着。"

"你拿着……"

"你拿着。"

"你……那好吧，我拿着。"

推辞了两个回合，黄博就把那一千元钱塞进了自己兜里，心里甭提多高兴了。虽然没弄到鸟，但这一万元钱，也算是天上掉馅饼了。

陈冬青拍了拍他的肩膀，笑道："黄哥，别愣着了，收拾一下东西，咱们这就去送小鹤回家吧！"

第 **14** 章
意外转折

从松花镇到黄河三角洲国家级自然保护区，只有几十公里的路途。一路上风光秀丽，景色宜人，天空中时而有不知名的大鸟飞过，留下一长串啼鸣。小鹤很是兴奋，不断地从车里探头出去，也对着天空大叫，似乎在招呼同类一样。

今天的天气很好，陈冬青和黄博的心情也是好得出奇。两人八点三十分出发，一路开着直播。本来预计十一点之前到达，不过到了一片山坡的时候，陈冬青忽然心血来潮，想要给小鹤再画上一幅画像。于是他停了车，拿了画架，带着小鹤来到了山坡上的一片草地。

这里地势颇高，登高望远，周围的景色尽在眼底。小鹤也开心得很，在草地上撒欢奔跑，时而起飞滑翔，时而追逐花丛里的蝴蝶，玩得不亦乐乎。陈冬青抓住这个难得的机会，用自己的画笔，把这一幅幅美丽的画面保留了下来。

黄博不懂画，但也能看得出陈冬青画得真是不错。他一边扮演着直播间主持人，一边卖力地给陈冬青吹捧，直播间里的气氛不断被他推向高潮。十点二十分，陈冬青收起了画架，望着眼前的美景，对着小鹤吹了一声口哨。这么多天的相处，小鹤早已听得懂他的口令，从不远处滑翔而至，回到了陈冬青的身边，用头和尖喙在陈冬青手上蹭了又蹭，仿佛依依不舍。

这么多天过去了，小鹤身上的羽毛已经开始悄然出现了一些变化，曾经黄褐色的绒羽渐渐褪去，换上了白色的衣装。头顶上的一抹红色，也已经快要出现了。

陈冬青抚摸着小鹤的羽毛，想着这一个多月的经历：从自己初次见到小鹤，帮小鹤疗伤喂食，到前女友因小鹤跟自己决绝，再到自己决定送小鹤回乡，最后这一路上经历坎坷波折，现在终于到了要说再见的时刻，心中不免感慨万千。

但唏嘘了半天，陈冬青也只是对黄博招了招手，淡淡地说了一句："走吧，天下无不散的筵席，今天之后，咱们三个就又要天各一方啦！"

回到车上，陈冬青把小鹤的腿环找了出来，然后拍了张照片，留作纪念。想了想，他又把照片发给了许诺。照片里，小鹤活泼又健康，展翅长鸣，腿环上面0028这几个数字清晰可见。

此时此刻，许诺正在上课，但看到小鹤的照片后，几乎是秒回了信息：

"真好，今天小鹤就可以回到家乡了。也不知道，我丢了的那只小鹤，什么时候能回家？"

看到这条略带伤感的信息，陈冬青也回了一条信息，表示安慰。

"放心吧，丹顶鹤是很聪明的动物，它们的基因里保存着家乡的讯号。你的小鹤，也一定会回到家乡的。"

"唉，如果你捡到的这只小鹤，是我丢的那只就好了。"

"哈哈，天底下哪有这么巧的事，要不你再仔细看看，我这只，是不是你丢的那只？"

"你的小鹤腿环跟我丢的那只的不一样，而且它的编号是0028，我丢的那只，编号是147。"

"别灰心，说不定等我回去后，哪天又能捡到一只小鹤，刚好就是你那只呢。"

"那样的话，我会开心得直接晕过去。"

"万一要真的实现了，你要怎么感谢我呢？"

"你说吧，怎么感谢你都行！"

"那就……以身相许吧！"

陈冬青其实只是聊嗨了，随手发出去这一句，紧接着他就感觉有点唐突，赶紧把这条信息撤回了。

但是隔了不到两分钟，对面许诺回了一个字过来。

"好！"

盯着手机屏幕，陈冬青半天都没敢打字，完全不知道该怎么回复了。难道，许诺对自己也有点意思？这么多天的网络联系，两人早已成了无话不谈的朋友，但这么敏感的话题，或者说这么直白的玩笑话，还是第一次。

黄博忽然从旁边凑了过来，皮笑肉不笑地说："我早就说了，那小妞对你有意思，不如送了小鹤之后，你直接北上黑龙江，闪婚吧！"

"去去去，闪什么婚？人家还是在校大学生呢。"

"大学生好啊，再说你俩兴趣相同，专业对口，以后有聊不完的话题，多好！"

黄博说的这句话，倒是有点触动了陈冬青的内心，不过他现在没空想这些，于是瞥了一眼黄博，把他塞回了座位。

"你们两个，都给我坐好了，目的地黄河三角洲国家级自然保护区，出发！"

陈冬青抛开心头的杂念，开着车，沿着大道一路向前。半个多小时后，也就是十一点刚过，两人就到达了此行的目的地，找到了自然保护区的工作人员。

双方一见面，保护区的几个工作人员就听说陈冬青是来送走失的小鹤回家的，感动得不行。当陈冬青高兴地把小鹤从车里抱出来时，四下里响起了热烈的掌声。这一刻，他觉得自己的努力和坚持没有白费。掌声中，陈冬青湿了眼眶，他抱着小鹤，将它送到了自然保护区工作人员的手里。

"同志，我的任务已经完成了。这只小鹤落到我家里的时候，翅膀受了伤，现在已经痊愈，每天的伙食也都很好，后续的工作就交给你们了。我没养过鸟，如果有什么照顾不到位的地方，还请你们理解。"

对方负责的是一个姓王的科长，他热情地拉着陈冬青的手说："真是太感谢你了！你已经把小鹤照顾得很好了。哎呀，不远千里送小鹤回乡，真的难以相信，在现在这样的社会，还能有你这样的好人！你的事迹我们一定会写成报告，还要给你们单位写感谢信。"

这王科长高兴得已经不知道说什么好了，陈冬青一脸惭愧地说："不好意思，感谢信就不用写了。我没单位，是自由职业者。"

黄博在旁边说了一句："画家。"

"就是个画插画的，画什么家呀……"陈冬青谦虚地说着，然后从身上拿出了一沓子钱，交给了王科长。

"王科长，这是我送小鹤回乡，一路上通过直播，广大网友捐的款，现在我全部转捐给你们自然保护区，算是我的一点心意。"

陈冬青的举动，让在场的每一个人都感到惊诧。直播，当然每个人都不陌生。但是陈冬青居然要把沿途直播赚的钱全部捐出来，这就让人意外了。这个人，也太无私了吧！这年头，还有这样的好人？！

其实更感到惊讶的人，应该是黄博。当他看到陈冬青把所有钱都捐出去了，顿时就下意识地捂紧了自己的小口袋："他都捐了，我咋办啊？"

就在王科长和陈冬青推让的时候，黄博经过了内心的激烈斗争，终于走上前来……

"那个，王科长，这是我的，我也捐点，钱不多，是点心意。"

黄博倒是没有全部捐出来，但是也拿出了两千块钱，和陈冬青的一起，凑了一万块钱。王科长感动得都说不出话来了，他再三推让，但陈冬青对他说："这个钱其实也算是留给小鹤的。"这么多天的相处，他早已经把小鹤当成了自己的亲人，现在要走了，给小鹤留点钱，希望它能吃好住好，将来找个好对象。说白了，这笔钱就当是小鹤未来的专项资金。

王科长当然明白，陈冬青就是怕自己不收。没办法，他最后还是把钱收下了，并且给陈冬青开了一张收据，还写了一封简短的感谢信。

"兹收到爱心人士陈冬青、黄博捐款一万元整。感谢他们不远千里，送走失的小丹顶鹤回乡。人间有爱，润物无声，愿好人一生平安。特此证明。"

落款最后，还盖上了自然保护区的公章。

两人辛苦了这么多天，终于得到了一个圆满的结果。众人驱车来到保护区里面，陈冬青亲眼看着小鹤回到自然保护区，回到芦苇荡中，然后悄然离去。这整个过程，黄博都在旁边进行了全程直播。直播间空前火爆，最高达到三万人同时在线，创造了他们两个直播的最高在线人数纪录。

陈冬青送小鹤还乡的故事，到这里似乎也在网络上画上了句号。王科长原本热情地挽留两人在自然保护区参观一天，但被陈冬青婉拒了。他记得黄博的家也在这附近，送了小鹤之后，现在该送黄博了。

离开自然保护区，两人重新上路，没了小鹤的闹嚷，车上安静了许多。但两人的情绪都很低落。尤其是陈冬青，虽然一直强颜欢笑，说是把小鹤送回家，他的任务完成了，很开心。而且，小鹤在自然保护区能够受到更好的照顾，以后也不必为它担心了。但是说着说着，陈冬青的眼泪就不自觉地湿了眼眶。

黄博也抹了抹眼泪，对陈冬青说："兄弟，你也别想太多了，你这是做了一件大好事，你帮小鹤找到了家园，小鹤也会永远记得你的。"

"唉，那个小没良心的，它能记得我吗？"

"一定会的，你不是说了，丹顶鹤是最聪明的动物吗？"

"丹顶鹤是聪明，但是咱们那只，有点傻啊……也不知道它回到集体生活，会不会受欺负，会不会吃不饱……"

黄博苦笑道："你就别操那个心了，还是担心一下自己能不能吃饱吧！刚才你把自己的钱全都捐了，回去的路费还有吗？"

陈冬青笑道："路费我已经算好了，足够用的。等我把你送回家，我的任务也就彻底完成了，然后我再回家。"

黄博犹豫了下，说："算了，你还是别送我回家了，其实这边就有去我家的客车，你把我送到最近的县城，我自己回去就行了。"

实际上，黄博的家根本就不在这边，而是在青岛一带。当初他故意说和陈冬青顺路，完全就是为了找个借口上车，然后再"图谋不轨"。

"这样的话……也好。"

陈冬青说着话，前面出现了一座村庄。

从村庄往前，是两条岔路。看路牌指示，一条往东，去最近的县城；一条北上，一直通到去北京的高速公路。此时，他们已经离开自然保护区二十多公里了。陈冬青提议，到村子里吃顿午饭，然后再走。

这村子里饭店不多，两人进来之后，随便找了一个面馆，进去点了两碗牛肉面，两个小菜，便坐下大吃了起来。

黄博一肚子心事，一边大口大口地吃着面，一边想着自己接下来该何去何从。就在这时，他一抬头，无意中发现在面馆的角落里有一个熟悉的背影。再仔细一看，他心里就是一惊：这不是崔老大吗？！

只见崔老大已经吃完了面，正端着面碗，把里面的汤全都倒进了肚子里。然后，他放下面碗，抬头四顾，刚好和黄博四目相对！由于陈冬青是面对着门口坐的，他压根就没发现这一幕。黄博却是心惊肉跳，生怕崔老大冲过来揭穿他，把所有的真相和盘托出。崔老大在不远处坐着，冷冷地盯着黄博，脸上带着不怀好意的冷笑。那表情似乎在告诉黄博：你给我等着！

然后，崔老大就走出了面馆，路过黄博身边时，故意撞了一下他们的桌子。面汤从碗里洒出，陈冬青一愣，抬头看到一个背影，在门口一闪而过。

"咦，黄哥，刚才出去那个人，我咋看着有点面熟？"

"咋可能呢，你肯定是看错了，这里哪有你认识的人。"

"不对，那人好像是……对了，好像是你那个同乡。"

"不可能，我都没认出来。吃饭吃饭，别瞎想，你是眼花了。"

"哦……"

陈冬青被他这么一说，也觉得可能是自己眼花，于是继续低头吃饭。这一顿饭，黄博吃得心不在焉。好不容易等陈冬青吃完，两人出了门，继续上路。但驶出村庄的时候，黄博看到路边停着一辆车，崔老大坐在里面，正阴森森地盯着自己。陈冬青开车上路，崔老大的那辆车便从后面跟了上来。

黄博心里直打鼓，他知道，崔老大这是偷鸟不成，怀恨在心，要一路跟着自己，伺机报复。很快，车子来到了岔路口。如果往东走，不出二十公里就会到达一个县城，然后，黄博就要和陈冬青说再见了。再然后，崔老大就会……

陈冬青突然一脚刹车，停了下来。黄博满脑子的幻想被打断，只听陈冬青惊喜地喊了一句："小没良心的，你怎么来啦？"

黄博定睛一看，这才发现，一只小鹤落在了车头上，正扑腾着翅膀，歪着头，两个黑亮的小眼睛聚精会神地盯着车里。然后，仰头鸣叫了起来，就像是在打招呼一样。刚刚被两人送回家的小鹤，居然又自己飞出来了！

陈冬青赶忙下了车，喜出望外地抱起小鹤，贴在脸上又亲又爱。小鹤也很开心，不住地在他脸上蹭着。黄博一脸纳闷，也随后下了车。看到小鹤，他心里自然是高兴的，但是，这明明都已经回家了，小鹤咋又跑出来了？

两人和小鹤先是亲热了一阵，陈冬青以为小鹤是追上来看看他，舍不得走，于是就抱起小鹤往天上扔，想要让它飞回家。谁知道，小鹤压根就不想走，他扔起来一次，小鹤就飞回来一次，如此反复好几回，小鹤依然不肯离开。"难不成，它要跟自己走？但这也不行呀，小鹤属于大自然，不可能跟自己过一辈子。"

想了想，陈冬青拿起手机，找到刚才自然保护区王科长留给自己的电话号码，拨了过去。王科长很快就接了电话，陈冬青便哭笑不得地告诉他，小鹤又飞出来了，现在就在他的身边。一听到这个消息，王科长先是一愣，然后无奈地对陈冬青说，其实，他们已经想到会是这样了。

这回轮到陈冬青发蒙了。于是王科长便解释道："情况是这样的，这只小鹤，原本并不是我们这里的。它是盐城野生动物自然保护区的一只丹顶鹤，在迁徙过程中误飞到我们这里，所以我们的工作人员就收留了它。但是它在我们这待了半个多月，就突然飞走了。我们以为它自行去寻找家乡了，也没在意，但是没想到，让你给送回来了……"

"啊……这……你的意思是说，这小鹤……压根就不是你们那儿的？"

陈冬青目瞪口呆，心想："这不是胡扯嘛，我千里迢迢送过来，结果你们告诉我，小鹤的家不在这儿！"

"呃……事实就是这样，但它在我们这住了半个多月，也给它上了编号，其实也应该算是我们这里的了。只不过，它总惦记着往外跑，我们也实在是没辙……"

陈冬青低头看了看小鹤，从自然保护区飞到这里，有二十多公里的距离。就为了追上陈冬青，这段时间很少飞翔的小鹤，一定费了不少力气才飞到他身边。

忽然，陈冬青想起了什么，忙问道："等等，王科长，你说这小鹤是从盐城野生动物自然保护区飞到你们那儿的？你确定吗？"

"当然确定，它原来是有腿环编号的，确实是从盐城飞过来，往北方迁徙的一只丹顶鹤。但是我们分析，它很可能是在迁徙途中掉了队，所以才误入我们这里。因为我们这个地方，是在盐城和扎龙中间，属于一个中转站。"

"那……它原来的编号是多少？"听到王科长这番话，陈冬青莫名地激动起来，满怀期盼地问道。

王科长迟疑了下："原来的编号……你稍等一下，我问问……"随后，电话里出现了短暂的平静。

陈冬青焦急地等待了两三分钟后，王科长的声音再次出现："问到了，那只小鹤原来的编号，是147，是今年在盐城孵化成功的。"

编号147……

陈冬青顿时如遭雷击，整个人都呆住了。这个编号，不正是许诺家里失踪的那只小鹤的编号吗？因为怕自己记错，陈冬青马上翻出自己与许诺的聊天记录，确认了一下。没错，就是147！

"王科长，我知道这只小鹤是哪儿的了，难怪它一直想要飞走。它的父母和兄弟姐妹现在都在扎龙自然保护区，它是想回家和家人团聚啊！"

"原来如此，这么说你已经和扎龙那边联系过了？"

"没错，我认识那边的一个巡护员，她叫许诺。前些天她就跟我说过这件事，她们那边一只编号147的小鹤在迁徙途中与家人失散。"

"哦，那真是太好了，既然这样，那你现在有什么打算？"

"我打算……"

陈冬青看了一眼小鹤，又看了看黄博，一时语塞。这怎么办？难道，还能再跑一趟黑龙江？

黄博对着电话问道："这不对啊王科长，既然你们知道这是扎龙那边的鹤，你们咋不跟那边联系？"

王科长笑道："因为没有必要啊，野生动物并不属于任何一个地域，它们在迁徙过程中，或者是在野外生活的时候，发生任何事都属于自然规律，我们是不会干涉它们的生活的。因为这是野生的鹤，并不是人工驯养的，我们可以收留，但没有规定它必须在哪儿生活。"

王科长说得很有道理，真正的野生动物保护原则，就是遵循野生动物的生活规律，一切顺其自然，不要过多地人为干涉。小鹤落在哪里，就在哪里生活，这其实也是在锻炼它的独立生存能力。但是，小鹤现在不愿意在这里待，非要往外跑。这样的话……

陈冬青和黄博对视了一眼，黄博那颗原本已经一片灰暗的心，再次燃起了希望。如果能说服陈冬青，让他北上黑龙江，那岂不是又有机会下手了？

"我说……"

"我说……"

这两人异口同声，说了这两个字，却又停住了。

仔细想了想，陈冬青对王科长说："既然这样的话，我们就只能试一试，让小鹤回到你那儿，看它是否愿意。实在不行的话，就只能把它送去扎龙那边了。总不能让它自己这么到处乱飞，以后再丢了的话，可未必会有人送它回来了。"

王科长说道："我估计它肯定是不愿意在这儿待了。但是我们这里不方便送它去扎龙，因为，我们没法单独为了它跑一趟，这个还希望你能理解。"

"理解……你们毕竟是在体制内，得按规矩办事。既然这样，那我就只能……再跑一趟黑龙江了。"陈冬青苦笑着说。

"那真的是太辛苦你了，实在是不好意思呀……这样吧，你把你现在的位置告诉我，我让人送些东西过去，送你们一程。"

陈冬青推让了一番，但王科长执意要送，还说要拿些药品，陈冬青也就不好多说什么了。挂断电话后，陈冬青看看小鹤，又看看黄博；黄博看看陈冬青，又看看小鹤；小鹤看看陈冬青，又看看黄博，两人一鸟同时欢快起来。

当然，鸟是不会笑的，但小鹤会引吭高歌。只见它张大了嘴巴，展开翅膀，显得无比高兴的样子。似乎它也听懂了陈冬青要送它去黑龙江的事情……

在等待王科长派人来的时候，陈冬青又拍了一条视频，发在了网上。原本以为这件事到此结束的广大网友们，顿时又围拢了过来。听陈冬青在视频里把事情的经过介绍了一遍，大家不由得都乐了。大部分人都开始调侃陈冬青，说："这次你把小鹤送去扎龙，如果它父母已经去了盐城的话，那你可就有事干了。"还有人同情地说："要不就别送了，交给当地管理部门就别管了，从这里到黑龙江扎龙，比先前的距离只远不近，这一路上还是会坎坷不断，你们两个带着小鹤，反而不安全，还不如把小鹤留下。"

这话倒也有道理，但是小鹤死活不肯留下，就算硬把它留在这里，它回头还是会找机会逃走，到时候再丢了，可就没法找了。陈冬青无奈地告诉大家，他现在要送佛送到西，好人做到底，把小鹤送回扎龙。

这时候，王科长派来的人到了。他们带来了很多小鹤吃的食物，还有清水，足够它几天用了；另外还带了一些营养粉和药品，装了满满一大箱子。这些东西都是必备品，能够让陈冬青在接下来的旅程中省去不少麻烦。还有，他们把小鹤原来的腿环带来了，而且已经给小鹤戴在了腿上，编号正是147。

更让陈冬青惊喜的是，他们还带了一封介绍信，让陈冬青接下来不要再走小路了，直接上高速。如果有人发现小鹤，就拿出介绍信来，便可以畅通无阻了。另外，他们还会在保护区的公共平台上发布相关消息，并在一些短视频平台的官方账号上，对这件事进行远程追踪报道。

陈冬青很是高兴，这样一来，他就再也不是单打独斗了。对方还拿出了两万块钱，并告诉陈冬青，其中一万块是陈冬青捐的钱，他们无功不受禄，不能收这个钱；另外一万块，是刚刚经过自然保护区上级领导的批准，奖励给他们的。

陈冬青很是意外，连番推辞，怎奈对方执意要给，还说就当是这么多天的费用。陈冬青没办法，只好收下了这两万块钱。等他们走后，陈冬青和黄博看着手里的两万块钱，面面相觑。

"一万块钱没捐出去，反而还赚了一万块。要不……你先收起来？"黄博吞了口唾沫，试探着问道。

陈冬青想了想，收起了其中一万块，说："这一万块既然他们不收，那就捐给扎龙那边吧。至于另外一万块，他们说是奖金，但小鹤又不是他们这儿的，这奖金咱们拿得有点过意不去，等到了扎龙之后……"

"兄弟，你不会全都要捐了吧？"黄博无语地说道。他心想："这人脑子里是不是进水了，到手的钱都不要啊？"

"哈哈哈哈，我可没说全都捐了。我的意思是说，这一万块钱就当作咱们接下来的路费。等到了扎龙之后，剩下的钱咱俩一人一半，就当是辛苦费了……咦，黄哥，我忽然想起来，你这不是快要到家了吗？"

陈冬青忽然想起这件事，黄博忙说道："不，不，送小鹤是正经事，我回家反正也没事干，不如跟你去一趟黑龙江。再说，咱们路上还可以直播，我也能赚点外快……"

"哈哈，就知道你是这个目的。行吧，反正直播赚钱也是咱们劳动所得，送小鹤回家是好事，你也好人做到底，陪我去一趟黑龙江吧！"

两人商议已定，陈冬青拿起手机，犹豫了半天，忐忑不安地给许诺打了个视频电话。隔了好久，许诺才接起了视频电话。视频里，许诺穿着一身连衣裙，戴着眼镜，整个人落落大方，只是看起来有些小心翼翼的。

见到陈冬青，许诺先是笑了起来，又往身后看了看，才低声对陈冬青说："你怎么忽然给我打电话啦，我刚才正上课呢，偷偷溜出来的。"

陈冬青恍然大悟，难怪许诺看起来小心翼翼的，像是生怕被发现。

"我有一个好消息，想要告诉你。"陈冬青卖了个关子，笑着对许诺说道。

这个时候，他并没有让小鹤出镜，准备给许诺一个惊喜。

许诺说道："我知道你想说什么，小鹤已经送到了是吧？你中午的直播我看了一会儿，见到小鹤回家了。对了，我也有一个好消息告诉你。"

"你有什么好消息，快说说。"

"刚才我的实习报告批准了，你猜，我抽到的地方是哪儿？"

"是哪儿？"

"哈哈，巧得很，我抽到了自己家。"

"啊，这么说，你过几天就要回家了，回扎龙是吗？"

"对，就是回扎龙，实习期一个月，下周一出发。"

"下周一，今天是周四，那还有三天的时间。"

"对啊，是不是很开心？我都迫不及待想要回家了。"

许诺显得很是高兴，陈冬青的脸上也一直挂着笑容，他对许诺说："但是我刚才要说的好消息，并不是送小鹤回到家。而是另外的消息，你猜猜是什么。"

"是什么呀？我猜不到，你快说。"

"不用我说，你看一眼就知道了。"

陈冬青笑着把小鹤抱了起来，放在摄像头前。许诺一愣，问道："什么情况，你不是刚把小鹤送回去，已经走了吗？它怎么又跟你在一起呢？"

陈冬青笑道："我是已经走了，但小鹤不愿意在那儿待，又偷着跑出来了，飞了二十多公里追上了我。"

"我的天，它可真是个小勇士，为了追你，飞那么远，它不会是……爱上你了吧？"

"它爱没爱上我，我不知道，不过我知道，你肯定能爱上它。"

"什么意思？"

"你仔细看看它的腿环，就明白啦！"

陈冬青把小鹤凑近了些，许诺纳闷地看了一眼小鹤的腿环，顿时面露惊讶，不可思议地惊呼起来："天哪……147，147……它……它怎么会是147？它是飞飞？"

飞飞就是与许诺失散的那只小鹤，编号147。

"哈哈，很意外吧？我也很意外。刚才这边的工作人员告诉我，小鹤是在从盐城迁徙的过程中，因为掉队，无意中飞到他们保护区的。它腿上先前那个0028的编号，是后来按照他们那里的编号新换的，这个147的腿环，才是小鹤原先的腿环啊！"

这一刻，许诺简直不敢相信自己的耳朵，也不敢相信自己的眼睛。她看着视频里的小鹤，开心地跳了起来。陈冬青也是乐得后槽牙都露出来了，跟着许诺一起傻笑。

"那……你现在要怎么办？"许诺试探着问道。

"怎么办？当然是送它回家喽！去黑龙江，见识见识传说中的扎龙！"

"那你大概几天到？"

"这次我们可以走高速公路了。预计最快两天，最慢三天就到！"

陈冬青万万也没有想到，自己的一路旅程本已到了终点，却峰回路转，意外得知了小鹤的真实身份和它的家乡。

北上黑龙江，送小鹤回到真正的故乡！

这次上路，陈冬青心情大好。不但车里准备了小鹤吃的、用的，而且身上也有了路费，可谓粮草充足，万事皆备，可以敞开了用。另外，他可以走高速公路了。先前因为怕遇到盘查，一直走的小路，所以才在路上耽搁了那么多天，遇到了那么多事。现在走高速公路，只要一路向北，必将是一路坦途。

唯一的问题，就是从这里到扎龙路途遥远，就算每天跑上六百公里，也要跑三天才能到达。

两人出发的时候，黄博悄悄给崔老大发了信息："老大，好消息。那只小鹤原来是扎龙的，现在那小子要一路北上，走高速，去黑龙江。咱们路上还有机会下手，你要不要跟上？"

过了一会儿，崔老大回了信息："刚从山西折腾到山东，现在你又要让我去黑龙江，你玩儿我是不是？"

"没有没有，我哪敢折腾你啊？这不是为了小鹤嘛，好几万块钱哪，咱们不能放弃啊！"

其实，黄博心里早就打退堂鼓了，只不过崔老大这人有仇必报，如果不把小鹤弄到手，恐怕他是不会放过自己的。

"到黑龙江，要一千七百多公里，光油钱和过路费就得不少钱，要是再失败，这钱算谁的？"

"算我的。这两天我跟他直播也挣了点，回头分钱的时候，我多给你三千块；要是失败了，这钱也算我的。"

"这可是你说的。"

"我说话肯定算数，不过老大，我们接下来要走高速了，你可要跟上啊！"

黄博很是担心崔老大那个破面包车，能不能顶住这一千七百多公里。

"这肯定没问题，但是你小子得先把钱给我，我信不过你，你欠我那两万块钱，都快一年了！"

"哪有一年啊，才七个多月。"

"我管你几个月，今天你必须先把油钱和过路费给我报销了，否则，我现在就去烧你家房子！"

"别，别……我给你还不行吗……但是老大，我身上现在也只有一千多块钱……"

"一千多也行，你待会儿找个服务区等我，先把钱给我。"

"啊，现在就要钱啊？"

"废话，你给不给？"

"给给给，但是老大，这个钱……是不是得从我的欠债里扣除？"

"扣你大爷，这算路费！"

黄博不敢再辩驳什么，只能捏捏鼻子认了，告诉崔老大，前方五十公里的地方，就有一个服务区，他会在服务区等崔老大过来。

陈冬青开着车，早看出黄博神情有异，转头问道："怎么了黄哥，又玩贪吃蛇呢？还是家里有什么事？"

"啊，没事没事，贪吃蛇贪吃蛇……"

黄博举起手机，冲陈冬青龇牙一笑，界面已经变成了贪吃蛇游戏。

"黄哥，家里要是有困难，你就跟我说，反正我身上现在还有钱，我又用不上，你可以先给家里寄过去。"

陈冬青到底还是善良且善解人意的，这一路上他都看出黄博心事重重，尤其是每当黄博拿着手机发信息的时候，就更是如此。

"唉……兄弟，我对不住你……"

黄博叹了口气，一不留神把心里话说出来了。是啊，陈冬青一路上对他都很不错，结果，他却要千方百计地偷人家的鸟。

"嗨，你跟我还客气什么！我刚才看导航了，前面有个小县城，咱们到那儿找个银行，给你把钱寄回家。"

"不不不，真的不用，我……我不是家里有事，不用寄钱。"

"那是怎么了？看你魂不守舍的样子，一看就是有事，你说吧，说出来总比憋在心里强。"

"唉，说实话，是债主催债。"黄博一时没忍住，把实情说了出来。

陈冬青一笑："我早就猜到了，我说你到底欠了人家多少钱？"

黄博再叹口气："倒也不多，催得最急的才两万块，但有利息，估计现在已经快涨到三万块了。另外还有欠别人的一些零散钱，加起来也有一万多块。"

"既然这样，总共加起来也还不到五万，只要你找个地方好好干活，一年就能还个七七八八。"

陈冬青并不怎么当回事，而且以他的心性，也无法理解让一个赌徒安心去工作那简直比杀了他还难。

黄博没有说什么，只是支支吾吾地应声。陈冬青再次看了他一眼，心里明白了为什么他会跟着自己继续北上黑龙江，送小鹤回家。因为这一路上可以直播，根据这几天的情况来看，收入很可观，分给他的钱足以让他还掉一部分欠债。

但是，现在两个人是在高速公路上，陈冬青没有同意开直播，因为那样太危险了。试想，高速公路上都是一百多公里的时速，这个时候开直播，一旦分心，稍不注意就是车毁人亡。就算为了赚钱，这种方法也绝对不可取。

于是，黄博提出，要在前面的服务区休息一会儿，喂小鹤吃点东西；另外，再开一会儿直播。陈冬青同意了，他知道黄博一门心思就惦记着开直播，不过他也没多说什么。这一路上黄博也算尽心尽力，昨天晚上为了保护小鹤，都拎汽油桶要跟歹徒同归于尽了。就冲这份情谊，也得帮他。

服务区里面人不多，外面有很多卖水果、零食的。两个人进去之后，黄博就迫不及待地开了直播。随后，两人一边直播，一边吃了点东西；又喂了小鹤，时间不知不觉就过去了半个多小时。

　　和往常一样，关注小鹤的人依然很多。尤其在得知了陈冬青把直播收入都捐给了自然保护区，大家打赏的热情一点也没减，都纷纷表示要奉献一点自己的爱心。半个多小时的时间，两人又收入了一千多块。

　　从上路出发到现在，已经过去了两个小时的时间，而崔老大迟迟还没有出现。黄博看了看时间，已经是下午三点半了。

　　"黄哥，咱们得计划计划今天晚上住哪儿了。"

　　陈冬青提醒道，其实他的意思就是告诉黄博：别直播了，快看看接下来的路线吧。于是，黄博便把手机交给了陈冬青，两人下了直播。陈冬青用手机导航搜索起了路线图，看看前面哪里有合适的休息地方。

　　就在这个时候，服务区门口忽然走进来一个人，头上戴个遮阳帽，进来之后就东张西望的，像是在找人。看到这个人，黄博赶忙站了起来。

　　"兄弟，我去趟洗手间。"

第15章
北上黑龙江

黄博悄悄溜到洗手间，刚一进去解开裤子，崔老大就从外面跟了进来，站在了他的身后。

"钱呢？"

黄博赶紧满脸堆起笑容，提起裤子，拿出钱包里早准备好的一千块钱，给崔老大递了过去。

"老大，你别嫌少，我现在就这么多。"

"他妈的，一千块钱，都不够路费的。算我倒霉。"

崔老大把钱收起，又盯着黄博身上看了看，说："你小子，不会是把钱藏起来了吧？你们直播了好几天，就挣这点？"

"真的就这些，直播的钱是要跟平台分成的。再说，我们昨天还捐了一笔钱，就剩这点啦！"

"宁可捐了你都不还债，信不信老子弄死你？"

"这也不怪我啊，钱又不在我手里，人家给多少算多少。"

"我不信，你身上肯定还有钱，快给我拿出来！"崔老大上前拉扯，就要翻黄博的衣兜。

黄博兜里当然还有好几千块钱，但是他早就防着崔老大抢钱，提前就已经放在了车里。崔老大这一上前动手，黄博就跟他撕扯了起来。

"老大，真没有，真没有啊……你就是把我扒光了也没钱……"

"我不信，你把口袋翻给我看。"

两人在卫生间里拉拉扯扯，刚好这时候进来一个大哥，抬头就看见这俩人举止暧昧，一个在撕扯另一个的裤子……

"不好意思啊，我什么也没看见！"

大哥吓得转过头去，咻溜就钻进了卫生间的隔断里。崔老大没管那么多，把黄博全身的兜都翻遍了，就翻出几十块零钱来。他这才悻悻作罢，把那几十块钱丢给黄博。

"老子告诉你，这次再不成功，扒你的皮！"

说完，崔老大把那一千块钱揣进兜里，扬长而去。黄博战战兢兢地把衣服整理好，也赶紧从洗手间里跑了出去。

陈冬青已经看好了路线，见他回来，说道："黄哥，你咋去了这么半天，我都看完地图了，今天晚上我们可以赶到这个地方休息。"

"我有点肚子疼……我看看，这是什么地方？"

黄博随便找个借口遮掩了过去，然后绕到了陈冬青后面，低头看向了手机上的地图导航。

陈冬青手指着一个叫作海兴的县城，说道："咱们今天晚上赶到这里，明天就能到承德，后天到沈阳，大后天到齐齐哈尔，或者是哈尔滨，然后距离扎龙自然保护区就很近啦！"

黄博掰着手指头一算，今天周四，明天周五，后天周六……

"还真是，这样算下来，下周一咱们就能到扎龙了。"

"是啊，这还是每天只开五六百公里的情况下，要是一天跑八百公里，两天多就到了。"

"不行不行，一天跑八百公里，那样太累了，容易出危险。再说，咱们慢点走，还是有好处的，可以沿途看看风光。"

"嗯，对，还可以直播。"

陈冬青笑着说，然后把手机收了起来，起身说道："快走吧，从这到海兴还有一百多公里，咱们争取在黄昏前到达。"

两人一边说着话，一边出了门，回到车上，再次出发。他们这边刚走，在暗中的崔老大就发动车子，悄悄跟了上来。刚才，黄博已经给他发了信息，约定好在海兴县城动手。

这天下午，黄河三角洲自然保护区的官方账号发布了陈冬青不远千里送小鹤还乡的故事。官方账号就是不一样，消息一出，各大新闻媒体就都知道了，陈冬青的视频瞬间被拥来的人群挤爆，人气值直接飙升到了最高峰。

前些天的那些视频，也都再次火热了起来，播放量再次翻了几倍。这个话题甚至冲上了微博热搜。

"陕西小伙不远千里送鹤还乡。"

一时间，陈冬青成了热点新闻人物，很多媒体都在打听他的消息。但陈冬青是在到达海兴之后，才得知这件事的。因为，他一进县城就被人发现了。好几辆媒体的车围追堵截，硬生生把陈冬青给拦住了。

陈冬青还以为是那伙盗猎者的同党前来打击报复的，开着车绕了好几条街，最后也没能跑掉。当他咬着牙，从后座上抄起铁棍，下车决定要和对方拼命的时候，才发现对面几辆车里下来的人，手里都拿着摄像机和话筒，兴高采烈地围了上来。这好像……不是盗猎的啊！

只见这些人围上来，拿着话筒伸到陈冬青嘴巴底下，不住地问这问那，陈冬青一脸蒙，正想要撒腿逃跑，却被一个人拉住了。那人自称是县政府的，他们看到了陈冬青千里送小鹤又决定北上的消息，由于海兴是必经之路，所以他们早就在这里等候了。

陈冬青这才明白，原来自己已经大火了。打开手机搜索了一下，各种信息扑面而来。无数的赞美、夸奖，几乎充斥了整个网络。大家都在不吝言辞地表扬这个热情、善良的小伙子，甚至还有不少女的，已经开始喊着要给他生猴子了。

陈冬青已经被突如其来的赞美砸晕了。他迷迷糊糊地跟着这帮人来到了一家高档宾馆，那位县政府的人热情地介绍说，这是他们给陈冬青准备好的，另外还有几位鸟类专家以及动物保护者，想要跟他见一面。

陈冬青哪里见过这种场面，但又没法拒绝，只能在对方的安排下住进了这家高档宾馆，同时又跟几个什么专家进行了一场交流会。但交流的是什么内容，陈冬青都已经忘了，那几个人的名字也没记住，他就知道，当他应付完了这些之后，对方又要请他吃饭。

他连连举手告饶，说自己从来都不会搞这些应酬，他也不是什么专家学者，就是捡到一只鸟，一时心血来潮送它回家而已。总之，费了好大的力气，陈冬青才推辞掉了这顿晚饭，和黄博一起，抱着小鹤，逃也似的回到了宾馆。一进门陈冬青就累得瘫倒在了床上，哼哼唧唧的，直呼可怕。

黄博也是头一次见到这种场面，他倒是挺高兴，因为这不但能白吃白住，还有一群人围着拍马屁，心里还挺舒坦。所以，陈冬青的做法，他不是很理解。尤其是折腾了半天，他肚子都饿了，最后陈冬青拒绝了晚餐，这就更让他不理解了。

"兄弟，你饿不饿？咱们待会儿吃点啥啊？"

听了黄博的话，陈冬青一骨碌爬了起来，从窗户往外看了看。那些媒体的车还没走呢，估计还在等着捕捉什么新闻。

"吃啥？泡方便面吧。"

陈冬青嘟囔着，从房间的桌子上拿起两个桶面，对着黄博说："就这！"

黄博瞅了一眼方便面，撇了撇嘴，心想放着别人请的大餐不吃，吃这东西，有病吧？

陈冬青叹口气，撕开方便面的包装，对黄博说："不然还能咋样？那些人太热情了，我实在是承受不住……对了，刚才那个交流会，我都跟他们说啥了？"

"我的天，你跟他们说啥了，你问我？你自己不记得了？"

"不记得了，我都是胡说八道的，谁知道送只鸟还能搞出这种事来，居然上微博热搜了，真是扯淡。"

"那有什么扯淡的，你这是正能量啊！现在社会上不就需要这个，要宣传的啊，这是好事。"

"好事是好事，但是我应付不来……"

陈冬青苦笑着，拿起水壶接了满满一壶水，开始烧开水。然后，他坐在桌子前，一副头疼的样子。旁边的小鹤看到了，轻轻凑过去，在陈冬青身上蹭了蹭。

要说起来，当地政府做得倒是没错，宣传正能量，很有必要。但就是这些媒体的围追堵截，实在是让他头大。就这短短两个多小时的时间，送小鹤还乡的陕西小伙子来到海兴县的消息，就已经在网上传开了。

而且，当地媒体也借着这个新闻，炒作了一把。翻着网上关于自己的新闻，陈冬青忽然有一种不真实的感觉。就好像原来生活在地上，突然一下子被人捧到了天上。

很快，水烧开了。陈冬青和黄博一人捧着一桶面，坐在床头呼呼噜噜地吃了起来。他们两个人这些日子，一直是在小旅馆将就对付的，还是头一次住在条件这么好的地方，只可惜被那些媒体逼的，只能躲在房间里吃泡面。

一边吃着面，黄博一边打量着房间，心里开始盘算着下一步的计划。这住宿条件倒是挺好，可是窗户是铝塑窗，而且住在三楼，从外面根本进不来。

宾馆走廊里有监控，还得刷卡进门上电梯，出入都要经过宾馆前台。而且，门外还有一些媒体的人在蹲守。这种情况下，怎么把小鹤搞出去？真是个难题啊！

黄博不由得开始怀念起前几天住小旅馆的日子了。唉，都说人怕出名猪怕壮，还真是这个道理。现在，他们两个人的一举一动，等于都在别人的监控之中，稍有一点风吹草动，马上上新闻。

吃完了面，黄博借口扔垃圾，又来到走廊里，观察了一番地形。他最后得出结论，根本没机会下手。没办法，他只好给崔老大发去了信息："老大，今天晚上估计是够呛了，我们住的地方太安全了，没法下手啊！"

出乎意料的，这次崔老大难得地附和了他一次："外面少说有三四辆媒体的车，我今天也不去了，太危险！我随便找个地方睡觉，明天再说。"

或许是因为有了那一千块钱进兜，崔老大的态度也稍稍好了些。但今天晚上肯定是没机会偷鸟了。休息了一会儿，陈冬青打开手机，继续开始直播。由于下午媒体的发酵，陈冬青一打开手机就吓了一跳，他发现自己那些视频的播放量翻了十几倍，最高的一条点赞人数已经达到了上百万！

直播一开，直播间里更是瞬间拥进了上万人，有的不断问这问那，有的不说话一个劲地刷礼物，有的纯粹看热闹。这一个晚上，他们两个都没出屋，干脆就蹲在屋里直播了。一直到了夜里十二点多，直播间的人气还是很高，刷的礼物更是让黄博两个眼睛都闪着金光。

这时候，陈冬青也累了，于是站起来活动腿脚，他来到窗前无意中往下一看，只见那几个媒体的车还在外面呢。这真是敬业啊……

唉，现在这些新闻媒体的工作人员也是不容易，好不容易找到个热点，咋可能放过？

又熬了半个多小时，陈冬青就熬不住了，于是下播睡觉。按照黄博的意思，还想要多播一会儿，毕竟这玩意太赚钱了，一个晚上就收入好几千。但陈冬青和小鹤都睡觉了，他一个人直播也没啥意思，再说大家主要是为了看小鹤、陈冬青，又不是看他。

陈冬青躺在床上，总算有时间打开微信，点开了许诺的头像。忙了这一晚上，都还没跟许诺说话，也不知道她现在是不是已经睡了。不知什么时候，陈冬青发现自己已经开始关注许诺的一举一动了。点开头像后，聊天记录还保持在上一次，许诺一晚上并没有和他说话。

他多少有点失望，于是放下手机，准备睡觉。就在这时，手机突然响了，屏幕自动亮起，上面弹出了一条消息，是许诺发来的："下了直播早点睡，晚安。"

陈冬青立刻就精神了，飞快地给许诺回了一条："嗯，嗯，我知道了，现在就睡。你怎么睡这么晚？都快一点了。"

"我等你呢。"

"等我？"

"嗯，刚才我一直在直播间，就等着你下播了，跟你说一声晚安，然后我就睡了。"

"好，晚安，一起睡。"

这条信息发出去之后，陈冬青觉得有些不妥，好像在调戏人家姑娘一样，正要撤回，许诺已经回信了："嗯，一起睡。"

陈冬青不由怔住，心中有些百感交集。或许许诺是太单纯了，对陈冬青这句可能带着暧昧的话并没在意；或许许诺是早已芳心暗许，所以才会没有生气。

但是，许诺的这句回话在陈冬青看来，却没有一丝的歧义，正常而又纯洁，让人无法生出邪念，他暗叹了口气。

是啊，人与人之间纯粹而又美好的相处，大概也就是这样了吧。这一刻，他不由得想起了自己高中时的初恋，那个时代恰如现在一样单纯，让人终生难忘。

陈冬青轻轻地对着许诺的头像说了声："晚安，祝你今夜好梦。"

这一个晚上，他们两个睡得都很踏实。不但房间很安全，而且外面还有一群人守着，绝对什么事也不会发生……

又是一个美好的早上。清晨五点半，就在陈冬青和黄博还在睡梦中时，许诺已经早早地起床了。和往常一样，她先是来到校园里晨跑了半个小时，又回到宿舍读了一会儿书，室友们才一个一个地醒了过来。

"许诺，你又起这么早，实习机会都拿到了，还这么努力干吗呀？"闫菲菲揉着眼睛从上铺爬起来，对许诺说道。

"实习机会对我来说，只是提前进入工作状态，以后毕业了，天天都要和丹顶鹤打交道，不努力点怎么行！"许诺打了个哈欠，显得有些疲倦。

另一个室友张一涵也顶着蓬乱的头发起床了。她一边懒洋洋地穿衣服，一边对许诺说："那个叫陈冬青的画家，昨天上热搜了，你看到了吗？"

"嗯，看到了，不过他好像有点吓坏了，昨天晚上在宾馆吃的方便面，都没敢出门。"

"哈，也是个书呆子。昨天晚上他的直播我也看了，好几万人在线，真的成网红了。"

"网红什么的，也就是这两天，等他把小鹤送回扎龙，就该回归正常生活了。"

"对了，他捡的那个丹顶鹤，真是你们家的？"

"嗯，看编号没错，是我们家的，先前的编号是后来换的，差点就错过了。这回它的爸爸妈妈终于可以见到自己的孩子了。"

提起小鹤，许诺的脸上就挂上了笑容。这些日子她几乎每天都在惦记着丢失的小鹤，现在小鹤即将回家，她比任何人都要高兴。至于陈冬青登上热搜的事，她也很是为陈冬青开心，尤其是陈冬青能够北上，千里迢迢去往扎龙，更让她感动。

"哎，现在这样的人，真是不多了。听说他还把直播打赏的钱都捐给了自然保护区，还挺伟大的。"张一涵拿着洗漱用品，开门出去了。

伟大，这个词分量很重。许诺歪头想了想，也觉得张一涵说得没错。在现在这样的年代，还能有陈冬青这样的人，他简直就是一股清流。

吃了早饭后，许诺给爷爷发起了视频连线。这些日子，她一直惦记着生病的云云，也就是小鹤飞飞的母亲。经过这几天的调理治疗，云云已经好转了很多。视频里，爷爷告诉许诺，云云这两天食欲好了些，只是还有些憔悴，毛色也在慢慢恢复往日的光泽。

昨天在得知小鹤就是云云失散的孩子后，许诺已经第一时间把这个消息告诉了爷爷。他们全家都很是高兴，表示等陈冬青到了扎龙之后，一定好好地感谢人家。

今天，爷爷在视频里告诉许诺，昨天他已经把找到小鹤的消息告诉了云云和梦梦。这两只大鹤都很通人性，应该是听懂了小鹤的消息，显得很高兴。尤其是云云，昨天还不怎么吃东西，今天早上就食欲大开，吃了好些东西，心情也显得好了很多，不再那么抑郁了。

许诺心中感慨万千，动物和人其实是一样的，都有七情六欲，懂得父母亲情，知道感恩，也知道谁对它好，谁对它坏。动物也是纯粹的，它们的感情不会掺杂任何杂质，哪怕是一头凶猛的狮子、老虎，它们也都有着丰富的情感。而这，也是许诺喜爱野生动物的原因之一。

她总是觉得，在野生动物的身上，能够找到那种自然界最原始的，也是最纯粹的东西。每当和动物在一起时，她总是会觉得自己整个人都得到了升华。没有争名夺利，没有尔虞我诈，有的只是人与大自然之间那种难得的和谐和美好。

视频通话最后，爷爷严肃地告诉许诺，让她提醒陈冬青，快到扎龙的时候，一定要注意安全。因为，最近又有一伙盗猎者，还有鸟贩子，活动在扎龙一带，非常猖獗。目前已经发生好几起珍贵的野生鸟类被盗猎的事件了。

盗猎，在每一个自然保护区都是令人头疼不已、深恶痛绝，又除之不尽的事。而且越是深入野生动物生活区域，这种现象就越常见。前些年，许诺的爷爷就曾经真刀真枪跟盗猎分子搏斗过，至今胳膊上还有当年留下的疤。防范盗猎者，也是自然保护区内每一名巡护员的职责所在。

许诺不由得担心了起来。她知道陈冬青是个老实人，之前她就怀疑过黄博，但两人一路走来，黄博还真的帮了不少忙，这说明他应该是个好人。只是不知为什么，许诺一直还是觉得，黄博这个人像是别有用心。但她说不出具体原因，她也曾经自我安慰，告诉自己，这纯粹就是女生的一种直觉。

这次陈冬青和黄博第二次上路，许诺就彻底打消了这种念头，她觉得自己完全是多虑了。如果黄博是坏人的话，那么他早就动手了。所以，他顶多就是跟着陈冬青蹭蹭热度，靠着开直播，赚点收入。但是现在，如果陈冬青再遇到盗猎者的话，那将又会是一次危机。

上午八点，许诺在前往教室的路上，收到了陈冬青发来的问候信息："嗨，许诺同学，早上好。"

看着信息，许诺脸上不自觉地露出一丝笑容，飞快地回了一条信息："早上好呀，陈大网红。"

"网红什么呀！我都不敢出门了，你猜猜我现在面对什么场面？"

"哈哈，我猜你已经被粉丝包围了，一群女生追着喊着要给你生猴子。"

"别闹……生猴子的一个都没有，但是……你自己看吧……"

陈冬青很快给许诺发来了一张照片，在照片里，宾馆门外赫然围着几十号人，手里都拿着直播设备，俨然在等待着什么。

许诺目瞪口呆，心想：这些人都是去拍陈冬青，蹭热度的吗？

事实上，许诺猜得一点都没错。今天早上天刚亮，从四面八方赶来的人群就已经包围了陈冬青住的宾馆。各种直播设备，全副武装，就等着陈冬青出来。

不得不说，这个世界真是太疯狂了！

早上，陈冬青拉开窗帘，被眼前的一幕吓了一跳，他连忙把黄博叫了起来："黄哥，黄哥，你快起来看看吧，外面来了好多人。"

"啊……什么人……"

黄博睁开惺忪的睡眼，擦了擦嘴角的口水，也来到窗前观看。

两个人面面相觑，谁也没见过这种阵仗。关键时刻，还是陈冬青脑子灵活，他马上打开手机，进入抖音，搜索了一下关于自己的消息。

果然，他在最新发布的视频里看到了好多人聚集在宾馆门口的情景。视频里有人说，今天天刚亮，就有很多人来到了海兴，围在了宾馆门前，就想要亲眼看看这个上了热搜的陕西小伙子。

还有人说，大家是为了给小鹤送爱心来的，很多人都给小鹤带了食物，还有的人给陈冬青带了礼物，另外还有拿着钱想要捐款的，什么样的人都有。

但陈冬青明白，这些人里面，固然有一些是出于好意，但大部分都是为了蹭热度来的。这就像他在网上看到过的，某个拉面哥火了，他所在的村子立刻被从各地赶来的人包围，俨然成了一个集市。所有人都拿着直播设备，举着手机，就是为了拍摄关于他的视频。还有前两年的流浪大师，也是这样被无数人包围，不堪其扰，直至消失……

这些似乎曾经距离他很远的事情，现在居然就发生在了他的身边。黄博吞了口唾沫，和陈冬青对视了一眼，说："兄弟，这些人，不会都是来拍咱们的吧？"

陈冬青苦笑道："你猜对了，他们都是冲咱俩来的。"

说着，他伸手摸了摸小鹤的头，叹道："没想到，你人气这么高，咱们居然都成网红了。"

现在的热搜排行榜上，排名前十里面，一个是陕西小伙千里送小鹤还乡，另一个就是小鹤飞飞。自从陈冬青对外公布了小鹤的名字之后，飞飞这两个字也迅速蹿红，现在大家只要在搜索栏输入飞飞两个字，出来的就是小鹤。

小鹤歪着头，轻轻地叫了一声，懵懂的大眼睛看着陈冬青，显然并不明白他说的是什么意思。

"兄弟，现在咋办，咱们也不能躲着不出去啊！"

黄博抓了抓后脑勺，也有点蒙，他甚至都能想象得出来，等两个人走出去之后，就会迅速被人包围，淹没在一片唾沫星子之中。

虽然那唾沫星子里的成分都是表扬和褒奖，但是也差不多能把人淹个半死了。最主要的是，陈冬青平时最烦的就是这个，他连昨天当地县政府的晚餐都没吃，咋可能跟这些人说废话？

"不出去也不行，不理他们也不行，毕竟大家也都是一番好意赶过来的，咱们要是端着架子，回头还得被人骂。"

陈冬青摸着下巴，分析道："现在网络的力量太可怕了，一件小事处理不好，很快那些键盘侠就蜂拥而至，能活活喷死你。"

黄博一摊手："那你说咋办，出去面对现实？"

陈冬青叹气："不是面对现实，现在是得面对疾风了。"

两人沉默了片刻，黄博的肚子忽然咕噜咕噜叫了起来。

"兄弟……是死是活都得把脑袋伸出去，咱们咬咬牙，冲吧。"

往外冲倒是容易，问题是不能落荒而逃，那样的话，也太丢人了。陈冬青想了想，忽然冒出一个好主意："黄哥，你听我的，待会儿咱们出去的时候，全程直播！"

"全程直播？"

"对，他们不是想拍咱们嘛，咱们来个反拍，谁拍咱，你就把手机对着他拍。另外，你就发挥你的强项，用你的三寸不烂之舌，把那些人都给盖过去，灭了他们，这叫以毒攻毒！"

"好嘞，一定没问题！"

两人商议完毕，伸出手来，迅速击掌。然后，他们迅速收拾了东西，背起背包，陈冬青抱着小鹤，黄博跟在后面，举着手机，果然开始了全程直播。以他们现在的热度，虽然还是早晨，但直播一开，立刻就是几千人拥了进来。

他们先来到宾馆前台，办理退房手续。刚出门口，一大群人就立刻围了上来。只一瞬间，陈冬青就觉得自己的脑袋嗡一下子，陷入了一片空白之中。周围的人你一句我一句，说的是什么，陈冬青已经完全听不清了。他抱着小鹤，一边对旁边人保持着微笑，一边快步往外走，一言不发。

黄博跟在后面，一手举着手机直播，同时开启了自己的大嗓门，开始吆喝起来：

"哎，今天早上热闹啊！这南来的北往的，五湖的四海的，各方的各地的、有廊坊的、上海的、佳木斯的、香港的……大家今天不远千里来到这儿，感谢你们对小鹤飞飞的关注、关怀和关心，感谢大家……哎，前面的让让，别把小鹤吓到了，鸟不能受惊吓的，不然一会儿拉稀，蹭你一身啊……"

黄博个头不大，嗓门不小，同时拿着手机四处拍，基本上是谁拍他们，他就拍谁，而且是近距离拍摄，让直播间的网友们看了个清清楚楚。

广大网友的眼睛是雪亮的，当然知道这些人都是干什么来的，于是直播间里一片骂声，对那些来蹭热度的人开始了一波声讨。这些人本来是来拍陈冬青的，结果被黄博这一反拍，什么都没拍到，反而把自己闹了个尴尬。

"……我跟你们说，你们要想拍的话，去扎龙，那边鹤多。如果你们真是关注、保护野生动物，关怀那些丹顶鹤，扎龙一定会满足你们。而且去扎龙拍鹤，那才是对保护野生动物最好的支持和宣传……各位送礼物的、送钱的，我们是不可能收的哈。还是那句话，去扎龙，如果你们没拍够的话，还可以跟着我们一路拍，反正一千多公里，你们能拍好几天呢……"

黄博一边大声吆喝，一边和陈冬青冲出了包围圈。虽然过程费了点力气，耳朵遭了点罪，但结果就是，那些来蹭热度的人，基本上是拍了个寂寞，全程都被黄博的反拍给打败了。尤其黄博最后那句话有点太损了，他让这群人全程跟拍，可是一千多公里的路，如果这些人真的跟去，那可就有乐子看了……

二十多分钟之后，一家早餐店里。

陈冬青和黄博坐在一个靠角落的位置，一边喝粥，一边抬头看着窗外。小鹤站在旁边，高昂着头，四处溜达，和往常一样，吸引了店里很多人的目光。在窗外，刚才那些跟拍的人，跟没脸没皮一样，又追了过来。而且他们都围在早餐店外面，还有不少人把手机贴在了饭店的窗户上，使劲地往里面拍。

"唉……"陈冬青叹了口气，把最后半个小笼包塞进嘴里，"这些人，真是太烦人了。难怪网友们对这种人很是讨厌，这简直就是不让人正常生活啊！"

黄博倒是不在意，他把半碗粥呼噜倒进肚子里，一抹嘴巴，对陈冬青说："不用搭理他们，还是那个办法，谁拍咱们，我就拍谁，对着他脸拍。实在不行，你让小鹤啄他们，反正他们不能跟一只鸟一般见识。再说，丹顶鹤这玩意儿本来攻击性就强，到时候咱们倒打一耙，就说他们吓到了小鹤，找他们索赔！"

陈冬青乐了，他摇摇头说："啄人就算了，万一给人家啄伤了，回头这笔账算谁的？要是啄瞎了，我还得给他赔眼珠子。"

"啄瞎了也活该！这些人长眼睛就是多余的，一天天不知道好好上班干活，净弄这些乱七八糟的。要我说，这都不如在家打麻将的，输了赢了都是自己的本事，起码也算劳动所得！"

黄博能把这件事跟赌博联系上，不得不说也算是个本事。但是打麻将……怎么也不能说是劳动吧？

陈冬青是哭笑不得，两个人很快吃完了早餐。然后用刚才一样的办法，冲出了包围圈，总算是回到了车上。陈冬青把四门落锁，窗户全部关闭，发动了车子。只要上路，应该就没事了吧？

但事实上，陈冬青想得太简单了。他们开车上路，很快出了海兴县，上了高速公路，继续跟着导航一路向北。然而在他们的后面，少说也有二十几辆汽车，自动排成队列，远远跟随，一起上了高速……

这真的要跟着他们一路去黑龙江啊！陈冬青铆足了劲，油门踩到底，几乎就在超速的边缘，疯狂地往前跑。目的就是甩掉那些人。可是他忘了一件事，他这辆车已经开了八年多，如果是人的话，都快上小学三年级了。

人要是八岁，正是活蹦乱跳的时候，可是车要是开了八年，那基本上就属于中老年人了，腿脚肯定多少要出点问题，心脏指定也不太好。所以，陈冬青就算把油门踩到底，这车的速度也就那样。

黄博从倒车镜里往后看看，说："坏了，这些人好像真的要跟咱们去黑龙江，他奶奶的，真下血本啊！"

陈冬青苦笑道："他们倒也不一定是真的要去黑龙江，但是现在这个时候，只要咱们一天不到扎龙，这件事的热度就一天下不去。那么他们跟着咱，就一直能蹭上热度。我敢说，他们现在肯定都开着直播呢。"

"可是他们开直播，又看不见咱们，那有啥好看的啊？"

"唉，你是真不知道，现在无聊的人太多了。看不见咱们怕啥的，只要他们在直播间里说，他们正在跟着咱们一起北上黑龙江，行驶在同一条路上，咱们就在他们前方多少多少公里，就已经足够吸引不少人去看了。"

"要不，咱们也开直播？"黄博出主意说道。

刚才陈冬青的话提醒了他，网络热度就这两天，如果不抓紧时间直播，赚钱的机会就过去了。陈冬青却严厉地告诉他，高速开车绝对不能直播，这是拿生命开玩笑的事。至于后面那些跟拍的人，谁爱直播就直播，是死是活都是他们自己选的。

每个人都应该对自己和他人的生命负责，所以，开车不直播，直播不开车！黄博拗不过他，只好悻悻作罢。一路上，他都抓耳挠腮的，时而往后面看看，嘴里不时地嘟囔着什么。陈冬青则是紧握方向盘，心里一直在盘算，用什么方法能彻底甩开这些人。两个人在车里聊着天，不知不觉车子就开出去一百多公里。陈冬青偶然发现，一辆眼熟的面包车一直和他们保持着不远不近的距离。

这一个上午的时间，就在这种状态下飞快逝去了。中午，两人找了个服务区吃饭、休息。结果，那些拍视频的人也很快追了上来，虽然这次他们学乖了，没有近距离骚扰，只是远远地拍，但也是让陈冬青烦躁不已。这时候，他有点理解那些明星和记者狗仔队打架是怎么回事了。如果他是明星的话，天天都得打架！

第16章
脱身计划

在服务区吃饭的时候，黄博再次收到了崔老大的信息："这到底什么情况？今天一早上我就蒙了，怎么突然来了这么多人？他们都是来偷鸟的吗？"

黄博哭笑不得，回信息：

"老大，他们都是来拍鸟的。"

"啥，拍鸟？摄影家啊？"

"不是摄影家……我说你都不上网的吗？"

"我没事上那玩意儿干啥？我连朋友圈都不看。"

"好吧，那我告诉你，现在我们送小鹤回家这个事，已经在网上火了，那些人都是来直播的。就今天一上午，跟在你旁边那些车，几乎全都是。"

"啊，今天上午那么多车，全都是啊？他奶奶的，我还想呢，今天这也不过节，高速又不免费，咋突然来这么多车？！"

"所以，咱们下手的难度又增加了，那些人黑天白天地围着我们直播，完全没有机会啊！"

"这不扯嘛，一群人围着……那咱咋办啊？"

"别慌别慌，等我想想办法。"

"你可拉倒吧，这样的话，我也不去了。你这小子坑爹，忽悠我一个礼拜了，去你娘的吧！"

"别骂人啊……这样，我待会儿跟他聊聊，然后再给你回信息。"

黄博收起手机，看了看陈冬青，又看看外面围的那些人，一时间是挠头不已。陈冬青吃完了饭，双手托着下巴，也在苦思对策。如果照这样发展下去的话，今天晚上到了承德那边，很可能还是这样的局面。也就是说，一路上都会处于被人24小时监控的状态，太可怕了！

"兄弟，你想到啥好办法了吗？"黄博问道。

"没有，我刚才都想要报警了，但是一想，警察能管这事吗？人家又没犯法。"陈冬青一摊手，无奈地说。

"也是，他们只是跟着……咦，要不咱们报警，就说被骚扰了？你看看周围，这不是骚扰是什么？"

黄博指了指旁边，好些人都坐在他们的周围，举着手机拍摄。

陈冬青苦笑道："没用的，人家可以说是拍服务区，这里是公共区域，又不是就我们两个在这儿。"

黄博说："但是这一群人都往这边拍，多明显是骚扰啊！"

陈冬青说："这种事情，叫警察过来也是扯皮，再说这是高速公路服务区，警察过来要很久，难道你一直在这儿等着？有那个工夫，咱们都到承德了。"

黄博无语地摸了摸鼻子，眨了眨眼睛，一想也是这么回事儿。

"那……就一点办法也没有了？就这么眼睁睁被他们骚扰？要不我过去跟他们干一架！"黄博很是气愤，想到刚才崔老大的威胁，恨不得马上过去把那群人都轰走。

"算了吧，别把事情搞大了，好事变坏事。唉，我们现在要是能神不知鬼不觉地溜出去，换一辆车走就好了，这样他们就发现不了我们了。"

换一辆车……

陈冬青无意中的这句话，却提醒了黄博。他心里一动，隐约想到了什么。换一辆车是可以的，崔老大不就有车？！但是几十号人盯着呢，别说换车，就是上厕所都有人跟着。

两个人揉了一会儿太阳穴，还是没想到什么更好的主意，于是只好起身，继续出发。等他们两个一动，那些人也立即出了门，一窝蜂地追了出来，继续沿途跟拍。这些人也很聪明，他们不会紧紧地跟着，而是始终保持两百多米的距离，这样陈冬青也没法说什么，就算干架都找不到理由。

再说，陈冬青说得也对，他们本就是为了做好事出来的，要是因为这个跟人干架，那就好事变坏事，在网上的影响会很糟糕。唉，忍了！反正也就这两天，等到了扎龙，他们自然就散了。不过话说回来，这些人为了蹭点流量，也是挺不容易的，真下血本啊！能从山东一路跟到黑龙江，冲着这个精神头，也得给他们点个赞。

再次上路，陈冬青依然保持着120公里的时速，匀速前进。后面那些人也始终不远不近地跟着，陈冬青加速他们就加速，陈冬青减速他们就减速。

然而，在这些人之中，那辆破面包车也紧追不舍。

"黄哥，我发现后面那些车里面，有辆面包车好像看着眼熟。"

陈冬青用下巴指了指后面，黄博往后瞅了瞅，也看到了崔老大的车。

黄博眼珠一转，说："对，我也认出来了，那是我那个同乡的车啊！就上次抓盗猎者的时候，他刚好开车路过，帮了咱们那个。"

"哦，对对对，我也想起来了，我记得你说过，他是跑长途，专门拉活的，是吧？"陈冬青也恍然大悟，想起了这件事。

黄博说道："没错，就是他，看来咱们还挺有缘，这·道上都是顺路。"

陈冬青瞥着后面，思忖着说："我忽然想到一个主意，你说咱们找个没人的地方，或者今天晚上，偷偷把车换了，开他的车去黑龙江，是不是就能把那些人甩了？"

哎呀，这是要自己上钩啊？黄博一阵窃喜，但表面上得假装着拒绝，不住地摇头说："那就犯不上了，你把车扔在半路，回头你还得回来取。再说，你开他的车，也保不齐他们还得继续跟踪啊！"

"嗯，那倒是……"

陈冬青嘬了嘬牙花子，不再多说什么了。刚才的主意，也只不过是他临时起意想到的，其实压根就不现实。这只不过是被人跟拍而已，又不是被追杀，没必要那么折腾。

就在这个时候，崔老大忽然发来了一条信息："我有办法了，你在前面找个地方，把他车子弄坏，然后你们坐我的车，甩掉那些人，这样咱们就有机会下手了！"

啊呀，这……英雄所见略同啊！黄博心里一动，瞥了一眼陈冬青，心想：这件事倒也不是不可行，可问题就是，怎么能让陈冬青甘心情愿地换车呢？

把陈冬青的车弄坏是个办法，但就是有点危险啊……黄博摸着下巴，开始思索起了脱身计划。

一望无际的高速公路上，一辆越野车一路飞驰向北。自打上了高速公路，两个人的速度简直就是一日千里，眼看着太阳渐渐开始要往西沉，前方就快到承德地界了。

这一路上，后面的那些车依然是全程跟踪，时而还有不少车偶尔超过了他们，然后从车窗里探出手机……这些人为了直播，简直都是不要命了！

为了防止今天晚上又延续昨天的噩梦，陈冬青这次进城之后，专门找那些背街小巷，一是怕被发现，二是想要甩掉后面的那些人。然而他很快就发现，这根本就没用。

因为只要有一个人跟上来了，视频一发，很快就会有人蜂拥而至。在这个网络时代，没有任何秘密可言。陈冬青也是发了狠，开着车到处兜圈子，时而突然加速，时而一下子钻进菜市场，时而又开进停车场……绕了半个多小时，他回头再看，还是有好几辆车跟在后面。

这个时候，陈冬青忽然发现了一条正在修建的路，路面很多地方都围了起来，颠簸不平。他开的是越野车，而跟在后面的那些车，大部分都是轿车。这种路面，对轿车很不利啊！

陈冬青心生一计，对黄博说："黄哥，待会儿你把小鹤抱稳了，我要从前面过去，甩掉那些家伙。"

黄博也看到了那条路，坑坑洼洼的，有些地方干脆就是大坑。

"兄弟，你确定要往那边去吗？那是施工路段，牌子上写了，'禁止入内'。"

"没事，只要能甩掉他们，豁出去了。"

陈冬青下了狠心，一脚油门就往前方施工路段驶去。恰好这里有一个缺口能进去，上面还有一个高高的台阶，陈冬青看看左右没人，直接就把车开了进去。然后，车子在坑坑洼洼的路面行驶，一路摇晃颠簸……

几分钟之后，陈冬青倒是没什么，黄博在后面抱着小鹤，晃得都快吐了。好在这个时间已经下班了，路上并没有工人，也就没人管他们。不过，后面那些人还真的停下了，没往工地里走，而且一个个都下了车，远远地张望。

哈哈哈，那个台阶还真管用，他们果然进不来。或者说，他们不愿意冒这个险进来。这回，终于甩掉了这些家伙。

但是，陈冬青刚开心了没多久，就忽然看见，有一辆越野车也上了台阶，紧跟而来。真的是阴魂不散啊！

陈冬青一咬牙，说："黄哥，上来个盯梢的，你坐好啊，我就不信甩不掉他们……"

他继续加油往前开，想要把这人也甩掉。但是，这条路前面根本没修完，是个大坑。天色渐暗，陈冬青也没看清，光顾着甩掉后面的人，一个没注意，车子就开进了前面的大坑里。

轰隆一声，整个车身就栽倒在了沟里，翻车了！

这一下，两人一鹤在车里都摔了个仰八叉。那辆车也跟王八翻盖似的，四轮朝天。后面那辆越野车见势不妙，赶紧调头，都没过来帮忙，直接就溜了。司机自己也明白，陈冬青之所以翻车，都是让自己给逼的，他哪里还敢过来自找没趣，搞不好陈冬青从车里出来就得给他一顿揍。

就在这个危急时刻，后面又费劲地开过来一辆破面包车，晃晃悠悠地到了跟前。车上一个大汉跳下来，跑到车前，冲着车里喊："还有活的吗？"

居然是崔老大来了！

黄博正在挣扎着从车里钻出去，但自己被卡住了，听到外面的声音，差点哭出来："快来救命啊……"

黄博不断哭喊着，崔老大见状也是赶紧上前帮忙，费了半天的力气，总算是把陈冬青和黄博，还有小鹤都救了出来。

但是那辆车翻在沟里，他们就无能为力了。坐在坑边，陈冬青呼哧呼哧地喘着粗气，黄博冲着后面骂骂咧咧，两个人都气坏了。再看那辆车，玻璃都碎了，整个车身受损并不严重。

定了定神，陈冬青起身拉着崔老大的手，感激地说："这位大哥，真是太谢谢你了！也不知道咱们兄弟是怎样的缘分，上次在山西就遇到你，帮了我们的忙，这次我们都到河北了，咱们居然还能相遇。不得不说，这真是……缘分啊！"

听陈冬青这么一说，崔老大的脸色甭提多尴尬了，吭哧了半天，才挠着头说："我……我就是看你们后面跟着个车，好像有点不对劲，就想过来看看……"

"大哥，好人啊！"

陈冬青拉着他的手，使劲摇晃，然后又看了看后面，已经一辆车也没有了。天色全黑下来了，黄博说："咱们下一步咋办？这是不是得报警啊，还是找保险公司？"

陈冬青尴尬一笑："我这哥们儿压根儿就没买保险，不过看这个损失，也不是很严重，还是我自己花钱修吧。"

"但是，修车需要时间，咱们也等不起啊！"

黄博刚刚脱离危险，就开始打起了鬼主意。现在陈冬青的车真的出事了，那岂不就是机会来了？

陈冬青摸了摸下巴，看着崔老大问道："这位大哥，你看……我们现在想去黑龙江，不知道你……"

不等他说完，崔老大就忙不迭地连连点头："顺路顺路……我刚好要去黑龙江。既然你们车坏了，后面就坐我的车吧。"

"啊，这么巧！不知道大哥你想去的是黑龙江什么地方？"

"你们去什么地方，我就去什么地方。"

"啊？"

陈冬青一愣，心想："这是什么鬼？我去什么地方，他就去什么地方，这话怎么听着有点怪怪的？"

黄博赶忙打圆场："我这位老乡是个好人，他最爱助人为乐了，他就是这么一说……对了我还没给你们介绍：这是陈冬青；这是我的老乡，也是我好大哥，我们平时都叫他崔哥，崔老大。"

黄博介绍之后，两个人又对视一笑。陈冬青眼睛里都是笑意，崔老大却是躲躲闪闪，笑得有点勉强。

陈冬青想了想，说："既然这样，咱们就先找个地方住下，你要带我们去黑龙江，我肯定不会让你白跑，咱们得谈个价格。另外，待会儿还得找个修配厂的人过来，把这车弄过去……"

崔老大自然是满口答应，于是接下来，三个人费了半天的劲，才找了一个修配厂的人过来，把翻在沟里的车弄了出来，并将车里面的东西收拾整理了一下，倒腾到了崔老大的车上。

然后，他们才找了个宾馆，一起住了下来。这时候，已经是夜里九点多了。由于这次翻车事件，那些跟拍的人果然都消失了。陈冬青乐得不行，心想这也是因祸得福了。那么接下来，该跟崔老大谈谈北上黑龙江的事了。

这是陈冬青第一次跟崔老大，还有黄博，三个人坐在一起，谈论送小鹤还乡的事。崔老大正襟危坐，听着陈冬青和黄博谈笑风生，屁股底下跟长了疖子一样，坐立不安。这根本就装不下去啊……

在这过程中，崔老大起码冒出了五次以上的念头，想要一棍子把陈冬青放倒，抓着小鹤就走。但是都被黄博用眼神给制止了：开什么玩笑？现在陈冬青可是网红，多少个人关注着他的行踪呢，你要是敢在这儿把他打晕，把小鹤抢走，第二天警察就会从天而降，送我们每人一副"银手镯"。所以，现在只能智取，不能强攻。

陈冬青也很是大方，他告诉崔老大这次去黑龙江差不多还要走将近一千公里的路程，连油钱和过路费，乱七八糟的加在一起，一共给崔老大五千块钱。毕竟他从黑龙江还要回山东，如果跑空车的话，算下来这都是一笔不小的费用。

一听陈冬青居然出这么高的价格，崔老大不由得对陈冬青刮目相看。他心里想：难怪这人能干出送小鹤还乡的事！一千公里，雇一辆车，还是个破面包，直接给五千块钱，他要不是钱多了烧的，就是脑袋缺根弦。没想到，陈冬青脑袋缺根弦的事，还在后面。

紧接着，陈冬青又告诉他，等到扎龙以后，再给他两千块钱感谢费，感谢他两次出手相助。黄博听着都发蒙，心想："陈冬青今天这是咋了？直接出手就是五千加两千，一共七千块钱啊！他什么时候这么大方过？"但陈冬青既然这么说，他们自然不会反对，于是双方很愉快地就达成了共识。

接下来，又到了直播的时间。今天晚上外面终于没有那些讨人厌的家伙了，陈冬青很是开心。直播的时候，他把今天翻车的事跟大家一讲，粉丝们都直呼惊险。

当陈冬青在直播间跟大家聊天时，崔老大早就呼呼入睡了，只有黄博在陪着他。夜里十二点，当陈冬青下播的时候，打赏入账足足有七八千块。去掉分成和扣掉的税，还能剩下三千多块。

黄博有点心疼，心想这些钱本来是他们两个的，现在却都是崔老大的。不过，照这样算的话，要攒够给崔老大的钱，两天也就够了。下播休息，陈冬青很快就进入梦乡，打起了鼾。

黄博却难以入睡。他睡在中间的床上，翻身看看陈冬青，又看看另一边的崔老大，只觉得命运真是捉弄人，居然把自己和崔老大跟陈冬青安排到了一个房间里……

既然这样，要是错过了这个机会，是不是有点可惜呢？他蹑手蹑脚地下了床，来到崔老大旁边，轻轻拍了拍他。崔老大噌的一下坐起来了，把黄博吓了一跳，黄博赶忙对他连连比画，让他千万别出声。崔老大摸了摸头，看看陈冬青，又看看小鹤，这才反应过来。现在这一人一鹤都睡着了，正是下手的好时机！

黄博压低声音，在崔老大耳朵边说："你现在过去，抱着小鹤就走，我躺下睡觉，就当啥也不知道。"

崔老大反应了十多秒，才明白过来，一瞪眼说："我给小鹤抱走，那我不就成凶手了？你躺下睡觉，你倒是不傻，你怎么不去抱？"

"我这不是掩人耳目嘛，你想，我要是也跑了，那咱俩就都暴露了。你自己一个人跑，还比较容易跑掉。再说，你身上本来就有案底，你还怕他报警啊？"

崔老大身上的确是有案底的，他之前偷鸡摸狗的事就没少做，虽然没干过什么十恶不赦的坏事，但也是公安机关重点关注对象。

"你确定他不会醒？"

"放心吧，他睡觉跟死了差不多，上次我把小鹤抱走，他都不知道。"

"那行……"

崔老大一横心，从床上爬了起来，摸起车钥匙，就小心翼翼地往小鹤那边走去。

今天晚上，小鹤睡在了地上，没有和陈冬青在一张床上。此时小鹤趴在那里嘴角流出口水，睡得正香。崔老大舔了舔嘴唇，慢慢伸出手，就要去抱小鹤。就在这时，小鹤不知是不是做了什么噩梦，突然惊醒，用力一甩头，直接将一口口水喷了过来。

崔老大哪里知道这鸟还会吐口水，猝不及防，被喷了一脸。然后小鹤眨了眨眼睛，眼皮一翻，咕咚倒下，又睡着了。崔老大被喷得满脸口水，气急败坏地用袖子擦了擦，小心翼翼地等小鹤睡熟，准备再次动手。

这一次，崔老大居然真的把小鹤抱了起来，而小鹤连醒都没醒。崔老大的心扑腾扑腾乱跳，手都在发抖，抱着小鹤，一步步地慢慢挪向门口。黄博躺在床上装睡，暗中观察着崔老大的一举一动。就在崔老大即将要走到门口的时候，陈冬青突然说话了："放下，把小鹤给我放下！"

崔老大吓得差点趴在地上，赶紧退后两步，把小鹤放回了原位。他刚收回手，转头往旁边一看，却见陈冬青根本就没醒，只是翻了个身，一边打呼噜，一边嘴里嘟嘟囔囔的，也不知道在说什么。

这家伙敢情在说梦话啊！崔老大心里这个气，正要继续去抱起小鹤，没想到，小鹤在这时忽然醒了。见崔老大伸手去抓它，小鹤一声啼鸣，扑扇着翅膀站了起来。

崔老大没料到它会突然起来，这一下直接抓了个空，身子没站稳，扑腾就摔倒在地上。这动静闹得不小，陈冬青终于被吵醒了。

他揉着眼睛起来，看看趴在地上的崔老大，纳闷地问："崔哥，天热啊？你咋去地上躺着了？"

崔老大揉着屁股，哎哟哎哟地从地上爬起来，然后一瘸一拐地回到了床上。

"没事……我刚才就是上厕所……不小心摔了一跤……没事了，睡觉吧……"

"崔哥，你可一定要注意安全。咱们三个人，现在你是主力，去黑龙江全都指望你了，下次半夜起来，一定要小心啊！"

陈冬青一脸关切的样子，不住口地絮絮叨叨着。崔老大杀他的心都有了，但还没辙，只能咬着后槽牙，听他唠叨。

十分钟之后，陈冬青总算是躺下了，又过了两分钟左右，就开始重新打起了呼噜。这家伙，睡眠质量是真好啊！崔老大和黄博两个人大眼瞪小眼，齐刷刷地看向小鹤。心说：奇怪了，这小东西咋不睡觉了？

只见小鹤瞪圆了眼睛，在屋子里走来走去，居然散起步来。黄博一看没办法了，笑嘻嘻地凑了过去，慢腾腾地把小鹤抱了起来。这几天小鹤跟他也早都熟了，并没有反抗，任凭他搂抱。

黄博一个劲地给崔老大使眼色，让他去开门。崔老大会意，蹑手蹑脚来到门口，伸出手慢慢地去拧动把手。这高级宾馆就是不一样，门打开连一点声都没有。崔老大打开门，探头往外看了看，走廊里一个人影也看不见，很安全。他对着黄博招了招手，然后黄博抱着小鹤，缓缓地送到了崔老大手里。就在这时，小鹤显然反应了过来，它跟黄博比较熟，但并不认识崔老大。而且，直觉告诉它，这秃头的家伙多半不是什么好人！

小鹤立即跳起来，同时屁股一撅，扑哧……

黄博就觉得自己手上热乎乎的，低头一看，差点跳起来。这家伙居然在自己手上拉了一泡屎！由于鸟拉屎基本都是喷射状态的，近在咫尺的崔老大也没能幸免，虽然没弄到手上，但胸口和裤子上也喷上了不少。

"他奶奶的，这货还拉稀啊！"两个人手忙脚乱，一溜烟地冲进了卫生间，再也顾不得去抓鸟了，洗手的洗手，脱衣服的脱衣服……

等他们两个狼狈不堪地从卫生间出来，一看小鹤，早就呼呼大睡了。黄博看看崔老大，崔老大看看黄博，两个人同时伸手抹了一把脸："命苦啊……"

崔老大的上衣、裤子上全都是鸟屎，又脏又臭，不洗肯定没法出门。他只好将衣服全洗了。这回衣服都洗了，就更没法走了。

清晨五点多，陈冬青醒来去卫生间，见崔老大正坐在地上，手里拿着吹风机，光着身子，在那吹衣服呢。但他本人也不知什么时候睡着了，口水都流出来了。

"这又是闹的什么妖啊……"

陈冬青赶紧走过去，把已经烫手的吹风机关掉了，然后拍了拍崔老大。

"崔哥，起来了，这大半夜的洗啥衣服，快去床上睡。"

崔老大激灵一下子醒了过来，抹了一把嘴角的哈喇子，睁开惺忪的睡眼，一看面前是陈冬青，顿时就精神了。他一骨碌爬了起来，抓着半干的衣服，跺了跺脚，什么也没说，一头就钻到床上。

黄博也醒了，赶紧过来给打圆场，把夜里小鹤拉稀的事情告诉了陈冬青。陈冬青一听，直呼："好家伙，这哥俩太够意思了！小鹤半夜拉稀拉了人家崔哥一身。崔哥毫无怨言，自己躲在卫生间洗衣服，困得还在地上睡着了。这是个大好人啊！"

陈冬青感动得眼眶都湿润了，赶紧把崔老大的衣服接过来，对他说："崔哥、黄哥，你们安心睡吧，衣服交给我，等会儿出发的时候，一定让你们穿上干干净净的衣服。"

他自告奋勇接过衣服，拿起电吹风，继续吹了起来。崔老大困得都快不行了，陈冬青说的什么他都已经没心思听了，结果刚要睡着，吹风机就响了起来，嗡嗡嗡嗡不绝于耳。

这回可好，刚才陈冬青睡觉他吹，现在他睡觉陈冬青吹，谁也没占到便宜。陈冬青仔仔细细地一直从五点多吹到七点，崔老大的衣服才彻底干透。

崔老大和黄博这觉睡了个稀碎，七点多陈冬青放下衣服，喊他们出去吃早餐的时候，崔老大迷迷瞪瞪从床上下来，差点一个跟头栽地上。

"兄弟，我不吃了，你们去吧，我太困了……"

黄博也是困得走路直打晃，陈冬青说："那怎么行，不吃饭的话，待会儿咱们上路，你们两个肯定扛不住。这回路上不知道什么时候才能有服务区，饿了咋办？"

"没事，饿了就买点面包、火腿肠啥的，垫垫。"

"不行，我得对你们负责。快醒醒，崔哥，精神精神，吃早饭是必须的，这是健康生活，不吃早饭不健康。再说，咱们的房费里是包含早餐的，不吃岂不是浪费了？来，起身吃饭了，乖乖听话……"

陈冬青跟哄小孩一样，连哄带骗地把两人弄了起来，推去了宾馆一楼的餐厅。崔老大和黄博两个人都跟踩着云彩似的，晃晃悠悠到了餐厅，又晃晃悠悠地坐下。

陈冬青倒是勤快，自己去弄了一大堆吃的回来，摆在了桌子上，笑着对他们说："快吃吧，我拿了鸡蛋和粥，还有油条、包子、咸菜，一人一杯豆浆，外带一些水果。吃完了之后，如果你们想睡，再去睡会儿。"

于是，崔老大和黄博两个人半眯着眼睛，跟两个僵尸一样，机械性地往嘴里塞了一堆东西，连怎么咽下去的都不知道。很快吃完饭，两人终于精神了一些，等回到房间的时候，才彻底地醒了。

"要不，再睡一会儿？"

陈冬青笑吟吟地说，然后拍了拍床，示意两人可以继续睡觉。

崔老大看看时间，已经是早上八点半了，这还睡个屁啊？还是动身出发吧！陈冬青也没拒绝，于是三个人收拾了东西，从宾馆里退房出去，来到了车上。

这回，他们就只能坐崔老大的面包车了。至于那辆越野车，陈冬青已经和修配厂约好，过几天他会来取。崔老大还是有点困，他买了一瓶冰镇的矿泉水，倒在自己头上，然后手握方向盘，突然"哇呀"大叫一声。这叫声冷不丁地把陈冬青和黄博都吓了一跳，只见崔老大喊完之后，立刻精神焕发。

"都坐好了，出发！"

陈冬青坐在副驾驶位，从倒车镜往后看了看。嘿嘿，这回跟踪的那些人，一个鬼影子都没了！

第17章
两个笨贼

陈冬青从开越野车换成了坐面包车，从司机变成了乘客，这回终于可以舒舒服服地坐车，不用辛苦开车了。这辆面包车虽然空调不制冷，座位不稳，一跑快了全身的零件都跟着响，但是宽敞啊！这车的最后一排座位是拆掉的，小鹤总算有了自己的活动空间。它的那些食物和水什么的，都堆在了后面，小鹤可以尽情地玩耍。

此时此刻，陈冬青坐在副驾驶位，把窗户摇了下来，凉爽的风儿拂面，惬意无比。前往扎龙的路线，陈冬青都已经计划好了，不出意外的话，明天晚上就可以到达齐齐哈尔，或者是哈尔滨了。不用自己亲自开车就是爽，陈冬青反正没事做，就拿出手机，给许诺发了一条微信："你猜我干吗呢？"

他也是闲的，人家通常打招呼都是说"你干吗呢"，他可倒好，上来就让人家猜他干吗呢。过了一会儿，许诺才回复他的信息："我猜你修车呢。"

哎哟？陈冬青挠了挠头，心想：她怎么知道车坏了？不等他发问，许诺就已经先问了他一句："昨天你翻车的事，我晚上才看到，但一看你好端端地在直播呢，才放下心。怎么样，没什么事吧？"

"没什么事，但是你是咋知道我翻车了啊？"

"你不知道吗？昨天好几个号都发了你翻车的视频，但是天黑，没拍清楚，又离得远，什么都看不清。"

"啊，原来是这样，我都还没注意，昨天直播的时候，好像也没人说这事呀！"

"怎么没有，好几个人提到了，就是你没注意而已。不过你这一翻车，那些人再不敢跟着你了，也是好事。"

"跟你说实话，昨天那些人也就是没敢离得太近，不然我非得臭骂他们一顿。"

"幸好你没骂他们，不然网上又该有人带节奏了，送小鹤还乡是好事，别节外生枝，安全送达就好。"

"没错，我就是这么想的，所以我就一直忍着，尽量不跟他们发生冲突。没想到，我自己真翻车了。"

许诺不由得笑了起来，然后问道："那你现在到底在干吗？"

昨天晚上因为要保密，陈冬青没提自己要换车的事，所以，许诺还以为他要留下修车，等修好车再走。

陈冬青神秘一笑，飞快地回了一条信息："我已经在前往扎龙的路上了，车虽然没修好，但是我另外雇了一辆车，神不知鬼不觉就把那些人都给甩掉了。"

"另外雇了一辆车？那得很贵吧？"

"是挺贵，不过还好，是黄博那个老乡的车。他们人都很好，让他们多赚点，也没什么。再说一路上也得他们多帮忙，不然我自己也不可能把小鹤送过去。"

"黄博的老乡，就是上次你说的那个神神秘秘的，总是在关键时刻出现在你们身旁的汉子吗？"

"对呀，我们每次遇到危险他都会出现，你说巧不巧？"

"巧，简直太巧了！巧得我都觉得他是在一路跟踪你了，难道你就不觉得，这件事有点奇怪吗？"

"嗯，是挺奇怪的，但现在也没有别的办法，自己多加小心吧！"

"你还知道多加小心，还没傻透。"

"哈哈哈哈，我心里有数，你就放心吧。"

"我能放心才怪！这样吧，我尽量早点赶回去，你注意安全。如果他们有什么不对劲的地方，能报警就赶紧报警；不能报警的话，你就给我发个信息，我帮你报警。"

"行，我记住了，你真好！"

陈冬青在这句话最后加了个"吐舌头的笑脸"，还有"一枝花"的表情。

"我好，是因为你对小鹤好；要不然，我才不理你呢！"

许诺发了个"右哼哼"的表情，本想找个"左哼哼"一起发出去，但是找了半天才发现，"左哼哼"没了。

她这才想起，前几天微信更新，表情做了一番调整，居然把她最喜欢的"左哼哼"和"右哼哼"弄分家了。世间事，真是变化无常。

她把自己的感慨和陈冬青分享了一下，陈冬青调侃地对她说了一句："所以呀，我们都要珍惜眼前的人，说不定哪天就跟'左哼哼'一样消失不见了，连一声再见都来不及说。"

许诺的心弦微微被触动了一下，她咬了下嘴唇，给陈冬青回了一个字："嗯。"

两人聊着天，时间过得飞快，很快就又到了中午。十二点三十分，这辆面包车摇摇晃晃地进了一个服务区，三个人带着小鹤走了下来，准备在这儿歇息、吃饭。

这个服务区很大，里面人很多，三个人带着小鹤一走进去，马上就引起了很多人的围观。面对这种场面，陈冬青早就习惯了，便告诉大家，他是要送这只小鹤去齐齐哈尔的扎龙自然保护区。

一听他这么说，马上就有人认出了陈冬青正是那个最近很火的陕西小伙。于是人们举起手机，有的拍照，有的录像，还有的上来围着小鹤东问西问。这些人跟前两天那些跟拍的不一样，只是好奇罢了。陈冬青也就耐心地解答了一些问题，然后一边说着，一边往里面走，来到了服务区的一个饭店。

于是，陈冬青点了几个菜和米饭，三个人便一起吃了起来。至于小鹤，老老实实地在一旁吃它的食物，不吵也不闹，很乖很安静。一边吃着饭，陈冬青一边看着导航，计算着下午的行程，然后和崔老大沟通了一下路线，确认下一步的目的地。

从地图上来看，今天晚上就能到达沈阳，但是陈冬青不同意进沈阳，毕竟城市越大越麻烦，带着小鹤也有很多不方便。就像刚才被一大群人围着的滋味，其实挺难受的。尤其这种情况，小鹤还容易受到惊吓。所以，经过一番研究后，他们共同决定，不进沈阳，绕路旁边的另一个县城，今天晚上就在那里休息。不去大城市，这也是崔老大和黄博所希望的，因为城市越大越不好下手，最好今天晚上住在一个荒村野店，那才最好不过……

三个人在服务区休息了半个多小时，便要再次出发了。但是刚一起身，陈冬青忽然一捂肚子，神色难堪地说："不好，刚才吃的东西不新鲜，要闹肚子……"

一见陈冬青闹肚子，黄博赶紧说："那你快去厕所，我们在外面等你。"

"好……你们等我一下，真得去一趟。我尽快啊……"

陈冬青说着，弯着腰捂着肚子，一溜烟冲向了卫生间。

"没事没事，我们等你，你多蹲一会儿，拉利索了，不然待会儿路上可没地方解决。"

"好嘞，那我多蹲一会儿。不好意思哈，黄哥，你把小鹤看好。"

"知道了，知道了，快去吧快去吧！"

黄博连连摆手，陈冬青没有再多说什么，一转身就没影了。

崔老大撇撇嘴："屁尿真多，我们先走。"

他正要出门，黄博伸手拉了他一下，神神秘秘地说："老大，好机会呀！"

崔老大愣了一下才反应过来，顿时眼睛一亮："你的意思是说，咱俩直接跑？"

"此时不跑，更待何时啊？"

要不还得说黄博鬼点子多，现在小鹤在他手里，陈冬青也跑去蹲坑了，不知道多久能出来，那还不赶紧跑啊？！

"对啊，快走快走，到前面换一条路，让他找不到咱们。"

崔老大也是连声催促，于是黄博抱着小鹤，跟着崔老大上了车。可是，就在黄博一只脚已经踏上车的时候，忽然停顿了一下，然后眉头一皱，伸手捂住了肚子说："老大，我也……肚子疼。"

崔老大一听，鼻子都气歪了，张嘴就骂道："懒驴上磨屎尿多，你跟着凑什么热闹？忍一下，马上我们就走了。"

"不行啊老大，忍不住了，要……要出来了……你等我一会儿，我速度快，肯定比他先回来。"

黄博话音未落，人就直奔卫生间而去。崔老大无可奈何，只能在原地等。他心里恨恨地想："这俩人真是废物，吃点东西就闹肚子，这体格也太差了。看看我，跟你们吃的一样的东西，我怎么就没事？我咋不闹肚子？"

他关了车门，百无聊赖地坐在驾驶位等着。小鹤在后面也很乖，趴在车上，睁着两个大眼睛往窗外打量。大约等了五六分钟，黄博也没回来。崔老大等得有些不耐烦，正想打电话催他，心里一动，忽然冒出一个邪恶的念头：为啥要等黄博？！现在小鹤在车上，陈冬青和黄博都去了卫生间，不知多久才能出来……哇，天赐良机啊！这还不快跑？等他干什么啊？！

崔老大想到这儿，顿时给了自己一个大嘴巴，心说："我真是缺心眼，有这个工夫，我都跑出去十公里啦！"

于是，崔老大马上发动车子，对着后面的小鹤嘿嘿一笑，说道："小家伙，这可是天意，以后你就归我了。不过你放心，我肯定会给你卖个好价钱……哦，不对，是给你找个好人家。"

说着，他麻利地踩离合，挂一挡，然后把墨镜一戴，嘴角露出一丝得意的笑，就要独自逃跑。就在车子刚刚开动的瞬间，车门忽然被人打开了，崔老大赶紧踩下刹车，就见一个人捂着肚子，钻上了车子，坐在了后座。

崔老大吓了一跳，心说："太倒霉了，差一点我就成功了。这个该死的黄博，要是他再拉一会儿，小鹤就是我一个人的了。"但是人家已经回来了，他也只能捏捏鼻子没辙，好在陈冬青还没回来，估计那小子拉虚脱了。

"坐好了，咱们走了。"

崔老大没好气地说，然后一脚油门，车子顿时蹿了出去。等上了路，黄博还是没说话，背靠着后座，耷拉着脑袋，恰好藏在了一个视角盲区，崔老大在后视镜里看不到他。

大概开出去两三公里，崔老大从后视镜里往后面瞅了瞅，说道："你说说你们，吃点东西就闹肚子，我咋就没事呢？真是瞎耽误工夫。要不是你，这会儿咱们都跑出去老远了。"

黄博还是没说话，只是哼哼了一声，表示回应，估计是真拉虚脱了。

"这个小鹤，你有啥想法，下一步咱们怎么办？"

崔老大又问了一句，就听后面又哼哼了一句，似乎说了什么，但是没听清。他心想："这小子，拉稀拉得说话声音怎么都变了？"

崔老大其实也就是随口问问，他心里早就有了下一步的打算。常年混迹在外，崔老大的路子和人脉还是很广的。他已经通过家里那边的关系，联系到了买主，只等小鹤到手，就可以送过去出手了。一只健康的活体丹顶鹤起码能卖个四五万，这种幼鹤，价格更高！

崔老大美滋滋地盘算着自己接下来的好日子，没再开口说话。他一边开车，一边从嘴角露出掩饰不住的笑意。又走了几分钟，他的手机忽然响了起来。他低头瞥了一眼，居然是黄博打来的电话。他不耐烦地就给电话挂掉了，然后冲后面喊了一句："你他妈有病吧？打个屁电话。"

他骂了这一句，后面还是没有什么反应。奇怪了，今天这货咋这么老实？被自己骂都不还嘴，而且小鹤都到手了，他也不问一句，起码也应该表达一点喜悦之情啊！

崔老大正在纳闷，忽然，手机又响了起来，他低头再看，居然还是黄博打来的！哎呀，这就奇怪了……

崔老大拿着手机，回头喊道："黄博，你小子有毛病啊？你打什么电话？"

但是，后面依然还是没动静。难道闹鬼了？

崔老大开着车，又看不见后面，喊了几声黄博，没人应声，心里不由得有点发毛。

手里的电话响个不停，崔老大挂了他就打过来。崔老大愈发觉得不对劲，于是按下了接听键。电话里传来了黄博气急败坏的叫喊声："姓崔的，你他妈跑哪去了？你把我甩下自己跑了算怎么回事？"

啊？崔老大激灵一下子，心说黄博难道没上车？那在后面的是谁啊？！

"陈冬青？"

崔老大试探着喊了一声，就听后面传来一个有气无力的声音："啊？咋啦？"

哇！怎么会是陈冬青？！崔老大这一惊非同小可，急忙踩了一脚刹车，差点把车开到沟里去。

"黄博呢？！"

崔老大冲后面喊道，然后就见陈冬青从后座位探出头来，说道："黄哥他……天哪，他没在车上啊？我还以为他在副驾驶位！"

原来，一直坐在后座上的人，根本就不是黄博，而是陈冬青。他刚才从服务区的卫生间出来，拉得走路都有点摇晃了，来到车旁的时候，见后座没有人，以为黄博去了前面副驾驶位，于是他就很自觉地坐在了后面。

崔老大在车上说话，他一直以为是在和黄博说话，所以就没搭茬，再说他肚子不舒服，浑身虚脱，也懒得开口。可是现在，他却发现，黄博根本就没在车上！

"崔哥，他肯定还在服务区，咱们赶紧回去接他吧！"陈冬青焦急地说道。

崔老大定了定神，对电话里说："你他妈的刚才跑哪去了？我还以为你回来了，一踩油门我就走了。"

"我还在服务区啊！"

"那我回去接你……但是这鬼地方，没处掉头啊！"

崔老大看了一眼导航，发现最近能够调头的地方，在五十多公里之外。来回就是一百多公里的距离啊！崔老大气得真心想把黄博扔下不管，自己一个人对付陈冬青反而更容易下手，不需要有任何顾忌。

但就在这时，另一个人的声音从黄博的手机里传来："我是交警巡逻大队的，待会儿你把车停在下一个服务区，我们把人给你送过去。"

崔老大这个气，直接对着手机说："警察同志，这个人……我不要了行不行？"

手机里传来了明确的答复："不行！"

一个多小时之后，另一个服务区，崔老大恨得牙根直痒痒，但是也毫无办法，只能乖乖地在原地等交警同志把黄博给送过来。

陈冬青却是十分淡定，在另一边开启了直播，跟网友们开心地讲述起了黄博被丢在上一个服务区的事，笑得前仰后合。自打他们上了高速，直播的内容就渐渐变得枯燥了起来，今天这是个难得的趣事。大家纷纷表示，黄博上个厕所被扔在服务区这件事，够他们乐三天的了。

崔老大坐在一边，看着陈冬青在开开心心地直播，小鹤在一旁优哉游哉地喝水，他心里憋着气，不住地运动。

"崔哥，还生气呢？这也不怪你，是我上车没打招呼，要淡定啦！"

陈冬青笑嘻嘻地拍了拍崔老大的肩膀，对他说："来，跟直播间的朋友们打个招呼……兄弟们，这就是崔哥，你们别看他长得凶，其实人很好，晚上他都是等我和黄博睡了，才肯睡。特别贴心的好大哥！"

崔老大无奈，对着直播间龇了龇牙，做出一副哭笑不得的表情，心说："老子睡得晚，那是为了找机会偷你的鸟！"两人大概等了二十几分钟，一辆警车开进了服务区，停在了他们的旁边。车门一打开，黄博就跳了下来。

"老大……陈兄弟……你们两个可真狠心啊……"

崔老大恶狠狠地丢给黄博一个白眼。

"还不是你磨磨蹭蹭的，拉个屎跟掉厕所里一样！懒驴上磨屎尿多！"

要不是当着警察和陈冬青的面，崔老大非一脚踹在黄博的屁股上不可，心说："越到关键时刻越出岔子，早知道就该让他把这泡屎直接拉裤子里，那样小鹤早就到手了！"

警察走后……

"扑哧……"

陈冬青看看崔老大，又看看黄博，实在没憋住笑出了声。黄博缩着头，捂着肚子，不时偷眼看着崔老大，一脸生怕挨揍的样子。

"看什么看？走吧！"

崔老大给了他一个大脖溜，随后上车，重新启程。接下来的行程气氛都很尴尬。崔老大一边开车一边回头瞪黄博，黄博也不知道是真肚子疼还是假肚子疼，一直躺在车后座上装死。

直到夜里车子停靠在一座小镇，黄博才从车上跳下来，此时的他哪还有半点肚子不舒服的样子，简直生龙活虎。

"哎呀，妈呀，饿死我了，咱快找个饭馆吃饭吧，我听说这边的菜式特别多……"

"吃吃吃，你就知道吃！吃得多拉得多，再影响了明天的计划我弄死你！"崔老大再次瞪了他一眼。

陈冬青闻言大为感动，他哪里知道崔老大的话其实别有深意，心里想："看来这个司机是请对了，竟然对送飞飞的事如此上心。"

"好了好了，人有三急，今天的事也不能都怪黄哥。"陈冬青打圆场。

"就是就是，我觉得吧，兴许是咱们吃的小馆子不卫生，要不咱们兄弟两个不能一起坏肚子，是吧？所以说，有的时候出门在外真的不能心疼钱，得吃好喝好。今天晚上咱们高低得找个环境好的大饭店吃饭，有保障。"

"环境好的大饭店，一般不让带宠物入内吧。这小鹤又乱吃乱拉的，肯定进不去。"

崔老大一脸嫌弃的样子，飞飞听出来崔老大说的不是好话，立马雄赳赳气昂昂地伸直了脖子，就要去咬崔老大。

"妈呀！"崔老大知道飞飞的厉害，转身就跑，飞飞炸着翅膀就追！

陈冬青赶紧上去拉架，好不容易将一人一鹤分开。陈冬青死死地抱着小鹤，小鹤还在不依不饶地对着崔老大叫，就好像在和崔老大说："你过来呀！"

崔老大心有余悸地拍着胸脯，刚才他猝不及防，大腿被飞飞啄了一口，转筋一样地疼啊！黄博被小鹤欺负了一路，如今总算身份转换成了看热闹的，看得是乐不可支。

"要我说，这小鹤最近脾气太凶，去店里吃饭，万一咬了人就不好了，不如先找个旅馆，把小鹤安顿进去，咱们再去吃饭。"

黄博的话也有道理，陈冬青抚摸着小鹤的脖子说："不行，单独放小鹤我不放心。不然这样吧，你们两个去饭店吃，我带着小鹤去找旅馆；你们吃完了再给我打包带回来点就行。"

"那不行！"崔老大和黄博异口同声。

"你是我的雇主，怎么能我先吃让雇主等着呢？那我这钱赚得可太不得劲了！"

崔老大正义凛然地拍拍胸脯："这不符合我行事作风。这样吧，你们两个先吃，我在这里看着……"

"别了，我知道崔大哥是个好人，不过小鹤跟你不亲近，还是我来吧。"陈冬青摇头说。

闻言，崔老大赶紧给黄博递眼色。黄博赶紧接道："我这段时间和小鹤相处得还不错，要不这样，你先去和崔老大吃饭，我留下来看小鹤。"

陈冬青看了看他，一脸疑惑："你不是早就饿了吗？一下车就嚷嚷着要吃东西。"

"哎呀，我饿了倒是饿了，可这不是坏肚子嘛，好不容易拉干净了，要是再吃东西又得拉了。你们先吃，回来的时候顺手给我带盒药就行。"

崔老大不给陈冬青犹豫的时间，抓着陈冬青的胳膊就要走。

"走吧走吧，咱们先去吃，要不是黄博这家伙懒驴上磨屎尿多，咱们早就到地方了，让它看着小鹤就算他将功补过了。"

说话间陈冬青已经被拽走，走出一段距离，陈冬青还是不放心。

"不行，我放心不下，黄博一个人看小鹤太危险了。咱也不知道这里有没有盗猎的，万一有人起了歹心，他又打不过。"

"这里可是镇中心，能出什么事？你想多了。"崔老大苦口婆心。

陈冬青正要开口，小鹤已经颠颠跑到他面前不远处，黄博在它身后紧追不舍。可是每当他马上就要扑到小鹤的时候，小鹤就会张开双翼扑腾起来，每每都让黄博扑空。

飞飞就这么连跑带飞地跑到陈冬青面前歪着头看着他。灵动的眼珠子骨碌碌地转，就仿佛是在质问陈冬青："你去哪儿？为什么不带上我？"

陈冬青看着心都化了，断然说："崔哥，还是你和黄博一起去吧！我留下看着小鹤。"

黄博气喘吁吁地跑上来一把搂住小鹤的脖子："没事没事，还是按原计划，你们先去，我能照看好小鹤。"

小鹤一听，毫不客气地转过头，对着黄博"呸"地吐了他满脸的口水。

"嘿！我说你这吐人的毛病怎么到现在还没改。"

黄博一边擦脸，一边大喊。小鹤却是悠闲地拍着翅膀，走到陈冬青身边站好，蹭了蹭他的手。等它再转头看黄博的时候，眼神就变得凶巴巴的。那眼神，仿佛洞察了一切。

陈冬青笑了起来："你看，飞飞还是更喜欢和我待在一起，你们两个先去吃吧。"

崔老大无奈，只能跺了跺脚，和黄博一起走了，陈冬青则带着小鹤去找住的地方。

三个人分头行动。走过一道拐角，崔老大抬脚就在黄博的屁股上踢了一脚："你怎么回事？这么好的机会都抓不住。"

黄博委屈地揉屁股："那小鹤可聪明了，你也不是没看到，它只和陈冬青亲近。我怀疑，它好像知道咱们没安好心。"

崔老大又踢了他一脚："放屁，它就是个扁毛畜生，它知道个球！"

黄博只得安慰："现在事情都已经这样了，你生气也没办法呀……要不这样，一会儿咱们买点酒回去，直接给那小子灌醉，等他喝多了睡得人事不省，咱们就趁机下手！"

片刻后，二人拎着几盒饭菜，搬了两箱啤酒，生怕陈冬青喝不多。按照陈冬青发给他们的旅馆定位，二人带着东西气喘吁吁地回来了。陈冬青看着那两箱啤酒吓了一跳。

"买这么多？"

"哎呀，这段时间东奔西跑的可是累死我了，我感觉我这浑身的关节都散架了，今天晚上可得好好喝一顿，睡个好觉。"

黄博说着勾住了陈冬青的脖子："兄弟你得陪我，咱一起喝点。"

想到黄博这段时间确实帮了不少忙，陈冬青点头答应了。

"好吧，明天别耽误事就行。"

见陈冬青答应，黄博和崔老大二话不说，举起酒杯就开喝。这俩人一肚子鬼胎，拉着陈冬青喝得又急又凶，陈冬青感觉自己都还没吃点东西垫垫胃，就已经一瓶酒下肚了。

一个小时后……

两箱啤酒就被三个人快消灭干净了，崔老大的眼神都喝得迷离了，黄博的双眼也有点直勾勾的。

陈冬青打了个酒嗝："不行了，撑得难受，睡觉吧！"

崔老大赶紧按住陈冬青肩膀："不行！还没喝尽兴呢，怎么就能睡觉？你等着，我去再买点酒回来！黄博，你看着他！不许让他睡觉知不知道！"

黄博舌头都大了，含糊不清地应着，像机器人一样点着头，眼皮也一个劲地打架。崔老大起身又去买酒了，陈冬青看崔老大好像有点醉了，起身想跟上他，结果黄博死死地拉着他不让他走。

"不行！你哪儿都不许去！在这儿等着！咱们哥几个今天必须喝尽兴了！"

黄博说着拿起最后一瓶酒就往陈冬青的杯子里倒。

"黄哥，你是不是醉了？"

黄博咚的一下将酒瓶子戳在桌上："说谁喝醉了呢？瞧不起我是不是？你知不知道我是谁！我酒神！"

陈冬青无奈地笑了，只好老老实实坐下。

"你等我啊，我去尿尿，等我啊！"

黄博起身去上厕所，陈冬青的手机在口袋里震了一下，是许诺发来的消息："在干吗？"

陈冬青回了一句："在喝酒，今天黄哥他们非要喝点。"

许诺："少喝点，注意身体。"

陈冬青看着这短短的一句话，心头一暖，嘴角不自禁地挂上了微笑。

"放心吧，没喝醉，我虽然很少喝酒，其实我酒量很好的。倒是崔大哥和黄哥有点喝多了，但还嚷嚷着要喝。崔大哥又去买酒去了。"

许诺："还喝？你别喝醉了！你们带着小鹤留神被人盯上，你忘了之前的事啦？"

隔着屏幕，陈冬青感受到了许诺浓浓的关心。

"我酒量特别好的，记得大学毕业那次，我喝了七八瓶啤酒，都没问题。"

"这么厉害，练出来的？"

"应该是遗传，但我平时不怎么喝酒。"

"行吧，不过你没醉，另外两个都醉了，你们明天还能启程吗？"

"唉，他们现在明显是喝高兴了，拦都拦不住。我估计明天他们都得车上躺着去，只能我开车了呗。没事的，我心里有数。"

"那好吧，那我先睡了。"

两人最后互道晚安，陈冬青将手机收好，然后往门口看了看。奇怪，这黄博说上厕所怎么到现在也没出来？陈冬青起身朝卫生间走去。

"黄哥？黄哥你还没上好吗？又闹肚子了？"

卫生间里一点回音都没有，陈冬青一拽门把手，卫生间的门吱嘎一声就开了。好家伙，喝得连门都没锁。

陈冬青往里面一看，吓了一跳，只见黄博的裤子褪到一半，居然坐在地上睡着了。

陈冬青哭笑不得，赶紧把黄博从地上拽起来。黄博还说梦话呢："喝！继续喝！我跟你说，我可是千杯不醉！"

陈冬青费了九牛二虎之力才将黄博给拖到床上，然后又给黄博穿好裤子。忙活完之后出了一身的汗，微醺的醉意也退去了。抹了抹脑门的汗，陈冬青又开始担心起来崔老大。

他说出去买酒怎么到现在还没回来，要不要出去找找？

此时此刻，崔老大正在外面催吐呢。他努力了半天，总算是将刚刚喝进去的啤酒吐了出来，眼神也跟着清明了几分。直到胃里吐空了，崔老大才直起腰来，拎起地上的两瓶白酒，瞅了瞅陈冬青所在的房间，暗暗发狠："小样，挺能喝啊！那就啤酒、白酒掺着喝，我还就不相信了，今天放不倒你！"

崔老大回到房间，把两瓶白酒往桌子上一放："这破地方，到了晚上连个卖啤酒的都没有，蹅摸了半天就买到两瓶白酒。"

看着那两瓶白酒，陈冬青有些为难："要不咱还是别喝了吧，黄哥他喝多了都在卫生间里睡着了。"

崔老大瞥了一眼死鱼一样的黄博，更是气不打一处来，忍不住骂了一句："这个废物，甭管他！咱们兄弟两个接着喝！"

"真喝呀？"陈冬青很是为难，因为他觉得白酒气味太呛，不喜欢。

可陈冬青的反应落在崔老大眼里，就是他已经快撑不住了。既然这样，那他更得加把劲了。

崔老大直接拧开瓶盖给陈冬青倒了满满一杯。

"当然是真喝了，不然你以为我跟你开玩笑呢！告诉你，今天这酒你要是不喝，你就是瞧不起我！"

话都说到这儿了，陈冬青也不好意思就这么拒绝他。最终，二人继续喝了起来。

崔老大致力于灌醉陈冬青，所以喝得很急，基本上是陈冬青刚喝完一口放下杯子，那边崔老大就再次举杯。这劣质白酒呛得陈冬青想吐。

一杯白酒好不容易下肚，陈冬青赶忙摆手："不行了，不行了，这酒是多少度的，怎么这么呛！"

"六十度的，兄弟你信我，这喝白酒还是得喝度数高的，第二天起来才能不上头，要不然你头疼。"

陈冬青咧了咧嘴："我感觉我嘴都麻了，不行，我真不能喝了。"

崔老大其实眼前都发花了，但看陈冬青这要废掉的样子，总觉得自己这八成是要得手了。这编筐窝篓全在收口，就最后一哆嗦的事了，说啥也不能放过陈冬青。拼了！

崔老大咬了咬牙，在自己的大腿上狠掐了一把，然后继续拎起酒瓶给陈冬青倒酒。

"就这一瓶，咱们兄弟两个一人一半，今天就算完事，行不行？"

陈冬青咬牙看着剩下的小半瓶酒，再看看崔老大那不喝完不罢休的架势，只能艰难地点点头。他倒是还没喝醉，但这酒实在太难喝了。崔老大见他点头，迅速将剩下的半瓶酒都倒在了二人的杯子里。

如果仔细端详，就会发现，陈冬青杯子里的酒比崔老大杯子里的酒多了一些。不过崔老大很鸡贼，压根也没给陈冬青比较的机会，举起酒杯就说了一句："不磨蹭了，干了！"

说完，崔老大一仰脖，一口喝干。他倒也是个好酒量，陈冬青看得一愣一愣的。崔老大一抹嘴，反问陈冬青："你咋还不喝啊？"

陈冬青一脸痛苦地举起酒杯一饮而尽。太呛了，反胃，陈冬青憋不住了，他捂着嘴转头就往卫生间跑。一进卫生间，陈冬青"哇"的一声就吐了出来。

白酒咽下去的时候就够呛了，吐出来的时候更是呛得鼻子嗓子都难受。崔老大眼见着陈冬青去了卫生间，心说机会终于来了！他猛地站起来，想要动手，结果起来得太快了，酒意上涌，眼前陡然一黑，"咕咚"一声栽倒在地上。

"稀里哗啦！"桌子上的东西被他摔了一地。

陈冬青听到动静赶紧从卫生间跑出来，就见崔老大正四仰八叉地躺着，地上一片狼藉。

"这两兄弟醉倒的方式还真的是各有千秋！"

陈冬青赶紧跑过去将崔老大扶起来，可崔老大身上全都是菜汤。没办法，陈冬青只能先将崔老大的衣服扒光了，然后将他放到床上。小鹤早就睡了，这会儿听到动静，也摇摇晃晃地从地上站起来，走到陈冬青面前。陈冬青一边收拾地面一边和小鹤聊天："这两个真不省心啊！"

小鹤点点头，喉咙里低低地叫了一声，应该是认同了陈冬青的说法。收拾了半个小时，陈冬青才将屋子收拾干净。

第二天早上，陈冬青第一个起床。他起来的时候，崔老大和黄博还是睡得不省人事。陈冬青先是给他们两个盖了盖肚子，然后招呼小鹤："走，咱们出去买点早餐，顺便再给你买点新鲜的鱼吃。"

小鹤一听要吃鱼，顿时一蹦三尺高，屁颠屁颠地跟在陈冬青的身后。等他们走后，最先醒过来的是黄博。他哼哼唧唧地从床上爬起来，艰难地抬手揉了揉脑袋，定睛一看，屋子里已经是空荡荡的，陈冬青和小鹤不见了！

"老大你快醒醒！"

崔老大睡得正香，听到黄博吵吵嚷嚷的声音，顿时烦躁不已。

"滚！莫挨老子！"

他翻了个身继续睡，黄博急得跟热锅上的蚂蚁似的，一个劲地伸手去推崔老大。

"哎呀！崔老大你快醒醒！出事了！真的出事了！"

崔老大被黄博聒噪的声音搞得不胜其烦，他一下坐起来，二话不说就直接给了黄博一个大耳光！

"吵个屁啊！"

黄博委屈地捂着脸，说道："陈冬青和小鹤都不见了！"

崔老大这才清醒过来，他赶紧跳下床，连鞋都来不及穿，在房间里找了一圈，陈冬青和小鹤都不在！

崔老大顿时懊悔不已，他回头直接又狠踹黄博一脚："你这个废物！"

黄博捂着屁股又委屈又不服气："不是，这事也不能怪我啊！我就那么点酒量你也知道，那我喝完那些啤酒就啥也不知道了。倒是你，你当时不是还去买白酒了吗？那后来出了什么事，你应该比我更清楚才对。"

崔老大神色懊恼地坐在床上，努力地回想昨天晚上发生的事情。想了半天才记起最后自己倒下的事情，不由得猛拍大腿！

"他娘的！大意了！谁想到那小兔崽子那么能喝啊！我后来也喝多了，脑子都不清楚了！"

看着崔老大的眼神跟要杀人似的，黄博连忙转移话题："可就算是喝多了没得手，那陈冬青带着小鹤去哪了？该不会是连夜跑了吧？"

崔老大摸了摸脑袋，也觉得陈冬青很可能是连夜跑了。

两人你一言我一语地吵了起来，可就在这个时候，门外忽然传来了陈冬青的声音："你们在说什么啊？"

陈冬青带着小鹤站在房间门口，有些奇怪地看着黄博和崔老大。崔老大和黄博对视一眼，同时闭上了嘴巴，一起松了口气。

第18章
孤注一掷

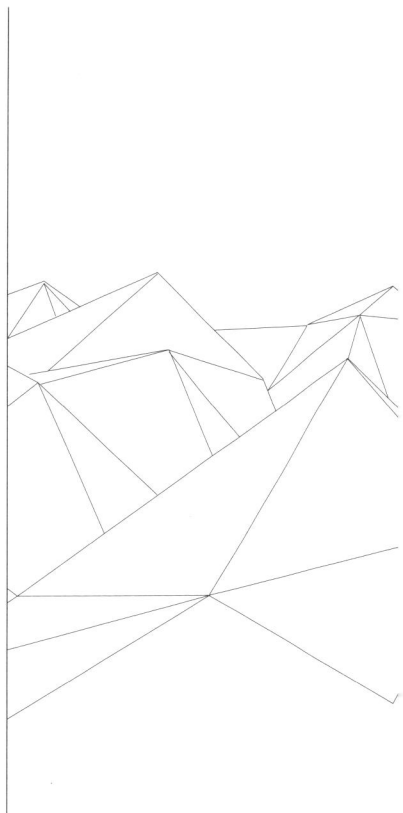

出发之前，按照惯例需要补充吃的、喝的，首先就要让小鹤吃饱。三个人来到一个市场，看着前方的卖鱼摊，小鹤顿时兴奋起来，连呼带叫地直奔鱼摊冲了过去。

陈冬青在后面笑眯眯地看着，那眼神就像在看自己的孩子。小鹤跑到鱼摊前面，张开翅膀，昂首挺胸，就像是巡视领地一样绕着鱼摊来回走了两遍。最终，它将目光锁定在一大盆活蹦乱跳的泥鳅上，并回头看了陈冬青一眼。

陈冬青直接对老板说："这一盆我都买了。"

鱼摊老板一看来了买主，笑着对陈冬青一摆手："没问题，直接在盆里吃，可劲造！"

陈冬青对着小鹤点点头，小鹤立马一头扎进盆里。很快，一盆泥鳅被小鹤一扫而光。陈冬青结了账，这才带着小鹤离开。

崔老大一副心不在焉的样子。现在距离终点只有不到两天的路程，还有没有机会对小鹤下手，已经很难说了。

忽然，陈冬青说："崔哥，你们俩去买点水和吃的吧，我在这儿等你们。"

说着，陈冬青递了两百块钱过来。崔老大顺手接过，目光扫过小鹤，心里猛然冒出了一个邪恶的念头。

他带着黄博走出老远，这才对他说："咱们距离扎龙没多少距离了，估计明天下午就能到，那时候，咱们还有下手的机会吗？"

黄博一脸苦笑："所以，我也在犯愁，今天可能就是咱们最后的机会了。"

崔老大一拍大腿："没错，这是咱们最后的机会了，所以我想……"

"想什么？"黄博眨了眨眼，等着崔老大的下文。

"我决定了，弄死它！活着咱们弄不走，死了陈冬青总不会带在身边了吧！"崔老大的眼神中闪过一抹狠厉之色。听到这话，黄博心头一颤。

"弄……弄死？"

"对啊！"崔老大反问黄博，"不然呢？你还有啥好办法？那小鹤和陈冬青形影不离的，咱们根本找不到机会。就算有机会，也总是出岔子，他睡觉的时候咱们都弄不成，不如直接弄死。等小鹤死了，陈冬青一定会给小鹤埋了，然后咱们再去挖出来带走！"

"这……这个……万一他要是选择火化呢？"

"火化个屁啊，哪个火葬场收丹顶鹤？就这么定了！"崔老大恶狠狠地说。

"那咱们咋弄？"黄博的声音有点发虚，显然是不敢下手。

"一会儿我去药店买点药，然后你去刚才那个鱼摊买几斤鱼，咱们把药下到鱼里！"

"啊，这……能行吗？"

黄博看起来有点失神，犹豫不决。

崔老大不耐烦地呵斥他："怎么不行？就按我说的办！我去买药，你去买鱼，听懂了没？！"

黄博回过神："啊……听懂了……"

嘴里应和着，可黄博这心里堵得慌，他看着崔老大，怯怯地说道："可是丹顶鹤死了就不值钱了。小鹤这么通人性，要是能活着带出去找个买主，肯定值大钱。"

崔老大狠狠敲了他一下："值大钱那也得弄到手里才是你的钱！这一路上你还没吸取教训吗？弄不到手里，死活都不是你的钱！"

"而且，这已经是你最后的机会了。我失败了没什么，大不了就是白折腾一趟，我还能挣一笔，但是你的赌债，可就还不上了。"

黄博缩了缩头，不敢再多说什么了。他知道崔老大一向心狠手辣，既然已经下了决心，恐怕不会再改变主意。于是两人分头行动，一个去买药，一个去买鱼。

很快两样东西都买好了，崔老大又让黄博去买水和食物，他则是留在原地，把那些药挨个塞进了那些鱼的嘴里。等他都弄好了之后，黄博也拎着东西回来了，小心翼翼地问崔老大到底给鱼灌的是什么药。

崔老大把一袋子鱼交给黄博，说："这个药是治心脏病的，里面我还掺了点耗子药，谁吃谁死。"

黄博接过鱼，一脸的踌躇不安："要不咱们再想想？毒死容易，再想要活的可就难了。"

崔老大狠狠瞪了他一眼："你婆婆妈妈的是啥意思？你耍我是不是？我可告诉你，要是弄不到小鹤，回头我就去弄死你全家！"

面对崔老大的威胁，黄博只能胆怯地闭上嘴巴。纵使心里对小鹤再不舍，可他惹不起崔老大啊！唉，小家伙，对不起你了！

再次回到车里，陈冬青看着黄博脸色不大好，于是关心地问："黄哥，你这是怎么啦？我怎么看你脸色好像有点不好，是不是身体哪里不舒服？"

"啊？哦……我没事……"

黄博有点心不在焉地随口说道，然后把那袋子鱼递了过去。

"这是给飞飞买的，留着中午吃。"

"哥，还是你有心。"陈冬青很是感动地说。

"客气什么……咱们自己兄弟，再说这是崔老大买的……"

黄博开口就把崔老大给卖了，后者抬眼恶狠狠地瞥着他，黄博却假装看不见。

"行，谢谢崔哥了！我去趟卫生间，然后咱们就出发。"

陈冬青倒是没发现两个人眼神不对，转身去了旁边不远处的卫生间。

见他走远，崔老大直接给了黄博一巴掌："这也不是让你杀人放火，就毒个鸟，你瞅瞅你这副半死不活的样子！要不是陈冬青那小子傻得可以，你刚才非得暴露不可！"

黄博一缩脖子："唉，这也不能怪我啊！人心都是肉长的，一想到这段时间和小鹤在一起处得还挺好，我就于心不忍。"

崔老大不屑地看着他："我记得你是农村的吧，你没养过鸡鸭鹅？你过年的时候不杀鸡？你不吃炖大鹅？那些东西难道不是你养的？咋？都有感情，都养老送终？最好你再给它们戴个孝。"

黄博的表情有些痛苦。

"那不一样，鸡鸭鹅哪有这小玩意儿招人稀罕啊？"

"别说那些没用的，它再怎么通人性终归也是个畜生。它死了，你就能摆脱债务好好过日子。我就这么跟你说，它要是不死，你就得死！"

黄博又是一声长长的叹息，不再说话了。崔老大看着黄博这副样子就来气，恨不得一脚能将他给踹飞出去。

"你给我打起精神来，待会儿那小子回来，别让他起疑心。成败在此一举，知道不？"

黄博点头，看着一旁对此毫无所知的小鹤，忍不住叹了口气："唉，对不住啦！"

两人在车里等了几分钟，陈冬青才从卫生间出来。看着陈冬青，崔老大突然激灵一下子，狠狠给了黄博一个大嘴巴。

黄博被打蒙了，捂着腮帮子说："你又打我干啥啊？"

"他妈的，刚才光顾着毒鸟了，他去卫生间，这多好的机会啊！咱俩是不是傻，在这儿等他干吗啊？直接跑啊！"

崔老大拍着大腿懊悔不迭，黄博才恍然想起来，也跟着给了自己一个嘴巴。这可不是缺心眼嘛，陈冬青刚才都走了，这么好的机会，怎么就没想起来跑啊！但现在说啥都晚了，两人刚想到这里，陈冬青就回来了。

"你们哥俩坐好了，咱这就出发了。"

今天陈冬青是司机，他熟练地踩离合挂挡，踩油门，车子便再次出发上路了。崔老大看看黄博，黄博也看看崔老大，这一对笨贼同时发出了无声的叹息。

今天天气不错，碧空如洗，清澈湛蓝，两旁绿树成荫。陈冬青打开了一点窗户，徐徐的微风吹进车里，让人感到很是舒服。黄博坐在副驾驶位，回头看看小鹤，此时小鹤趴在那里一动不动，也不知是睡着了，还是闭目养神。

见他神色有点怪异，陈冬青好奇地问："黄哥，你今天表情咋怪怪的？"

黄博自然是做贼心虚，不过他叹气道："唉，一开始和这小东西接触的时候吧还没啥感觉，觉得它凶巴巴的一点都不可爱，可是相处久了，反而还生出感情来了。一想到明天就要到扎龙保护区，马上就得和这小东西分别，我这心里还怪不是滋味的呢！"

本来陈冬青只是随口一问，结果被黄博这一番话给刺激到了，不舍的情绪顿时涌上心头，陈冬青也是长叹一声："唉，你这么一说，我也挺不舍的。"

黄博尬笑道："是啊，毕竟是你养了这么久，你肯定比我更舍不得。"

陈冬青像是安慰黄博，也像是安慰自己，说道："那也没办法，大自然才是动物们的家园，广袤的天空才是小鹤该去的地方，为了自己的私情，把本来应该翱翔在天空的小鹤留在身边，是愚昧。所以，尽管舍不得，也得送它回家。"

黄博点点头，后面的小鹤似乎听到两人说话，慢吞吞地抬起头，看了两人一眼，抖了抖身上的羽毛。最近小鹤的身子越来越肥，而且不怎么飞了。崔老大还说，小鹤现在飞不起来应该是正在换毛的关系，因为很多鸟类的确是会有这个情况的。

一上午的时间很快过去。在午休的时候，三个人找了个村口停下车，也没进去找饭店，就拿出早上买的水和食物，简单对付了一口。崔老大拿出了有毒的鱼，放在小鹤面前，假装不经意地咬着面包离开了。说来也奇怪，平时小鹤早就狼吞虎咽吃起来了，今天却是兴致不高，只是看了两眼那些鱼，就转过了头。

陈冬青拿出手机，他想再给小鹤拍点视频，毕竟他们还能在一起相处的时间越来越短了，趁着现在还有机会，多拍点做留念。今天天气不错，周围风景又好，这条视频发出去之后，立马就开始有人关注点赞了。大家都说，这条视频拍得很有格调，小鹤慢慢长大了，也越来越好看了。

陈冬青看着手机哑然失笑，他正翻着评论，许诺的消息就发了过来："今天怎么样？那俩人还活蹦乱跳的？"

看着许诺发来的消息，陈冬青控制不住地嘴角上扬。

"他们两个没什么事，就是昨天晚上喝多了。今天我开车，放心吧！"

许诺看着陈冬青的消息，心头也是甜丝丝的。一想到很快就要和陈冬青碰面了，她莫名地脸红起来。

"那你们路上小心一点，可别再出什么意外了。"

"放心吧，我们这么多人还照顾不好自己呀！"

"我是怕你照顾不好小鹤。"

"小鹤现在胖得不行，再这么下去我都快抱不动了……你就放心吧，它是我们的重点保护对象，照顾不好谁也不能照顾不好它呀！"

许诺笑着回复陈冬青："这个小没良心的，给自己吃得胖乎乎的，没心没肺。我爷爷跟我说，它爸妈因为担心它都瘦了一大圈。"

"莫担心啦！很快就能一家团圆啦！"

陈冬青换了个话题："你这两天怎么样？"

"我已经到家了，看你的行程，估计咱们明天就可以见面了。"

"嗯，是啊，咱们明天就可以见面了，还有点小激动呢……不过说起来我也照顾飞飞这么长时间了，现在一想到要将飞飞给送回去了，我这心里还怪舍不得的。"

陈冬青说着，许诺那边的消息再次弹出来："舍不得飞飞，你可以每年都来看它呀，或者你也留下，跟我一起当守鹤人，这样你就能守着飞飞啦！"

"哈哈……你的意思是让我入赘吗？"

"呸，臭不要脸，就算你愿意我还得考虑考虑呢！"

两人聊得越来越热乎，陈冬青这心里也痒痒的，正想要再说点什么，许诺忽然换了一个话题："对了，我看刚才的视频里，飞飞好像胃口不大好，会不会是生病了？"

陈冬青再次看了看小鹤，心里也有点犯嘀咕。

"好像是有点，应该没什么大碍，回头我找个地方买点药，估计晚上就活蹦乱跳的了。"

说到这里，陈冬青也有点担心，不再聊天，过来看了看小鹤。他轻轻拍了拍小鹤的脑袋，又指了指它面前的鱼。

"吃吧吃吧，你不是早都饿了吗？"

崔老大在旁边偷眼瞄着，一颗心也提到了嗓子眼。黄博满脸苦相，却是转过了头，看也不敢看。

陈冬青哄了一会儿，小鹤精神稍好了些，扑棱着翅膀，胖乎乎的身子站起来，在地上走了两步。别说，就它现在这体形，走起路来已经颇有些大鹤的风范了。围着装鱼的盆子转了两圈之后，小鹤回头对着陈冬青不满地叫了两声。那样子就仿佛在指责陈冬青："你怎么可以用这种半死不活的鱼来糊弄我？本大爷要吃新鲜的。"陈冬青哭笑不得地看了看那盆鱼，果然，那些鱼早都翻了肚皮，死翘翘了。

"咦，这些鱼上午还好好的，应该不至于死这么快啊！"陈冬青有些疑惑，不过也没当回事，对小鹤说，"你这嘴巴是越来越叼了，死鱼就不吃了？现在上哪给你弄活鱼去啊？乖，你先将就着吃点。你看这鱼，还没完全死透呢，如果你不吃，那就只能吃面包了。"

他把自己手里的面包递了过去，但小鹤不买账，直接转过头去。

陈冬青无奈起身："好吧，不吃也好，其实我觉着你也应该少吃点活鱼，多吃点苞米面什么的。不是我说你，你这体形真得控制了，不然我都担心你换完羽毛还是飞不起来。"

小鹤一听顿时不高兴了，扯长了脖子对着陈冬青又是一阵大叫，同时又用嘴巴嫌弃地把那盆鱼直接掀翻。陈冬青无奈地揉了揉太阳穴："唉，现在这年头，一只鸟都这么作威作福啊！"

见小鹤不肯吃鱼，崔老大走了过来，拿起一条鱼，殷勤地往小鹤嘴边送："来，听话，吃鱼了，这个鱼是新鲜的，你看它还会动呢，会动……"

他拿着鱼左右摇摆，假装那鱼是活的。小鹤瞪大眼睛，突然伸长脖子，就在他的手上啄了一下。

"啊……"

崔老大顿时嗷嗷叫了起来，把那条鱼一扔，再看自己的手，虽然没出血，但是也被啄出了一个紫疙瘩。

"嘿，你这个小兔崽子，看我今天不弄死你！"

崔老大顿时气急败坏，上来就要抓小鹤。陈冬青赶忙拦住："崔哥，你跟一只鸟生什么气！看我面子……"

崔老大这才作罢，但那盆死鱼，小鹤无论如何是不会吃的了。黄博看着这一幕，心里也说不出是什么滋味，仿佛一块石头落了地，又有点担心害怕，毕竟要是小鹤没事的话，那倒霉的就是他了。

这天行程还是很顺利的，入夜时分，他们到达了齐齐哈尔。因为怕麻烦没敢进城，他们绕城而出，在扎龙镇停留了下来。

这里应该是此行的倒数第二站了。扎龙镇距离自然保护区，就只有二十几公里的路程，用不了一个小时就能到达。因为小鹤有点不舒服，陈冬青一下午的时间都关注着它，或许是因为小鹤最近伙食比较好，抵抗力增强，吃了一点药就慢慢好了起来。

　　入住旅店后，小鹤不知是饿了还是累了，精神又有点萎靡，趴在床上一动不动。见此情景，崔老大自告奋勇要给小鹤弄吃的。

　　"所谓穷啥不能穷教育，亏啥不能亏孩子。这小鹤就跟咱们的孩子一样，说啥也不能亏待了它，给它吃鱼。黄博，你去买活鱼！"

　　崔老大说着，还不忘给黄博使眼色，黄博赶忙接话："啊，对，是得给小鹤吃活鱼。今天它饿了一下午，看看给孩子饿的，都瘦了……"

　　陈冬青犹豫起来，摇了摇头。

　　"算了吧，小鹤可以吃鹤粮，现在它好像肠胃不大好，就不给它吃鱼了。"

　　崔老大转念一想，嘿嘿笑道："行，那就听你的，不吃鱼了。那我去给它弄点水喝，然后再买点饭回来。"

　　下毒，又不是必须得在鱼里面，在水里下毒也是一样的！他转身就要往门外走，去给小鹤弄水，顺便往水里下毒。这时候，陈冬青忽然喊住了他。

　　"崔哥，还是我去吧。"

　　他说着看了看小鹤："这里离扎龙自然保护区挺近了，我去外面找个兽药店，给小鹤买点药。"

　　"这……也行。"

　　崔老大顿时喜出望外，心说："这不就是机会来了？！"

　　偏偏黄博嘴欠，问了一句："让你自己一个人去，不好吧？"

　　陈冬青想了想，说："那就咱们一起去吧！让小鹤在这好好休息，咱们买完东西就回来，应该也很快。"

　　得，好不容易等到的机会，让黄博一句话又给弄没了！崔老大偷偷瞪了黄博一眼，转头挤出一副笑脸说："好，那咱们就一起去，一起去啊！"

　　出了门之后，陈冬青就急着去买药，但是接连走了两三家兽药店，都没有他要的那种药。最后一个老板告诉他，这镇子的另一头，还有一家最大的兽药店，那里多半会有卖的。

可那家兽药店距离这里差不多有两公里远，陈冬青本来想先过去买药，但崔老大和黄博都劝着他先吃点东西，垫垫肚子再去。见陈冬青不肯，崔老大便自告奋勇，说他可以开车去买药，让陈冬青和黄博先找个饭店要点吃的，然后等他买药回来。

两人连番劝说，陈冬青也不好意思再拒绝，于是便和黄博一起在路边找了个馄饨馆。一见机会来了，崔老大开着车先到菜市场买了一条鱼，把身上藏着的耗子药一股脑全都灌进鱼肚子里，然后直奔旅店而去。

小鹤本来趴在地上小憩，听到脚步声赶忙爬起来，眼巴巴地往外面张望着。房门被轻轻推开，崔老大蹑手蹑脚地走了进来，蹲在小鹤面前，脸上挤出一丝笑容，然后把那条鱼拎起来，在小鹤面前晃动着。

这条鱼倒是还没死，活蹦乱跳得很。小鹤差不多已经饿了一天，一见到鱼，顿时精神了起来。

崔老大低声地诱哄着小鹤："吃吧吃吧，这是我给你买的活鱼，你快尝尝，新鲜的哟！"

小鹤虽然平时不待见崔老大，但现在一条活鱼放在面前，它又饥肠辘辘，怎么可能忍得住？

于是，它歪头看着崔老大，然后又看看那条鱼，咕噜吞了口唾沫，慢慢地凑了过去……

与此同时，正在店里吃馄饨的陈冬青，对于旅店里发生的事一无所知。他只是纳闷，崔老大怎么去了这么久还没回来？时间一点点过去，陈冬青心里越来越没底，一丝不祥的预感浮上心头。他放下了筷子，正想说什么，黄博赶紧打岔。

"你怎么不吃了？这馄饨味道不错啊！快趁热吃！"

"我有点担心，崔哥怎么还不回来？这里距离扎龙自然保护区挺近的了，不会还有盗猎的吧？"

陈冬青说着站起身，这时候，馄饨馆的老板忽然走过来了。这老板是个四十多岁的汉子，五大三粗的，端着两个烧饼放在桌子上。

"小伙子，瞎说什么呢？这地方哪有盗猎的啊？"

陈冬青看了看他，问道："你的意思是说，这里很安全？"

老板点点头："安全，相当安全了。你是不知道，前几年这里盗猎的很多。不过嘛，最近政府治理得越来越好，打击盗猎越来越严厉，所以早就没有盗猎的啦！不信你到镇上其他饭店去看看，过去这里还有偷摸卖野味的呢，现在一个都没有了，干干净净的。"

听了这话，陈冬青才稍稍放心。他慢慢拿起勺子，喝了一口汤，手机突然响了起来。

陈冬青接起电话，是许诺焦急的声音："你们是不是到扎龙镇了？"

陈冬青还以为是许诺太兴奋了，说话的语气才这么急。

他笑着说："是啊，我们已经在扎龙镇了，是不是很开心？"

许诺追问："小鹤呢？"

陈冬青意识到了不对劲，许诺这语气好像不是兴奋，而是着急。

"小鹤自己在旅店，我们出来吃个饭，顺便给小鹤买药。刚才崔哥已经去买药了，估计应该也快回来了。"

"你听我说，刚刚我收到消息，你一路护送小鹤已经被人盯上了，有一个盗猎团伙跟着你们到了扎龙镇。所以，现在你什么都不要做，马上回去，另外，不要相信你身边的任何人！"

听许诺这么一说，陈冬青噌地站了起来。

"老大，不好了，有盗猎者往旅店那边去了。我和陈兄弟正往回赶，你快跑啊！"

黄博这一报信，崔老大先是一愣，随后就反应了过来。"这不对啊，陈冬青已经和黄博在外面吃饭了，我还给小鹤喂个屁的毒药啊！我抓起来就跑啊！"

与此同时，突然轰隆一声，房门被人一脚踹开了！

第**19**章
最后之战

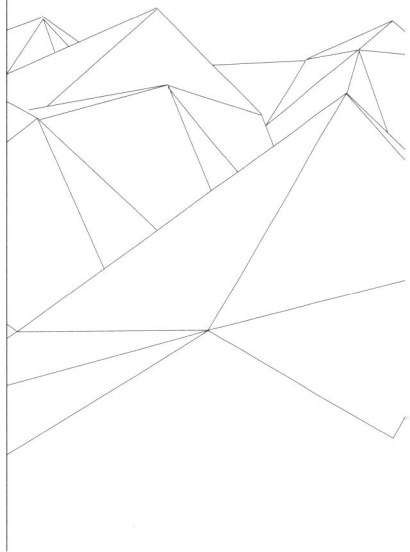

　　这家旅店房门的质量本身就很一般，此时此刻，门板更是直接被踹得掉了下来。崔老大刚好伸手去抓小鹤，见房门倒了，下意识地将小鹤扑到一边。这要是拍死了卖相就不好了，跟个肉饼一样还怎么卖？！

　　小鹤被崔老大扑到一边，那条鱼也不知扔哪儿去了，小鹤心里这个气啊！它抖抖羽毛站起来，"啊啊"地大叫了两声。单纯的小鹤完全不知道崔老大的贼心思，在它的心里，只知道刚才要不是崔老大那一下，它就要被拍死了。所以，崔老大是它的救命恩人！

　　小鹤刚想跑过去表达自己的善意和亲近之情，几个彪形大汉从门口一拥而入，各个都长得膀大腰圆，一看就不是善茬。被坏了好事的崔老大火冒三丈地从地上站起来，粗声粗气地对着几个人呵斥道："干什么的？有病吧！"

　　站在最前面的男人冷笑一声："干什么的，你很快就知道了。"

　　男人说着回头吩咐："你们几个，去把他给我捆起来，把那只丹顶鹤给我抓起来！"

他一声令下，几个人立刻朝着崔老大扑了过来。崔老大这才意识到事情不对劲，他们这是奔着小鹤来的！

崔老大也不含糊，抓起身后的台灯就朝着来人挥舞过去。对方一脚就踹飞了崔老大手里的台灯，然后一拥而上，将崔老大扑倒在床上，然后一顿拳打脚踢。

抓小鹤的人，也凶神恶煞般扑了过来，小鹤见势不妙，扑棱着翅膀满屋乱飞。那人连蹿带跳，却怎么也抓不住它。小鹤也没忘了崔老大，它已经将崔老大当作自己的恩人。此时，崔老大已被几个人按住，其中一个人从身上摸出一把刀，就要给崔老大捅进去！

眼睁睁看着这一幕，小鹤一声大叫，瞅准了那个人，猛地从半空中俯冲了下来。

那家伙被小鹤结结实实地啄了一大口，顿时一声惨叫，下意识地捂住脑袋。小鹤却没有要放过他的意思，它疯狂地扑棱着翅膀，对着这个人浑身上下就一通乱啄。那人被小鹤啄得龇牙咧嘴，挥手想要抵挡小鹤的攻击。丹顶鹤天性骨子里是好斗的，别说一个人了，连狼群都敢斗一斗！

其余的几个人见状，赶紧一起冲了过来，七手八脚地把小鹤给抓了起来。小鹤被人抓住，不住挣扎，发出凄惨的叫声。

崔老大见状赶紧喊了起来："兄弟兄弟，咱们有话好说。我叫崔老大，也是山东道上混的，我开了个赌场，你听说过我没？"

那男人让人把小鹤的嘴绑了起来，塞进一个袋子里，又回头看了一眼崔老大。

"开赌场的崔老大？好像是听人提起过。"

崔老大咧嘴一笑："听说过就好，兄弟，我说你这么做的话是不是有点不地道啊！我可是先盯上这只小鹤的，为了这只小鹤我跋山涉水地跟到这里。现在你上来就给抢了，有点不讲江湖道义了啊！"

男人皱了皱眉："这玩意儿脑袋上又没贴标签，谁得手就是谁的。那个叫陈冬青的，我也关注了很长时间了，你们没得手，那是你们没本事，你少跟我说这些。"

崔老大咬了咬牙说："兄弟，咱们做这个生意的往后免不了要有往来，谁敢保证哪天你不到我的地盘呢？我为了这只小鹤可是下了血本了，你不能让我血本无归啊！"

对方眉头紧皱，认真思忖着崔老大的话。过了一会儿，那个男人忽然伸手将腋下夹着的钱包拿了出来，从里面抽出来一沓钞票递给崔老大："行，你也别说兄弟我不够意思，这个算是兄弟给你的补偿，你拿着回去吧！"

男人说完，将钱放在门口的鞋柜上，招呼了人就走。

"不行！"崔老大瞪着门口的那一沓钞票，一声暴喝，起身追了上去。

他刚才虽然是要毒死小鹤，但他也没忘了小鹤刚刚被带走的时候，还伸长了脖子，眼神里带着哀求向他求救。再说，要不是刚刚小鹤帮忙，自己现在已经被人给捅了，说不定连命都丢了！

崔老大好歹也是混江湖的，虽然没多大出息，但知恩图报这个道理还是懂的。虽然小鹤就是一只鸟，那也救了他的命！现在，他说什么也不能让这帮人将小鹤带走！就算要卖，那也得是从他手里卖出去！崔老大一咬牙，拔腿就往外追。他跑出门的时候，刚好碰到陈冬青和黄博从外面回来。

陈冬青一看情况不妙，赶紧一路小跑过来，急切地问："这是怎么啦？"

崔老大指着鼻青脸肿的自己，把刚才的事一五一十地告诉了陈冬青。

"追！"

三人驱车快速追赶。

好在那些人离开的时间不长，崔老大又玩了命地踩油门，很快就追上了他们。那几个人也是开着一辆面包车，正在疯狂逃窜。两辆车在镇上的小路上一追一逃，上演了一场乡村版的《速度与激情》。

那伙人眼见着这么逃不是办法，于是猛地一个急刹车，陈冬青他们的面包车反应不及，砰的一声撞到前车车尾，开车的崔老大当时就晕了过去！

陈冬青和黄博顾不得查看他的伤势,赶紧下车。同时,那辆面包车上面也下来了好几个壮汉。小鹤在袋子里,不住挣扎。陈冬青看着这一幕眼睛立马就红了。这些畜生!

此时已经是在镇外,对方带头的那人气焰嚣张,对陈冬青这边挥手命令道:"给我往死里打!"

那些人闻言立刻冲了上来,各持棍棒,将陈冬青和黄博团团包围!

崔老大昏迷不醒,陈冬青这边只有他和黄博,对方少说也有六七个人。不过陈冬青也不是第一次遇到这种事,下车的时候就拎着家伙,心里早已是打定了主意,跟这帮歹人拼了!

一场混战……

陈冬青虽然勇猛,但到底是个文弱书生,几分钟就被人打倒在地。黄博也比他强不到哪儿去,苦苦支撑了一会儿,也蹲在地上抱着脑袋,认栽了。那为首的盗猎者走了过来,呸地吐了一口唾沫,骂道:"就你们这样的,也敢跟老子斗!来人,打断他们的腿!"

他手下那几个人也都是亡命徒,闻言立刻上前,就要对陈冬青和黄博下死手。就在这危急时刻,面包车上忽然冲下来一个人,满脸是血,手里拎着一个铁榔头,冲了过来。

这人正是崔老大,只见他跟疯了一样冲杀过来,气势十分骇人。那些盗猎者见状,不由纷纷退开。崔老大眼珠子都红了,不住大喊:"不能让这帮龟孙子跑了,敢抢我的东西,给我打,打死他!"

崔老大冲进人群里就是一顿乱捶乱打;陈冬青趁此机会一棍子打翻了旁边的盗猎者;黄博一咬牙,也在地上捡起一根棍子,不要命地冲了上去。尽管是三对七,人数上处于绝对劣势,但他们的气势却比对方还强横。

只是双拳难敌四手,好汉架不住人多。那些人也不是吃素的,手里的家伙纷纷往他们三个身上招呼,没多大工夫,三个人就被打倒在了地上。崔老大的嘴里都被打出血沫子了,可他还是不服软,手脚胡乱踢蹬,不住狂吼,就像一只绝望的困兽一般。

那为首的男人冷眼旁观，挥了挥手，有人拎着小鹤就跑。陈冬青和黄博不断挣扎，把浑身的力气都使出来了，还是无济于事，只能眼睁睁看着小鹤被抓走。

就在陈冬青心底一片绝望的时候，突然，远处传来了一声枪响："砰！"

刹那间，现场顿时安静了下来。所有人都齐刷刷地转头，朝着枪响的方向看去。为首的盗猎者见势不妙，立刻扔下那几个人，转身就往相反的方向跑去。十几个警察快步跑了过来，刚刚拎小鹤逃跑的家伙已经倒在了地上，鲜血从他的腿上汩汩冒出。小鹤被摔到一边，从袋子里挣扎着爬出来。

由于翅膀被捆着，小鹤迈着两条腿摇摇晃晃地快步朝着陈冬青奔来。陈冬青赶紧爬起来，张开双臂一把将小鹤揽在怀中。小鹤在陈冬青的怀里不住大叫，就像在和陈冬青告状。

陈冬青好不容易才把麻绳解开，小鹤却突然从他怀里挣出，电闪一般飞出，直扑逃走的盗猎头目。那人已经跑出了老远，眼看快要消失在黑暗中，却被小鹤追上。小鹤从半空中不断地扑击，长喙狠狠地往他的脑袋上啄去。

"啊……"对方不住惨叫，抱着脑袋狼狈逃窜。在他身后不仅有警察追赶，头顶还有小鹤扑击，他慌不择路，脚下踩空，直接摔进了路旁的污水沟里。几名警察随后追来，把他从污水沟里拎了出来，直接送了他一副冰冷的手铐。

看到这一幕，陈冬青的心总算是放下了，然后才发现，自己额头有血缓缓流下。他伸出手去，想要擦一擦血，但还没等他的手贴在鬓角，一块柔软的手绢已经贴在他的脸上。

陈冬青抬头，只见一个脸颊微圆的小姑娘正双眼闪闪发亮地看着他。四目相对，姑娘对他流露出一个温柔的微笑．"嗨！终于见面了！"

陈冬青眼眶一红，泪水差点夺眶而出。他怎么也想不到，自己和许诺现实中的第一次见面，居然是在这么狼狈的情况下。有尴尬，有意外，但更多的是感动。

"你怎么来啦？"

"我刚刚接到消息就赶过来了，好在这些盗猎者早就被公安机关盯上了，他们一路盯着你们，殊不知，他们的行踪也早就在警察的眼里了。"

"原来是这样……"陈冬青松了口气，又看看崔老大和黄博，只见两人虽都是一身的伤，满脸的血，气喘吁吁，却面带欣慰和欢喜。

不管怎么样，小鹤总算是被救下来了，许诺伸手将陈冬青从地上拉起来。

"你头上流血了，先去医院。"

此时小鹤飞了回来，陈冬青紧紧地抱着小鹤不肯撒手。

"那小鹤怎么办？要不，咱们还是先把小鹤送回自然保护区再说吧！"

听他这样说，许诺眼眶微微发红。

"没事的，这次管护所来了好些人，有他们在，小鹤一定会被平安送回去的，而且还有警察同志护送，你不用担心。"

此时人群中一个身材高大的男人走了出来，热情地拉住了陈冬青的手。

"你好，陈冬青，我是扎龙自然保护区管护所的，我叫程浩。早就听说了你的事迹，尤其刚才和这些盗猎者搏斗，你们太伟大了。接下来就将飞飞交给我们吧，我们一定将飞飞平安送回扎龙自然保护区。"

看着这个男人，陈冬青的神色有些迟疑，他不由得看向许诺。许诺对着他微微一笑，圆圆的脸上露出了两个可爱的小酒窝。

"放心吧，这是咱们基层管护所的程科长，你完全可以相信他们。将小鹤交给他们吧，咱们去医院！"

陈冬青这才抱起小鹤递给对方，小鹤这会儿却慌了，它最信任的就是陈冬青。可刚受到了惊吓，此时陈冬青就要将它交给别人，小鹤立马开始挣扎起来，并且不断地高声大叫。许诺上前，爱怜地抚摸着小鹤的头，轻声安慰。

说来也奇怪，本来对陌生人很警惕的小鹤，此时对许诺却仿佛没有半点敌意，而且在许诺的安抚下，慢慢地安静了下来。随后，许诺把它抱在了怀里，用脸贴着它的头，在它耳边不住低语。小鹤彻底安静了，任由许诺把它交给了程科长。

"你放心，我们都是你的家人，现在你的父母都在家等你呢！你要乖，很快就可以见到爸爸妈妈了。"

小鹤仿佛听懂了一样，只是忽然歪过头，看着陈冬青。鸟是不会哭的，可不知为什么，陈冬青觉得，它的眼睛中仿佛有泪光闪烁。小鹤又叫了两声，那叫声带着一丝分别的忧伤。陈冬青也用自己的脸蹭了蹭小鹤的脑袋。它头上的红色肉冠已经开始呈现，蹭起来很柔软。

"飞飞，等你回家后，我一定会去看你。"

当崔老大从医院的病床上睁开眼睛的那一刻，就开始后悔了。他瞪着眼睛望着天花板，说什么也想不明白，自己当时怎么就那么上头。明明有机会带着小鹤逃走的……唉，这到底是图什么呢？鸡飞蛋打啊！

他歪头一看，黄博还在睡觉，而陈冬青正在和坐在他床边的许诺有说有笑，十分亲昵。崔老大心里顿时更憋屈了，人家陈冬青将小鹤送回扎龙自然保护区，收获了名利不说，看这架势，连女朋友都有了！

他呢，这一路上，又花钱又受伤，又吃亏又出丑，到头来，财鹤两空，到底图啥？

"唉！"崔老大不由得长长叹气。

陈冬青听到崔老大叹气的声音，转过头来。

"你醒了？"

崔老大没好气地"嗯"了一声，算是答复。

陈冬青看着崔老大的样子，不由得笑了起来："好啦，不用这么憋屈，这一路上你也功劳不小，回头我给你再加点报酬。"

加钱？唉，聊胜于无罢了，哪有小鹤那么值钱？崔老大还是打不起精神。许诺一直皱着眉头，观察着崔老大的样子，此时贴在陈冬青耳边小声说："我怎么觉得这个崔老大还有那个黄博，都古古怪怪的。"

陈冬青微微一笑，对着许诺比了一个"嘘"的手势，许诺一愣。陈冬青看了看无精打采的崔老大，还有呼呼大睡的黄博，嘴角笑意更深。

"不管怎么说，都已经过去了。"

"可是……"

许诺原本还想再说点什么的，手机却在这个时候响了起来。她接起电话，听了一会儿后，便挂断了。

陈冬青惦记着小鹤的事，便问许诺："是谁来的电话？是不是小鹤已经平安到达自然保护区了？"

许诺笑着点头："是呀，小鹤已经平安到达，正和爸爸妈妈团聚呢。程科长还给我拍了视频，说给你看看。"

陈冬青一听这个就来了精神，忙说："快给我看看小鹤怎么样了。"

许诺打开手机，只见视频中的小鹤，已经被放在一片芦苇荡里面。刚刚落地的时候，小鹤的神情还显得有些茫然，不过随着它四下张望了一周，似乎明白了这是什么地方。对父母的思念顿时涌上心头，只见它伸长了脖子不住发出悠扬的叫声。

小鹤的叫声没变，但在芦苇荡里，它的叫声听起来是那么空灵悠远。陈冬青听着，眼眶不由得红了，就该是这样的叫声才对。大自然才是动物们最好的家园，不应该因为人们的私欲禁锢它们的自由啊！

随着小鹤几声悠长的叫声，芦苇荡里传来两只丹顶鹤的呼应，小鹤立马朝着声音的方向奔去。只见两只成年丹顶鹤从芦苇荡里面钻出来跑到小鹤的面前。三只丹顶鹤聚在一起，飞飞的爸爸妈妈低头看着飞飞，亲昵地用力蹭着它的脖子。

许诺看着这一幕也是眼眶红红的，她连忙擦了擦眼角："真好，飞飞一家终于团聚了！很快飞飞的爸爸妈妈就会带着飞飞一起飞翔了。"

说起飞翔这个事，陈冬青就跟个老父亲似的，不由得开始操心飞飞的飞行能力。

"有一个事情我必须和你说，飞飞待在我身边的这段时间，我好像有点太溺爱它了，经常给它吃鱼，把它养得太胖了，都已经飞不太高了。"

许诺被陈冬青这副认真的模样逗得"扑哧"一声笑了出来。

"哈哈哈，你可真是太逗了，你知不知道你说这话的时候，就好像一个操心孩子的老父亲。"

陈冬青倒是不以为意。

"飞飞好歹也在我身边养了这么久了，说它是我的孩子一点也不过分。"

许诺笑道："你放心吧，飞飞虽然比这个时期的正常丹顶鹤胖了一点，但也不至于影响飞行，它很可能就是懒得飞，不过和父母团聚后，应该很快就会恢复正常了。"

听许诺这样说，陈冬青这才松了口气，不过他很快又开始有新问题了。

"这样的话，我得赶紧出院，去看看飞飞。对了，医生怎么说，我们几个什么时候能出院呀？"

"你呀，满脑子都是飞飞。你就没想点别的吗？"许诺微微噘起嘴说道。

陈冬青一愣，挠了挠头："我没想别的呀……"

他话还没说完，就发现许诺脸红红的，已经移开了目光。

"呃……那个……想点别的也行……"

陈冬青瞬间明白了许诺的心思，他虽然不是第一次谈恋爱了，但这一刻还是有些脸红。

"难道你就不想了解一下现实中的我吗？或者说，你有没有什么想问我的？"许诺很是大胆，或许这是东北女孩子的天性，多年来与动物相处，让她也养成了开朗大方的性格，心里有什么话就说，不会扭扭捏捏。

陈冬青倒是挺喜欢她这样的性格，就是有点难为情。他好像后脑勺生了虫子似的，抓了又抓，然后说："这个……其实我也想不出来有什么要问的，反正以后时日还长，咱们慢慢了解呗！"

这次轮到许诺的脸"唰"的一下红了。

崔老大躺在一边的病床上听得酸溜溜的，牙都快酸倒了。

正好黄博也醒了，他还没睁开眼就听到这对年轻男女在互诉衷肠，让他这个单身许多年的老光棍情何以堪？

"咳咳咳咳……"黄博用力咳嗽了几声。

陈冬青这才反应过来，病房里还有两个人呢。

"崔哥、黄哥，飞飞已经平安到达扎龙自然保护区，和爸爸妈妈见面了，这里有视频，你们要不要看看？"

崔老大跟僵尸一样躺在床上双眼紧闭，一言不发。黄博虽然也和飞飞产生了感情，不希望飞飞被害，但说到底他的初衷和立场跟陈冬青不一样。此时听到飞飞平安地回到了扎龙自然保护区，黄博心里五味杂陈：似乎有点高兴，也有点失落，还有一丝的担忧。回头，崔老大还不得撕了他啊？！他也一脸惆怅地躺在病床上，没吭声。

此时病房外传来了敲门声，许诺起身去开门。门外站着两个派出所的警察，而且都是熟面孔。警察见到许诺之后，先是对她微笑点头示意，然后走了进来。紧接着，两个警察先是问了一下陈冬青三个人的身体状况，然后才开始切入正题。

"那个盗猎团伙的人员已经全部落网，据他们交代，你们刚刚进入黑龙江的时候，就被他们盯上了。而且这个盗猎团伙前些年很猖狂，带头的那个身上有案底，还是一个通缉犯。所以，他们一进入林区范围，就被我们发现了。还有……"

说话的是一个年长的警察，大概四十多岁，他说到这里停顿了下，看了看陈冬青和崔老大等人，才继续说了下去："从这些人的口供当中，我们还得到了一些其他的消息，和你有关。"他说着看向崔老大，崔老大心里咯噔一下，赶紧从床上坐起来。

另一名警察走到崔老大床前："我们有一些问题要问你，请你配合。"

崔老大心里悲催得不要不要的，心说这一趟到头，啥也没得到，说不准还有牢狱之灾啊！可面对警察审视的目光，崔老大也不敢造次，只能乖乖地点头。

"问吧，我坦白，我都交代。"

那警察从随身携带的手提包里，拿出来一个用塑封口袋装着的东西，放在崔老大床前。

"这两件东西你认得吧。"崔老大面如死灰地点点头。

黄博见状也从床上坐了起来，他目光闪烁，满脸都写着心虚。所有人的目光都落在了崔老大的身上。那两件东西，一个是一叠钱，一个是一包耗子药。

崔老大垂头长叹一口气："这个钱，是那伙盗猎者给我的；这包药，是我随身带的。"

"说说吧，他们为什么要给你钱？你身上带这包耗子药，又是干什么的？"

崔老大咬了咬牙，一副敢做敢当的样子。当然也可能是知道自己瞒不住了，不如坦白交代，争取宽大处理。

"因为我告诉他们，那小鹤是我早就盯上的，他不能抢走。所以，按照江湖规矩，他给了我这些钱。"

此言一出，病房里陷入一片寂静。许诺下意识地睁大眼睛，看了陈冬青一眼。但奇怪的是，陈冬青神色如常，似乎并不意外。难不成陈冬青早就知道了？

警察又指向一旁的耗子药："那这个是干什么的？"

崔老大也是豁出去了，如实回答道："这个是我买的耗子药，本来打算喂给小鹤吃，最后没成功。"

崔老大在回答这些问题的时候，始终没有抬头看一眼陈冬青。

那警察盯着他："所以说，你也是做野生动物贩卖生意的，是吗？"

这一次，崔老大却是连连摆手："不不不，这个你们就误会了。我真不是干这个的，我在家里就是个开麻将馆的，不过就是认识的人多一些。你们也知道，麻将馆那种地方鱼龙混杂的。"

警察又问："那你故意接近陈冬青是为什么？是不是准备偷走丹顶鹤去卖钱？"

崔老大看了一眼旁边的黄博。黄博接触到崔老大的目光，吓得一哆嗦，差点尿裤子。一想到自己这一趟这么惨都是黄博害的，崔老大就气不打一处来。他当然不可能帮黄博隐瞒，干脆把所有事情都抖落了出来。

"没错，我是准备偷走丹顶鹤卖钱，但这个事也不全都是我的主意。是这个家伙，他在我的赌场欠了钱，没钱还债，就忽悠我，说让我帮他偷丹顶鹤卖钱，就当还我的赌债了。"

黄博早就知道会是这样，闻言脸色一变，脑袋慢慢地耷拉了下去，再也不敢去看陈冬青。陈冬青还是面色如常，并没有表现出来任何震惊的模样，只是轻轻地叹了口气。

面对审问，崔老大和黄博什么也不敢隐瞒，将他们两个在路上策划的事情全都说了出来。警察做过笔录之后，派了两个人在病房门口看守，就带着笔录回去了。

这两个人虽然没安好心，但总归是犯罪未遂，而且最后为了救丹顶鹤和盗猎者搏斗，还受了挺重的伤，所以，他们并没有被带走拘留。警察走后，病房内陷入死一般的寂静。崔老大眼睛一闭，索性装死。黄博则是小心翼翼地瞥着陈冬青，一脸尴尬和惭愧。

"陈兄弟……那个……你……你是不是早就知道了？"

陈冬青再次叹了口气说："黄哥，我看起来就那么傻吗？你们两个这一路上一直算计我，是不是以为我什么都不知道？"

听到这个确定的答案，黄博怯怯地问："你是什么时候知道的？"

"到达上一个保护区的时候吧。"

黄博更惊讶了，追问道："那你为什么还要把我们带在身边？你就不怕真的出事吗？或者我们真的把小鹤毒死给带走了？"

陈冬青目光清澈如水，他平静地看着黄博："你真的会那么做吗？"

黄博低下了头："我……我承认，但最后没下手……对不起……陈兄弟……我是被钱财迷昏了头……"

黄博满脸通红，崔老大也一副垂头丧气的样子，再也不好意思看陈冬青一眼。

陈冬青看着他们，缓缓开口道："我一开始是想过要不要将你们戳穿，但你们每次为了救小鹤那么拼命，我就改变了想法。"

黄博低着头小声嘀咕："那也不是为了小鹤，是为了钱。"

"不管为了什么，虽然一路上你们也给我设置了不少障碍，可如果没有你们，我也不可能安全顺利地把小鹤送到这里。从这一点上来讲，我还是要谢谢你们。其实你们都不是什么彻头彻尾的坏人，所以我想，即便我戳穿你们，把你们赶走，可你们也依然会沿途跟踪，那样的话，还不如让你们跟我在一起。而且，小鹤这么有灵性，或许能感化你们也说不定。"

陈冬青说着微笑起来："事实证明我当时的想法是对的，你们确实被小鹤感动了不是吗？最后和盗猎者搏斗的时候，我相信，你们都是发自肺腑地想要救小鹤。所以有了这次的事情，不论往后的路多难走，钱多难赚，你们应该都不会再做这样的事情了，对不对？"

黄博叹了口气，不再说话。

"以后不要这样做了，好好地找个工作赚钱。我看你就比较适合做直播，应该能做得很好。再说，自己赚的钱花起来也踏实。"

黄博已经惭愧得无地自容，不论陈冬青说什么他都坐在那里点头。陈冬青又看向崔老大："崔大哥。"

崔老大浑身一颤，下意识地抬头瞥了陈冬青一眼，又赶紧低头。

"你就不用说教我了，刚才我已经坦白交代。唉，我也是鬼迷心窍才走这一趟，最后鸡飞蛋打，整不好还得坐牢，活该啊！"

崔老大说着无比憋屈地叹了口气，陈冬青不由得笑了起来。

"应该不至于，毕竟你们只是有动机，并没有真的实施成功，最多拘留几天就会放出来。而且你们救丹顶鹤有功，说不定功过相抵了。"

崔老大默然不语，忽然想起什么，问道："既然你早知道我们俩没安好心，怎么还敢让我自己去给小鹤买药？你就不怕我回去把小鹤抓走？"

陈冬青笑了笑："这里已经是扎龙自然保护区的范围，就算你把小鹤抓走，也绝对跑不远的，只要我及时报警，你分分钟就会被抓住。别忘了，这里的林业派出所，可是专门抓盗猎者的。所以，我当时只是想给你们最后一个考验，看看你们会不会真的动手，但是没想到，居然引来了真正的盗猎者。"

陈冬青说着拿起了自己的背包，将里面所有的现金全都拿了出来。

"虽然你从一开始就动机不纯，但如果没有你的话我可能也到不了这里，意外和意外相遇，反倒负负得正，这一路上你也帮了我不少。尤其是昨天晚上，我能看出来你为了将小鹤抢回来也是拼了命的，这钱是我答应给你的报酬，必须给你。"

陈冬青说着将那一沓钱递给崔老大，崔老大愣愣地看着那一沓钱，迟迟没有伸手去接。

"你这是在埋汰我啊……"

"不，我是言而有信，坦坦荡荡。"陈冬青认真地说。

崔老大不由得惭愧起来。

"算了吧，这个钱我也不要了，等公安机关处理完，我赶紧回老家去，你……要不你给我加一箱油就得了。"

崔老大说着看向黄博，恶狠狠地说："我告诉你，你欠我的钱，必须还给我！一个子都不许少！"

黄博吓得一哆嗦，连忙答应："还，还，一定还，等警察局那边罚完弄完，我就去找工作赚钱，哪怕去工地搬砖，高低也把你的钱还上。"

陈冬青听到这话很满意："就是，年轻力壮又有手有脚的，出去找个什么工作不能赚点钱养活自己？自力更生才是硬道理啊！"

两天后，崔老大在忐忑中等来了派出所的通知。通知上说，鉴于他和黄博并没有真正实施盗猎犯罪活动，而且迷途知返，保护了丹顶鹤飞飞，所以对他们免于追究和处罚。

崔老大心里的一块石头总算落了地，但也没脸继续在这里停留，刚好他的伤势也没有大碍，于是便向陈冬青告辞。在陈冬青的坚持下，他终于还是收下了讲好的那笔报酬，不过在黄博眼巴巴的注视下，他从那笔钱里拿出了一半，留给了黄博。

他告诫黄博，拿着这钱可以做个小买卖，也可以当作回家的路费，以后好好做人，努力赚钱，争取早点把欠款还清。黄博大受感动，满口应承，但他没有跟崔老大一起走，原因很简单——他怕崔老大半路收拾他。

崔老大走后，在陈冬青的强烈要求下，他和黄博也提前出院了，然后和许诺一起，来到了向往已久的扎龙自然保护区。这一次，他们是去许诺家里做客的。

自然
Nature

陈冬青

RINGS
beginning is half done.

第20章
自然与家园

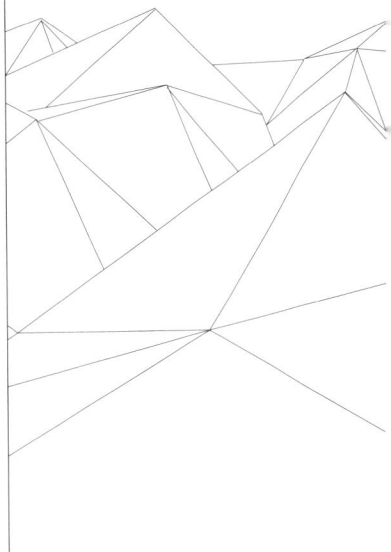

许诺家是一个很简单的平房，从外面看甚至有些破败，前方是浩浩荡荡的芦苇荡，房后更是荒无人烟。陈冬青一看，不由得心生感慨，对着许诺竖起大拇指。

"看到这房子，我就更佩服你们这些守鹤人了，为了野生动物的生存和安全，你们代代相传，吃苦耐劳的精神，太值得我们学习了。"

许诺一笑："这算什么呀，我爷爷那个时候条件更苦，不也都过来啦。"

还没等陈冬青感慨完，就听到身后一声惊呼。

"我的个娘嘞！"

陈冬青和许诺同时转头，就见黄博正在不住地甩腿。也不知道是陈冬青车停的位置不好，还是黄博的运气不好，他一下车就一脚踩到泥里面，这会儿正在拼命地甩腿，想要将鞋子里的泥水给甩出来，动作十分滑稽。

许诺"扑哧"笑了："得了，你就别甩了，甩也甩不干净，进屋脱掉洗一洗，我让爷爷帮你用火烤烤，一会儿就干了。"

黄博一脸悻悻，只得作罢。他左右打量一圈，然后一瘸一拐地走过来，对陈冬青说："你还别说，我一下车就感觉自己回到老家了，我老家虽然不是这种芦苇荡，但种麦子，小麦长起来也是绿油油的一片，路上倒是也挺泥泞的，但是空气好得不得了。"

陈冬青微笑着点头，深深呼吸，只觉心旷神怡。

"对了许诺，这芦苇荡无遮无挡的，要是盗猎者来了，你们咋办？"

此时，许诺已经打开了自家大门。

门内，一个中年女人正在洗菜。上了岁数的老爷子蹲在墙根下抽烟，刺目的阳光照得他微微眯起眼睛。他虽然年纪大了，但耳朵不聋。陈冬青在外面和许诺的对话，他都听到了。老人慢慢将烟袋从嘴里拿下来，放在门槛处磕了磕。烟雾缭绕间，老人声音沉稳地开口，替许诺回答了陈冬青的问题。

"要是朋友来了，有好酒；要是盗猎者来了，有猎枪！"

这句话刚劲有力，尤其这位老人，那是在扎龙守了几十年的老巡护员，什么样的场面没见过？在说这话的时候，独有一股一往无前的劲！

陈冬青再次被震撼到了，赶忙行礼打招呼："爷爷您好，您就是许诺的爷爷吧，我是许诺的朋友，我叫陈冬青。"

他多少有点紧张，老人呵呵一笑，然后缓缓起身。

"知道，知道，我听许诺说了，你就是那个一路护送飞飞回来的年轻人，你辛苦了，欢迎你来我们家。"

一旁的中年女人也走了过来，温和地对陈冬青笑着说："你好，我正在准备做饭，你先和小诺聊聊，一会儿就能开饭了。"

许诺扯了扯陈冬青的衣袖，低声介绍："这是我妈。"

"阿姨好，您辛苦了，实在是抱歉，今天来得匆忙，也没带什么礼物。"

陈冬青赶紧打招呼，许诺拉着他进了屋子，说："还带什么礼物呀，你把飞飞送回来就是最大的礼物了……奶奶，您看看谁来啦。"

许诺甜甜地冲屋里喊道，此时许诺奶奶正坐在炕上择豆角，闻言抬起头，笑容可掬地点头招呼。

　　这一家子人给陈冬青的印象都十分和善，陈冬青也有眼力见儿，赶忙进屋去帮许诺奶奶一起择豆角。奶奶一边干活，一边不住打量陈冬青，把他看得更局促不安了。

　　"哎呀奶奶，你这么盯着人家干吗？我都不好意思了。"

　　许诺娇嗔着说，奶奶却是哈哈大笑起来，显然早就看破了许诺和陈冬青之间的那点心思。许诺的脸腾地红了，扭头就跑出屋外，去帮黄博洗鞋子了。屋子里剩下陈冬青，更是尴尬得除了笑，啥也不会说了。倒是奶奶先和他拉起了家常，从家里几口人问起，足足盘问了十多分钟。那感觉，就跟找孙女婿差不多咧。

　　问了半天，奶奶望着外面忙碌的许诺，忽然叹了口气。

　　"我们家许诺啊，不听话，本来读的是园林设计，自打她爸走后，就非要去重修野生动物保护，家里本来是不同意的，可这孩子太倔了……"

　　陈冬青宽慰道："这样不是很好吗？您家祖祖辈辈都是守鹤人，到了许诺这儿，她又专业对口，毕业回来刚好继承你们的衣钵，再说，这片大自然和那些丹顶鹤也需要她呀。"

　　奶奶又是一声长长的叹息："唉，看来我们家，注定是要祖祖辈辈都留在这芦苇荡里面喽，你说，这以后许诺找对象可怎么办呀？"

　　陈冬青本来还觉得心头沉甸甸的，但一听后面这句，顿时就明白了。

　　这哪里是在诉苦，这是在说给自己听的呀。

　　"呃……奶奶，您也不用发愁，儿孙自有儿孙福嘛，许诺那么优秀，一定……一定……"

　　他一时间有点不知道怎么说才对了，这时许诺刚好忙完，走了进来。

　　"奶奶，你们说我什么呢？你肯定又跟人家说我的坏话了是不是？"

　　许诺笑着拉起奶奶的手说。

　　"我说你呀，留在这芦苇荡里头，小心以后找不着对象。"

奶奶用手指戳了戳许诺的脑门，许诺"哎呀"了一声，满脸娇嗔，却是笑靥如花。

"呃……其实我觉得吧，奶奶，人这一辈子，无法改变生命的长度，但可以拓宽生命的宽度，与其碌碌无为，还不如做一个对国家对社会有用的人，这片芦苇荡虽然偏僻荒凉，可这里却是丹顶鹤的家园，也是许诺的家园，哪有人会不热爱自己的家园呢？所以，不管许诺在哪儿，只要她是金子就一定会发光，而只要是真心喜欢她的人，我相信也一定会愿意为她留在这里。"

陈冬青这番话完全是有感而发，只是他说完之后，才发现许诺的眼神有点不对劲。

"你说的都是真的？"

"这个……我觉得是吧……"

陈冬青暗道："不好，刚才这些话，好像把自己暴露了啊……"

正在尴尬不已的时候，外面忽然传来了黄博的声音。

"陈兄弟，快来快来，丹顶鹤飞起来了！"

众人跑出屋外，望着翱翔在天际的丹顶鹤，听着悠远响亮的鹤唳声，耳畔又有和煦微风拂过，只觉神清气爽，心驰神往。

"这片芦苇荡风景多美，只可恨那些盗猎者，要是没有被他们破坏，这些鸟儿无忧无虑地繁殖、生长，你说多好！"

黄博忽然感慨万千起来，陈冬青点点头，也望着天空说："是啊，要是放纵那些盗猎者，怕是早晚有一天，芦苇荡的生态平衡要被破坏。你看那些丹顶鹤自由自在地飞翔，心里真是舒坦。只是不知道，这么多丹顶鹤里，有没有飞飞，看起来好像都长得差不多……"

许诺笑着说："你们想多啦，现在盗猎的已经比过去少很多了，咱们这边政府非常重视生态保护，过去的管护所和林业派出所都没什么执法权，但现在情况有所改观，查得越来越严，而且随着网络时代的到来，盗猎者更加无处遁形。现在扎龙自然保护区的生态呀，比过去要好上几十倍呢！"

黄博闻言长叹一口气。

"现在是挺好的，但是想想，过去条件艰苦的年代，这芦苇荡里不知道埋葬了多少守鹤人的生命，才保留了这份美丽。"

他说话的声音很轻，但大家还是清晰地听到了。陈冬青赶忙瞪了他一眼，示意他别再说下去。许诺的两个亲人都牺牲在这里，此时说这个，不是给人家添堵吗？

许诺笑了起来："没事啦，我都已习惯了，再说黄大哥说的也是实情，这片芦苇荡，是和我们守鹤人的灵魂融合在一起的。所以每当看到这些丹顶鹤，我就像看到了自己的亲人。"

她仰头望着天空，清亮的眸子里仿佛有光彩闪烁。仿佛是泪，又仿佛是这片湛蓝碧空的倒影。

"你知道吗？这就是我选择留在扎龙的原因之一，爷爷退休后，本来可以去城里，但他和奶奶继续住在扎龙的老房子里，也是这个原因。因为住在这儿，能听到鹤儿的叫声，就会感觉到姑姑和爸爸都还活着。"

陈冬青心中微微一沉，他没有说话，抬起头，看着天空那些飞翔的鹤儿，听着许诺的讲述。

"那年，爸爸从部队退伍，原本他能进国企上班，捧起金饭碗，他却选择回到扎龙，当守鹤人。他养鹤比养孩子还上心，工作没干完不下班，鹤病了没治好不回家，为了鹤，他可以不顾一切。有一次遇到了极端天气，狂风暴雨加上雷电，风把芦苇刮弯了腰，滚地雷在水面上翻腾，好几只幼鹤被惊飞。爸爸不顾危险，顶着暴雨雷电，硬是把幼鹤抢救了回来，自己却掉进了沼泽里，弄了一身的泥水，差点就上不来了。"

"后来爸爸成为了鹤类驯养繁育中心的工程师，他更加卖命地工作了，经常蹚着河水，去两公里之外的湿地深处观察丹顶鹤的繁育情况。有一次，爸爸为了救助丹顶鹤，从湿地返程的路上，因为太劳累了，不小心遭遇了意外，再也没能回来……"

"爷爷说过，我们守鹤人一生只在做两件事，每年十月送它们离去，春天迎它们归来。在姑姑和爸爸离开后，每当春季来临，丹顶鹤鸣叫着飞过天空，爷爷奶奶都会走出屋子，眺望着天空。他们虽然没有说过，但我知道，他们一定是觉得，他们的一双儿女，已经化作了丹顶鹤，一起回来看望他们了。其实在爷爷奶奶的心里，他们一直未曾远离。"

许诺远眺着蓝天，紧紧抿着嘴唇，豆大的泪珠从脸颊滑落。陈冬青目中也有泪花泛起，他悄悄伸过了手，捏住了许诺的手掌，两人站在芦苇荡旁边，就这样牵手而立，久久不语。

"开饭啦……"

过了半晌，许诺妈妈的声音传来，于是许诺擦了擦眼睛，对着陈冬青展颜一笑，又像一只小鹤般蹦跳着，拉起陈冬青和黄博，一起往家跑去。

"走，回家吃饭去，我妈做的小鸡炖蘑菇，还有排骨豆角、红烧大鲤鱼。这鸡是散养的，猪是原生态的，鱼是天然的，蘑菇是野生的，豆角是自家种的，一定香到你们流口水！"

陈冬青自从出发上路以来，都没吃过这么好吃的饭菜。他和黄博也没客气，风卷残云一般吃得饱嗝连连。许诺爷爷看着高兴，不住地呵呵大笑。

美好而又欢乐的时光总是短暂的，吃完饭后，陈冬青便提出来，想要去看看飞飞。毕竟住院这几天，他一直惦记着飞飞，也不知飞飞回家后，现在过得怎么样。许诺爷爷早已准备好了船，陈冬青等人一起上船，许诺爷爷慢慢划着船，带着陈冬青穿过层层叠叠的芦苇荡，一直往最深处划去。

远远地，陈冬青透过芦苇间的缝隙，看到了前方的丹顶鹤族群。成群结队的丹顶鹤高傲地仰着头颅，在芦苇荡里步履优雅地行走着，它们时不时地将脑袋扎进下面的水里，不知道是在喝水还是在捕鱼。陈冬青为了看得再清楚一点，小心翼翼地扒开面前的芦苇。芦苇发出哗啦哗啦的声音，立马吸引了这些丹顶鹤的注意。

忽然，许诺拉了拉他的衣角，对他说："你看那是谁！"

陈冬青赶忙抬头，就见一个熟悉的白色身影迅速掠过芦苇荡，飞扑过来。

"飞飞！"陈冬青激动地大叫。

此时，飞飞显然也很激动，它不住大叫着，一头扎进陈冬青的怀里。陈冬青抱住飞飞，激动得不住地揉搓着它的脑袋。

"哈哈哈，咱们又见面啦，你和爸爸妈妈在一起过得怎么样呀？你好像又胖了啊！"

飞飞对着陈冬青不住地叫着，似乎是在回答陈冬青的问题，不过陈冬青一句也听不懂。但是掂量着飞飞的重量就知道，它回来之后混得还不错。黄博也笑着凑了过来，想要打招呼，不过，飞飞瞅了他一眼，飞快地伸出长喙，在他的手上啄了一下。虽然不重，但是黄博猝不及防，还是猛地一缩手，"啊"的一声大叫。

"啊，你个小没良心的，我来看你，你还啄我。"

小鹤展开翅膀大叫，就像是在坏笑一样。

这时，两只成年丹顶鹤正在小心翼翼地朝着这边靠近。

陈冬青放开飞飞，飞飞便迅速地飞回到这两只成年丹顶鹤身边。它用嘴不住地啄着两只成年丹顶鹤，同时发出一阵阵叫声，似乎在对它们说着什么。

两只成年丹顶鹤终于来到了陈冬青面前，陈冬青的眼神瞬间就定格了，这还是他第一次如此近距离地观察成年丹顶鹤。它们头顶的冠早已完全成熟了，通红通红的顶在头顶，鲜红的颜色鲜艳欲滴，绚烂夺目。而且它们身上的羽毛，更是洁白无瑕，每一片羽毛在阳光的照耀下都闪烁着莹白的光泽，那么漂亮。高傲的神情，更是让人折服。

忽然，其中一只丹顶鹤伸头到陈冬青面前。陈冬青刹那间屏住呼吸一动也不敢动，他虽然不知道丹顶鹤这是要做什么，但他知道自己铁定是什么都不能做，因为他知道，他现在但凡有点什么幅度特别大的动作，都容易吓到丹顶鹤。

那只丹顶鹤突然张开了嘴巴，一条半斤多大的鱼，就掉在陈冬青面前的船板上。然后丹顶鹤动作优雅地抬起头，对着陈冬青温和地叫了一声，便带着小鹤缓缓离开了。

小鹤不住回头，轻声叫着，似乎在和陈冬青不舍告别。直到它们都走远了，陈冬青还愣愣地看着船板上的鱼，回不过神来。

"它们，这是在报恩？"

许诺爷爷坐在一旁，笑呵呵地说："是啊，万物都有灵性，它们一定是听飞飞说你救了它，所以特地来向你表示感谢的。"

陈冬青再抬头，飞飞一家三口就在距离他不远的地方相互梳理着羽毛。看着一家三口无比温馨的画面，陈冬青顿时感觉，自己的心里被什么美好的东西给填满了。不行，这么美好的画面，他必须用画稿给呈现出来才行。

陈冬青立马转头看向许诺爷爷："爷爷，可以麻烦您每天撑船带我到这里来吗？我想把它们之间美好的画面都给记录下来。"

许诺爷爷稍稍有些迟疑，才对陈冬青说道："可以倒是可以，不过你只能在这种距离上画画，不能过分靠近，以后也尽量少见小鹤，因为我担心它们和你相处久了，逐渐会对人类丧失戒心，这对它们来说是很危险的。"

陈冬青点头："爷爷您放心吧，人类不能将野生动物当作宠物，我会注意分寸的。"

回到许诺家之后，陈冬青就拿起画板开始画了起来。午后阳光暖洋洋地照在陈冬青的身上和他面前的画板上，看起来十分宁静从容。随着时间推移，丹顶鹤一家三口互相梳理毛发的画面，就这样清晰美好地跃然纸上。

看着这美丽的画面，陈冬青由衷感叹，自言自语地说：

"这么美的地方，我真的有点想留下来了。"

他话音刚落，旁边黄博的声音怯怯地传了过来：

"那个……我也想留下，你们说，我能不能当守鹤人？"

"你想当守鹤人？"

陈冬青先是一愣，随后高兴起来。黄博如果愿意留下，那自然是很好的，这意味着从此以后他就走上正道了。对于黄博的这个决定，许诺也表示赞成，她说现在管护所有不少巡护员，但还是处于缺人的状态，如果黄博留下，那再好不过了。不过看着兴高采烈的黄博，陈冬青很快明白了他的那点小心思。

"你这家伙，肯定是想留在这里，然后靠着直播大赚一笔吧？！"他笑着戳破了黄博的想法，但这一次黄博却急了。

"你看你说的，什么叫直播丹顶鹤赚钱啊？我跟你讲，我现在的思想观念已经进步了，我是想要通过网络平台，让更多的人了解和关注，并保护丹顶鹤，一起重视生态平衡。而且我都想好了，以后直播赚的钱，我都捐出来给保护区，我自己就留一点点，够我还债就行。"

这番话倒是让陈冬青对他刮目相看，许诺跑去和管护所那边一说，程科长也很爽快地答应了。于是乎，本来想偷小鹤的黄博，摇身一变，就成了动物保护者，成了一名守鹤人！

之后的日子，陈冬青照常每天都去芦苇荡写生。半个多月的时间，他完成了厚厚的一本画稿。可惜的是，画稿虽然完成了，许诺的实习期已经结束，他也到了该要离开的时间。就这样，陈冬青背着画稿，告别了许诺一家，告别了黄博，踏上归程。

当然，路上的时候他没忘了去那座小城，把郝建的那辆车取了回来，独自开车返回了家中。回到家后，他把这些画稿拍成照片，发送给了几家出版社，想试一试能不能出一本画集。

经过一段时间的漫长等待，他终于收到了回信，其中有一封来自《自然》周刊的邮件回执。陈冬青十分激动，要知道《自然》周刊可是级别很高的刊物啊！

他马上联系了对方，然后得知，《自然》周刊最近正打算开辟一个名为"家园"的专栏，主旨是体现自然和谐的，正愁找不到合适的插画师。

就这样，陈冬青的画稿顺利刊登在了《自然》周刊上面，他也成了对方长期合作的插画师，总算是有了稳定收入。

草长莺飞，岁月如梭。

转眼到了冬季，陈冬青想起了和许诺的约定，心里就像长草了似的，一天也待不住，虽然人还在家里，心却已经飞去了许诺那里。

于是，他直接买票去了扎龙自然保护区。但他去的时间赶得不巧，飞飞已经迁徙飞往南方，许诺也还要晚一天才能回家。不过黄博这家伙出息了，几个月以来靠着拍丹顶鹤的视频已经火了，现在每个月都收入上万块，不过他遵守着诺言，大部分收入都捐给了自然保护区。

而且，他欠崔老大的钱，也想办法已经还清了。从老两口的口中得知，黄博现在确实是改邪归正了，不仅每天勤勤恳恳地干活，有一次黄博碰见了盗猎者，他及时报警，还和盗猎者搏斗，立了大功呢！

陈冬青对着黄博竖起大拇指，不住地赞扬。

黄博也有点不好意思，摆着手说："哪有哪有，你们说的实在是太夸张了，我看见盗猎者肯定得阻拦，这是我的工作和职责嘛！"

陈冬青笑着说："不错不错，思想觉悟现在变得特别高，现在你也是个有高尚品格的人了。"

陈冬青说完，满屋子的人都笑了，笑声充满了温暖的小屋。黄博又继续说道："还有一件事我必须跟你讲，咱们上次送小鹤回乡，在网络上获得了很多的关注，自从你走了之后，来到扎龙自然保护区看望小鹤的网友那简直人山人海，而且他们一来到这里，几乎就爱上了这个地方，不但大大地拉动了旅游产业，还有很多人捐款捐物，成了咱们扎龙自然保护区的'自来水'，自发地宣传环境保护，口号还是许诺曾经说过的那句'守护丹顶鹤，守护大自然，就是守护我们的家园'，你看看，这么大的功劳，你是功不可没啊！"

陈冬青也很高兴，说道："这个功劳可不是我一个人的，当初要不是你帮忙，我也不可能把小鹤成功送回家，所以，功劳必须有你的一半呀！"此时房门被人从外面拉开，一个古灵精怪的脑袋瓜探进来，身上还带着一丝寒气。

"我一进院子就听到你们的笑声了，在聊什么这么高兴？"

许诺笑嘻嘻地问众人。

没想到许诺突然回来，让大家更是喜出望外。

陈冬青笑着说："我们在说黄博，表扬他在这接受人民的再教育，改造得很好呢，现在都已经立功啦！而且很多网友受到咱们的影响，也开始宣传环境保护，形势一片大好。"

许诺笑着说："是呀，不但如此，最近这段时间，咱们国家也加大了对环境保护的力度，又拨了一笔专款，扩大繁育基地，增加人员、设备，加强生态保护的宣传教育，重点打击那些盗猎者，咱们的保护区越来越大，越来越好，未来可期呀！"说着她又转过头，对着黄博竖起大拇指："我在学校也听说了，黄哥最近表现不错，我决定了，今天晚上给你炖只鸡吃。"

还没等黄博说话，许诺奶奶就伸手戳了戳许诺的脑门。

"我看是你想吃了吧，小馋丫头。"

许诺嘟着嘴巴不服气地嚷嚷："我都半年没回家吃了，好不容易回来一趟，吃只鸡怎么了？再说，我都听说了，黄博这个"黄鼠狼"在咱们家，这半年最起码得吃了十只鸡呢，也没见您说他嘴馋。"

黄博一摊手："这不对啊，刚才你不还竖着大拇指夸我吗？怎么一提到吃鸡，我就成"黄鼠狼"啦？"

"哈哈哈……"

屋内再次充满众人的笑声，外面大雪飞扬，屋内温暖如春。真是好一幅温馨画面。

第二天中午，陈冬青趁着中午天气好，背起画板，和许诺一起出去。

扎龙的冬天，银装素裹，白雪皑皑。虽说是冷了点，可入目一片雪白色，阳光洒落在雪上，仿佛点缀了星星点点的钻石，美得让人挪不开眼睛。陈冬青站在芦苇荡边上，怎么看都看不够。

"等我把这画下来，留作收藏，如果以后有机会，开个画展。"

"好啊好啊，不想开画展的画家不是好画家，我支持你。"

许诺拍着手鼓励，但陈冬青叹了口气，说："开画展说来容易，哪有那么简单，现在时机还不成熟啊！"

许诺眉头一扬："怕什么，我奶奶常说好饭不怕晚。再说有一句话不是说得好，凡事只要努力，一定会有成绩。"

皑皑白雪中，她神采飞扬，充满信心。

"这是哪个名人的名言？"陈冬青问。

许诺十分得意地拍了拍自己的胸脯。

"我的。"

"扑哧……"

一个没忍住，陈冬青笑了出来。

"好吧好吧，我一定会努力的……其实有一件事我没跟你说，跟我合作的《自然》周刊新创办的'家园'专栏最近很火，大家都很喜欢我的插画，周刊主编已经在国内帮我联系举办画展的事了，最近应该就能有消息。"

许诺顿时又惊又喜："太好了，那我等你的好消息，到时候我一定要去。"

不过，办画展这种事，自然不是一时半会儿就能办到的。陈冬青从扎龙回到家里，又等了很久，直到第二年许诺都开学了，还没消息。

就这样又过了两个月，《自然》周刊那边终于来了消息，说有人愿意赞助他举办画展。在《自然》周刊主编的安排下，陈冬青顺利地和投资人见了面。投资人也是个热心公益的老板，对陈冬青保护野生动物的行为大加赞赏，同时也很肯定他的作品。当面商量了一下画展的细节后，画展很快便张罗了起来。

一切敲定后，陈冬青给许诺发去消息。

"有时间吗？"

许诺很快回来消息："你的画展彻底落实了？"

"哈哈哈，你真是个小机灵鬼，下个月八号，邀请你来参加。"

"太好了，我下个月放暑假，刚好可以去。"

"你先陪我去参加画展，然后我们一起回扎龙，飞飞也回来了，我都快一年没见到它了。"

说起飞飞，许诺回道："啊对，我最近太忙忘了告诉你了，爷爷奶奶告诉我说，飞飞今年出息啦，回来的时候还带着媳妇呢，都快生宝宝啦。"

"哎哟？那我可得好好看看。"

一想到马上就能见到飞飞，运气好的话还能看到飞飞的孩子出生，陈冬青别提多开心了。就连准备画展的时候，也都特别有干劲。

人在充实的时候，总会觉得时间过得很快。几乎一眨眼的工夫，办画展的时间就到了。

画展前一天晚上，陈冬青去车站接到了许诺。

许诺一下车便无比雀跃地跑到他的身边，搂住他的胳膊："这次可算能好好看看你画的画了。"

许诺总是这样开心，她身上的活力特别能感染人，每当陈冬青看着她这副欢欣雀跃的模样，心里就忍不住喜悦起来。

第二天，两个人早早便来到画展举办地。

时间一到，便有他的粉丝陆陆续续地进来。人虽然不多，但这是陈冬青第一次办画展，能有眼下这个效果，他就已经很满意了。随着时间推移，来参加画展的人渐渐多起来。许诺也钻进人群中，开始欣赏他的画。

陈冬青则是站在一边，欣赏着认真看画的许诺。忽然，他的目光被一个身影吸引了。展厅门口，他的前女友颜宁穿着一身干练的职业装，挽着一个西装革履的男士走了进来。

陈冬青看到她的同时，她也看到了陈冬青。两人的目光汇集到一起，同时定格。颜宁转头对身边的男人耳语了两句之后，便朝着陈冬青走来。出于礼貌，陈冬青从自己坐着的高脚凳上站了起来。

颜宁走到他面前站定，展颜一笑，颇有几分歉意的感觉。

"好久不见。"

陈冬青也跟着笑了笑："好久不见。"

颜宁转头看了看满墙的画，忽然叹了口气："你的事迹我在网络上也看到了，你做得很好，恭喜你，梦想成真，而且原来那些攻击你的人，他们也都转变了看法，真的很替你高兴。其实，我仔细想过了，之前一直都是我不理解你，总觉得当初对你太过苛刻了一点。"

"没事的，都过去了。"

陈冬青淡淡一笑，仿佛一切过往都在这一笑中烟消云散。

此时的颜宁容颜精致，气质从容，比之前更加成熟了几分。看来，她也过得不错。

"今天过来，一是参加画展，亲自向你表示祝贺，毕竟这是你一直以来的梦想，也是我们曾经的约定。另外，我要结婚了。"

陈冬青怔了那么一瞬，随后便笑了起来："哦？那真的要祝福你了，希望你一切都好。"

"谢谢你，其实直到遇到我现在的男友，我才明白，两个人在一起，并不是要强求另外一方跟紧自己的脚步，每个人的人生都有自己特定的时节，我喜欢繁花似锦的都市，不代表所有人都喜欢，我为我从前对你的不理解和不支持道歉。"

颜宁说着，对陈冬青伸出了手，陈冬青笑着握了上去。

"前尘往事，不提了，祝你幸福。"

颜宁的笑容里焕发着幸福。

"会的，也祝你幸福。"

二人手掌分开，颜宁向他摆了摆手告别，又看了看陈冬青身旁的许诺，似乎想说什么，却终究还是一言未发，便向着自己的男友走去。陈冬青抬头和那男人对视一眼，两人不约而同地微笑着点头示意。

前尘往事，到此释怀。陈冬青心里某个阴郁的角落，一下便豁达开朗。

"那个人是谁啊？你前女友？"

许诺看着颜宁的背影小声问道。

陈冬青点了点头，又摇了摇头："现在，她是我的一位老朋友。"

"哦……"

许诺的声音里多少带着一丝不开心，陈冬青莞尔一笑，对着许诺做了一个优雅的绅士礼："许小姐，请问您需不需要个专业的画展解说？我很乐意为您服务，如果不介意的话，我希望这个时间是……一辈子。"

许诺转头抿嘴偷笑，故意不去看他。但她的目光里，却有一丝光彩闪烁。

……

画展办得很顺利，陈冬青的名气更上了一个台阶，也得到了业内的一致好评。之后，陈冬青又带着许诺在城市景点打卡了两天，两人这才动身往扎龙自然保护区折返。到达时，已经是深夜。

第二天早上，天刚蒙蒙亮，陈冬青早早便起身和许诺一起，朝着芦苇荡，朝着丹顶鹤的家园出发。

小船分开层层芦苇，向着深处驶进。很快，陈冬青他们就看到了丹顶鹤族群。眼前一片豁然开朗，清澈的湖面上，丹顶鹤们正在梳理身上洁白的毛发，火红的冠在洁白如玉的羽毛衬托下，更是艳丽。

随后一团白色的身影，迅速地钻出丹顶鹤群朝着这边飞过来。头顶一片火红划过，艳丽无比。陈冬青见状，笑得合不拢嘴，远远张开怀抱迎接。

"飞飞！"

"啊啊！"

飞飞大叫着一头撞进陈冬青怀中，陈冬青抱着飞飞激动地躺在船上打滚，一边不住地大笑，就像两个久别重逢的老友。

此时的飞飞早已不是从前那只全身灰扑扑的小鹤了，褪去稚嫩的绒毛，浑身都被洁白光滑的羽毛取代，摸上去，有点像是缎子，甚至比绸缎还要顺滑。飞飞也很是激动，不住蹭着陈冬青的手、脸，弄得陈冬青痒痒的。一人一鹤亲近了好一会儿才分开，然后飞飞又朝着丹顶鹤的族群喊了几声。

紧接着，一只比飞飞小上一圈的丹顶鹤，仪态优雅从容地从鹤群当中游了出来，修长的脖颈高傲地仰着，浑然天成的女王仪态，想必这就是飞飞的老婆了。

丹顶鹤族群都是一夫一妻制，夫妻恩爱至死不渝。在飞飞老婆的身后，还跟着两只可爱的小丹顶鹤。它们长得很小，浑身的毛也是灰扑扑的绒毛，跟陈冬青刚遇到飞飞时一模一样。

不过它们在水里游着的时候，就没它们的母亲那么从容优雅了，一个个小腿在水里使劲倒腾，屁股一扭一扭的，又好笑又可爱。陈冬青仔细地瞧着两只小鹤，一下就想起了初遇飞飞的时候。他的心情，顿时变得跟个老父亲似的。

他欣慰地摸了摸飞飞的脑袋。

"不错呀，还是双胞胎呢，现在你也有自己的家啦！"

飞飞似乎也很得意，仰着脖子对着陈冬青"啊啊"地叫了两声。

和飞飞亲热了一会儿，陈冬青便放它回去了，现在飞飞也是有家的鹤了，再也不能像从前一样每天抱在怀里形影不离。不过陈冬青并没有任何失落的感觉，反而更是欣慰。这就是他想看到的结果。属于大自然的生灵，就应该在大自然当中好好生活。

在许诺家住了两天之后，程科长带着一个人前来拜访。这人身份也不一般，是当地野生动物保护协会的副会长，姓林。

饭桌上，这位林副会长告诉陈冬青，他们准备和各个地方联合，组织一批身体健康的年轻人，组成一个勘探团，深入各个地区，寻找野生动物的踪迹，尽量将能找到的野生动物记录在册，这样就可以有针对性地实施保护。

陈冬青一听，当即举手报名。

"这种事怎么能少得了我？我年轻，身强体壮，正合适参加这次行动。"

林副会长笑着说："我就知道你一定会感兴趣的，不过我还是得提前告诉你，这次的行程时间估计会很长，要到很多地方，可能没有个三年五载的，这件事都做不完，你看……"

陈冬青闻言挠了挠头，他倒是没什么问题，就是许诺这边……他得尊重女朋友的意见。

许诺微微一笑："我没什么意见，我快毕业了，到时候，我也可以跟着你们一起去。"

林副会长一听连连摆手："这可不行，这次的活动很艰苦的，在深山老林待上一个多月都是有可能的事，你一个小姑娘，吃不了这个苦。"

听林副会长这么说，许诺便不高兴了。

"林副会长，你这是瞧不起人啊，我可是咱们扎龙自然保护区的第三代守鹤人，吃点苦算什么！"

程科长闻言感慨，对陈冬青说："许诺的确是一个很优秀的姑娘，她只用了一年多的时间，就完成了别人三年的课程，现在已经快毕业了。而且之前，她在保护区实习，做的是科研监测，经常要到野外工作，一边观察一边记录。有时候她还和男同事一起穿着水衩，在冰冷的沼泽地里一泡就是一天，上来后冻得连知觉都没了。夏天的时候顶着三四十摄氏度的高温，穿着工作服在野外做课题，那芦苇丛比她都高，蚊虫又多，汗水经常把衣服都湿透了，但她从来不叫苦……"

许诺有些不好意思，打断了程科长："这有什么嘛，当初爷爷是这么做的，姑姑和爸爸也是这么做的，我也只是继续在做他们没做完的事业，算不上什么吃苦。"

林副会长也深受感触，点头说："是啊，我们的小诺能吃苦，不过你的学业还没完成，如果你想去，下次一定带上你。"

许诺噘了噘嘴，这才不说什么了。陈冬青也呵呵笑了起来，他知道许诺在保护野生动物这件事情上，可是很认真的，为了守护丹顶鹤，别说吃苦，就算让她拼命，在她的心里，也是值得的。

商量好了行程之后，陈冬青便义无反顾地投入到了这次活动当中。

林副会长说得没错，这次行程确实很辛苦，他们经常是带着各种设备，以及生存必需物品，扎进深山里一个多月不出来。用风餐露宿四个字来形容也不为过，但陈冬青无怨无悔。

只因为，生命的意义，就在路上。

一年后，扎龙自然保护区，车站。

"你回来啦，陈大画家！"

"是呀，马上就要过年了，我当然得回来过年啦。"

许诺揽着他的胳膊，顺手接过来一件行李。

"咱们可说好了，这次过完年你再出发，得把我也带上，耍赖是小狗。"

"不耍赖，不耍赖，我跟你说，那深山里虽然苦，风景却好，而且能亲眼看到很多野生动物，这种好事，我怎么舍得落下你。"

"告诉你一个好消息，经过大家的共同努力，还有国家的政策扶持，现在扎龙自然保护区已经建成了世界最先进的丹顶鹤繁育基地，还有最优良的基因库。"

"是吗？那可真是太好了，咱们最初的梦想，已经实现了呀！"

"还不算实现梦想吧，我觉得这只是一个开始。爷爷说过，我们守鹤人一生其实只是在做两件事：每年十月送它们离去，春天迎它们归来。这是我们一生的事业，只有起点，没有终点。"

两个人一边说笑着一边往家的方向走。

身后，是白雪皑皑的芦苇荡。

这里不但是丹顶鹤的家园，也是人类的家园。

门前黄博正举着手中的线香点燃鞭炮，随着一阵噼里啪啦的鞭炮声，红色的碎片，洋洋洒洒地飘散在雪白色的天地之间，被北风卷着往芦苇荡的方向飘去。

转头，身后一望无际的白色雪原，被这星星点点的红纸点缀，一如丹顶鹤族群翱翔天际，无比明艳。